光文社古典新訳文庫

戦争と平和 2

トルストイ

望月哲男訳

光文社

Title : ВОЙНА И МИР
1865-1869
Author : Л.Н.Толстой

目次

戦争と平和 2

第1部（つづき）

第3編

1章

　ワシーリー・クラーギン公爵は、あれこれと計画を練る方ではなかったし、ましてや、人に害を及ぼして利益を得ようなどという発想はなかった。彼はただ上流社会で成功をおさめ、その成功に馴染んだ上流社会人であったに過ぎない。いろいろな状況が生じ、いろいろな人々と接するにつれて、絶えず様々な計画やらアイデアやらがひとりでに浮かんできて、そうしたものが、本人もはっきりと自覚していないうちに、彼の生活上の関心を独占しているのだった。彼のうちで作動しているそうした計画やアイデアは、一つや二つではなく何十という数に上っていて、そのうちのあるものはまだ頭に浮かびかけたばかりで、あるものは実現しかかっており、別のものはすでに廃棄されかけている、といった状態だった。例えば『この人物はいま力を持っているから、この人物の信用と友誼《ゆうぎ》を得て、彼を通じて一時手当の交付を受けるべきである』とか、あるいは『ピエールは金持ちだから、ピエールを誘惑して娘と結婚させ、自分に必要な四万の金をせしめてやろう』とかと、別に言葉にして考えるわけではない。ただ、たまさか有力者に出会うと、即座に本能がこの人物は役に立つかもしれないというメッセージを発するので、ワシーリー公爵はその相手とお近づきになり、機を見て、何の準備もなくただ本能に任せておべんちゃらを言い、打ちとけた態度をとりながら必要なことを口にしている、というわけだった。

ピエールはモスクワですぐ身近なところにいたので、ワシーリー公爵は当時五等文官相当の年少侍従《ねんしょうじじゅう》[1]の地位を世話してやったうえに、ぜひ自分と一緒にペテルブルグへ行って、自分の家に滞在するようにと説き伏せた。そして一見何の気なしに、とはいえそうなるのが当然だという確固たる自信をもって、ピエールを自分の娘と結婚させるために必要な、あらゆる手を尽くしているところだった。もしもワシーリー公爵があらかじめ自分の計画を練っていたのだとしたら、目上の者にせよ目下の者にせよ、あらゆる人物を相手にこれほど自然にふるまい、率直であけっぴろげな態度で付き合

1　帝政ロシアの官位は武官・文官それぞれ十四等級に分かれていた。

うことはできなかったであろう。彼は常に何かの力によって自分よりも有力で豊かな人々の方へと引き寄せられていくのであり、天性のたぐいまれな才能によって、今こそまさにこの人たちを利用する必要があり、しかもそれが可能であるという絶妙のタイミングを、うまく捉えることができるのだった。

つい最近まで一人でのんびりと暮らしていたピエールだったが、にわかに金持ちになってベズーホフ伯爵と呼ばれるようになると、むやみにたくさんの人々に取り巻かれて多忙を極め、一人でじっくり自分と向き合えるのは、かろうじてベッドの上だけというありさまだった。いろいろな書類に署名したり、何のためにあるのかもよく分からないいろんな役所と交渉をもったり、総支配人に何かのことを訊ねたり、モスクワ近郊の領地に出かけて行って、たくさんの人間を客に呼んだりしなくてはならなかった。そうした相手は、以前には彼の存在など歯牙にもかけなかったくせに、今ではもしも彼が面会を拒絶したりすれば、侮辱されたと思って嘆き悲しむ始末だった。仕事上の相手、親戚、知人と、いろいろな相手がいたが、誰も一様にこの若い遺産相続人に好意をもって愛想よく接し、ピエールが高い品格の持ち主であることを、すべての人がはっきりと疑いもなく、信じ切っている様子だった。「あなたさまの並外れたお優しさをもって」とか、「その神々しい御心ゆえに」とか、「伯爵、あなたさまご自身、かくも高潔であらせられるので……」とか、「もしもあの者にあなたさまのお知恵があれば」とかいったセリフをひっきりなしに聞かされていると、ついには自らの並外れた優しさや、並外れた知恵とやらを本気で信じ始めるようになる。ましてや彼は普段から心の奥底で、自分が実際にとても優しく賢い人間だと思っていたから当然である。以前は意地悪で、あからさまな敵意を示していた者たちまでが、彼に対して優しく好意に満ちた態度をとるようになった。胴長で人形のように髪を撫でつけた例の公爵令嬢たちの長女［故ベズーホフ伯爵の姪の一人］も、あれほど腹を立てていたにもかかわらず、葬儀の後に自らピエールの部屋を訪れたのだった。目を伏せてしきりに顔を赤らめながら、彼女は告げた――自分はあなたとの間にあった誤解をたいそう悔やんでおり、いまさら何かお願いできた義理でないことは重々承知しているが、ただひとつ、大きな痛手を受けた後なので、せめて何週間かだけこの家に残ることを許していただきたい。何といってもここは自分があれほどまでに愛し、あれほどの犠牲をささげてきた家だから、と。そう述べながら彼女はこらえきれずに涙した。石像のように頑《かたく》なだった公爵令嬢がここまで変わったことに胸を打たれたピエールは、相手の手を取って許しを乞うたが、何を謝っているのかは自分でも分からなかった。この日から公爵令嬢はピエールのために縞のマフラーを編みだし、彼への態度を一変させたのだった。

「彼女のためにこれをしてあげなさい。何といっても故人のためにずいぶんつらい思いをしたのだから」ワシーリー公爵はそう言って、何か公爵令嬢のためになる書類に署名をさせた。

それは三万ルーブリの手形だったが、ワシーリー公爵は、例のモザイク模様の書類ケースの一件に自分が絡んでいた話を持ち出そうなどという気を起こさせないためにも、貧乏な公爵令嬢にせめてこれくらいの餌を投げておくべきだと判断したのだ。ピエールは手形に署名し、そしてそれ以来、公爵令嬢は一層優しい態度になった。彼女の妹たちもまた彼に対して愛想よくなったが、とりわけ美人で黒子《ほくろ》のある末の娘は、ピエールの姿を見るたびににっこりとほほえみ、どぎまぎした態度を見せて、彼をしばしば当惑させるのだった。

ピエールには、皆に好かれていることがごく自然なことに感じられたし、もしも誰かが自分を嫌っているとすれば、それこそいかにも不自然なことと思えたので、周囲の者たちの誠意を信じずにはいられなかった。おまけに彼には、周囲の者たちが誠実なのか不誠実なのかと、自問している暇はなかった。絶えず時間に追われており、絶えず穏やかで朗らかな酩酊の状態にあるような気がしていたのだ。自分が何か重要な公共の運動の中心にあり、常に何事かを期待されていて、もしも自分がこれこれのことをしなければ多くの者たちを悲しませてその期待を損ない、もしこれこれのことをすればすべてはうまくいく――そんな気がするのだった。彼は要求されることは何でもこなしていたが、肝心のうまくいくという話は、いつも先送りになっていた。

この初めの時期にピエールの仕事、および彼自身を誰よりも強力に操っていたのが、ワシーリー公爵だった。ベズーホフ伯爵の死以来、ワシーリー公爵はピエールを捕まえて離さなかった。自分は仕事に忙殺され、疲れてへとへとになっているのだが、しかしだからといって、何はともあれ親友の息子であり、しかもこのような巨額の財産を持ったこの寄る辺ない若者を一人放り出して運命と詐欺師たちの恣意に委ねることは、同情の念からもできない――ワシーリー公爵はいかにもそんな態度をとっていた。ベズーホフ伯爵の死後にモスクワで過ごした数日の間、彼はピエールを呼び寄せたり自ら彼を訪ねたりしながら、何をすべきかの指示を与えたのだったが、そうした時の口調にも疲労感と信念が色濃くにじみだしていて、まるで毎度こう告げているように聞こえたものである。

『ご承知のとおり、私は山のような仕事に追われる身でね、こうして君の世話を焼いているのも、ただただ同情の気持ちからなんだ。しかもね、これもお分かりだと思うが、結局は私の勧めるようにするしかないんだよ』

「じゃあ、明日はいよいよ一緒に発《た》つことにしようか」ある時ワシーリー公爵は、目をつむってピエールの肘を指でつまむようにしながらこう話しかけたが、その口調はまるで自分の言っていることはすでにずっと前から二人の間で決まっていたことで、他の選択肢はありえないというかのようであった。

「明日は旅だ。うちの馬車に君の席を作っておくから。やれやれだ。ここではお互い、大事なことは全部やり終えたし、私の方はもうとっくに帰っていなくちゃならなかったんだよ。ちょうど宰相から手紙をいただいてね。君のことをお願いしておいたんだが、君は外交団に編入されたそうだ。年少侍従の地位も得たしね。今や君には外交官の道が開けたというわけだよ」

大儀そうでいながら確信に満ちた口調で発せられた公爵の言葉にただならぬ圧力を感じつつも、自分の進路についてはかねてから考えるところのあったピエールは、つい言い返そうとした。しかしワシーリー公爵は、例のハトの鳴き声のような低音で彼の言葉を制した。自分の発言を遮る可能性を一切封じるこの口調は、強力な説得が必要な場合に公爵が用いるものであった。

「いやいや、君、これは私自身のために、私の気のすむようにやらせてもらったことだから、礼を言うには及ばないよ。それに世の中、人の厚意が過ぎるといって文句を言う者はいないだろう。あとは君の勝手だから、明日放り出したってかまわないさ。なに、ペテルブルグに行けば何もかも自分の目で見られるから。それに君自身、こうしたいろんな辛《つら》い思い出から切り離されるべき時が、とっくに来ていたんだよ」ワシーリー公爵はため息をついた。「じゃあ、決まりだね。君の馬車にはうちの侍僕《じぼく》を乗せて行かせよう。そうそう、忘れるところだった」ワシーリー公爵はさらに付け加える。「実は故人と私の間に清算すべきことがあってね、リャザンからのものを受け取っているんだが、これはこのまま手元におかせてもらうよ。君には要らないものだからね。後で私と君とで清算しよう」

ワシーリー公爵が「リャザンからのもの」と呼んだのは、何千ルーブリかの年貢のことで、それを公爵は手元に残したわけである。

ペテルブルグでもモスクワにいた時と同様、ピエールは優しく愛想のいい人々の雰囲気に包まれた。ワシーリー公爵が提供してくれた地位、あるいはむしろ（何も仕事をしていたわけではないので）肩書を、拒絶することはできなかったし、新しい知り合いやお招きや社交界の用事が山のようにあって、ピエールはモスクワにいた時にもまして、混乱や焦燥や、着々と近づきつつありながらまだ実現していない幸福のようなものの感覚を、切実に味わうことになった。

昔つき合っていた独身仲間のほとんどは、ペテルブルグにはいなかった。近衛隊は行軍中で、ドーロホフは降格の身、アナトールは軍に入って地方にいたし、アンドレイ公爵は外地というわけで、ピエールは以前好んだような夜遊びもできなければ、時には年上の尊敬すべき友人との打ちとけた会話で胸の憂さを晴らす、といった機会もなかった。時を過ごすのはもっぱら晩餐会や舞踏会、そして多くの場合ワシーリー公爵の邸宅で、奥方である老齢の太った公爵夫人と、美人の娘エレーヌと共に過ごすのだった。

アンナ・パーヴロヴナ・シェーレルも、他の者たちと同様に、社交界でピエールを見る目が一変したことを裏書きしてみせた。

かつてピエールは、アンナ・パーヴロヴナの前に出ると、いつも自分の喋っていることが不躾《ぶしつけ》で節度を欠いた、見当はずれのことのような気がしたものである。頭の中で考えをまとめている間は、われながら気の利いた発言と思えるのだが、いざはっきりと口に出すとそれがばかげたものになってしまい、反対に、イッポリートの実に愚かしい発言が、気の利いた、感じの良いものに聞こえるのだった。だが今では、彼が何を喋ろうと、すべて素敵《シャルマン》なお言葉と受け取られる。たとえアンナ・パーヴロヴナがそう口に出さなくても、彼には相手が本当はそう言いたかったのだが、ただ慎み深いピエールに敬意を表して、発言を控えただけだということが分かるのだった。一八〇五年から一八〇六年にかけての冬の初め、ピエールはアンナ・パーヴロヴナからいつものピンクの招待状を受け取ったが、そこには「お越しになれば、あの決して見飽きることのない、美しいエレーヌさんともお会いになれますわよ」と添え書きがしてあった。

そのくだりを読んだときピエールは、自分とエレーヌとの間に何かしら他人の目にもとまるような関係が出来上がっているのに初めて気づき、そしてそう思うと、まるでとても遂行しきれぬ任務を担わされようとしているような気がしてうろたえると同時に、他方では、それも愉快な仮定だと、うれしい気分にもなったのだった。

アンナ・パーヴロヴナの夜会は、最初の時と全く同じようだったが、ただ女主人が客たちへの御馳走として提供する新顔は、今やモルトマールではなく、ベルリンから着いたばかりの外交官だった。彼はアレクサンドル皇帝のポツダム滞在の顚末、およびかの地で盟友である両国の皇帝が固い同盟を結び、人類の敵に対抗するという正しき事業を断固遂行することを誓った次第について、最新の詳細な情報を持っていたのである。ピエールを迎えるアンナ・パーヴロヴナは悲しげな表情をしていたが、これはもちろん最近この青年が味わった喪失、すなわちベズーホフ伯爵の死を受けてのことであった（ピエールが父親の死に大きな痛手を受けているはずだと本人に言い聞かせることを、皆は常に義務と心得ているのだったが、言われる彼は、父親のことをろくに知らなかったのである）。そして夫人のその悲しげな表情は、彼女が皇太后マリヤ・フョードロヴナの名に言及する際のあの高貴なる悲哀の表情と、まったく同じであった。ピエールはこれにちょっと気をよくした。アンナ・パーヴロヴナはいつもの手際で自分のサロンをグループ分けした。ワシーリー公爵や将軍たちを含む大きなグループは、例の外交官を目玉としたものだった。もう一つのグループは、お茶のテーブルのすぐ脇に陣取っていた。ピエールは前の方のグループに加わろうとしたが、折しもアンナ・パーヴロヴナは、ちょうど戦場にいる指揮官が何千何万もの新たな名策を思いつきながらほとんど実行する暇がない時のような、いらだった状態にいて、その彼女がピエールを見ると、袖のあたりに指を触れてこう言ったのだった。

「待って、今夜はあなたのことで一つ考えがあるのよ」彼女はエレーヌに目をやると、にっこりと微笑みかけた。

「優しいエレーヌさん、どうか私の叔母に情けをかけてあげてくださいな。あの人、あなたのことを熱愛しているのよ。十分ほど相手をしてあげてね。あなたがあまり退屈なさらないように、ほらこの素敵な伯爵をご提供しますわ。この方はあなたのお供をするのをいやとは言わないでしょうから」

美女は例の叔母さまのいる方に向かって行ったが、ピエールの方はまだアンナ・パーヴロヴナが手元に引き留めていた。何かまだ最後にどうしても必要な指図をしなければならない、といった風情である。

「ねえ、あの方、本当に素敵じゃない？」なめらかな足取りで遠ざかっていく堂々たる美女を示しながら、彼女はピエールに語りかけた。「なんて素敵な身ごなしかしら！　まだあんなにお若いのに、あれほど節度があって、あれほど巧みに振る舞うことができるなんて！　これはもう心もちの問題ね！　あの方を自分のものにする殿方はお幸せだわ！　あの方の夫というだけで、どんなに野暮な男性でも、ひとりでに苦もなく社交界に輝かしい地位を得ることができるでしょうよ！　そう思いませんこと？　ぜひあなたのご意見が聞きたかったのよ」そう言うとアンナ・パーヴロヴナはピエールを放した。

エレーヌの立ち居振る舞いの見事さに関するアンナ・パーヴロヴナの問いに、ピエールは本気で同感すると答えた。仮にこれまで彼がエレーヌについて考えたことがあるとすれば、それはまさに彼女の美貌と、そして社交界の場で黙っていても人々の評価を集める、その比類のない、静かな手際についてだったからである。

例の叔母さまはいつもの片隅で二人の若者を迎えたが、どうもエレーヌへの熱愛とやらは隠しておきたかったようで、表したがっているのはむしろアンナ・パーヴロヴナに対する畏怖のようだった。この人たち相手に何をしたらいいのと問いかけるような眼で、しきりに姪の顔色をうかがっている。二人を残してその場を離れる際に、アンナ・パーヴロヴナはまたピエールの袖に指を触れて語りかけた。

「これでもう、うちが退屈だなんておっしゃらないでしょうね」そう言ってエレーヌに目を向けたのである。

エレーヌはにっこりと微笑んだが、そこには自分を見て魅了されない人間がいるなどとは夢にも思わないといった雰囲気が漂っていた。叔母さまは咳払いして唾を飲み込むと、フランス語でエレーヌに会えて大変うれしい旨を告げ、それからピエールに向き直って、同じ挨拶を同じ表情で告げた。退屈でぎこちない談話の最中に、エレーヌはピエールを振り向くと、誰にでもしてみせる持ち前の明るく美しい笑顔を見せた。ピエールはその笑顔をよく見慣れていたし、自分にとってはほとんど意味するところはないと思ったので、何の注意も払わなかった。叔母さまはそのとき、ピエールの父である亡きベズーホフ伯爵の嗅ぎ煙草入れのコレクションの話をしていて、ついでに自分の嗅ぎ煙草入れを見せてくれた。公爵令嬢エレーヌは、その煙草入れにはめ込まれていた叔母さまの夫の肖像を、ちょっと見せて下さいと頼んだ。
「それはきっとヴィネスの手によるものですね」嗅ぎ煙草入れを手に取ろうとしてテーブルに屈み込みながら、ピエールは有名な細密画家の名前をあげたが、耳では別のテーブルの会話を追っているのだった。

テーブルの向こう側に回ろうと彼は腰を浮かしたが、叔母さまはじかにエレーヌの背後から、彼女の体越しに嗅ぎ煙草入れを渡してよこそうとする。エレーヌは邪魔にならないようにと前屈みになり、笑顔でこちらを振り向いた。夜会の時はいつもそうであるように、彼女は当時流行の、胸元も背中も大きく開いたドレスを着用していた。彼女の上半身は、ピエールにはいつも大理石の像のように思えるのだったが、それが今やすぐ目の前にあって、近眼の目にも否応なくその肩や首の生々しい魅力が見分けられるし、唇からもほんのわずかな距離だったので、ちょっと身を屈めさえすれば、そこに口づけできそうであった。彼は彼女の体の熱を感じ、香水の香りを嗅ぎ、息をするたびに軋むコルセットの音を聞き取った。彼が見ていたのは衣服と一体となった彼女の大理石像のような美ではなかった。衣服によってかろうじて隠されている肉体の魅力のすべてを、彼は見て感じていたのである。そして、いったんそれに気づいてしまったうえは、もはや別の見方はできなかった。ちょうど一度解き明かされたトリックに人が二度と騙されないように。

振り向いた彼女は、黒い瞳を輝かせてまっすぐ彼を見つめ、にっこりと笑った。『ではあなたは今まで、私がどんなに美しいか気がついていなかったのね？』エレーヌはあたかもそんなふうに語り掛けるかのようだった。『私が女だということにも、気づかなかったんでしょう？　そう、私は女で、誰のものにもなることができるのよ、あなたのものにでも』彼女の目はそう告げるのだった。そしてその瞬間、ピエールは感じたのである――エレーヌは彼の妻になりうるというだけでなく、彼の妻にならなければならないのであり、それ以外にはありえないのだと。

この瞬間の彼は、あたかもすでに彼女とともに結婚式に臨んでいる身であるかのように、このことをはっきりと自覚していた。いつどのようにしてそうなるのかも分からなければ、それが良いことなのかどうかも分からないのに（彼にはなぜかそれが良くないことのようにさえ思えたのだったが）、彼はきっとそうなると分かっていたのである。

ピエールは目を伏せ、また目を上げると、改めてこれまでに毎日そうしてきたように、遠くにいる自分とは無関係な美女として、相手を見ようとした。しかしそれはすでにかなわないことだった。これまで霧の中で、すっくと立っている草を木だと思い込んで見てきた人間が、いったんそれが草だと気づくと、二度と木を見る目では見られないのと同じである。彼女は恐ろしいほど近い存在になっていた。彼女はすでに彼への支配力を持っていた。両者の間にはもはや何の障害もなかった――彼自身の意志という障害を除いて。

「いいわ、あなた方はその隅っこにいらっしゃい。そこがいかにも楽しそうですからね」アンナ・パーヴロヴナの声が響いた。

ピエールは自分が何か人に咎《とが》められるような真似をしなかったかとこわごわ思い返しながら、顔を赤らめて周囲を見回した。まるで皆が、彼自身と同じく、彼の身に起こったことを知っているような気がしたのだ。

しばらくして彼が大きい方のグループに近寄っていくと、アンナ・パーヴロヴナは「あなた、ペテルブルグのお屋敷を改装なさっているそうね」と問いかけてきた（これは本当のことで、建築技師がそうする必要があるというものだから、彼は理由も分からぬままに、ペテルブルグの大きな屋敷を改装しているところだった）。

「それは結構だけれど、ワシーリー公爵のお宅からは移らない方がよろしいわ。あの方のようなお友達がいるのは良いことよ」彼女はワシーリー公爵に微笑みながら言うのだった。「私にだってそのへんのこと、少しは分かりますからね。そうでしょう？　あなたはまだそんなにお若くていらっしゃるから、助言が必要ですからね。お婆ちゃんの特権を利用してずけずけ言っても、どうか怒らないでね」彼女はしばし口をつぐんだが、これは女性が自分の齢《とし》についてほのめかした時、必ず相手のフォローを待ってする小休止の沈黙であった。「もしもご結婚されるなら、それは話が別ですけれど」そう言うと彼女はピエールとエレーヌの二人を一度に見た。ピエールはエレーヌに目を向けなかったし、エレーヌも彼の方を見なかった。しかしそれでもエレーヌは恐ろしいほど近い存在のままだった。彼は何かむにゃむにゃとつぶやいて顔を赤らめた。

帰宅後、ピエールは長いこと寝つけぬまま、自分の身に起こったことを考えていた。いったい彼の身に何が起こったのだろうか？　何もだ。彼はただ知っただけだ――まだ子供のころから知っていた女性、エレーヌは美人だねと人に言われれば、「ああ、きれいだね」といい加減に応じていたその女性が、自分のものになるかもしれないのだと。

『しかし彼女は頭が悪いし、僕は自分でも、あの娘は頭が悪いと口にしていたじゃないか』彼は考えた。『そもそもこれは恋なんかじゃない。それどころか、彼女が僕のうちに掻き立てる感情には、何かしらけがらわしいものがある。何かしら許されるべきでないものが。人のうわさでは、彼女の兄のアナトールが彼女に惚れて、彼女の方もアナトールに惚れたので、大変なスキャンダルになったあげく、アナトールが遠くにやられたというじゃないか。彼女のもう一人の兄がイッポリートで、父親がワシーリー公爵。これは良くないことだ』彼は思った。しかしこうした考えをめぐらす一方で（その考えの方もまだまとまってはいないのだったが）、彼はふと自分がニマニマ笑っているのを自覚した。そうして気づいてみると、さっきのような考えの背後から別の方向の考えが湧き起こり、あれはつまらない女だと思う一方で、彼女が妻になってくれたらとか、自分を愛してくれたらとか、実は彼女は全然違った女性であって、自分が考えたり聞いたりしたのは全くのまちがいかもしれないとかいった妄想をふくらませているのだった。そしてまた彼の目にうかぶのは、ワシーリー公爵の娘としての姿ではなく、ただグレーのドレスでおおわれただけの、彼女の肉体の全姿であった。『いや待てよ、どうして以前にはこうした考えが僕の頭に浮かばなかったんだろう？』そうしてまたもや彼は自分に向けて、これはだめだ、こんな結婚には何かしら忌まわしいもの、不自然なもの、そしていかにも不誠実に思えるものがある、と語り掛けていた。彼は彼女のこれまでの言葉を、目つきを思い起こし、さらに二人が一緒のところを見た人々の言葉や目つきを思い起こした。さらにアンナ・パーヴロヴナが家の問題について彼に語った時の言葉や目つきを思い起こし、ワシーリー公爵やその他の者たちからの何百という同様なほのめかしを思い起こした。すると彼は、このように明らかに良くないこと、すべきでないことの実現に向けて、自分がすでに何かの形でコミットしてしまったのではないかと思って戦慄を覚えた。だがこんなことをしていてはいけないと自分に言い聞かせているその最中にも、胸の片隅から女性美にあふれた彼女の姿が立ち現れてくるのだった。

2章

一八〇五年十一月、ワシーリー公爵は四つの県の査察に出かけなければならなかった。これは公爵が自分のために作った任務だったが、それは出張ついでに経営が乱脈を極める自分の領地を見て回りたかったのと、さらに息子のアナトールを（所属連隊の任地で）拾って同行させ、一緒にニコライ・アンドレーヴィチ・ボルコンスキー公爵の領地に立ち寄って、この裕福な老人の娘と自分の息子との縁談を持ち掛けたいという腹積もりがあったからである。だが出張に出かけて新しい用件に取り組む前に、ピエールの一件をかたづけてしまう必要があった。ピエールはこのところ確かに来る日も来る日も家で、つまり寄宿しているワシーリー公爵の家で、朝から晩まで過ごしており、エレーヌの前では滑稽な、興奮した、愚かな姿をさらしているが(恋をしている男はそれが当たり前だが)、しかしいまだにプロポーズをしてはいないのだった。『すべて結構なことだが、どこかでけりをつけんとな』ある日の朝、ワシーリー公爵はいまいましげなため息をついてそんな独りごとを言った。これほど面倒を見てやっているにもかかわらず(まあ、それはどうでもいいが!)ピエールがこの件ではあまりはかばかしい反応を見せないからである。『若いせいか……分別が足りないせいか……まあ、それはしかたがないが』ワシーリー公爵は自分のやさしさに満足を覚えつつ考えた。『しかしきちんとけりはつけんとな。明後日はリョーリャ〔エレーヌの愛称〕の聖名日だから、誰彼を呼んで祝うことになるが、そこでもあの男がなすべきことをわきまえないようだったら、もはやこちらが乗り出す番だ。そう、私の出番だよ。だって父親なのだから!』

アンナ・パーヴロヴナの夜会の後の眠れぬ興奮した一夜に、ピエールは、エレーヌとの結婚は不幸であり、自分は彼女を避けて立ち去るべきだと決心したのだったが、それから一月半の時が過ぎても彼はワシーリー公爵の家を去らず、日ごとに人目に映とができないこと、自分が彼女から離れることができず、恐ろしいことに自分の運命を彼女と結びつけざるを得なくなるであろうことを感じて、慄然《りつぜん》としていた。もしかしたら思いとどまることもできたのかもしれないが、しかしワシーリー公爵の家では（かつてはめったにお客を呼ばなかったのに）一日として夜会が開かれぬ日はなく、そこにはピエールも、もしも人々の満足を損ない、皆の期待を裏切りたいのでなければ、必ず出席しなくてはならなかった。ワシーリー公爵は、まれに在宅する日には、ピエールの脇を通る際に彼の手を取って下に引っ張り、あいさつのキスを受けるためにきれいに剃られた皺だらけの片頬を漫然と突き出し、「また明日」とか「午餐に来たまえ、さもないと会えないから」とか「君のために家に残るよ」とかと話しかけるのだった。ピエールのために家に残る（と本人が言う）場合でも、彼はピエールとほとんど話らしい話はしなかったが、ピエールはこの相手の期待を裏切る力は自分にはないと感じていた。彼は毎日毎日、心の中で同じ一つのことを繰り返していた。『いい加減に彼女を理解して、きちんと答えを出さなくちゃならないぞ。彼女は果たして何者なのか？　以前の僕が間違っていたのか、それとも今の僕が間違っているのか？いや、彼女は頭が悪いわけじゃない。いや、素晴らしい令嬢だ！』彼は時にそう自分に言い聞かせた。『彼女は決して何事においても間違いは犯さないし、一度だって愚かしいことを言ったためしはない。口数は少ないが、言うことはいつも単純で明快だ。つまり頭が悪いわけじゃない。一度だっておどおどしていたことはないし、今でもそんなそぶりはない。つまり悪い女じゃないんだ！』しばしば彼は彼女と二人で何かを論じたり、考えを口に出したりすることがあったが、そんな時彼女の反応ぶりはいつも、短いが当を得たコメントを発して自分はそのことに興味がないことを表明するか、あるいは黙ったまま笑みとまなざしで答えるかだった。そうしたことが何よりもはっきりと、彼女の方が上手であることをピエールに実感させてくれるのだった。どんな考察も自分の笑顔に比べれば下らぬものにすぎないと自覚している点で、彼女は正しかったのである。

エレーヌはいつも楽しげな、信頼に満ちた、彼だけに向けた笑顔を見せてくれるのだったが、そこにはいつも彼女の顔を飾っている万人向けの笑顔よりも何かずっと大切なものが含まれていた。自分がついにあるひとつの言葉を告げ、ある一線を踏み越えることのみを、皆がひたすら待っているのはピエールには分かっていたし、自分が遅かれ早かれその一線を踏み越えるだろうことも分かっていた。ただその恐るべき一歩のことを考えただけで、何かしら得体の知れぬ恐怖にとらえられてしまうのだった。

この一月半の間に、彼は身の毛もよだつような深淵にどんどん引き寄せられていくのを感じていたが、その間に何度も何度も自分に向かってこう言い続けてきたのだった。『いったいどうしたんだ？　ここはもう決断ひとつだろう！　いったい僕に決断力がないとでもいうのか？』

　彼は決断しようとしたが、しかし頼みにしてきた自分の決断力、そして実際自分に備わっていた決断力が、この件に限っては失われていることに気付いてゾッとしたのだった。ピエールは、自分に全く疚《やま》しいことがないと感じたときにのみ力を発揮できる人物の一人だった。ところがアンナ・パーヴロヴナの夜会での嗅ぎ煙草入れの一件で欲望の感情に支配されて以来、そうした自分の欲求に対する無自覚な罪悪感が、彼の決断力を麻痺させてしまったのである。

　エレーヌの聖名日にワシーリー公爵の家での夜食に集《つど》ったのは、最も親密な人たちの小さなグループ、すなわち公爵夫人の言うところの身内とお友達ばかりであった。そしてその身内とお友達は全員、この日に聖名日の主《ぬし》の運命が決定されるだろうという雰囲気を感じ取っていた。客たちは夜食の席に着いていた。クラーギン夫人は、かつては美しかったが今ではどっしりと肥えた堂々とした女性で、彼女が女主人の席に着いていた。夫人の両側は貴賓の席で、一人の年老いた将軍とその妻、さらにアンナ・パーヴロヴナ・シェーレルが並んでいる。テーブルの下手の端にはそれほど年寄りでも貴賓でもない客たちが座っていて、そこに内輪の者といった格好でピエールとエレーヌも並んで席を占めていた。ワシーリー公爵は夜食の席に着かず、テーブルの周囲を回っては、上機嫌であちらの客、こちらの客の脇にちょこちょこと腰かけている。どの客にも打ちとけた調子で愛想よく話しかけているのだが、ピエールとエレーヌは別格で、あたかもこの二人の存在には気が付いていないかのような振りをしていた。ワシーリー公爵のおかげで場はにぎわっていた。キャンドルの火が赤々と燃えて、食器の銀やクリスタル、婦人たちの装束、軍人の肩章の金糸や銀糸が輝き、テーブルの周囲を赤い長上着《カフタン》の召使たちが行き来し、ナイフやグラスや皿の音、そしてテーブルの何か所かで交わされている活気のある話し声が聞こえてくる。一方の端では年老いた宮廷侍従が年老いた男爵夫人に向かって燃えるがごとき恋情を打ち明け、相手が笑っているのが聞こえる。反対の端からは、どこかのマリヤ・ヴィクトロヴナとやらの失敗談が聞こえてくる。テーブルの中央では、ワシーリー公爵が周囲に聴衆を集めていた。彼は冗談めいた笑みを唇に浮かべながら、婦人客たちを相手にこの水曜日にあった直近の国家評議会の模様を語っていた。その会議では新任のペテルブルグ軍務総督であるセルゲイ・クジミッチ・ヴャズミチーノフ[2]が、陣中にあるアレクサンドル皇帝から賜った詔書を読み上げたのだが、その中で皇帝はセルゲイ・クジミッチに向けて、諸方面から国民の忠誠を示す声明書を受け取っているが、中でもペテルブルグからの声明書はとりわけうれしかったと告げ、このような国民の元首である名誉を誇りに思うとともに、それにふさわしくあるべく努力する旨を述べているのだった。その詔書は「セルゲイ・クジミッチ殿！　諸方面より聞こえてくるところによれば……」という言葉で始まっていた。

「それで結局、『セルゲイ・クジミッチ殿』より先には進まなかったの？」一人の婦人がたずねた。

「そう、そうなんですよ、毛筋ほどもね」ワシーリー公爵が笑って答える。「『セルゲイ・クジミッチ殿……諸方面より……諸方面より、セルゲイ・クジミッチ殿……』といった調子で、哀れなヴャズミチーノフは一歩も先に進めなかったんですよ。何度か初めから試みたものの、どうも『セルゲイ』と言ったとたんに感激のすすり泣きが始まり、『ク……ジミッ……チ』で涙があふれだし、『諸方面より』でおいおいと泣き崩れるという始末で、その先はもう続かず。それからまたハンカチを取り出して、またもや『セルゲイ・クジミッチ殿、諸方面より』で泣き崩れる……。仕方がないので別の人間に代読を頼んだという次第です」

「クジミッチ殿……諸方面より……そして涙とね……」誰かが笑って繰り返した。

「意地悪はいけませんよ」テーブルの別の端からアンナ・パーヴロヴナが指で脅かすしぐさをして声をかけた。「とてもまじめで優れた方なんですよ、あの愛すべきヴャズミチーノフさんは……」

一同大笑いとなった。テーブルの上座のあたりでは、皆が上機嫌で、てんで勝手にはしゃいだ気分に浸っているようだった。ただしピエールとエレーヌは、下座のほぼどん詰まりあたりに、黙ったまま並んで座っていた。どちらの顔にも控えめな笑みが浮かんでいたが、それはさっきのセルゲイ・クジミッチのエピソードとはかかわりのない、自分の感情に対する恥じらいの笑みであった。他の者たちが何を語ろうと、どんなに笑って冗談に興じていようと、どんなにうまそうにラインワインやソテーやアイスクリームを堪能しようと、いかにこのカップルから目をそらし、興味もなければ気にもしていないという態度を取ろうと、なぜかしら、ごくたまに二人に投げかけられる視線から察しがついてしまうのだった――セルゲイ・クジミッチの小話も笑いも

2　生没年一七四四～一八一九。初代ロシア帝国軍務大臣（一八〇二～〇八）で、一八〇五年と一八一二年にペテルブルグ軍務総督を勤めた。

食事も、何もかもうわべの見せかけにすぎず、ここに集まった人々の注意はすべて、ただただピエールとエレーヌのカップルに向けられているのだということが。ワシーリー公爵がセルゲイ・クジミッチのすすり泣きを演じてみせた時も、目では素早く娘の姿を追っていた。笑っている時にも、その顔の表情は語っていた──『つまりは、万事順調だな。今日ですべてが決まるぞ』と。アンナ・パーヴロヴナがあの愛すべきヴァズミチーノフさんのことで彼を脅かすふりをしていた瞬間にも、ピエールを一瞥《いちべつ》してきらりと輝いたその目の中に、ワシーリー公爵は婿を迎え娘の幸せを得ることへの祝意を読み取ったのだった。年老いた公爵夫人は寂しげなため息をついて隣の女客にワインを注ぎながら、怒ったような眼で娘をちらりと見たが、そのため息はこう語っているかのようだった──『ええ、もう私たちにはおいしいワインをいただくぐらいしかすることはありませんね。今はもうああした若い方たちが、遠慮もなくこれ見よがしに幸せを謳歌する時代ですからね』。『この俺も、いかにも興味深げにあれこれ喋っているが、まったく、どれもこれもなんと下らぬ話だろう』恋する者たちの幸せそうな顔をちょっと見やって、ある外交官は思った。『ほら、あれこそが幸せじゃないか！』

ここに集まった者たちを結びつけているごくちっぽけな、作り物の関心ごとのただなかに、美しく健康な若い男女が互いに惹かれ合う素朴な感情がふと出現した。そしてその人間的な感情がすべてを圧し、人々の作り物のお喋りを睥睨《へいげい》するように、ゆっくりと飛翔している。冗談口も愉快さを失い、ニュースも味気なく、はしゃいでみても、わざとらしさが透けて見えた。客たちばかりか食卓の世話をする召使たちまで、どうやら同じことを感じ取っているらしく、ついつい給仕の手順を忘れ呆けたまま、まばゆいばかりの顔をした美女エレーヌと、赤らんで丸々と肥えたピエールの、幸せそうでかつ不安げな顔に見入っていた。どうやら灯火までもが、この二人の幸せそうな顔にだけ、集中的に降り注いでいるように見えたのである。

ピエールは自分がすべての中心にいるのを感じ、その状況を喜ぶと同時に腰が引ける思いがした。今の彼は何かの仕事に没頭している人と同じで、何ひとつはっきりとは見えもせず、分かりもせず、聞こえもしなかった。ただ時折不意に、胸の内に切れ切れの思念や、現実世界の印象がひらめくだけだった。

『つまり、もはやすべて決着がついたんだ！』彼は思った。『でも、どうしてまたこんなことになったんだろう？　こんなにも早く！　もう僕には分かっている、彼女一人のためだけじゃなく、自分一人のためでもなく、みんなのためにこれは必ず成就されなくてはならないのだ。彼らがそろってこのことをこれほどまでに期待し、実現を確信しているうえは、僕はどうしたって彼らを裏切るわけにはいかない。しかしどうしたらこのことが実現するのか？ それは知らないけれど、実現はする、きっと実現するんだ！』すぐそばでまばゆく輝いている肩にちらちら目をやりながら、彼はそんなことを考えていた。

すると突然、彼はなんだか恥ずかしくなった。一人で皆の注目を集めていることが、幸運児として他人の目にさらされていることが、不細工な顔をしながら、ヘレネーをわがものにする二枚目パリス気取りでいることが、決まりが悪かったのである[3]。『でも、きっといつだってこうなのだろうし、こうしなくてはいけないんだろう』彼はそう自分を慰めた。『それにしても、僕はこのためにいったい何をしたというのだ？ これはいつから始まったんだろう？ モスクワからはワシーリー公爵に同行してきた。そのときはまだ何もなかった。そのあとは、とりあえず公爵の家に落ち着いたのだが、これも自然だろう？ それから彼女とカードをしたり、ハンドバッグを取ってやったり、馬車でドライブしたりしたんだっけ。では一体いつからこうなり始めて、いつすべてが決まったんだろう？』ともかく今こうして彼は彼女の脇に求婚者然として座を占め、間近にいる彼女を、その息遣いを、動きを、美しさを目と耳と体で感じている。すると不意に、これはきっと絶世の美貌の持ち主は彼女ではなく自分であり、それゆえに皆が自分を注視しているのだと思えてきて、彼は皆の讃嘆をうれしく感じ、胸を張り頭をあげて幸せを噛みしめるのだった。ふと誰かの声が、誰かなじみ深い人の声が聞こえてきて、一度二度と繰り返し話しかけてきた。だがピエールは頭がいっぱいで、何を言われているのか理解できない。

「君に聞いているんだよ、いったいいつボルコンスキーの手紙を受け取ったんだね」ワシーリー公爵の声がすでに三度目の問いを発する。「まるで心ここにあらずという感じだね、君は」

ワシーリー公爵はにこにこ笑っており、そして気が付くとみんなが笑顔で彼を、そしてエレーヌを見ている。『仕方ないですね、皆さんが察していらっしゃるのなら』ピエールは心の中で言った。『だってそうでしょう？　その通りなんですから』そして彼自身も持ち前の穏やかな、子供のような笑みを浮かべ、エレーヌもまた微笑んだのだった。

「いったいいつ受け取ったんだね？　オルミュッツ[4]からだったのかい？」ワシー

3　ギリシャ神話のスパルタの王女ヘレネーはメネラーオスの妻となったがトロイアの王子パリスにさらわれ、トロイア戦争の原因となった。エレーヌはヘレネーの仏語名。

リー公爵がまた問いを繰り返す。何かの論争に決着をつけるのに、知る必要があるといった様子だった。

『こんなつまらないことを喋ったり考えたりしていていいものだろうか？』ピエールは思った。

「ええ、オルミュッツからでしたよ」彼はため息まじりに答えた。

夜食がすむと、ピエールは他の客たちの後について、大事な女性を客間までエスコートした。客は散り始めており、何人かはエレーヌに挨拶もせぬまま立ち去ろうとしていた。別れの挨拶に来る者たちも、大切な用事の邪魔をしたくないというそぶりで、ほんのつかの間で切り上げ、見送りを断ってそそくさと去っていく。例の外交官は、客間を去る時も陰気に黙り込んでいた。ピエールの幸福ぶりに照らしてみると、外交官としての成功の虚しさが、つくづく実感されたのだった。年配の将軍は、足は大丈夫ですかと訊ねる妻に、腹を立ててぶつぶつと文句を言った。『なんて間抜けな婆さんだ』彼は思った。『ほらあのエレーナ・ワシーリエヴナ［エレーヌのロシア語名と父称］なら、五十になってもきっと美人だぞ』

「どうやら、おめでとうと申しあげてもよさそうですわね」アンナ・パーヴロヴナは公爵夫人にささやくと、強く口づけした。「片頭痛さえなければ、私も残るんですけれど」

公爵夫人は何も答えなかった。わが娘の幸福への嫉妬に苦しめられていたのである。

客の見送りが行われている間、ピエールは長いことエレーヌと二人きりで、元から座っていた小さな客間に残っていた。この一月半の間にも、彼は何度もこうしてエレーヌと二人きりになることがあったのだが、一度も彼女相手に愛を語ったことはなかった。今度こそ、その必要があると感じはするのだが、どうしても最後の一歩を踏み出す決心がつかない。彼は恥ずかしかった。こうしてエレーヌのすぐそばにいながら、自分が誰か他人の席を横取りしているような気がするのだ。『この幸せはお前のためのものじゃない』不思議な内なる声が彼に語り掛ける。『この幸せは、お前の持っていないものを持っていない人たちのためのものなんだぞ』しかし何か言わないわけにはいかないので、彼は口を開くことにした。彼女に、今夜の会は楽しかったかと訊ねたのだ。彼女はいつも通りのシンプルな調子で、今日の聖名日の祝いは自分にとって一番楽しかった会の一つだと答えた。

一番近い親戚の誰彼はまだ残っていて、大きい客間に腰を据えていた。ワシーリー

4　現在のチェコのオロモウツ。

公爵がけだるそうな足取りでピエールに歩み寄ってくる。ピエールは立ち上がって、もう遅いですねと言った。ワシーリー公爵は厳しく問いただすような目つきで彼を見つめた。あまりにも奇妙なことを言われたので聞き取れなかったとでも言いたげである。しかしその後で厳しい表情を一変させると、ピエールの腕を下に引っ張って座らせ、愛想よくにっこりと笑った。

「どうだね、リョーリャ?」すぐに娘の方を向いて、いつものように優しげでざっくばらんな口調で話しかける。こうした口調は小さなころから子供をかわいがってきた親たちが身に着けているものだが、ワシーリー公爵の場合は、他の親たちをまねることでその勘どころをつかんだのだった。

そして彼はまたピエールに向きなおった。

「セルゲイ・クジミッチ殿、諸方面より」チョッキの上のボタンを外しながら彼はさっきの冗談を繰り返してみせた。

ピエールはにやりと笑ったが、その笑顔から、この瞬間のワシーリー公爵の関心を占めているのがセルゲイ・クジミッチの小話などではないことをピエールが理解していることが見て取れたし、ワシーリー公爵の方も、ピエールがそれを理解していることを理解したのだった。ワシーリー公爵は不意に何かぶつぶつとつぶやくと、部屋から出て行った。ピエールにはワシーリー公爵までもが当惑しているように感じられた。あの老練な社交界人が当惑しているのを見るのは、ピエールには堪《こた》えた。振り向いてエレーヌを見ると、どうやら彼女も当惑しているようで、その目は『仕方ないでしょう、あなたのせいですからね』と告げていた。

『これは何としても一線を踏み越えなくちゃならないが、でもできない、僕にはできない』そう思いつつピエールはまたもや本題を外れて、かのセルゲイ・クジミッチの話をむしかえし、自分はよく聞いていませんでしたが、あの話はどこがおもしろいのでしょうと訊いた。エレーヌは微笑んで、自分にも分からないと答えた。

ワシーリー公爵が客間に入って行くと、公爵夫人が年配の婦人客を相手に小声でピエールの話をしていた。

「もちろんこれはよい縁組ですよ、ただ幸福というものはねえ……」

「結婚は、天国で成就するものですからね」年配の婦人が答える。

ワシーリー公爵は女性たちの話が耳に留まらなかったような様子で遠い部屋の隅まで進み、ソファーに腰を下ろした。目を閉じて、うとうとと眠り込んだようだったが、がくんと頭が落ちそうになってわれに返った。

「お前」公爵は妻に声をかけた。「二人が何をしているか、見てきなさい」

公爵夫人はドアに歩み寄ると、神妙な顔つきでさりげなくそのわきを通り過ぎながら、小さな客間を覗き込んだ。ピエールとエレーヌは相変わらず座り込んで話をしていた。

「変わりなしですよ」夫人は夫に答えた。

ワシーリー公爵が顔を顰《しか》め、口元に皺を寄せると、その頬がプルプルと震えて、彼特有の不快な、下卑《げび》た表情になった。彼は体をぶるっと震わせて立ち上がり、頭をぐいと後ろにそらして、決然とした足取りで女性たちの脇を抜け、小さな客間に入って行った。そのまま素早い足取りで、うれしそうにピエールに歩み寄る。その顔には飛び切り厳粛な表情が浮かんでいたので、彼を見たピエールはびっくりして立ち上がった。

「よかったな!」公爵は言った。「全部家内から聞いたよ!」彼は片腕でピエールを、もう片腕で娘を抱きかかえた。「大事なリョーリャ! とてもうれしいよ、とても」彼の声が震えだす。「私は君の父上を慕っていたんだ……この娘は君の良き妻になるだろう……君たちに神の祝福があらんことを!……」

彼は娘を抱きしめ、それからまたピエールを抱きしめ、年老いた口でキスをした。本当に涙がその頬を濡らしていた。

「お前もこっちへ来なさい」彼は妻を呼ばわった。

公爵夫人は姿を見せると、同じく泣き出した。年配の女性客もまたハンカチで目を拭っている。ピエールは人々からキスをされ、彼もまた美しいエレーヌの手に何度かキスをした。しばらくすると、彼らはまた二人きりになった。

『すべてはなるべくしてなったことで、こうなる他はなかったのだ』ピエールは考えた。『だから、これが良いことか悪いことかなんて、問うても意味がないんだ。良いことなんだ、なぜならはっきりと決まって、さっきまで僕を苦しめていた疑いがなくなったんだから』ピエールは黙ったまま未来の花嫁の手を握り、その美しい胸が上下するのを見つめていた。

「エレーヌ！」声に出して言ったまま彼は口ごもった。

『確かこういう時には、何か特別な決まり文句があるんだよな』彼はそう思ったが、こんな場合まさにどんな決まり文句があったか、どうしても思い当たらなかったのだ。彼は彼女の顔に見入った。彼女はさらに身を寄せてきた。その顔がぽっと赤らんだ。

「ああ、それを外してください……その、それを……」彼女は眼鏡を指して言った。

ピエールは眼鏡を取った。普通眼鏡を外した人の目は変に見えるが、彼の眼はその上に怯えたような、もの問いたげな表情を浮かべていた。彼は身を屈めて彼女の手に口づけしようとしたが、彼女はささっと強引に頭を動かして彼の唇をとらえ、そこに自分の唇を重ねてしまった。すっかり様変わりして、不気味な忘我の表情になった彼女の顔に、ピエールは愕然とした。

『もはや手遅れだ、すべてが決まったんだし。それに、僕も彼女を愛しているんだから』ピエールはそう考えた。

「僕はあなたを愛しています《ジュ・ヴ・ゼーム》！」こうした場合に言うべきだったことを思い出して彼は言った。しかしその言葉があまりにも貧弱に響いたので、彼は自分が恥ずかしくなった。

一月半後、彼は結婚し、いわゆる美人の妻と巨万の富の所有者として、新たに改装されたペテルブルグのベズーホフ伯爵の邸宅へと入居したのだった。

3章

ニコライ・アンドレーヴィチ・ボルコンスキー老公爵は一八〇五年の十二月にワシーリー公爵からの手紙を受け取り、相手が息子を連れて訪れる予定であることを知らされた（「小生査察旅行の途次ですが、もちろん尊敬してやまぬ大恩ある公爵さまをお訪ねするためなら、百キロの道など迂路とも思いません」とワシーリー公爵は書いていた。「息子のアナトールも小生に随行し、そのまま軍に赴きます。息子もこの父に倣って、公爵さまに対する深い尊敬の念を抱いておりますので、どうか本人から直《じか》にその敬意を表明する機会をお与えください」）。

「あら、マリヤさんをよそに連れ歩く必要はないわね。求婚者の方から家まで出向いてくるんだから」手紙の件を聞きつけた息子の妻リーザが、そんな軽率な発言をした。

ニコライ老公爵は渋い顔をしたが何も言わなかった。

手紙を受け取ってから二週間たった晩、まずワシーリー公爵の召使たちが到着し、そして翌日、本人が息子を連れて現れたのだった。

ボルコンスキー老公爵は昔からワシーリー公爵の人となりをあまり評価していなかったが、とりわけ近年、パーヴェル帝やアレクサンドル帝の新しい治世でワシーリー公爵が出世の階段を駆け上り、名声が高まってからはなおさらだった。今度また、思わせぶりな手紙と息子の妻のほのめかしから相手の魂胆を悟ると、もともと低かったワシーリー公爵への評価が、ニコライ老公爵の胸の内で悪意のこもった侮蔑の感情へと転化したのだった。この人物のことを話題にするとき、彼は絶えずせせら笑った。ワシーリー公爵が着くことになっている日には、ニコライ老公爵はとりわけ不満そうで機嫌が悪かった。ワシーリー公爵が来るから不機嫌なのか、それとも不機嫌だからこそ格別ワシーリー公爵の到来が気に食わなかったのか分からないが、とにかく不機嫌で、侍僕のチーホンはすでに早朝から、例の建築技師が公爵の部屋に報告に行くのを止めたほどだった。

「聞いてごらんなさい、どんな歩き方をしていらっしゃるか」チーホンは建築技師に公爵の足音への注意を促して言った。「踵《かかと》でどしどし歩いていらっしゃるでしょう、ああなるともう……」

しかし普段通り八時を過ぎると老公爵は、いつものクロテンの襟が付いたビロードのコートを着込み、同じクロテンの帽子をかぶって、散歩に出かけた。夜のうちに雪が降っていた。ニコライ老公爵が温室を目指して歩いていく小道は、きちんと雪かきがされていて、掃き清められた雪の上には箒の筋が残り、小道の両側に連なる柔らかい雪山の上には、シャベルが突き刺さっていた。温室や召使部屋や建設現場の脇を、老公爵は渋い顔つきで黙々と通り抜けた。

「橇《そり》は通れるのか？」恭しい物腰で母屋までついてきた、顔も身振りも主人によく似た支配人に向かって、彼は訊ねた。

「雪が深かったものですから、公爵さま、もう本道《プレシペクト》[5]の雪かきを命じておきました」

老公爵は頷いて母屋の表階段に向かった。『やれやれ』と支配人は安堵した。『黒雲が通り過ぎてくれたぞ！』

「橇が通りにくかったものですから、公爵さま」支配人はさらに言い添えた。「伺うところでは、公爵さま、大臣さまがお見えになるそうで」

老公爵は支配人に向き直ると、不機嫌な目つきで相手を見据えた。

「何だと？　大臣だと？　どこの大臣だ？　誰がそんなことを命じた？」持ち前の甲高《かんだか》く険しい声で彼は詰問した。「娘の、うちのお嬢さまのために雪かきをしたのではなく、大臣さまのためだというんだな！　この家には大臣などおらん！」

「公爵さま、私が考えましたのは……」

「お前が考えただと！」公爵はますます早口になって、とりとめもなく怒鳴り散らす。「お前が考えた……このごくつぶしめが！　ろくでなしめが！……俺が貴様に考えることを教えてやる」そう言ってステッキを振り上げると、アルパートィチめがけて振り下ろした。支配人は思わず身をかわしたが、さもなければぶん殴られていたところだった。「考えただと！……ろくでなしめが！……」公爵は口早に罵《ののし》った。主人

5　広大な領地の門から屋敷まで続く、馬車や大型橇も通れる道路。広い道《プロスペクト》のなまり（後出）。

の打擲《ちょうちゃく》から身をかわすなどという、分をわきまえぬことをしてしまったことに自らうろたえたアルパーティチは、主人に歩み寄ると、おとなしくその禿げた頭を垂れたが、にもかかわらず、あるいはおそらくまさにそれゆえに、主人の方は続けて「ろくでなしめ！……道を雪で埋めてしまえ！」と怒鳴っただけで、二度とステッキを振りかざしたりはせず、部屋に駆け込んで行った。

昼食の前、娘のマリヤとマドモワゼル・ブリエンヌは、立ったまま公爵を待っていた。老公爵がご機嫌斜めだというのは二人とも知っていたが、マドモワゼル・ブリエンヌが『私は何も知りませんし、いつもと同じです』といった風情の晴れ晴れとした顔をしていたのに対し、マリヤの方は、青白い怯えた顔つきで、目を伏せていた。マリヤにとって一番辛いのは、こうした場合にはマドモワゼル・ブリエンヌのように振る舞わなくてはいけないのだと分かっていながら、そうはできないことだった。『私が気付いていないふりをすれば、父は私に同情が足りないのだと思うだろうし、かといって私自身がふさぎ込んで機嫌が悪ければ、父は（いつものように）しょぼくれやがってと言うだろう』云々と、くよくよ考えていたのである。

老公爵は娘の怯えた顔を一瞥すると、フンと鼻を鳴らしてみせた。

「ばかも……いや、ばか娘が！……」彼は言った。

『あの女もおらん！　さてはあいつもいろいろと吹き込まれたな』息子の嫁が食堂にいないのを見て彼はそんなことを思った。

「嫁はどこだ？」彼は訊ねた。「隠れているのか？」

「若奥様はあまりご体調がすぐれませんので」マドモワゼル・ブリエンヌが明るい笑顔で答えた。「お見えになりません。あのお体では無理もございませんわ」

「フン、フン！　クフ、クフ！」そんな声で応じて公爵はテーブルに着いた。

皿がきれいでないように見えたので、彼は染みを指さして皿を投げ捨てた。チーホンがそれを受け止めて給仕に渡す。リーザ夫人は健康がすぐれないのではなかった。ただ彼女は舅《しゅうと》のことをどうしようもないほど恐れているので、相手が不機嫌だと聞いて、昼食に出て行かないことにしたのである。

「赤ちゃんのことが心配なの」そう彼女はマドモワゼル・ブリエンヌに言ったのだった。「びっくりしたりすると、何が起こるかしれませんからね」

総じてリーザ夫人はこの禿山《ルイスィエ・ゴールイ》の領地で暮らす間、絶えず老公爵への恐怖感と嫌悪感にとりつかれていた。嫌悪感の方は意識されていなかったが、それは恐怖感が勝ちすぎて、嫌悪感を覚える余裕がなかったからである。老公爵の側にも同じく嫌悪感があったが、彼の場合嫌悪感は侮蔑によって押し殺されていた。禿山の暮らしに慣れたリーザ夫人は、とりわけマドモワゼル・ブリエンヌのことが気に入って日々共に過ごし、夜は自分の部屋に泊まってくれるよう頼んでは、しばしば舅の公爵を話のタネにして、その論評をしていたのだった。

「お客様がいらっしゃるそうですね、公爵さま」ピンク色の手で白いナプキンを広げながら、マドモワゼル・ブリエンヌが言った。「伺ったところでは、クラーギン公爵閣下とその御子息だとか？」確かめる口調で言い添える。

「ふん！　閣下どころか、ほんの小僧っ子さ……私が本省に入れてやったのだ」いまいましげに老公爵は言った。「しかも息子を連れてくるとは、意味が分からん。リザヴェータ・カルロヴナ公爵夫人〔リーザの正式名〕やマリヤ公爵令嬢なら分かるのかもしれんが、私には分からん、何であの男が息子なんぞをここへ連れてくるのだ。私には無用なことだ」そう言って彼は顔を赤らめている娘を見つめるのだった。

「どうした、ぐあいが悪いのか？　今日あの間抜けのアルパートィチが言ったように、大臣が怖いのか？」

「いいえ、お父さま」

マドモワゼル・ブリエンヌはいかにもまずい話題から入ってしまったわけだが、それでもめげずにお喋りを続け、話題を温室のことに切り替えて、新しく咲いた花がきれいだという話をしたので、老公爵もスープが終わるころには気分を和らげていた。

昼食の後で彼は嫁の部屋を訪れた。小柄なリーザ夫人は小さなテーブルに向かって、小間使いのマーシャとお喋りをしていた。舅の姿を見ると、彼女は青ざめた。リーザ夫人はたいそう面変わりしていた。今では美人というよりもむしろ醜女《しこめ》だった。頬はたるんで唇はめくれあがり、目尻は垂れ下がっていた。

「はい、なんだかだるくて」気分はどうかという老公爵の問いに彼女はそう答えた。

「何か要るものはないか？」

「いいえ、ありがとうございます、お父さま」

「それなら、結構、結構」

彼は部屋を出て召使の控え室まで足を伸ばした。控え室ではアルパートィチが立ったまま礼をして迎えた。

「本道に雪を戻したか」

「戻しました、公爵さま。どうかお許し下さい、私が愚かだったばかりに」

老公爵は相手を遮って、特有の不自然な笑い声をあげた。

「なに、かまわん、かまわん」

老公爵は片手を差し出し、アルパートィチがそこに口づけすると、そのまま書斎に向かった。

その晩ワシーリー公爵が到着した。御者や召使たちが本道《プレシペクト》（広い道《プロスペクト》のことを彼らはこう言うのだった）で客を迎え、わざと雪がかぶせられた道を、掛け声をかけながら、客の乗ってきた旅行用の箱橇と普通の橇を翼棟《よくとう》まで運んだのだった。

ワシーリー公爵とアナトールには、それぞれ別の部屋が割り当てられた。

アナトールは胴着を脱いで両手を腰に当てた格好で、テーブルに向かって座っていた。笑顔を浮かべながらその美しい大きな目をじっと、放心したように、テーブルの端に向けている。彼は自分の生涯を、なぜか誰かがわざわざ彼のためにこしらえてくれることになっている、ひとつながりのエンターテインメントとみなしていた。それで今度のこの意地悪老人と金持ちで不器量な跡取り娘のもとへの訪問旅行も、同じ目で見ていたのである。彼の予測では、今回の旅もきわめて楽しく愉快なものとなる可能性があった。『結婚して悪いはずがないだろう、もしも相手が大金持ちだというのなら。決して邪魔にはならんからな』アナトールはそんな風に考えていた。

彼は習慣と化している丁寧で気取った仕方で髭《ひげ》を剃り、体に香水を振りかけると、持ち前の気のよさと得意さを合わせたような表情で、美しい頭を昂然《こうぜん》と上げながら、父親の部屋に入って行った。ワシーリー公爵の周りでは、二人の侍僕がかいがいしく着付けを施しているところだった。本人も目をくりくりさせて自分の体をあちこち点検していたが、入ってきた息子を見るとうれしそうに頷いてみせた。その顔は『それだ、それこそ私がお前にしてほしかった格好だ』と言っているかのようだった。

「でもさ、冗談は抜きにして、お父さん、その娘は本当にひどく不器量なの？　ねえ？」息子はフランス語でそう訊ねたが、その口調はいかにも道中で何度となく繰り返された話題をむしかえしているように聞こえた。

「よしなさい、つまらん話は！　それより気をつけなさい、老公爵の前では恭しく、分別ある態度をとるように」

「もしも相手が乱暴な口をきくようだったら、僕は出て行きますよ」アナトールは言った。「そういう老人連中には我慢がなりませんから。いいですね？」

「覚えておけ、お前にはここがのるかそるかの正念場なんだぞ」

　このころ女中部屋にも大臣とその息子の到着が告げられていたばかりか、二人の風貌までもが詳しく伝わっていた。娘のマリヤは一人で自室にこもって、内心の動揺に打ち勝とうと、むなしい努力をしていた。

『どうしてあの人たちは手紙を寄こしたりしたのかしら？　なぜリーザさんは私にあんなことを言ったのかしら？　だって、そんなことあり得ないじゃない！』鏡に目をやりながら彼女は自分に語りかけた。『どんな顔をして客間に出て行ったらいいの？　仮に私がその方のことを気に入ったとしたって、こんな気持ちのままでは、相手に対して自然に振る舞うことなんてできないわ』父親の目つきを思っただけでも、彼女はぞっとするのだった。

リーザ夫人とマドモワゼル・ブリエンヌはすでに小間使のマーシャから必要な情報をすっかり手に入れていた。それによると大臣の息子は大変血色がよく眉のきりっとした美男子で、父親の方が階段を上るのに足を引きずっていたのに対して、息子はまるで荒鷲のように、後を追って二段飛ばしで駆け上って行ったとのことだった。そんな情報を得た二人は、連れだってマリヤの部屋に入って来たが、まだ廊下にいるうちからにぎやかに話し合うその声が聞こえていたのだった。

「お客様がお着きよ、マリヤさん、ご存知でしょう？」リーザ夫人は自分のお腹に押しつぶされそうな格好で、安楽椅子にどっしりと腰を下ろした。

彼女はもはや今朝がたのブラウス姿ではなく、一番いいドレスの一つを着込んでいた。髪はきちんと結われ、顔も生き生きしていたが、ただしその生気も、たるんで鈍くなってしまった顔つきを隠すことはできなかった。ペテルブルグの社交界にいるころと同じ衣装を身に着けると、なおさら彼女の失ったものの大きさが目立った。マドモワゼル・ブリエンヌの方も、さりげなく装いに手を加えていて、おかげでもともときれいでみずみずしい顔が一層魅力を増していた。

「あらお嬢さま、まだ着替えていらっしゃらなかったのですね」マドモワゼル・ブリエンヌが言った。「お客様はもうじき客間に出てこられますから、こちらにもお声がかかりますわ。そうしたら降りていかなくてはなりません。ですから、すこしだけでもおめかしなさらなくては!」

リーザ夫人が安楽椅子から立ち上がり、小間使をベルで呼ぶと、いそいそとマリヤのおめかしのプランを立て、実行にとりかかった。マリヤはそもそも花婿候補の来訪に自分が動揺しているということでプライドが傷ついた気がしていたが、さらに屈辱的だったのは、友と思う者たちが二人とも、そうなるのが当然と最初から決めつけて疑わないことであった。自分のことも彼女たちのことも恥ずかしく思っていると口に出して言ったりすれば、かえって自分の動揺を見透かされることになるだろう。そのうえ勧められるおめかしを断ったりすれば、相手はしつこくからかい、付きまとってくることだろう。困惑に頭がかっとなると、美しかったその目は輝きを失い、顔は朱の斑点でおおわれた。そしてしばしば彼女の顔に浮かぶ犠牲者のような醜い表情で、マリヤはマドモワゼル・ブリエンヌとリーザ夫人の軍門に降《くだ》ったのである。彼女を美しい姿にしようという二人の女性の熱意は、純粋に本心からのものだった。そもそも彼女はあまりにも器量が悪かったので、その彼女と張り合おうなどという考えはどちらの頭にも上るはずがなかった。だから二人とも純粋に本心から、おめかしすれば顔がきれいになるという無邪気で強固な女性の信念に従って、彼女の着つけにとりかかったのだった。

「いいえ、やっぱりこのドレスはよくないわ」ちょっと離れて脇からマリヤの姿をためつすがめつ見ながら、リーザ夫人は言った。「あなた、栗色のドレスがあったでしょう、あれを出すように言って！　そうよ！　だって、これで運命が決まるかもしれないんだから。今着ているのは明るすぎてよくないわ、そう、それじゃだめよ！」

だめなのは服ではなくてマリヤの顔とスタイルの全体であったのだが、マドモワゼル・ブリエンヌもリーザ夫人もそこに気付いていなかった。二人はいまだに、髪を梳《す》き上げて青いリボンを着け、茶系の服に青いショールをかぶせ、といったやり方で、すべてうまくいくと思っていたのだ。彼女らが忘れていたのは、怯えたような顔や体つきを変えることはできないということで、したがって二人がかりでどんなにその顔の額縁や装飾をいじっても、顔自体はみじめで不器量なままだったのである。二度三度の手直しにおとなしく応じたマリヤが、髪を梳きあげられて（これは彼女の顔をすっかり変え、損なってしまう髪型だった）、栗色の晴れ着に水色のショールを着けると、リーザ夫人は二度ばかり彼女の周りをまわり、小さな手でドレスの折り目を直し、同じ場所でショールを引っ張って伸ばしたうえで、首を傾けて左右からじっと点検した。

「いや、これではだめだわ」ぴしゃりと手を叩くと、彼女はきっぱりと言った。「マリヤさん、この格好はあなたには全く似合わないわ。いつものグレーのお洋服の方がずっと素敵よ。お願い、私のために着替えてちょうだい。カーチャ」彼女は小間使に言った。「お嬢様にグレーのドレスをもってきてちょうだい。マドモワゼル・ブリエンヌ、私の手際を見ていてね」リーザ夫人は今からもう芸術家の快楽を味わっているような笑みを浮かべて言った。

しかしカーチャが言いつけられた服を持ってきても、マリヤは鏡の前にじっと座り込んで動かず、自分の顔を見つめるばかりだった。鏡に映った彼女は、目に涙をため、唇をぶるぶる震わせて、今にも泣きだしそうだった。

「ねえ、お嬢様」マドモワゼル・ブリエンヌが声をかける。「もうちょっとの辛抱ですから」

リーザ夫人は女中の手からドレスを受け取ると、マリヤに歩み寄った。

「さあ、今度こそシンプルに、かわいらしくしましょうね」彼女は語りかけた。

彼女とマドモワゼル・ブリエンヌ、そして何かのことで笑い出したカーチャの声が一つになって、まるで小鳥たちの歌声のような、楽しげなさざめきをなしている。

「いいえ、放っておいてちょうだい」マリヤは言った。

その声がいかにも深刻な、辛そうな響きをたたえていたので、小鳥たちのさざめきはたちまちぴたりと止《や》んだ。涙と思いをたたえた大きな美しい目が、はっきりと懇願するように自分たちに向けられているのを見た女性たちは、これ以上無理強いするのは無駄であり、残酷な仕打ちになりかねないと悟ったのである。

「せめて髪型を変えましょうよ」リーザ夫人は言った。「言ったでしょう」と今度はマドモワゼル・ブリエンヌにむけて非難がましく言う。「マリヤさんのようなお顔には、こういった髪型は全く似合わないの。ね、変えましょうよ」

「放っておいて、放っておいてちょうだい、私はどうだっていいんだから」そう答える声は、かろうじて涙を抑えているようだった。

マドモワゼル・ブリエンヌとリーザ夫人は、このままではマリヤがいかにも不器量で、普段の容姿にも劣るほどだと内心認めざるを得なかったが、しかしもはや手遅れだった。二人を見つめるマリヤの目は、彼女たちになじみの、物思いと悲哀の表情をたたえていた。その表情は、別に彼女たちの内にマリヤに対する恐怖心を呼び起こすものではなかった（誰にせよマリヤが恐怖心を与えることはなかった）。ただ彼女たちは知っていたのだ。マリヤの顔にこの表情が現れる時は、彼女は黙ったまま不動の決断を下しているのだと。

「ねえ、髪型を変えてみない？」そう話しかけても何の返事も返ってこなかったので、リーザ夫人は部屋を出て行った。

マリヤは一人になった。リーザ夫人の願いを拒絶して髪型を変えなかったばかりか、鏡の中の自分を見ようとさえしなかった。力なく目を伏せ、両手もだらりと垂らして、黙って座り込んだまま考えていた。彼女の脳裏には夫となる男性の姿が浮かんでいた。強く、圧倒的で、不可解でかつ魅力的な存在であり、彼女を不意にさらって、自分の、こことまったく違う、幸せな世界へと連れ去ってくれる男性の姿だった。自分自身の赤ちゃんも、ちょうど昨日乳母の娘のところで見かけた赤ちゃんと同じように、わが胸に抱かれた姿で思い浮かんだ。夫は立ったまま、優しい顔で彼女と赤ちゃんを見つめている。『いいえ、そんなことはありえないわ。私あまりにも不器量だから』彼女は思った。

「どうかお茶においでください。公爵さまもすぐにお出ましです」ドアのかげから小間使の声がそう伝えた。

はっとわれに返ると、彼女は自分の考えていたことにゾッとした。そして階下に降りる前に立ち上がって聖像室に入って行き、灯明に照らされた大きな救世主の聖像の黒っぽい顔に目を据えて、その前に何分間か両手を合わせて立ち尽くしていた。彼女の胸には苦しい疑いの念が萌《きざ》していた。この自分に愛の歓びが、男性に対する地上的な愛の歓びが得られるだろうか？　結婚を思うとき、マリヤが夢見るのは家庭の幸福であり子供であったが、しかし肝心な、最も強い、彼女の隠れた夢は、地上的な愛であった。その気持ちを彼女は他人からも、そして自分自身からも隠そうとしていたが、隠せば隠すほど気持ちはいっそう強まるのだった。『神様』と彼女は胸の内で語りかけた。『私の胸に巣くったこの悪魔の考えを、どのように退治したらよいのでしょうか？　こうした悪しき思いをきっぱりと断ち切って、安らかな心であなたさまのご意思を実現するにはどうしたらよいのでしょうか？』彼女がこの問いを発するや否や、すでに神は彼女自身の心のうちで彼女に答えていた。『自らのために何一つ望むな、求めるな、思い煩《わずら》うな、うらやむな。人類の将来も汝一個の運命も、汝には知ることはできない。だが、あらゆることに備えて生きればそれでよい。もしも神が汝を結婚の務めにおいて試みるならば、その意思を遂げるべく備えておけ』この心安らぐ考えを胸に抱いて(とはいえやはり禁じられた地上的な夢をかなえたいという期待をもって)、マリヤはほっと息をつき、十字を切ると、階下に降りて行った。ドレスのことも髪型のことも、部屋にどう入ってどんな話をするかということも、頭にはなかった。神の定めるところに比べれば、そうした諸々のことにはたしてどれほどの意味があろうか。神のご意思がなければ、一筋の髪さえ頭から落ちはしないのだから。

4章

マリヤが客間に入って行くと、ワシーリー公爵とその子息はすでにそこにいて、リーザ夫人とマドモワゼル・ブリエンヌとともに会話をしていた。マリヤが例のごとく踵から床を踏む重い足取りで入って行くと、男性陣とマドモワゼル・ブリエンヌがさっと立ち上がり、リーザ夫人は男性たちに紹介する手つきで「これがマリヤですわ」と言った。マリヤは全員を一瞥したが、その目は細かな表情まで捉えていた。ワシーリー公爵の顔は当家の令嬢を見て一瞬真顔に固まったが、すぐさま笑顔を浮かべた。小柄な公爵夫人の顔は、客たちの表情からマリヤが与えた印象を興味深げに読み取ろうとしていた。マドモワゼル・ブリエンヌはリボンを着けたきれいな顔をして、見たことがないほど生き生きとした目つきで彼を見つめていた。だがマリヤはその彼には目を向けることができず、見えたのはただ何か大きな、明るい、美しいものが、部屋に入った彼女に近寄ってくるということだけだった。まず彼女に歩み寄ってきたのはワシーリー公爵だったが、彼女は自分の手の上に屈み込んだ相手の禿げ頭に口づけして、相手の言葉に対しては、いいえそれどころかあなた様のことをとてもよく覚えていますわと答えた。次にアナトールが近寄ってきた。彼女はまだ彼に目を向けることができない。ただ自分の手をしっかりと握った相手のやわらかな手の感触を覚え、ポマードを付けた美しい亜麻色の髪の下の白い額にわずかに触れただけだった。ついに彼に目を向けた時、その美しさが彼女を驚かせた。アナトールはきちんとはめた軍服のボタンに右手の親指を掛け、胸をぐっと張り背を反らして、休めのポーズをとった片足だけをゆらゆらと揺らし、首を軽くうつむけながら、黙って楽しげに公爵令嬢を見ていたが、見るからに彼女のことは何も頭になかった。アナトールは機転の利く人間ではなく、会話も打てば響くというわけでもなければ雄弁でもなかったが、その代わり社交界において貴重な能力である平静さと不動の自信を備えていた。もしも自信のない人間が初対面の相手の前で黙り込んだままで、しかも黙っているのが無作法だという自覚をあらわにして、何か話題を探そうとしたりすれば、それこそ無作法になるだろう。しかしアナトールはただ黙って、片足を揺らしながら、楽しそうに令嬢の髪型を観察している。どうやらいつまでもこうして平気で黙っていることができるらしい。『もし黙っているのが気まずい人がいれば、どうぞ喋ってください。僕は気が進まないので』――まるでそんな風に言っているような顔つきだった。他にも、女性を相手にするときのアナトールには一つの流儀があって、それが何よりも女性たちの好奇心を、恐れを、そして愛情さえをも掻き立てるのだった。それはすなわち、優越感からくる侮蔑を見せつける流儀である。そんな彼のそぶりは、あたかもこう語っているかのようだった――『ああ、あなたのお気持ちは分かっていますよ。でもどうして僕があなたのご機嫌を取らなくちゃいけないんですか？　それはあなたの方はうれしいでしょうがね！』もしかしたら彼は女性に会う際にそんなことを考えてはいないのかもしれないが（いやきっと考えてなどいないだろう、なぜなら概して彼はあまり物を考えないからだ）、ただ彼はいかにもそのような風貌を、そして物腰をしているのである。マリヤはそれを感じ取り、そしてあたかも自分にはあなたさまの気を引こうなどという大それた気はさらさらありませんということを相手に示したいかのように、ワシーリー公爵の方に向き直った。皆の間で活発な会話が交わされたが、それに貢献したのはリーザ夫人のかわいらしい声と、白い歯を見せてまくれ上がる産毛《うぶげ》の生えた上唇だった。彼女はワシーリー公爵を相手に、陽気でお喋りな人々がよく用いる一種の遊びを仕掛けたのだった。その遊びとは、相手と自分との間に何かしら昔から決まった冗談とか、愉快な、しかし必ずしも皆に知られてはいない面白い思い出があるのだと想定して喋ることである。ところが実際にはそんな思い出は存在しないし、リーザ夫人とワシーリー公爵との間にだってそのようなものは何もないのだ。ワシーリー公爵は喜んで調子を合わせてきた。リーザ夫人はこのありもしなかった滑稽な出来事の思い出ゲームに、これまでほとんど面識のなかったアナトールも巻き込んだ。マドモワゼル・ブリエンヌもその共通の思い出ゲームに参加し、はてはマリヤまでもが喜んで、愉快な思い出ゲームに引き込まれていくのを感じたのだった。

「さて、とにかく今日こそあなたにたっぷりとお相手していただきますからね、優しい公爵さま」リーザ夫人は当然のごとくフランス語でワシーリー公爵に話しかけた。「あのアンネット［アンナ・シェーレル］の夜会のようなわけにはいきませんわよ。あそこではいつもあなたは逃げてばかりですから。覚えていらして、あの愛すべきアンネットを？」

「まさか、あなたまでアンネットのように私に政治論を持ちかけるんじゃないでしょうな！」

「では、うちのお茶席のよもやま話でしたら？」

「おお、それなら歓迎ですよ！」

「どうしてあなたはこれまでアンネットのところにいらっしゃらなかったの？」リーザ夫人はアナトールに訊ねた。「ああ！　知ってます、知ってますとも」彼女はウインクしながら言った。「お兄さまのイッポリートさんがあなたのご行状を話してくださいましたからね。いやはや！」彼女は指で相手を脅す真似をした。「パリにいらしたころのご乱行ぶりだって、存じておりますわ！」

「ところであいつは、イッポリートの奴は、お前に話さなかったか？」ワシーリー公爵は息子に話しかけながら、あたかも逃げだそうとしているリーザ夫人をかろうじて引き留めたといった風情で、彼女の手を捕まえた。「話さなかったか、あいつが、イッポリートがこのかわいい公爵夫人に恋い焦がれて、この人に家から追い出された顚末を？」

マリヤの方に向き直ると、ワシーリー公爵はさらに言った。「まったく！　この人はまさに女性の精華のような方ですからなあ、お嬢さま！」彼はマリヤに向けて言った。

マドモワゼル・ブリエンヌもパリという言葉を聞きつけて、すかさずみんなの思い出話ごっこに加わった。

彼女は思い切ってアナトールに話しかけ、パリを去ったのはいつなのか、パリの町は気に入ったかとたずねた。アナトールは大喜びでこのフランス女性の質問に答え、笑顔で相手を見つめながら、彼女の祖国について話を交わした。美しいブリエンヌを見て、アナトールはこの禿山《ルイスィエ・ゴールィ》滞在も退屈なものにはならないだろうと判断したのだった。『なかなかの美人だよ！』彼女を見ながらアナトールは思った。『なかなかの美人だよ、この侍女は。娘が俺と結婚することになったら、この侍女も一緒に連れてきてほしいものだ。いや、とってもかわいい女性だ』

主人の老公爵は書斎でゆっくりと着替えをしながら、顰《しか》め面でどうするべきか考えを巡らしていた。二人の客の来訪は彼を立腹させた。『ワシーリー公爵とその息子が私に何の関係がある？　あのワシーリー公爵はただのお喋りで空っぽな人間だ。息子の方もさぞかし出来がいいことだろうよ』彼は一人でぶつぶつこぼすのだった。彼が腹を立てたのは、この客たちの到来で胸の内の未解決な、絶えず押し殺してきた問題が浮かび上がってきたからである。その問題に関して、老公爵は常に自分をごまかそうとしてきた。その問題とは、自分がいつか踏ん切りをつけて娘のマリヤを手放し、嫁にやることができるかどうかという問題である。老公爵は一度としてこの問題を正面から自分に課す決心がつかなかった。というのも、あらかじめ分かっていたからだ――問いを課されれば自分は公平に答えるだろうが、その公平さは自分の感情と、というよりもむしろ生きる可能性のすべてと相容《あいい》れないのだということが。老公爵は一見娘のマリヤをあまり大事にしていないようだったが、実は彼にとってマリヤのいない生活など考えることもできなかった。『それに何で娘《あいつ》が嫁に行かなくちゃならんのだ?』彼は考えた。『きっと不幸になるに決まっている。あのリーザもアンドレイと結婚したが(今どきあれ以上の夫は見つけにくいだろう)、じゃあ彼女は自分の境遇に満足しているか? それに誰がうちの娘を恋愛で選ぶというのだ? 不器量で、しかも不器用だ。嫁に取るやつがいれば縁故目当て、財産目当てだろう。いっそ未婚で通してもいいんじゃないか? かえって幸せだろうよ!』着替えをしながらそんなことを考えていた公爵だったが、同時にずっと先延ばしにしてきた問題が、即刻の決断を迫っているのだった。ワシーリー公爵が息子を連れてきたということは、明らかに求婚の意志があるということで、おそらく今日か明日にははっきりとした答えが必要になるだろう。相手の家柄も上流社会での地位も、ちゃんとしたものだ。『いいさ、私は反対はしない』老公爵はそう自分に言い聞かせた。『しかし相手は娘にふさわしい者でなくてはならん。そこを確かめるとしよう。そこを確かめるとしよう』

「そこを確かめるとしよう」彼は声に出して宣言した。「そこを確かめるとしようじゃないか」

そうしていつも通りの元気な足取りで客間に入って行き、さっと一同を見渡した彼は、リーザ夫人が服を着替えたのも、ブリエンヌがリボンを着けているのも、マリヤがおかしな髪型をしているのも、ブリエンヌとアナトールが笑みをかわし合い、自分の娘が全体の会話から仲間外れになっているのも、すぐに見て取った。『めかし込みおって、馬鹿者が！』憎々しげな眼で娘を一瞥しながら彼は考えた。『恥知らずめ！男の方は娘のことなど知らん顔じゃないか！』

彼はワシーリー公爵に近寄って行った。

「やあ、ようこそ、ようこそ、会えてうれしい」

「友のためなら千里も一里と申しますからな」ワシーリー公爵はいつも通りの早口で、自信満々のくつろいだ調子で応じた。「これがうちの次男です。どうかよろしくお願いします」

ニコライ老公爵はアナトールを一瞥した。

「立派な、良い青年ですな！」彼は言った。「じゃあ、ここにキスしてくれ」そう言って彼は相手に頬を向けた。

アナトールは老人に口づけすると、いかにも興味深そうな落ち着き払った目で相手を見つめた。今にも父親が予告したような奇人ぶりが発揮されるのではないかと、待ち構えていたのである。

ニコライ老公爵はいつものとおりソファーの端の席に座ると、ワシーリー公爵のための安楽椅子を近くに引き寄せ、相手を座らせて、政治状況やらニュースやらについてあれこれ質問をしだした。耳ではいかにも注意深く相手の話を聞いているようだったが、目はしきりに娘のマリヤを追っている。

「ではつまり、もはやポツダムから連絡が届いているんだな？」ワシーリー公爵の最後の言葉を繰り返すと、彼は突然立ち上がって娘に歩み寄って行った。

「お前はお客様のためにそんなおめかしをしているんだね、そうだろう？」彼は言った。「きれいだ、たいへんきれいだよ。さてお前がお客の前で新しい髪型をしてみせたのだから、私もお客の前ではっきり言おう——今後は、私がそうしろと言わぬ限り服装を変えたりしてはならん」

「これは、お父さま、私のせいです」リーザ夫人が頰を紅潮させて割って入った。

「あんたは何をしようと完全に自由ですよ」嫁の前で慇懃《いんぎん》に片足を後ろに引いてみせながらニコライ老公爵は言った。「しかし娘には、わざわざみっともない格好をする理由はない。ただでさえ不細工なんだから」

彼はまた自分の席に戻ったが、泣かせまでした娘にはもはや何の注意も払わなかった。

「いや、とんでもない、あの髪型はお嬢さまにたいそう似合っていますよ」ワシーリー公爵が言った。

「それはそうと、若い公爵さん、名前は何といったかな？」ニコライ老公爵はアナトールに向かって言った。「こっちへ来なさい、話をして、近づきになろうじゃないか」

『いよいよお楽しみが始まるぞ』アナトールはそう思って笑みを浮かべながら老公爵のそばに腰を下ろした。

「いやなに、聞くところによると、お前さんは外国で教育を受けたそうじゃないか。この私や君のお父上のように、教会の経読み[6]から読み書きを教わったのとは違うんだ。一つ聞かせてくれ、お前さんは今、近衛騎兵隊に勤めているんだって？」間近からじっとアナトールを見つめながら老人は問いかけた。

「いいえ、一般部隊に移りました」かろうじて笑いをこらえながらアナトールは答えた。

「おや！　それはいいことをした。じゃあつまり、皇帝と祖国のために仕えたいというわけだな？　戦時だからな。こういうしっかりした青年は軍務に就くに限る、軍務に就くに限るよ。それで、前線部隊か？」

「いいえ、公爵。わが連隊は出動しましたが、僕が配属されたのは――ねえパパ、僕は何に配属されているんだったっけ？」アナトールは笑って父親に訊ねた。

「こいつは立派だ、大した勤務ぶりだよ。僕は何に配属されているんだったっけ、か！　ハッハッハ！」ニコライ老公爵が笑い出した。

アナトールもさらに声高に笑いだす。すると急に老公爵が不機嫌な顔になった。

「さあ、もう行っていいぞ」彼はアナトールに言った。

アナトールはにやにやしながら、また女性たちのそばに戻った。

「そもそも息子たちに外国で教育を受けさせたのは、君の意志だろう？　ええ？」

老公爵がワシーリー公爵に問いかける。

「私はできる限りのことをしたまでですよ。はっきり言って、あちらの教育はわが国よりはるかに優れていますからね」

「まあ、この頃は何でも変わってしまって、万事が新式だからな。まあよくできた

6　正式には誦経者《しょうけいしゃ》。神品機密を受けていない正教会の教衆で、経を誦する役をつとめる者。

青年だ、立派なもんだよ！　さて、私の部屋へ行こうか」

老公爵はワシーリー公爵の腕をつかんで書斎へ連れて行った。

差し向かいになるとすぐ、ワシーリー公爵は相手に自分の望みと期待を打ち明けた。

「じゃあ何かね君は」老公爵は立腹した口調で言った。「私が娘を独り占めにしていて、手放すことができないと思っているのかね？　勝手な想像をしおって！」声には怒りがこもっている。「私は明日にでもくれてやる！　ただし君に言っておくが、私は婿になる人間のことはきちんと知っておきたい。私のやり方は君も知っているだろう。万事包み隠さず行うのだ！　明日君のいるところで聞いてみよう。もしも娘が望むなら、君の息子はしばらくここにいるがいい。その間に私が観察しよう」老公爵は鼻音を立てた。「その結果次第だ。私はどうだってかまわん」かつて息子を送り出したときと同じ甲高い声で彼は言い放った。

「腹を割って申し上げますが」この慧眼の士を相手に策を弄しても仕方がないと観念した策師のような口ぶりでワシーリー公爵は言った。「いや、あなたにかかったらどんな人間もすっかり見抜かれてしまいますな。アナトールは秀でたところはありません。ただし正直で善良な若者ですし、息子として、親族として、素晴らしい男ですよ」

「なるほどなるほど、いいだろう、今に分かるさ」

長いこと男っ気のない場で寂しく暮らしてきた女性が常にそうであるように、ボルコンスキー公爵家の三女性はアナトールが現れるとみな一様に、これまでの生活はとても生活とは言えなかったのだと、しみじみ感じたのだった。思考力、感受性、観察力が皆瞬時に十倍も鋭くなり、これまで闇の中で営まれてきた生活が、突然新たな、意味に満ちた光に照らされたような具合だった。

マリヤは自分の顔のことも髪型のことも全く考えもしなければ覚えてもいなかった。もしかしたら夫になるかもしれない人物の美しい、率直そうな顔が、彼女の意識を虜にしてしまったのだ。彼女には彼が優しくて、勇気があって、毅然としていて、男らしく、心の広い人物に思えた。彼女はそう確信した。将来の家庭生活に関する無数の夢が、絶え間なく彼女の脳裡に浮かんできた。彼女はそれらを追い払い、隠そうと躍起になっていた。

『でも私はあの方に対して冷淡過ぎなかったかしら』マリヤはそんな風に考えていた。『私がつとめて自分を抑えようとするのは、心の底で自分がすでにあの方にあまりにも近づき過ぎていると感じるからだわ。でもあの方には私が思っていることが全部伝わるわけじゃないから、もしかしたら私に嫌われているなんて思ってしまうかもしれない』

それでマリヤは新しい客に愛想よくしようとするのだが、それがうまくできないのだった。

『かわいそうな女だ！　恐ろしく不器量だよ』アナトールの方は彼女のことをそんなふうに思っていた。

マドモワゼル・ブリエンヌも同じくアナトールの来訪で有頂天になってしまったのだが、彼女の考えは別だった。もちろん、世の中に定まった居場所も持たず、身内も友人も故郷さえも失ったこの美しい若い女性が、生涯をボルコンスキー公爵の世話と読書役に、そしてマリヤへの友情にささげようなどと考えているはずもなかった。マドモワゼル・ブリエンヌはいつかロシアの公爵が現れて、自分がその辺の器量も悪くてファッションセンスもない、不器用なロシア人の公爵令嬢などよりも優れていることを瞬時に見抜いて評価し、好きになって連れ去ってくれるのを、久しく待ちかねていたのだった。そこへとうとう、お目当てのロシアの公爵がやって来たわけである。マドモワゼル・ブリエンヌには叔母から聞いて自分で結末をつけた一つの物語があって、それを彼女は頭の中で何度も繰り返していた。その物語というのは、誘惑された娘の前に哀れな母親の幻が現れ、結婚もしていない男に身を任せたといって彼女を叱るという筋である。マドモワゼル・ブリエンヌは空想の中でこの物語を彼に、つまり誘惑者に話して聞かせる場面を思い浮かべては、感動のあまりよく涙を流していた。今やその彼が、本物のロシアの公爵が出現したのだ。彼は私を連れ去る。すると哀れなお母さまが現れて、彼と私は結婚する——アナトールとパリの話をしていたまさにそのとき、彼女の将来の一大ストーリーが、こんな形で彼女の脳裡に形作られていた。別に彼女は計算に支配されていたのではないが（自分がどう振る舞うべきかということさえ、一分たりとも思案しはしなかった）、ただこうしたすべてのストーリーは以前から彼女の頭の中に出来上がっていて、それが出現したアナトールを核としてまとまったのであり、彼女はそのアナトールにすこしでも気に入られようと願いかつ努めていたのである。

リーザ夫人はまるで老練な軍馬がラッパの音を聞いた時のように、いつのまにか身重の体だということも忘れて、覚え込んだ媚態のギャロップを披露する態勢を取っていた。別に何の魂胆も競争心もなく、ただ無邪気で軽薄な遊び心のなせる業である。

普通アナトールは女性たちに混じると、女に追いかけられるのはもう飽き飽きしたといったポーズをとるのだったが、今はこの三人の女性に対する自分の影響力の強さに、虚栄心がくすぐられるのを覚えていた。おまけに彼は、美しく扇情的なブリエンヌに対して、激しい、獣のような欲情を覚え始めていた。その感情は急激に彼を見舞い、きわめて荒々しく大胆な行為へと駆り立てようとしていたのである。

茶の後で一同は休憩室に移り、公爵令嬢がせがまれてクラヴィコードの演奏をすることになった。アナトールが演奏者の目の前のマドモワゼル・ブリエンヌの隣に肘をついた格好で陣取り、その目はにこにこと楽しげにマリヤを見つめていた。マリヤは自分に注がれる彼の視線を、苦悩と歓喜の波とともに感じ取っていた。お気に入りのソナタが彼女を胸の奥底の詩的な世界へと連れ去り、体に感じる彼の視線が、その世界により深い詩情を加えていた。ところがアナトールの視線は確かに彼女に向けられてはいたものの、その意識するところは彼女ではなく、マドモワゼル・ブリエンヌの足の動きだった。このとき彼はクラヴィコードの下で、足でこの女性の足に触れていたのである。マドモワゼル・ブリエンヌも同じくマリヤを見つめていたが、その美しい目の中にもまた、マリヤにはなじみのない、驚きを伴った歓びと期待の表情が見えた。

『ブリエンヌさんはどんなに私を愛してくれるのでしょう！』マリヤは思った。『今の私はなんと幸せだろう、そしてこれからの私は、どれほど幸せになることだろう、こんな友達とそして夫を得て！　夫って、いったい本当のことかしら？』そう考えて彼女は相手の顔を見上げる勇気もないまま、絶えず自分に注がれるその視線を感じているのだった。

その晩、夜食もすんでお別れの時が来ると、アナトールはマリヤの手に口づけした。彼女はわれながらどうしてそんな大胆なことができたのか分からなかったが、自分の近視の目に近づいてくる彼の美しい顔を、まともに正視したのだった。マリヤの次に彼はマドモワゼル・ブリエンヌの手に唇を近づけた（これはぶしつけな振る舞いだったが、彼は何でも自信満々に率直に行うのだった）。するとマドモワゼル・ブリエンヌは顔を赤らめて、驚いたように公爵令嬢を見たのだった。

『なんて神経がこまやかなんでしょう』マリヤは思った。『アメリー（これがマドモワゼル・ブリエンヌの名だった）は、私が彼女に焼きもちを焼いて、彼女の私に対する純粋な思いやりや献身の気持ちをないがしろにするなんてことがあると本気で思っているのかしら？』彼女はマドモワゼル・ブリエンヌに歩み寄って固くキスをした。アナトールはリーザ夫人の手に口づけしようとする。

「いいえ、だめだめ！　お父さまが手紙であなたの行状が改まったと知らせてきたら、手にキスするのを許してあげるわ。それまではダメよ」

そう言って指を一本掲げると、夫人は笑顔で部屋を後にしたのだった。

5章

皆それぞれの部屋に散ったが、ベッドに入るとたちまち眠り込んだアナトールを除けば、この晩は誰も長いこと寝つけなかった。

『本当にあの方が私の夫になるのかしら。これまで知りもしなかったあの美しい、優しい男性が。大事なのは優しいってところだわ』マリヤはそんなことを考えているうちに、これまで一度も味わったことのないような恐怖感に見舞われた。怖くて後ろを振り向くことができなかった。衝立のかげの暗い片隅に、誰かが立っているような気がしたのである。その誰かとは、彼女を脅かす悪魔であり、そして同時に、真っ白な額と黒い眉と真っ赤な唇をした例の男性だった。

マリヤはベルを鳴らして小間使を呼ぶと、一緒に部屋で寝てくれと頼んだ。

マドモワゼル・ブリエンヌはその晩は長いこと冬の庭［温室庭園］をそぞろ歩いて、誰かさんが顔を見せないかとむなしい期待をしながら、その誰かさんに向けて微笑んだり、自分の堕落を叱る哀れな母親の言葉を思い浮かべて感涙にむせんだりしていた。

リーザ夫人はベッドの具合が悪いと言って小間使に小言を言っていた。横向きになっても腹ばいになっても、どうしても寝付けず、なんとも重苦しくて居心地が悪いのだった。大きなおなかが邪魔をしていたのである。いつにもましてまさに今日、妊婦の腹を邪魔だと感じるのは、アナトールの来訪のおかげで、かつてまだこんな状態ではなく何でも軽々と楽しくできた頃のことを、まざまざと思い出したからであった。

彼女はカーディガンにナイトキャップという格好で、安楽椅子に掛けていた。小間使いのカーチャは眠たそうにおさげ髪も乱したまま、何かぶつぶつ唱えながら重い羽根布団を叩いたり裏返したりしていたが、この作業ももう三度目だった。

「言ったでしょう、布団がどこもかしこもでこぼこだって」リーザ夫人がくり返す。「私はさっさと眠りたいのよ。だから私のせいじゃないわ」彼女の声が、まるで子供がべそをかくときのように震えだした。

老公爵もまた眠っていなかった。ご主人が腹立たしげな足取りで歩き回り、鼻息を立てるのが、うつらうつらしている侍僕のチーホンの耳にも聞こえてきた。老公爵は娘のことで自分が侮辱されたと感じていた。自分自身ではなく別の人間が、それも自分より大事に思っている娘が被害者なだけに、この侮辱は胸にこたえていた。この件をじっくり検討して、正しいこと、なすべきことを見出《みいだ》すのだ——そう思いつつ彼は、ますます自分を苛立《いらだ》たせるのみだった。

『どこかの風来坊がひょいと現れただけで、もう父親も何もかも忘れはて、駆けだして行って髪を梳きあげ、尻尾を振りたくり、まったくがらりと変わってしまいおって！　喜んで父親を捨てる気だな！　おまけに私がどんな小言を言うかも、ちゃんと心得ているんだ。フン……フン……フン……この私が見抜いていないとでもいうのか、あのろくでなしがブリエンヌにばかり目を奪われていたのを（あの娘は追い出してやらなくては）！　まったく、あれに気づくほどのプライドもないのか！　仮に自分のためのプライドはないとしても、少なくともこの私のためのプライドというものがあるだろう。娘に言ってやらなくてはいけない、あのでくの坊はお前のことなんか頭にはなくて、ブリエンヌばかりに目を奪われているのだと。本人にプライドがなくても、私が娘に教えてやる……』

娘に向かって、お前は勘違いをしている、アナトールはブリエンヌに言い寄るつもりだと告げてやれば、娘の自尊心を刺激することになり、結果として彼の目論見が（つまり娘と別れずにいたいという希望が）かなえられる――それが老公爵には分かっていたので、そこで彼はひと安心した。チーホンに声をかけると、彼は着替えにとりかかった。

『それにしても厄介な客が来たものだ！』胸毛も白くなったカサカサの老人の体に

チーホンが寝巻のシャツを着せかけているとき、彼は思った。『こちらが招きもしないのに、私の生活を掻き乱しに来やがって。しかもその生活も残り少ないというのに』

「ちくしょうめ！」まだ頭がシャツから出ていないうちに彼はそんなことを口走った。

チーホンの方はご主人が時々考えていることをそのまま口に出す癖があるのをわきまえていたので、シャツから出てきた顔の問い詰めるような怒った眼付きをも、顔色一つ変えずに受け止めたのだった。

「寝たのか？」公爵は訊ねた。

優れた召使が皆そうであるように、チーホンは主人の思考の流れを勘でとらえていた。それでこれはワシーリー公爵親子のことを聞かれているのだなと察したのだった。

「横になられて灯も消されました、公爵さま」

「まったく、余計なことをしやがって……」早口で言い捨てると公爵は足にスリッパをつっかけ両手を部屋着の袖に突っ込んで、寝床にしているソファーに歩み寄った。

アナトールとマドモワゼル・ブリエンヌの間には何の約束もできていなかったが、例の物語の第一部、つまり哀れな母親が登場するまでの筋書きについては互いにすっかり了解がついていたので、ここはたっぷりと内緒の相談をかわす必要があると思い、それで朝から二人きりで会える機会をうかがっていた。公爵令嬢がいつもの時間に父親の部屋に挨拶に出かけるのを見計らって、マドモワゼル・ブリエンヌとアナトールは冬の庭で落ち合ったのである。

この日父の書斎のドアに向かうマリヤは、普段よりも余計にどぎまぎしていた。今日自分の運命が決定するということばかりか、自分がそれをどう思っているかということまで、皆に知られているように思えたのだ。彼女はそうした訳知りの表情を父の侍僕のチーホンの顔にも読み取ったし、廊下でお湯を運んでいるところで彼女に出くわして低いお辞儀をしてみせた、ワシーリー公爵の小姓の顔にも読み取ったのである。

老公爵はこの朝、娘に対して極めてやさしく、慎重な態度をとった。父親のこの慎重な表情は、マリヤにはなじみの深いものだった。すなわちマリヤが数学の問題を理解しないのに業を煮やした父親が、乾いた両手に握り拳を作るとき、その顔に浮かぶ表情なのである。そんなとき父親は立ち上がって娘からちょっと距離を取り、静かな声で同じことを何度も繰り返すのだった。

父はすぐに用件を切り出したが、このときは他人行儀に娘を「あんた」と呼んだ。

「私はあんたに対する結婚申し込みを受けた」不自然な笑みを浮かべて彼は言った。「思うに、あんたも察していただろうが」彼は続けた。「ワシーリー公爵がはるばるここまでやってきて、しかも自分の養い子まで（なぜか老公爵はアナトールを養い子と呼んだのだった）同道させたのは、単なる私へのご機嫌伺いのためではない。それで私は昨日、あんたに対する結婚申し込みを受けたわけだ。私のやり方はあんたも知っているとおりだから、私はあんたの意見を聞くことにしたのだ」

「というとどういうことでしょうか、お父さま《モン・ペール》？」令嬢は青くなったり赤くなったりしながら答えた。

「どういうことでしょうかだと！」父親は怒って叫んだ。「ワシーリー公爵は花嫁候補としてお前に白羽の矢を立て、養い子の結婚相手にと申し込みをしてきたのだ。そういうことなのだよ。どういうことでしょうかだと？　それはこっちがお前に聞いているのだ」

「お父さま、お父さまはどうお考えなのでしょうか」令嬢は小声で言った。

「私？　私が？　いったい私がどうした？　私のことは放っておいてくれ。私が嫁に行くのじゃないからな。あんたはどうなのだ？　それが聞きたいのだよ」

令嬢は父親がこの件をよく思っていないのを悟ったが、しかしまさにその瞬間、今こそが自分の一生の運命を決するまたとない正念場だという考えが頭に浮かんだ。父の視線が目に入らぬよう、彼女は目を伏せた。その視線の影響を受けると、自分は自分の頭で考えることはできず、いつも通り相手に服従することしかできないのだという気になってしまうからである。そしてこう答えた。

「私の望みはただ一つ、お父さまのご意志をかなえることです」彼女は言った。「ですがもしも自分の望みをはっきり言う必要があるのでしたら……」

彼女はしまいまで言い切ることができなかった。公爵が遮ったからである。

「よろしい！」彼は叫んだ。「あいつはお前を持参金付きで連れて行くついでに、マドモワゼル・ブリエンヌも引っさらっていく魂胆だ。妻になるのはあの女の方で、お前は……」

老公爵はそこで口ごもった。自分の言葉が娘に与えた印象を読み取ったのだ。娘は顔を俯《うつむ》け、泣きだしそうになっていた。

「いや、まあ、冗談だよ、冗談」彼は言った。「いいか、一つだけ言っておく。私の信条によれば、結婚前の娘には完全な選択権がある。だからお前に完全な自由を進呈する。ただし覚えておけ、自分の選択に自分の人生の幸福がかかっているのだ。私のことなどどうでもいい」

「でもどうしたらいいのでしょう……お父さま」

「とやかく言ってもはじまらん！　あの男は命令次第で、お前ばかりでなくどんな相手だろうと結婚するような奴だ。だがお前には選択の自由がある……。よし、部屋に戻って考えなさい。一時間したらここにきて、相手のいる前で受けるか否か返事をするのだ。きっとお前は神に祈ることだろう。まあ、祈るのもいいさ。ただしよく考えるのだぞ。じゃあ行きなさい」

「受けるか否か、受けるか否か、受けるか否か！」令嬢が霧に包まれたような不確かな足取りでよろよろと書斎を出て行った後も、公爵はまだそう叫んでいた。

彼女の運命は決した。しかも幸せな方に決した。だが父親がマドモワゼル・ブリエンヌについて言ったことは、あれはおぞましいほのめかしだった。仮に本当でないとしても、やはりおぞましく思えて、そのことが頭から離れなかった。まっすぐに冬の庭を歩いていく間、彼女には何も見えず何も聞こえなかったが、ふとにわかに聞き覚えのあるマドモワゼル・ブリエンヌのささやきが彼女の意識を目覚めさせた。目をあげると、自分のいる場所からほんの二歩ばかりの所にアナトールがいて、フランス娘を抱きしめて何かささやきかけているのが見えた。アナトールは美しい顔を恐ろしい形相にして、マリヤを振り返ったが、それでも最初の一瞬はまだマドモワゼル・ブリエンヌの腰を抱いたままだった。彼女の方はまだこちらに気付いていない。

『誰だ？　なぜ？　待ってくれよ！』アナトールの顔にはそう書いてあるかのよう

だった。マリヤは黙って二人を見つめている。このことが理解できなかったのだ。とうとうマドモワゼル・ブリエンヌがキャッと叫んで逃げ去って行った。アナトールは、あたかもこの不思議な出来事を一緒に笑いましょうと誘っているかのように、愉快そうな笑みを浮かべてマリヤに一礼すると、肩をすくめて、自分の部屋に通じるドアを抜けて行った。

一時間後、チーホンがマリヤを呼びに来た。父公爵の部屋にお越しくださいと告げ、ワシーリー公爵もご一緒ですと言い添える。チーホンが来たとき、マリヤは自室のソファーに座って、泣きじゃくるマドモワゼル・ブリエンヌを抱いてやっていたのだった。その手はそっと相手の頭を撫でていた。令嬢の美しい目は、かつてのような穏やかさと光をたたえたまま、優しい愛と同情を込めてマドモワゼル・ブリエンヌの美しい顔を見つめていた。

「いいえお嬢さま、私は永遠にあなたさまのご好意を失ってしまいました」マドモワゼル・ブリエンヌは言った。

「どうして？　私は前よりももっとあなたのことが好きになったわ」マリヤは答えた。「だからあなたの幸せのために、できる限りのことをさせてもらうつもりよ」

「でも、お嬢さまは私を軽蔑していらっしゃるでしょう。お嬢さまはそんなにも純真な方ですから、こんな恋の過ちなんてお分かりにならないでしょう。ああ、かわいそうなお母さまがいてくれたら……」

「私、何もかも分かるわ」マリヤは悲しげに微笑んで答えた。「安心してね。私、お父さまのところへ行ってくるから」そう言って彼女は出て行った。

ワシーリー公爵は高々と脚を組み、嗅ぎ煙草入れを両手で持って、あたかも感極まったかのように、そして自分の感傷癖を自ら憐れみ、からかうような顔つきで、感動の笑みを浮かべて座っていた。マリヤが入ってくると、彼は急いで一つまみの煙草を鼻の下にもっていった。

「ああ、これはこれはお嬢さま」立ち上がって彼女の両手を取ると、彼は言った。そうして一つため息をついて続ける。「息子の運命はあなたさまの手中にあります。どうぞお決めください、素敵な、大切な、優しいマリヤさま。私はいつもあなたのことを実の娘のように大切に思っております」

彼は脇に退いた。その目には本物の涙が浮かんでいた。

「フン……フン……」老公爵が鼻を鳴らしてみせる。

「公爵はご自分の養い子の……いや息子さんの代理として、お前に結婚申し込みをされている。お前はアナトール・クラーギン公爵の妻となることを望むか、それとも望まないか？　答えなさい、望むのか望まないのか！」彼は声を張り上げた。「その後、私も自分の意見を表明する権利を担保させてもらう。だが、私の意見は私の意見にすぎないからな」老公爵はワシーリー公爵の方を向いて、相手の懇願するような表情に答えて言った。「望むのか望まないのか？　さあどうだ？」

「私の望みは、お父さま、決してお父さまのもとを去ることなく、ずっとお父さまと共に暮らしていくことです。私は結婚したくありません」美しい瞳でワシーリー公爵と父親を見据えながら、彼女はきっぱりと言った。

「くだらん、たわけたことを言いおって！　くだらん、くだらん、くだらん！」老公爵は険しい表情になってそう怒鳴ると、娘の手を取って手前に引き寄せ、口づけするのでもなくただ相手の額に自分の額を近寄せて行って、ついにはくっつけてしまった。そうしてつかんだ手をぎゅっと握りしめたので、相手は顔を顰めて叫び声をあげた。

ワシーリー公爵が立ち上がった。

「お嬢さま、はっきり申し上げますが、私は今のこの瞬間を生涯忘れません。しかし優しいお嬢さま、どうか私たち親子に、あなたさまのその優しく寛大なお心を動かすことができるという望みを、ほんの少しでも与えていただけませんでしょうか。どうかおっしゃってください、もしかしたら、と……。未来は大きく開けているのですから。おっしゃってください、もしかしたら、と」

「公爵さま、今申し上げたのが私の心にあるすべてです。お志には感謝しますが、私は決して息子さんの妻になることはありません」

「さて、結論が出たということだな、君。いや、君に会えてうれしかった、大変うれしかったよ。じゃあマリヤ、部屋に戻りなさい、さあさあ」老公爵は言った。「実に実にうれしかったよ」ワシーリー公爵を抱きながら彼はそう繰り返すのだった。

『私の使命は他にある』マリヤは胸の内で考えていた。『私の使命は、人の幸せによって幸せになること、愛と自己犠牲によって幸せになることだ。だからたとえどんな代償を払っても、かわいそうなアメリーを幸せにしてやろう。彼女はあんなに激しくあの方を愛して、あんなに激しく後悔しているのだから。二人が結婚するためなら、私は何でもしてあげる。あの方が裕福でないというなら、私が彼女に資産を分けてあげる。お父さまにもアンドレイ兄さんにもお願いするわ。彼女があの方の妻になったら、私どんなにうれしいことか。彼女はこんなにも不幸で、異郷にいて、一人ぼっちで、助けてくれる人もいないのだから！　ああ、あんなふうに自分を忘れてしまえるなんて、どんなに激しい愛情なのでしょう。もしかしたら、私だって同じことをしたかもしれない……』マリヤはそんな風に思うのだった。

6章

ロストフ家の人々は久しくニコライの消息を聞いていなかったが、ようやく冬のさなかに伯爵の手元に一通の手紙が届き、伯爵はその宛名書きの筆跡が息子のものだと気づいた。手紙を受け取った伯爵は、驚き慌てて、とはいえ人目を引かぬように気を付けながら、つま先立ちで自分の書斎へ駆けこむと、しっかりとドアを閉ざしてから読み始めた。ドルベツコイ公爵夫人が手紙が届いたのを知って（夫人はこの家で起こることは何でも知っていた）、足音を忍ばせて伯爵の部屋に入って行くと、伯爵は手紙を手に泣き笑いしているところだった。

ドルベツコイ公爵夫人は、家計が持ち直した後も相変わらずロストフ家に居ついていたのである。

「どうされました、伯爵？」質問に哀調と、いざというときには何でも相談に乗りますという気概を込めて、夫人は話しかけた。

伯爵のすすり泣きがさらに激しくなった。

「ニコライのやつが……手紙を……負傷を……し……したと……ああ……負傷して……あの子が……妻が知ったら……将校に昇進を……幸いなことに……妻に何と言ったら？……」

ドルベツコイ公爵夫人は伯爵の隣に腰を下ろすと、ハンカチで相手の目に浮かんだ涙と、手紙にしたたった涙を拭きとってやり、ついでに自分の涙も拭ってから、手紙を通読した。そして伯爵をなだめてから、今日の昼食の時、お茶が出るまでの間に自分が奥様の心の準備をさせておき、それからお茶の後でもしも神様のお力添えがあれば、すべてを打ち明けましょう、と決断を下した。

昼食の間ずっとドルベツコイ公爵夫人は、戦争のうわさとニコライのことばかり話し続けた。もともと知っているくせに、最後にニコライの手紙を受け取ったのはいつかと二度も質問し、そういうことなら、今日にでもひょっこりと手紙が届くかもしれないと言っておいた。そんなふうに息子のことがほのめかされるたびに、伯爵夫人は気をもんで、不安そうに夫の顔を見たり公爵夫人の顔を見たりするのだったが、ドルベツコイ公爵夫人は極めてさりげない仕方で他愛ない話題へと話をもっていってしまうのだった。人の話す口ぶりや目つきや表情を読むことにかけては家族で一番才能のあるナターシャは、昼食の初めから耳をそばだてて聞いているうちに、父親とドルベツコイ公爵夫人の間に何か隠し事が、それも兄に関係した隠し事があり、それで夫人が何かの下準備をしているのだということに気付いた。いくら物おじしないナターシャとはいえ、(ニコライの消息となるとなんでも母親が過敏に反応するのが分かっていたから)さすがに昼食の席で質問をするのは遠慮していたが、このことが気になって何も喉を通らず、家庭教師の小言も上の空で、椅子の上でもじもじしてばかりだった。昼食がすむとナターシャはまっしぐらにドルベツコイ公爵夫人の後を追い、休憩室で駆け足のまま夫人の首っ玉に抱き着いた。

「おばさま、ねえ教えて、何を隠しているの?」

「何もよ、お嬢ちゃん」

「だめよ、素敵な、優しい、きれいな、大好きなおばさま、私ごまかされないわ。隠し事があるって分かっているんだもの」

ドルベツコイ公爵夫人はやれやれと首を振った。

「まったく、あなたときたら油断も隙もないわね」彼女は言った。

「ニコライ兄さんが手紙をよこしたんでしょう? きっとそうだわ!」夫人の顔に肯定の反応を読み取ってナターシャは叫んだ。

「でもお願いだから、軽はずみなことは言わないでちょうだい。いいこと、さもないとお母さまがびっくりしてしまうから」

「ええ、気を付けるわ、だから教えて。教えてくださらないの？　だったら私、今行って話してしまうから」

ドルベツコイ公爵夫人は手紙の内容をかいつまんでナターシャに話し、誰にも言わないと約束させた。

「誓うわ、名誉にかけて」十字を切りながらナターシャは言った。「誰にも言わないわ」そしてすぐさまソーニャのところに駆けつけた。

「ニコライ兄さんが……負傷して……手紙が……」おごそかな口調でうれしげに彼女は言い放った。

「ニコラス［ニコライのフランス語名］が！」ソーニャは瞬時に青ざめ、ただこの一言しか言えなかった。

ナターシャは兄の戦傷の知らせがソーニャに与えた印象を見て、初めて今回のニュースの悲しい側面をまざまざと実感したのだった。

ソーニャに駆け寄って抱きしめると、彼女は泣き出した。

「ちょっと怪我をしたけれど、将校に昇進したのよ。今は元気だし、手紙も自分で書いているわ」ナターシャは泣く泣くそう告げた。

「ほらみろ、女なんて、みんな泣き虫だ」末っ子のペーチャがどすどすと大股で部屋を歩き回ってみせながら言った。「僕はとてもうれしい、うれしくってたまらないよ、兄さんがそんな手柄を立ててくれて。姉さんたちは泣いてばっかりじゃないか！何も分かってないのさ」

ナターシャは泣きながらクスッと笑った。

「あなた、手紙は読んでないんでしょう？」ソーニャが訊いた。

「読んではいないけれど、おばさまに聞いたわ、もう全部片付いて、今では兄さんは将校だって……」

「ありがたいこと」ソーニャは十字を切って言った。「でも、もしかしたらおばさまが嘘をついているかも。お母さまのところへ行きましょうよ」

ペーチャは黙々と部屋を歩き回っていた。

「もし僕がニコライ兄さんだったら、もっとたくさんのフランス兵を殺してやるのにな」彼は言い放った。「あいつら本当にひどいやつらだ！　僕だったらどんどん殺しまくって、死体の山をこしらえてやる」ペーチャは続けた。

「お黙り、ペーチャ、あきれたおバカさんね！……」

「バカは僕じゃない。つまらないことで泣く女の方がバカなのさ」ペーチャは言った。

「あなた、兄さんを覚えている？」一瞬の沈黙の後でナターシャが訊ねた。ソーニャはにっこりと笑う。

「ニコラスを覚えているかってこと？」

「いいえ、ソーニャ、ただ覚えているんじゃなくて、よーく、何でも思い出せるほど覚えているかってことよ」見るからに自分の言葉にこの上なく真剣な意味を与えたい様子で、懸命に身振りを交じえながら、ナターシャは説明した。「私だってニコライ兄さんのことは覚えているわ、ちゃんと覚えている」彼女は続けた。「でも、ボリスのことは覚えていないの。全然覚えていないのよ……」

「どういうこと？　ボリスを覚えていないって？」ソーニャが驚いた様子で言った。

「覚えていないってわけじゃないわ。どんなだったか頭では分かっているの。でもね、ニコライ兄さんのようには思い出せないのよ。兄さんなら目を閉じれば浮かんでくるけど、ボリスは浮かんでこないわ（彼女は目を閉じてみせた）。ほらね、なにも浮かばないのよ！」

「ああ、ナターシャ！」相手から目を背けると、ソーニャは熱のこもった真剣な口調で言った。あたかもこの相手には自分がこれから言うことを聞く値打ちがないと見切って、冗談など言えない誰か別の相手に向かって語り掛けるかのような様子だった。

「ひとたびあなたのお兄さまを愛したからには、たとえあの方に何があろうと、自分に何があろうと、この私は決してあの方を愛することをやめないわ。一生よ」

ナターシャは驚いて、興味津々《しんしん》の目でソーニャを見つめたまま一言も発しなかった。ソーニャの言ったことが真実であることも、ソーニャの語ったような愛があることも、彼女は感じ取っていた。しかし彼女はまだそのようなものは全く経験したことがなかった。そういうことがありうるだろうと信じてはいても、理解してはいなかったのだ。

「兄さんに手紙を書くつもり？」彼女は訊いた。

ソーニャは考え込んだ。ニコラスにどんな手紙を書いたらいいか、また書く必要があるかどうかというのは、彼女を苦しめている問題だった。すでに相手が将校となり、戦傷を負った勇士となった今になって、こちらからわざわざ自分の存在をアピールし、相手が自分に対して負った形になっている義務を思い起こさせるような振る舞いが、はたして正しいのだろうか。

「分からないわ。もしあの方が手紙をくれたら、私も書くと思うけど」彼女は赤くなって言った。

「兄さんに手紙を書くのは恥ずかしくない？」

ソーニャはにっこり笑った。

「いいえ」

「私はボリスに手紙を書くなんて恥ずかしいから、書かないわ」

「でも、どうして恥ずかしいの？」

「何となくよ、知らないわ。きまりが悪いし、恥ずかしいのよ」

「僕は姉さんがなぜ恥ずかしく思うか、知ってるよ」さっきナターシャに叱られたのを悔しく思っていたペーチャが言った。「それは姉さんがあの眼鏡の太っちょ（ペーチャは自分と同じピョートルという名前の新しいベズーホフ伯爵[7]をこう呼んでいた）を好きになったからだ。そして今ではあの歌うたい（これはナターシャの歌の先生であるイタリア人のことだった）が好きだからだ。だから恥ずかしいのさ」

「ペーチャ、あんたはバカよ」ナターシャが言った。

「お前さんほどじゃないよ、奥さん」九歳のペーチャが、まるで年配の旅団長のような口調で言い放った。

7　ピョートルはピエールのロシア語名。ペーチャの正式名もピョートル。

伯爵夫人は昼食の時のドルベッツコイ公爵夫人のほのめかしによってすっかり心の準備ができていた。自室に引っ込むと、夫人は安楽椅子に腰を下ろしたまま嗅ぎ煙草入れにはめ込んだ息子のミニチュアの肖像をじっと見つめていたが、そのうちに眼がしらに涙が浮かんできた。手紙を手にしたドルベッツコイ公爵夫人が忍び足で伯爵夫人の部屋に歩み寄ると、そこで立ち止まった。

「お入りにならないで」夫人は後をついてきた老伯爵に言った。「後でね」そう言って後ろ手にドアを閉める。

伯爵は鍵穴に耳をくっつけて盗み聞きを始めた。

はじめに聞こえてきたのは落ち着いた会話の声であり、それからドルベッツコイ公爵夫人の声だけが長く喋り続け、それから叫び声とその後の沈黙が続き、それからもう一度二つの声がいっぺんに、さもうれしそうな調子で話をかわしたかと思うと、足音がしてドルベッツコイ公爵夫人がドアを開け、伯爵を招き入れた。夫人の顔には、ちょうど手術医が難しいオペを終えたばかりの部屋に人々を招き入れ、自分の手際の評価を促すときのような、誇らしげな表情が浮かんでいた。

「一件落着ですわ」伯爵にそう告げると、夫人は厳かな身振りで伯爵夫人を示した。見ると伯爵夫人は片手に肖像入りの嗅ぎ煙草入れを、片手に手紙を持って、その両方にかわるがわる口づけしていた。

夫に気が付くと、彼女は両手を差し伸べて彼の禿げ頭を抱きしめ、またしばらく禿げ頭越しに手紙と肖像を交互に見ていたが、もう一度両者に口づけしようとして、そっと禿げ頭を押しやった。ヴェーラ、ナターシャ、ソーニャ、ペーチャが部屋に入ってきて、手紙の朗読が始まった。手紙には行軍のこと、ニコライが参戦した二度の戦闘のこと、将校への昇進のことが簡潔に記され、そして父上と母上に口づけして祝福を請い、ヴェーラとナターシャとペーチャに口づけを送ると書かれていた。他にも家庭教師のムッシュー・シェリングとマダム・ショース、および乳母によろしく、そしてさらに、大切なソーニャに自分の代わりに口づけしてください、ソーニャを変わらず愛しており、変わらず思い出していますと記されていた。このくだりを聞くとソーニャの頬がさっと紅潮し、目には涙が浮かんだ。自分に向けられる人々の視線に耐えかねて、ソーニャは広間に駆けだして行き、駆けこんだ勢いのままくるくると回ってドレスを風船のように膨らませると、真っ赤になってうっとりと微笑みながら床に座り込んだ。伯爵夫人は泣いていた。

「何を泣いているの、お母さま？」ヴェーラが言った。「手紙に書いてあることは全部喜ぶべきことで、泣くことはないんじゃない」

これは全くの正論だったが、父親も母親もナターシャも、そろって非難のまなざしでヴェーラを見た。『それにしてもこの子は誰に似てこんなふうになったんだろう！』伯爵夫人は思った。

ニコライの手紙は何百回となく読まれ、その朗読を聞く資格があるとみなされた者たちは、伯爵夫人のもとを訪れなくてはならなかった。手紙は夫人が握って放さなかったからだ。家庭教師や乳母や執事のミーチェンカや知人たちの誰彼が訪れるたびに、伯爵夫人は手紙を読み聞かせ、そして読み返すたびに新たな喜びを覚え、読み返すたびにその手紙の中にわが子ニコライの新たな美点を発見するのだった。二十年前自分の胎内で小さな手足をかすかにうごめかしていたあの息子が、育て方を巡って甘やかしの夫と喧嘩したあの息子が、まず「梨《グルーシャ》」という言葉を覚え、それから「おばちゃん《バーバ》」という言葉を覚えたあの息子が、いまやどこかの異郷で、知らない人々のただなかで、雄々しい戦士として、たった一人で人の助けもなければ指導もないままに何かの男らしい仕事を行っているということが、夫人には実に不思議な、並外れた、喜ばしい出来事に感じられるのだった。そもそも世界中どこでも子供というものは、ゆりかごにいた時期から目にも留まらぬ仕方で、あれよあれよという間に大人になってしまうものだが、そうした太古からの経験など夫人にとっては存在しなかった。自分の息子の成長は、その一つ一つの段階がすべて彼女にとっては非凡な過程であって、全く同じように成長してきた何百万何千万の人間など、そもそも存在しなかったかのようであった。二十年前の夫人に、どこか自分の心臓の下あたりにいるこの小さな存在が、そのうちにおぎゃあと泣いたり、おっぱいを吸ったり、口をきいたりするということが信じられなかったのと同じように、現在の彼女にも、その同じ存在が今やこの手紙にあるような強く勇敢な男となり、世の息子たち大人たちの手本となっていることが、信じられないのであった。

「なんと立派な文体《シチーリ》でしょう、なんと上手な説明でしょう！」朗読が手紙の描写的な部分に差し掛かると、彼女はそう言うのだった。「それに心ばえの立派なこと！自分のことなんて何ひとつ……何ひとつ書いてないんですからね！どこかのデニーソフさんとやらは出てきますが、きっとあの子自身が誰より一番勇敢に決まっているわ。でも自分の苦労なんて何も書いてないんです。見事な心構えじゃないですか！いかにもあの子らしいわ！おまけにちゃんとみんなの名前をあげてよろしくって書いているのよ。誰一人忘れずに！私はいつもそう言っていたのよ、まだあの子がこんなだった頃から、いつもそう言っていたのよ……」

一週間以上かけて一家全員からニコライへ宛てた返信が準備され、下書きが作られ、きれいに清書された。伯爵夫人の監督下、伯爵の心配りによって、新任将校の軍装およびその他必需品の装備に必要な物品と金が集められた。実務的な女性であるドルベツコイ公爵夫人は、軍に自分と息子のためのコネを築いていたが、それが文通にも役立っていた。夫人はちょうど近衛隊を統括するコンスタンチン・パーヴロヴィチ大公[8]に自分の手紙を送る幸便を持っていた。ロストフ夫妻は、在外ロシア近衛隊というのは十分にはっきりした宛先だと考え、しかも手紙が近衛隊指揮官の大公の手に届けば、その先、近辺に駐留しているはずのパヴログラード連隊まで届かないわけがないと判断した。そこで手紙と金を大公の急使の手でボリスに届けてもらい、ボリスがそれをニコライに届ける役を務めるという段取りになった。返信には老伯爵、伯爵夫人、ペーチャ、ヴェーラ、ナターシャ、ソーニャそれぞれの手紙が含まれ、さらには伯爵が息子に送る六千ルーブリの軍装費およびその他種々の物品が添えられた。

7章

十一月十二日、クトゥーゾフ将軍の軍はオルミュッツ近辺で野営しながら、翌日のロシア・オーストリア両皇帝による閲兵式に備えていた。ロシアから着いたばかりの近衛隊は、オルミュッツから十五キロのところに宿営し、翌朝そのまま閲兵式に出るため、十時までにはオルミュッツ草原に入ることになっていた。

　ニコライ・ロストフはこの日ボリスから手紙を受け取ったが、そこには彼の所属するイズマイロフ連隊がオルミュッツの手前十五キロで宿営していることが告げられ、手紙と金を渡したいので来訪を請うと書かれていた。このときのニコライは格別金を必要としていた。遠征から戻った軍がオルミュッツの近くに駐留すると、品揃えのいい酒保商人やオーストリアのユダヤ人が野営地に押し寄せて、様々な魅力的なサービスを提供していたからである。パヴログラード連隊では宴会続きで、今度の遠征でもらった褒賞を祝ったり、オルミュッツに新たにやってきて女給付きの酒場を開いたハンガリー女カロリーナのところに繰り出したりしていた。ニコライは最近、このたび発令された少尉への昇進を祝ったり、デニーソフ大尉の馬ベドゥイン号を買い取ったりしたので、仲間にも酒保にも借金だらけであった。ボリスの手紙を受け取ると、ニコライは仲間とオルミュッツまで馬を飛ばし、昼食をとってワインを一瓶空けてから、一人で近衛隊の宿営地に幼なじみを探しに出かけた。ニコライはまだ将校の制服を整

8　アレクサンドル一世の次弟（一七七九～一八三一）。

えておらず、このときも兵卒用の十字章が付いた着古した見習士官の制服の上着に、擦り切れた革の尻当てが付いた、同じように着古した乗馬ズボン、それに将校用の下げ緒の付いたサーベルというでたちだった。乗っている馬はドン産で、行軍中にコサックから購入したもの。しわくちゃの軽騎兵帽をいなせに後ろにずらし、斜めにかぶっている。イズマイロフ連隊の宿営地に向かいながら彼は、いかにも歴戦の軽騎兵といった自分の姿が、ボリスと彼の同僚の近衛兵一同をどれほど驚かすだろうかと考えていた。

近衛隊は行軍の間ずっと、清潔さと規律を誇示しながら、まるで行楽にでも出かけるような足取りで進んできた。毎日の行程は短く、背嚢《はいのう》は荷馬車任せで、将校連にはオーストリアの司令部が、一行程終わるごとに素晴らしい食事を用意してくれた。町に入るときも町を出るときもいつも楽隊付きで、しかも行軍の間ずっと（これが近衛隊士の自慢の種だったが）、大公閣下の命により兵士は足並みをそろえて行進し、将校たちはそれぞれの定位置を徒歩で進んでいた。ボリスは行軍の間ずっと、進むのも休むのも、いまや中隊長となったベルグといっしょだった。ベルグは行軍中に中隊を任されることになったのだが、持ち前の行動力と几帳面さで首尾よく上官の信用を得て、懐具合もだいぶ良くなっていた。ボリスの方は行軍の間に、ゆくゆく役立ちそうな知り合いをたくさん作り、またピエールから送られてきた紹介状のおかげでアンドレイ・ボルコンスキー公爵の知遇を得ており、その伝手《つて》で総司令部にポストを得るという期待を抱いていた。ベルグとボリスはこの日の行程を終えて一息ついた後、清潔できちんとした身なりをして、自分たちに割り当てられた掃除の行き届いた部屋に円卓をはさんで座り、チェスを戦わせているところだった。ベルグは膝の間に置いた手に火のついたパイプを持っている。ボリスは生来の几帳面さを発揮して、ベルグの差し手を待つ間、白く細い手で持ち駒をピラミッド状に並べていた。その目をじっと相手の顔に据え、考えているのは明らかにゲームのことだ。彼は常に今やっていることしか考えないのである。

「さあて、どう切り抜けますか?」彼は言った。

「やってみるさ」そう答えながらベルグはポーンに手を伸ばしかけたが、またその手を引っ込めてしまった。

そのときドアが開いた。

「ああ、やっと見つけたぞ!」入って来たニコライ・ロストフがだしぬけに言った。「それにベルグさんも! ほらほら、お子しゃまはお眠の時間だよ《ペチザンファン、アレ・クシェ・ドルミール》!」昔乳母に言われた、なまったフランス語のセリフを大声でまねてみせる。かつて彼とボリスはこのセリフを冗談の種にしたものだった。

「おやおや！　君はすっかり変わったなあ！」ボリスはニコライを迎えようと立ち上がったが、立ち上がりながらも、はずみで倒れたチェスの駒をもとの場所に戻すのを忘れなかった。そしてそのまま友を抱こうとしたが、相手は身をよけた。えてして若者は月並みを嫌い、感情表現においても人まねでない、何か新しい自分なりのやり方でしたい、よく年上の者たちがするようなそらぞらしい表現だけは避けたいものだという気持ちにかられるが、ニコライもまた友人との出会いにおいて、何か特別なことをしたかった。みんながやるようにキスをするなんてまっぴらだ、それよりなんとか相手をつねったり小突いたりしてやろうと思ったのだ。ところがボリスは全く無頓着で、落ち着いてにこやかにニコライを抱くと、三度キスをしたのだった。

二人はこの半年、ほとんど会っていなかった。ちょうど若者が人生行路の最初の数歩を踏み出す年頃だったので、二人は互いのうちに大きな変化を認めた。それぞれが人生の最初の歩みを開始した社会が、新たな影響を及ぼしたためである。二人とも最後の出会いの時からずいぶん変化していて、それぞれが自分に生じた変化を少しでも早く相手に見せつけてやりたいと願っていた。

「ああ君たちときたら、どうしようもない遊び人だね！　こぎれいで、こざっぱりして、まるで散歩帰りのようじゃないか。僕らのような罪深き一般軍人とは大違いだ」ボリスには聞きなれないバリトンを響かせながら、いかにも実戦部隊の軍人らしいしぐさで泥に汚れた自分の乗馬ズボンを示して、ニコライは言った。

ニコライの大声につられてこの家の主婦のドイツ人女性がドアから覗き込んだ。

「何だい、別嬪さん？」ニコライがウインクをして声をかける。

「どうしてそんなに大声を出すんだ？　みんなびっくりしているぞ」ボリスは言った。「今日君が来るとは思わなかったよ」彼は続けた。「つい昨日、知り合いのクトゥーゾフの副官ボルコンスキーに君への手紙を託したばかりだからな。こんなに早く君に届くとは思わなかったよ……。ところで、君の方はどんな調子だ？　もう弾の下をくぐったかい？」ボリスは訊ねた。

ニコライは答えぬまま、軍服の縒《よ》り紐につるした兵士用のゲオルギー勲章をポンとたたくと、包帯をした片手を示しながら、笑みを浮かべてベルグの顔を見た。

「見ての通りさ」彼は言った。

「なるほど、そうかそうか！」ボリスも笑顔になって言った。「僕たちの行軍もすごかったぞ。だっていいか、大公殿下がずっと一緒に移動されるわけだから、われわれの連隊は何もかも、それは便利に有利にできているのさ。ポーランドでのあの盛大な歓迎会、あの晩餐会や舞踏会ときたら、――まったく語り尽くせないほどだよ！　それに大公殿下もわが連隊の将校たちに、実に優しく接してくださるんだ」

こうして二人の友は互いに語り合うのだった――一方は自分たちの軽騎兵流のどんちゃん騒ぎや戦闘生活について、他方は貴顕の指揮下で勤務することの快適さや利益について……。

「いやはや、近衛隊ってやつは！」ニコライは言った。「ところで、酒を買いにやってくれよ」

ボリスは顔を顰《しか》めた。

「どうしてもというなら」

そう答えるとベッドに近寄り、きれいな枕の下から財布を取り出して、酒を持ってくるよう命じた。

「そうだ、君に渡す金と手紙もあったんだっけ」彼はさらに言った。

ニコライは手紙を受け取ると、金をソファーに投げ出したまま、テーブルに両肘をついた格好で読み始めた。何行か読んだところで、いまいましげにベルグを見やる。相手と目が合うと、手紙で顔を隠してしまった。

「しかしまた、豪勢に金を送ってきたものだね」いかにも重そうにソファーにめり込んでいる札入れを見ながらベルグが言った。「僕たちなんかはこうして、なんとか給金だけでやっているんだけれどね。僕の場合を言えば……」

「あのね、ベルグさん」ニコライはベルグに声をかけた。「仮にあなたが家からの手紙を受け取り、ついでに仲間と会っていろんなことを聞き出したいと思っているときに、たまたま僕が居合わせたとしたら、僕はすぐさま邪魔にならないように姿を消しますよ。だからお願いです、ちょっと席を外して、どこかに行っていらしていただけませんか。どこへなりと……お好きなところへ！」そう叫ぶと、すぐに彼は相手の肩に手を掛けて優しい目つきで相手の顔に見入り、いかにも自分の乱暴な言葉を和らげようとするように言い添えた。「お願いです、どうか気を悪くしないでください。古くからの知り合いということで、ざっくばらんに申し上げただけですから」

「いやいやとんでもない、伯爵、よく分かるよ」ベルグは立ち上がりながら、かすれ声でそうつぶやいた。

「家主夫妻のところへいらしたらどうですか。さっきあなたを呼んでいましたよ」ボリスが助言する。

ベルグは染みひとつ、塵ひとつないきれいなフロックコートを着込み、鏡の前でちょうどアレクサンドル皇帝がしているように鬢《びん》の毛を上に掻き上げると、ニコライの目つきからフロックコートが相手の目に留まったことを確認したうえで、うれしげな笑みを浮かべて部屋から出て行った。

「ああ、しかし僕もつくづくひどい奴だな！」手紙を読みながらニコライが言った。

「どうして？」

「だって、とんだ罰当たりじゃないか、一度も手紙を書かなかったあげくに、こんなにみんなをびっくりさせるなんて。いやはや、罰当たりだよ！」急に顔を赤くして繰り返す。「どうした、ガヴリーラに酒を買いに行かせろよ！　まあ、いいから、ぱっとやろうじゃないか！……」彼は言った。

家族からの手紙にはバグラチオン公爵宛の推薦状も同封されていた。ドルベツコイ公爵夫人の助言により老伯爵夫人がコネを通じて入手し、息子に送って来たもので、宛名のところに持参して役立てるようにと添え書きがしてあった。

「バカげたことを！　これこそ余計なお世話だ」ニコライはそう言って書状をテーブルの下に投げ捨てた。

「どうして捨てるんだ？」ボリスが聞いた。

「なに、誰か宛の紹介状さ。僕には無用な代物だよ！」

「せっかくの紹介状がどうして無用なんだ？」拾い上げて宛名を読みながらボリス

が言った。「君にはとても必要な手紙じゃないか」

「僕には何も必要じゃないし、副官になるなんて、誰の下でもまっぴらだ」

「どうしてだい？」ボリスが訊ねる。

「使いっ走りだからさ！」

「君は相変わらず夢想家なんだな、どうやら」首を振りながらボリスが言った。

「君の方は相変わらず外交官か。でもまあどうでもいいや……それより、君はうまくやっているのかい？」ニコライは訊いた。

「まあ、ご覧の通りだよ。今のところ万事順調さ。でも正直な話、副官になりたいところだね、ぜひにも。いつまでも前線でうろうろしていたくないんだ」

「どうして？」

「どうしてって、いったん軍人として出世の階段を上り始めたら、できる限り目覚ましい地位まで上り詰めようとするのが当然だろう」

「なるほどね！」ニコライはそう言ったが、明らかに頭にあるのは別のことだった。

彼は問いかけるようなまなざしでじっと友人の目を見つめていた。何かの問題を解こうとしてどうしても答えが見つからないような様子である。

ガヴリーラ爺さんが酒を持ってきた。

「じゃあベルグさんも呼ばないか?」ボリスが言った。「あの人なら酒の相手ができるよ。僕はできないから」

「呼ぼう、呼ぼう! それで、あのドイツっぽはどんな奴だった?」ニコライは蔑《さげす》んだような笑みを浮かべて訊ねた。

「とてもとても立派な、誠実な、気持ちのいい人物だよ」ボリスは答えた。

ニコライはもう一度ボリスの目をじっと見つめてからため息をついた。ベルグが戻ってくると、酒瓶を空けながら三人の将校は話に花を咲かせた。近衛隊の二人はニコライに自分たちの行軍の模様を語り、ロシア、ポーランド、そして国外での歓迎ぶりを物語った。司令官である大公の言動も話題に上り、この人物の優しい面とかんしゃく持ちの面を物語るいろいろな小話も披露された。ベルグは普段通り、自分個人にかかわりのない話題の時は口をつぐんでいたが、しかし大公のかんしゃくの小話が出ると、大公がガリツィアで各連隊を巡視して兵の行動が正確でないといって腹を立てた際に、直接口をきく栄誉に恵まれた顛末を得々と披露した。彼は感じの良い笑顔を浮かべながら、堪忍袋の緒を切らした大公が自分のすぐそばまで馬を寄せ、「傭兵《アルナウートィ》め!」(これは大公が腹を立てた時の口癖だった)と叫んで、中隊長前へ出ろと命じた次第を物語った。

「ところがね、伯爵、僕の方はびくともしなかったよ。なぜなら自分が正しいと分かっていたからね。別に自慢じゃないがね、僕は連隊に出た命令は暗記しているし、軍規だって『天にましますわれらが父よ』というお祈りの文句と同じくらいよく知っているんだ。だからね、伯爵、僕が中隊のことで過ちを犯すことはない。だから疚しいことは何もなかったんだ。それで僕は前に出た（ベルグはちょっと腰を浮かすと、自分が敬礼をして前に出た時の顔をしてみせた。実際、これほど恭しくかつ自信満々な表情をするのは難しいだろうと思えた）。いやはや大公には罵《ののし》られたね、本当の話。もう、火がついたような剣幕でまくし立てられて、それこそ生きた心地がなくなるほど罵倒されたよ。二言目には、やれ『傭兵め』、やれ『畜生め』、やれ『シベリア送りだぞ』といった調子でね」ベルグは相手の心を見透かすような笑顔で語っていた。「僕の方は自分が正しいと分かっているから、黙っていた。そうだろう、伯爵？　すると『なんだ、お前は口が利けんのか？』と食って掛かってくる。僕はじっと黙りっぱなしさ。それでどうなったと思う、伯爵？　次の日になっても、何のお咎めもなし

9　アルナウートィ　「アルヴァニートィ」は本来正教徒アルバニア人のエスニック・グループを指す言葉で、異教徒であるオスマン帝国軍に仕えていた者が多かったところから、ここでは蔑称のニュアンスを帯びている。ベルグ自身はドイツ系ロシア人。

さ。これこそまさに、節《せつ》を曲げないってことだよ！　そうだろう、伯爵」パイプをくゆらして小さな煙の輪を吐きながらベルグは言った。

「いや、さすがですね」ニコライは笑顔で応じた。

しかしボリスはニコライがベルグをからかおうとしている気配を察して、無理やり話題を変えてしまった。彼はニコライに、その傷はどこでどうして負ったのか話してくれと頼んだのだった。ニコライはこの質問に気をよくして話し出したが、話しているうちにどんどん興が乗ってきた。シェングラーベンでの戦闘について彼が二人に物語る様は、通例会戦に参加した者たちがその会戦のことを語る時と全く同じだった。つまり語り手がこうあってほしかったこと、ほかの語り手から聞いたこと、話として絵になることを語るばかりで、実際にあったこととは全く違っていたのである。ニコライは真っ正直な青年であり、意図的に嘘を語ろうというつもりは全くなかった。すべてありのままを正確に語ろうというつもりで始めたのが、知らぬ間に、無意識に、そして自分でもどうしようもなく嘘にはまり込んでしまったのである。この場合、聞き手も彼自身と同じくもう何度も突撃の話を聞いており、自分なりに突撃というもののイメージを持っていて、まさにそれと同じような話を期待しているわけなので、仮にそんな相手に彼が本当のことを語ったりすれば、相手は彼の話を信じないか、あるいはもっと悪いことに、通常騎兵隊の突撃を語る者たちの経験談にあるような出来事が彼の身に生じなかったのは、彼自身の落ち度だと受け止めたことだろう。全員が速歩で馬を飛ばしていたところ、自分だけ落馬して腕をくじき、全力でフランス兵から逃れて森へ駆け込みましたなどと、ただ単に話すわけにはいかなかったのである。またそれは別としても、すべてをありのままに語るには、しっかり自己を抑制して、あったことだけを語るように努めねばならない。真実を語ることは非常な難事であって、若者でこれができる者はめったにいないのだ。聞き手はこちらが全身燃える火と化して、無我夢中で嵐のごとく敵の方陣を襲い、まっしぐらに斬り込んでいって右に左にとサーベルを振るい、肉を斬り裂く手ごたえを得た後、ついに力尽きてバッタと倒れた、等々といった話を期待していた。それで彼は相手に、すべてをそんな調子で物語ったのである。

その話の途中、ちょうど彼が「いざ突撃という時にはなんとも不思議な狂乱の感覚を味わうのだが、それは君には分からないだろう」と語っていた時、ボリスの待っていたアンドレイ・ボルコンスキー公爵が部屋に入ってきた。若い者の後ろ盾になってやるのを好み、保護を求められるのを名誉と感ずるアンドレイ公爵は、この前日たくみに自分の好感をかちえたボリスを憎からず思い、この青年の望みをかなえてやりたいと思ったのだった。クトゥーゾフ将軍から大公のもとに書類を届ける役を仰せつかったのを好機に、アンドレイはこの青年のところに立ち寄ったのだが、相手は一人でいるものと思い込んでいた。部屋に入って戦場での冒険談を披露している普通師団の軽騎兵（これはアンドレイ公爵には我慢のならない人種だった）を見た彼は、ボリスに向かって愛想笑いをしてから、顔を顰め、薄目になってニコライを一瞥すると、軽く会釈して、疲れたようにのろのろとソファーに腰を下ろした。つまらない集まりに遭遇してしまったのが不愉快だったのである。ニコライはそれを察して頬を紅潮させた。しかし相手が赤の他人であるから、これは彼にはどうでもいいことであった。だがふとボリスの顔を見ると、ボリスもまた普通師団の軽騎兵である自分のことを恥ずかしがっているようなのが読み取れたのだった。アンドレイ公爵の態度に不快な、嘲笑的なものを感じ取ったにもかかわらず、また明らかにいま入って来たこの相手もその成員である司令部の副官連中に対して、実戦に関わる普通師団の一員としての見地から一般的な軽蔑の念を持っていたにもかかわらず、ニコライは自分の方がばつの悪い感じがして、赤面して黙り込んでしまった。ボリスは、司令部にはどんなニュースが入っていますかとか、不躾《ぶしつけ》ながら、わが軍の予定について何かお耳に入ってはいないでしょうか、などと訊ねた。

「おそらく前進だろう」明らかに、よそ者のいる前ではそれ以上話したくないといった様子でアンドレイ公爵は答えた。

ベルグはこの機を利用し、とりわけ改まった口調になって、普通師団の中隊長に支払われる馬糧費が二倍になるという噂を聞きましたが、本当でしょうかと訊ねた。アンドレイ公爵が笑顔で応じながら、それほど重要な国家レベルの措置について自分ごときが判断をさしはさむことはできないと答えると、ベルグは愉快そうにげらげら笑った。

「君の件については」アンドレイ公爵がまたボリスに向かって言った。「あとで話しましょう」そう言ってニコライの方をうかがう。「閲兵式が終わったら僕のところへ来てください。できることは何でもしましょう」

そう言って部屋を見回すと、彼はニコライに向き直った。子供っぽいばつの悪さから抜けきれないでいるうちに反感を募らせてしまった相手の状態など歯牙にもかけぬ様子で、彼は言った。

「君が話していたのはシェングラーベンの戦いのことですね？　あそこにいたのですか？」

「僕はあそこにいましたよ」ニコライはまるでこの副官を侮辱してやろうとでもい

うように、反感をむき出しにして答えた。アンドレイ公爵はこの軽騎兵の心境を読み取ったが、それは彼には笑止なものと感じられた。彼は軽い侮蔑の笑みを浮かべた。

「なるほど！　あの戦いについては、昨今いろんな話が語られていますね」

「そう、いろんな話がね!!」にわかに凶暴な目つきになってボリスとアンドレイ公爵を交互に睨みつけながら、ニコライは大声で応じた。「そう、話はいくらでもありますが、しかしわれわれの話は敵の砲火の真っただ中にいた人間の話で、だからこそ重みがあるのです。何にもしないでご褒美をもらっている司令部のお歴々の話とは、わけが違います」

「君はこの僕もその一人だと言いたいのですね？」落ち着き払って、とりわけ愉快そうに微笑みながら、アンドレイ公爵は言い放った。

相手の落ち着き払った態度に対する奇妙な反感とそして敬意とが、この瞬間ニコライの胸の中でないまぜになっていた。

「僕はあなたのことを言っているわけではありません」彼は答えた。「僕はあなたのことは知りませんし、正直なところ、知りたくもありません。僕は司令部のメンバー一般のことを言っているのです」

「では君に一つ言っておきましょう」落ち着いた威厳を声に込めてアンドレイ公爵は相手を遮った。「君は僕を侮辱したいと思っているし、僕も認めるにやぶさかでないが、それはごく簡単にできることです。もしも君が自分自身に対するしかるべき敬意を捨てさえすればね。ただし君にも分かるでしょうが、そのために選ばれたにしては、時も場所もきわめて不適切です。いずれ数日もすればわれわれみんなが大きな、より真剣な決闘の場に立たされることになるわけだし、それは別としても、僕の顔つきが君の気に入らないからといって、君を旧友だと認めているこのボリス君にはいささかも罪はないのですからね。ともあれ」と彼は立ち上がりながら言った。「君は僕の名前をご承知だし、どこへ行けば僕が見つかるかも分かっているわけです。ただし忘れないでほしい」と彼は付け加えた。「僕は自分も、そして君も、いささかも侮辱されたとはみなしていません。だから君よりは年を食っている僕からの忠告は、この件はこれ限りで終わりとすることです。じゃあ金曜日、閲兵式の後で待っていますからね、ドルベツコイ君。じゃあこれで」アンドレイ公爵はそう締めくくると、二人に礼をして出て行った。

公爵がすでに部屋を出て行ってからようやく、ニコライは自分が相手にどう答えるべきだったかに思い至った。そしてそれを言いそこなったことで、ますます腹が立ってきた。即刻自分の馬を出すように命じると、ボリスと素っ気なく別れの挨拶をして、彼は帰途についた。明日総司令部に行って、あの気取った副官に決闘を申し込むか、それとも言われた通りこの件はこれ限りとするか？——それが道中ずっと彼を悩ませた問題だった。チビで虚弱なくせに高慢ちきなあの男が自分のピストルを前にして怯えるのを見たら、どんなにすっきりすることだろう——憎々しい気持ちでそんなことを考えるかと思えば、また一方で、自分が知っているすべての人間の中で、あの小憎らしい副官ほど自分の友としたい人間はいないと感じて、われながら驚きの念にうたれたりしていたのである。

8章

ボリスとニコライが会った日の翌日のこと、オーストリア軍とロシア軍の閲兵式が行われていた。ロシア軍にはロシアから着いたばかりの新しい部隊も、クトゥーゾフとともに遠征から戻った部隊も含まれていた。兵員八万に及ぶ連合軍の閲兵を、皇位継承者を連れたロシア皇帝と大公を連れたオーストリア皇帝の両皇帝が行うのである。

早朝から伊達者《だて》のように磨き上げ、飾り付けた軍隊が動き出し、城塞前の野原に整列していく。あちらでは歩兵隊の何千本もの足と銃剣が、はためく軍旗とともに行進してきたかと思うと、別の軍服を着たほかの同様な歩兵の大集団を回り込んだところで将校たちの命令によって停止し、向きを変えては、間隔をあけて並んでいく。こちらでは青、赤、緑の、縫い取りのある軍服を着た派手な騎兵部隊が、刺繡で飾りたてた軍楽隊を先頭に、黒毛や栗毛や芦毛の馬に乗って規則正しい蹄の音と拍車の音を響かせて進んでくる。砲兵隊はピカピカに磨き上げた大砲を砲架に載せて、重い銅が軋《きし》る独特な金属音をまき散らし、火縄竿のえぐい臭《にお》いを放ちながら、長い列になって歩兵と騎兵の間に潜り込み、所定の場所に整列していく。完全正装をして細い腰、太い腰をそれぞれ極限まで締め付け、首が赤くなるほど襟ボタンをぎっちりと締め、肩帯を掛けてありったけの勲章を付けた将軍たちばかりでなく、またポマードを塗って粋な格好をした将校たちばかりでなく、髭を剃ったばかりの顔をきれいに洗い、これ以上ないほど磨き上げた装具を身に着けた兵士たちの一人一人も、さらには大事に手入れをされたおかげで繻子《しゅす》のように艶やかな体毛をし、たてがみも湿り気を帯びて一本一本きれいにそろった馬の一頭一頭に至るまでも、誰もがいま、何かただならぬ、重大でかつ荘厳な出来事が起こりつつあるのを感じ取っていた。将軍も兵士もみな、自分がこの巨大な人の海の中の一粒の砂にすぎないのを意識して、己の卑小さを感じると同時に、自分がこの大きな全体の一部分であることを意識して、己の力を感じていたのだった。

早朝から始まった緊張のなかでの奔走や努力のあげく、十時にはすべてが収まるべきところに収まった。広大な原に兵列が並んだ。全軍が三本の線となって延びている。一番前が騎兵隊、その後ろが砲兵隊、さらに後ろが歩兵隊である。

各隊の境目は通路のようになっていた。軍をなす三つの部分はそれぞれはっきりと仕切られている。すなわち実戦部隊のクトゥーゾフ将軍の軍(その右翼の最前列にパヴログラード連隊が陣取っている)、ロシアから到着したばかりの普通師団と近衛師団の各連隊、そしてオーストリア軍である。しかし全員が一つの系統、一つの指揮下にまとまって、同じ秩序に服しているのである。

梢を渡る風が葉をざわめかしていくように、「お出ましだ！　お出ましだ！」という興奮したささやきが伝わっていった。慌てたような声があがり、あたふたと最後の準備を整える動きが全軍を波のように駆け抜けた。

前方にオルミュッツから進んでくる一団の姿が見えた。そしてまさにこのとき、風のない日だったにもかかわらず、一陣の微風が軍を駆け抜け、槍先に結んだ小旗やだらりと下がっていた軍旗を揺らして、旗竿にぱたぱたと当たる音が聞こえた。まるで軍そのものがこのかすかな動きによって、近寄って来る皇帝たちを迎える喜びを表現しているかのようだった。「気を付け！」の一声が響く。すると払暁《ふつぎょう》の鶏鳴のように、あちこちの片隅で同じ号令が繰り返された。そして全軍が沈黙した。

死んだような静けさの中に一群の馬蹄の音だけが聞こえてくる。それは両皇帝の随員たちであった。両皇帝が翼《ウィング》に近づくと、第一近衛連隊のラッパ手たちが奏でる将軍行進曲が響き渡った。あたかもラッパ手たちが演奏しているのではなく、軍自体が皇帝の接近を喜んで、自然にそんな音を発したかのように感じられた。その音の背後から、アレクサンドル皇帝の若々しく優しい声がはっきりと聞こえた。皇帝が挨拶すると第一連隊が「ウラァー！」という歓声で答えたが、その耳をつんざくような長々しい、歓喜に満ちた音声《おんじょう》のものすごさに、当人たちも自分たちが構成している一大集団の数と力に戦慄を覚えたほどだった。

皇帝が最初に近寄ったクトゥーゾフの軍の前方の列に位置していたニコライは、この軍の誰もが味わったのと同じ感覚を味わっていた。それはすなわち、忘我の感覚、誇らしい力の意識の感覚、そしてこの荘厳な式典の主役である人物に対する強い憧憬の感覚であった。

この人物の御言葉ひとつでこの巨大な軍団は（そしてそれに連なっている彼自身も、

一つのちっぽけな砂粒として）火にも水にも飛び込み、罪も犯せば死もいとわず、最大の英雄的な行為も成し遂げる——そのことを彼は感得し、そしてそれゆえに、近寄ってくるその御言葉の主体の姿を見て、思わずときめきのあまり身を硬直させたのであった。

「ウラァー！　ウラァー！　ウラァー！」という雄叫《おたけ》びが四方八方から響き、各連隊が皇帝を迎えるたびに将軍行進曲を奏でては「ウラァー！」の雄叫び、また将軍行進曲と「ウラァー！」さらに「ウラァー！」と延々と続いていき、それらが先へ行くほどますます強く大きな歓声となり、一つに溶け合って、耳を聾《ろう》するようなどよめきになっていくのだった。

皇帝がまだ通りかからないうちは、どの連隊も黙り込んでじっと動かず、まるで死体のように見える。ところが皇帝が自分たちの位置まで来た途端、連隊は俄然活気づいて喚声を発し、すでに皇帝が通り過ぎたすべての列の咆哮に合流していく。そうした恐ろしい、耳を聾するような雄叫びに包まれて、四角形のまま石化したように動かない兵士の大群のただなかを、気楽そうに列も整えず、しかも自由な足取りで、何百名かの騎馬の随員たちが進み、その先頭を二人の人物が、すなわち両皇帝が進んでいく。そしてその姿に、この大集団の全員がじっと抑えた情熱的な注視を、ひたと向けて片時も外《そ》らさないのだった。

近衛騎兵隊の制服をまとって三角帽を目深にかぶった美しく若い皇帝アレクサンドルは、その感じのいい顔と大きくはないがよく通る声で、一同の注意を一身に惹きつけていた。

ラッパ手たちにごく近い位置に立つニコライは、視力のよい目で遠くから皇帝を認め、近づいてくるその姿を追っていた。皇帝が二十歩の距離まで近寄ってくると、ニコライはその美しく若々しい幸福そうな顔を隅々まではっきりと見て取り、これまでに覚えのないような親しみと喜びの感覚を味わった。皇帝の顔立ちの一つ一つが、その所作の一つ一つが、すべて彼には魅力的に思えるのだった。

パヴログラード連隊の正面に立ち止まると、皇帝はオーストリア皇帝に何事かをフランス語で語り掛けて、にっこりと笑った。

その笑顔を見たニコライは、思わず自分も笑顔になり、そして自らの皇帝に対する愛情が一層強い波となって胸を浸すのを覚えた。彼は何かの形で自分の皇帝への愛を表現したかった。それが無理だと承知しているゆえに、泣きたい気持ちになった。皇帝は連隊長を呼びつけ、二言三言語り掛けた。

『ああ！　もしも皇帝がこの俺に話しかけてくれたら、俺はいったいどうなってしまうだろうか！』ニコライは思った。『幸せのあまり死んでしまうかもしれない』

皇帝は将校たちにも声を掛けた。

「諸君の全員に対して（一語一語がニコライには天から下った音色のように聞こえた）、心の底から感謝している」

もしも今、自らの皇帝のために死ねたなら、ニコライはどんなにか幸せだったことだろう！

「諸君は戦功によってゲオルギー軍旗を授与された。それに恥じない活躍を期待する」

『死ぬんだ、このお方のために死ぬんだ！』ニコライは思った。

皇帝はさらに何かを語ったが、それはニコライには聞き取れなかった。兵士たちが胸も張り裂けんばかりに「ウラァー！」の雄叫びを上げた。

ニコライもまた鞍《くら》に身を屈め、全力を振り絞るようにして雄叫びに唱和した。皇帝への賛美をしっかりと表現するためなら、叫びで胸が張り裂けても構わないという心境だった。

皇帝はあたかも何かためらっているかのように、なお数秒間、軽騎兵隊の前にたたずんでいた。

『はたして皇帝がためらうなんてことがあり得るだろうか？』ニコライはふと思っ

たが、しかし次にはその逡巡《しゅんじゅん》さえもが、皇帝のすべての振る舞いと同様、彼には偉大でかつ魅惑的なものと感じられたのだった。

皇帝の逡巡は一瞬のことにすぎなかった。この当時の流行通り先が細く尖ったブーツをはいた皇帝の足が、騎乗している尾を短く切った栗毛の牝馬《ひんば》の腿の付け根をとんと打ち、白手袋をはめた手が手綱を引き締めると、その身がすっと前へ進み、随行の副官たちの無秩序に揺れ動く海のような集団もそれに続いた。皇帝は他の連隊のもとでも立ち止まりながらだんだんと遠ざかっていき、ついにはニコライには、ただその帽子の白い羽根飾りが、取り囲む随員たちの向こうに見えるばかりになった。

随員の面々の中に、ニコライは例のボルコンスキーが物憂げにだらしなく馬に乗っている姿を認めた。この相手との昨日の口論を思い出すと、決闘を申し込むべきかどうかという問いが浮かんできた。『もちろんやめるべきだ』今やニコライはそう考えるのだった……。『しかも今のようなこんな瞬間に、そんなことを考えたり言ったりする価値があるだろうか？　愛と歓喜と献身の気持ちに満ちたこの瞬間に、われわれの間の口論や侮辱など何の意味があるだろう⁉　今の俺は皆を愛し、皆を許すんだ』ニコライは思った。

皇帝がほぼすべての連隊を巡り終えると、今度は将兵たちが皇帝の前を分列行進し始めた。ニコライは新たにデニーソフ大尉から買ったベドゥイン号にまたがり、自分の中隊のしんがりとして皇帝の前を通過した。すなわち一人ですっかり皇帝の目にさらされることになったのである。

皇帝のいる位置に差し掛かる手前で、乗馬の名手であるニコライは、二度自分のベドゥインに拍車をくらわすことで、この馬がいきり立った時にやる、狂ったようなトロットの状態に首尾よく持って行った。ベドゥインは泡を吹く鼻面を胸前に引きつけ、尾をピンと伸ばし、まるで地には触れずに空を駆けるかのように、優美に高々と掲げた脚を踏みかえながら、同じく皇帝の視線をわが身に感じ取りつつ、見事にその前を通過した。

ニコライ自身も両足を後ろに流して腹を引き締め、人馬一体となった気分で、固く顰めた、しかも至福の顔つきをしながら、デニーソフ大尉が「鬼神のような」と言いそうないなせな姿で、皇帝の前を通過した。

「さすがパヴログラード連隊だ！」皇帝がつぶやいた。

『ああ！　もし今皇帝が俺に火中に身を投じろと命じてくださったら、俺はどんなに幸せだろうか』ニコライは思った。

閲兵式が終わると、将校たちは新来の者たちもクトゥーゾフの軍の者たちも改めてあちこちに寄り集まって、報償のこと、オーストリア軍とその軍服のこと、彼らの戦線のこと、ボナパルトのことを次々と語り合い、今度こそボナパルトも憂き目を見ることだろう、とりわけここにエッセンの軍団が加わって、おまけにプロイセンがわが方に付いたら敵も大変だ、などという話に花を咲かせた。

しかしどのグループでも一番の話題はアレクサンドル皇帝のことで、皇帝の発した一つ一つの言葉、そのしぐさの一つ一つを皆口々に伝え合い、讃嘆しあった。

皆はただ一つのことだけを願っていた。それは皇帝の指揮下で一刻も早く敵に立ち向かうことであった。皇帝御自らの指揮を得るうえは、どんな相手だろうと打ち負かさずにはおかない――閲兵式の後でニコライはそう思ったし、大半の将校も同じ気持ちだった。

閲兵式の後では誰もが、たとえ二度の戦闘に勝った後でもここまではと思うほど、強く勝利を確信していたのである。

9章

閲兵式の翌日、ボリスは一番上等の軍服を着こみ、同僚のベルグから成功を祈るというはなむけの言葉をもらって、オルミュッツのアンドレイ・ボルコンスキー公爵のもとへと出かけて行った。この人物の厚意に甘えてできるだけ良い地位に就きたい、とりわけ軍でも飛び切り魅力的に思える副官の地位に就きたいという気持ちに駆られていたのである。『ニコライのやつは父親が毎度一万ルーブリずつも送ってよこすかららこそ、誰にも頭を下げたくないとか、誰の使い走りにもならないなんて言っていられるのさ。そこへいくと俺には自分の頭しかないのだから、どうしても出世しなくちゃいけないし、チャンスがあったら逃さずに利用しなくちゃいけないぞ』
この日、彼はオルミュッツでアンドレイ公爵には会えなかった。しかし総司令部があって外交団が駐在し、両皇帝とその随員である廷臣や側近たちが宿営するオルミュッツの光景を見て、そうした上層の世界に加わりたいというこの青年の願望はますます強まるばかりであった。
彼には知り合いは一人もおらず、せっかく粋な近衛隊の軍服を着てきたのに、凝った馬車に乗って街を行き来する、羽根飾りや綬や勲章で身を飾り立てた廷臣や武官たちはあまりにもかけ離れた地位にいる者たちばかりなので、彼の存在に気付きもしないどころか、彼が存在することを認めることすらできないようだった。クトゥーゾフ総司令官の陣営でアンドレイ公爵との面会を請うた時も、そうした副官ばかりか従卒連中までもが、いかにも、お前のごとき将校連中が毎日押しかけてくるのでこちらはすっかりうんざりしているんだとでも言いたいような目つきで彼を見たものだった。にもかかわらず、というよりむしろだからこそ、翌十五日も、彼は昼食後に再びオルミュッツに出かけて行き、クトゥーゾフ総司令官のいる建物に入って行って、アンドレイ公爵に面会を請うたのだった。アンドレイ公爵は館内にいるということで、ボリスは大きな広間に通されたが、そこは以前はおそらく舞踏会に使われた場所で、今ではベッドが五台とテーブルやら椅子やらクラヴィコードやらといった様々な家具が置かれていた。一人の副官がドアに近い場所で、ペルシャ風の部屋着を着てテーブルで書き物をしている。もう一人の、赤ら顔で太ったネスヴィツキーは、両手を枕にベッドに横たわった格好で、傍《そば》に腰かけた将校と談笑している。三人目はクラヴィコードでウインナーワルツを弾き、四人目はそのクラヴィコードの上に寝そべって、曲に合わせて歌っている。アンドレイ公爵の姿はない。ボリスに気付いても、部屋にいた者たちは誰一人居住まいを正そうとはしなかった。書き物をしていた副官に話しかけると、相手は腹立たしそうに振り向いて、アンドレイ公爵は当直だから、会いたければ左手のドアの奥にある応接室へ行くようにと言った。ボリスは礼を言って応接室に向かった。応接室には将校や将軍が十人ばかりもいた。

ボリスが入って行ったとき、アンドレイ公爵はいかにも侮蔑的に目を窄《すぼ》めて（もしこれが仕事でなかったら、あなたなどとは一分たりともお話ししないのですが、といった気持ちをあからさまに伝える、独特の慇懃無礼な倦怠の表情を込めながら）勲章をいっぱいつけたロシア人の老将軍の話を聞いているところだった。老将軍はほとんどつま先立ちの直立不動の姿勢で、赤黒く染まった顔に兵卒のように卑屈な表情を浮かべながら、アンドレイ公爵に何事かを報告している。

「結構です、ちょっとお待ちください」軽蔑の調子を出そうとする際に彼がよく使うフランス語なまりのロシア語で将軍に答えたところで、ボリスに気付いたアンドレイ公爵は、もはや将軍には構おうとせず（相手はまだ何か聞いてもらおうと、祈るような目つきで彼を追おうとするのだったが）、明るい笑顔になってボリスの方に向き直り、頷いてみせた。

ボリスは早くもこの瞬間に、前から予感していたことをはっきりと理解した。すなわち軍には、軍規に記されていて連隊の皆が知り、彼自身も知っている上下関係や規律のほかに、別の、もっと本質的な上下関係があり、そのおかげで、このきっちりと制服を着こんで顔を赤黒く染めた将軍をおとなしく待たせておいて、大尉にすぎないアンドレイ・ボルコンスキー公爵が少尉補のボリス・ドルベツコイと好き勝手な話をすることができるのだ。いつにもましてボリスは、今後は軍規に記された上下関係ではなく、こうした裏の上下関係に従って勤務しようという覚悟を強めた。これがもし別の場合で、前線だったら、この将軍は近衛隊少尉補の自分など一ひねりにしていただろうが、アンドレイ公爵に紹介してもらったというご利益だけで、自分は一挙にこの将軍よりも上位に立った——彼は今やそれを実感していたからだ。アンドレイ公爵が近寄ってきて彼の手を取った。

「昨日会えなかったのはとても残念でした。一日中ドイツ人たちのお相手をしていたのでね。あのワイローター[10]と部隊配置《ディスポジツィア》の確認に出かけていたんです。ドイツ人がいったん正確さにこだわり始めると、もう果てしがありませんから！」

ボリスはアンドレイ公爵が周知の事実のようにほのめかすことを、いかにも理解しているようににやりと笑った。だが彼にはワイローターの名前も部隊配置《ディスポジツィア》という外来語も初耳だった。

「それでどうですか、やはり副官になるのが希望ですか？　僕もこの間、君のことを考えていたのですが」

10　フランツ・フォン・ワイローター（一七五五～一八〇六）、オーストリア軍の将軍、軍事理論家。

「はい、考えてみましたが」なぜかひとりでに顔を赤らめてボリスは言った。「やはり総司令官閣下にお願いしたいと思います。閣下のところにクラーギン公爵から僕に関する紹介状が届いていると思いますので。お願いしようと思う理由はただひとつ」彼は言い訳のように付け加えた。「近衛隊にいると実戦に参加できないのではないかと思うからです」

「なるほど、分かりました！　じっくり相談しましょう」アンドレイ公爵は答えた。「ただその前に、この方について報告する時間をください。それがすめば僕は君のものですから」

アンドレイ公爵が赤黒い顔色の将軍の件で報告に行っている間、当の将軍は明らかに裏の上下関係をよしとするボリス流の考えを共有してはいないらしく、副官との話を途中で邪魔したこの生意気な少尉補をじろじろとにらみつけていたので、ボリスは居心地が悪くなった。それでぷいと脇を向いたまま、アンドレイ公爵が総司令官の執務室から戻るのを、今か今かと待ちわびていたのだった。

「さて、君についての僕の考えはこうです」二人して例のクラヴィコードがある大広間に移ると、アンドレイ公爵はそう切り出した。「君がじかに総司令官のところへ足を運んでも、意味はありません。総司令官はきっとたっぷり御愛想を言って、一度食事に来たまえとでも誘うでしょうが（『例の裏の上下関係に沿って勤務するためには、それだって決して悪くはない』とボリスは思った）、でもそれっきりで先は何もありません。そもそもわれわれ副官とか伝令将校とかは、いまに一大隊を組めそうなほどうじゃうじゃいますからね。そこでこうしてみようじゃありませんか。僕には侍従武官長をしている親友がいて、これがドルゴルーコフ公爵という素晴らしい人物です。あなたはご存じないかもしれませんが、実は今やクトゥーゾフ将軍とその幕僚もわれわれ副官も、いずれにせよ何の実権も持っていません。すべてが皇帝のもとに集中してしまっているからです。ですから、ひとつドルゴルーコフに相談してみましょう。僕はちょうど彼を訪ねる用事があるし、君のことはすでに相手に話してありますから。そうして彼が君を自分のところか、それともどこかもっと日の当たるところに世話することができると言うかどうか、反応を見てみましょう」

若い人間の面倒を見て社会的な成功を手助けする役回りになると、アンドレイ公爵はいつも格別勢いづいた。プライドゆえに自分では人の助けを受け付けない彼が、人を成功に導いてくれる人脈のそばに身を置き、それに魅力を感じているのも、こうした人助けという口実があるためだった。彼は意欲満々でボリスの世話にとりかかり、相手を連れてドルゴルーコフ公爵のもとへ出かけていった。

両皇帝とその側近が滞在しているオルミュッツの宮殿に二人が着いた時には、すでに夜も更けていた。

折しもこれは、宮廷軍事会議《ホフクリークスラート》の総員と両皇帝の出席のもとに行われる、作戦会議の当日だった。会議では、クトゥーゾフ将軍とシュヴァルツェンベルク公爵[11]という老人組の意見を押しのけて、直ちに開戦してボナパルトに総攻撃を仕掛けるという案が採択されていた。ボリスを連れたアンドレイ公爵がドルゴルーコフ公爵と面会しようと宮殿に着いた時、作戦会議は終わったばかりで、まだ総司令部の全メンバーが、若手の勝利に終わった本日の会議の快い余韻に浸っているところだった。今はまだ攻撃を仕掛けずに何らかの機を待つべきだとする慎重派の声は満場の反論によってかき消され、その一つ一つの論証も、攻撃の利を説く疑う余地なき証明によって覆されたので、会議で論じられた事柄は、この先の会戦も、疑う余地なき勝利も、もはや未来のことではなく過去のことのように思えるほどだった。すべての利が味方の側にあった。疑いもなくナポレオン軍を上回る一大戦力が、一か所に集結されていた。両皇帝の出御によって軍は士気を高揚させ、戦闘に向かおうと勇んでいた。戦闘の場となるべき戦略地点は、軍を指揮するワイローター将軍が隅々まで知悉するところとなっていた（まるで幸福な偶然の賜物のように、オーストリア軍はこの前年、今まさにフランス軍との合戦が行われようとしている平原で演習を行っていたのだった）。目の前に広がる土地は細かい点まで知り尽くされ、地図に写し取られていた。そしてボナパルトは、明らかに意気阻喪したらしく、何の動きも起こしていなかった。

ドルゴルーコフ公爵は最も熱烈な開戦論者の一人だったので、会議から戻ったばかりでへとへとに疲れていたにもかかわらず、意気盛んに勝利を誇っていた。アンドレイ公爵が目をかけている将校を紹介しても、ドルゴルーコフ公爵は丁重に固く握手をしてみせたものの、ボリスに何の声も掛けようとはせず、見るからに今何よりも自分の頭を占めている考えを口にしたくてたまらない様子で、アンドレイ公爵にフランス語で話しかけるのだった。

「いや君、われわれは実に重要な勝利をものにしたよ！　こうなったうえは、この結果として起こる戦いも、同様に勝利に終わることを願うまでだ。ただし、君」と彼は息を切らしながら元気に続けた。「僕は自分がオーストリア軍の面々を、とりわけあのワイローターを見くびっていたことは素直に認めなくちゃならない。まったく何

11　カール＝フィリップ・シュヴァルツェンベルク（一七七一～一八二〇）。オーストリア軍の将軍、第三次対仏大同盟戦争軍団長。

という正確さ、何という緻密さ、何という地理の知識だろう！　あらゆる可能性、あらゆる条件、あらゆる細部までを予測する、あの能力ときたら！　いや君、今のわれわれが置かれているより有利な条件など、わざわざ考え出そうとしてもできるものじゃない！　オーストリア人の正確さとロシア人の勇猛さが一つになったんだよ――いったいほかに何がいるというんだ？」

「それでは、攻撃は最終決定ですね？」アンドレイ公爵は言った。

「それがね、君、思うにボナパルトもすっかり焼きが回ったね。いいかい、今日あの男から皇帝に手紙が届いたんだよ」ドルゴルーコフは意味ありげにニヤッと笑った。

「へえ！　それで何と書いてきたんです？」アンドレイが訊ねた。

「何が書けるものか！　それこそちんぷんかんぷんで、何もかもただの時間稼ぎだよ。言っておくが、あの男はわれわれの手中にある。これは確かだ！　でも何より滑稽なのはね」急に気のよさそうな笑顔になって彼は言った。「返信の際の相手の肩書をどうするべきか、思いつくのにずいぶん苦労したことさ。『執政』がだめだとしたら、当然『皇帝』もだめだから、『ボナパルト将軍』となるのかなと僕なんかは思ったんだけれどね」

「しかし、『皇帝』と認めないということと『ボナパルト将軍』と呼ぶこととは、別のことでしょう」アンドレイ公爵が言った。

「そこが問題でね」笑って相手を遮ると、ドルゴルーコフは口早に言った。「君も知っているビリービンだが、非常に頭の切れる男でね、彼が提案したのが『王位簒奪者にして人類の敵』という肩書さ」

ドルゴルーコフは愉快そうにゲラゲラ笑った。

「それで決まり？」アンドレイ公爵が問う。

「いや、結局ビリービンは真っ当な肩書を見つけたよ。頓智も利けば知恵もある人間だからね……」

「何というのです？」

「『フランス政府首班殿』つまり『オ・シェフ・デュ・グヴェルヌマン・フランセ』というのさ」真顔で、しかも満足げにドルゴルーコフ公爵は言った。「ね、いいじゃないか？」

「いいですね、しかし相手にはまったく気に入らないでしょうね」アンドレイ公爵は言った。

「それはもう、まったくね！　僕の兄は奴《やつ》を知っているんだ。兄は何度かあの人物の、つまり現皇帝のパリの屋敷で食事をしているが、その兄が、あれほど洗練された老獪な外交官は見たことがないと言っていたよ。なにしろフランス流の抜け目なさとイタリア流の俳優術が一つになっているわけだから。彼とあのマルコーフ伯爵との逸話《アネクドート》を知っているかい？　あの男をうまくあしらえるような人物は、マルコーフ伯爵くらいしかいなかったさ。ハンカチの話を知っているかね？　傑作だよ」

そう言ってお喋り好きのドルゴルーコフがボリスの方を向いたりアンドレイ公爵の方を向いたりしながら披露したのは、こんな逸話だった――ボナパルトがロシアの公使マルコーフをテストしてやろうとして、わざと相手の前でハンカチを落とし、立ち止まったまま相手を見つめて、おそらく拾ってよこすだろうと待っていると、マルコーフは間髪を容れずその隣に自分のハンカチを落とし、そのまま自分のハンカチを拾い上げたが、ナポレオンのは拾わなかった、というのである。

「傑作ですね」アンドレイ公爵は言った。「ところで公爵、このたびはこの青年のことでお願いがあってうかがったのです。実は……」

だがアンドレイ公爵が言い終える暇もなく一人の副官が部屋に入ってきて、ドルゴルーコフ公爵に皇帝がお呼びだと告げた。[12]

「いや、間が悪いなあ！」ドルゴルーコフは急いで立ち上がると、アンドレイ公爵とボリスの手を握って言った。「もちろん僕の力の及ぶことなら喜んで何でもさせてもらうよ、君のことでも、この好青年のことでもね」彼はもう一度ボリスの手を握ったが、その顔には親切で親身で活気あふれる軽薄さの表情が浮かんでいた。「だがご覧の通りだ……また次の機会にね！」

この瞬間ボリスは、最高権力に近いところにいるという感覚を身をもって味わい、興奮を覚えた。連隊にいる時には、彼は自分を一つの巨大な集団の小さな、従順な、つまらない一部分と感じていたのだが、ここでは自分がその集団の壮大な動きのすべてをつかさどる原動力に触れているという感触を覚えたのである。ドルゴルーコフ公爵の後から廊下に出て行くと、二人はちょうど（まさにドルゴルーコフが入って行った皇帝の部屋のドアから）退出してきた人物に出くわした。文官服を着た小柄な男で、頭のよさそうな顔にぐいとしゃくれた顎が目立ったが、その顎は顔立ちを損なうどころか、むしろ格別生き生きとした、表情豊かなものにしていた。その小柄な人物は、ドルゴルーコフに仲間らしく一礼すると、冷たいまなざしでひたとアンドレイ公爵を見つめながら、まっすぐに彼に向かって歩いてきた。見るからにアンドレイ公爵が頭

12　正しくはアルカージー・モルコーフ伯爵（一七四七～一八二七）。ロシアの外交官で一八〇一年から〇三年の間パリに滞在した。

を下げて挨拶するか、それとも道を譲るのを期待しているようだった。アンドレイ公爵はそのどちらもせず、顔に憎しみを浮かべている。すると相手の青年は、ぷいとそっぽを向いて廊下の端を歩いて去っていった。

「どなたですか?」ボリスは訊ねた。

「あれは最も注目されている、ただし僕にとっては最も不快な人物の一人だよ。外務大臣のアダム・チャルトリシスキー公爵だ[13]」

「つまりああいう連中が」宮廷を出る時、アンドレイ公爵は抑えきれぬため息をついて言った。「まさにああいう連中が、諸国民の運命を決めてしまうのだ」

翌日、軍は進撃を開始したため、ボリスはまさにアウステルリッツの会戦の時までアンドレイ公爵をもドルゴルーコフ公爵をも訪ねていくことはできず、いましばらくはイズマイロフ連隊にとどまることになったのだった。

10章

十一月十六日の払暁、バグラチオン公爵配下の、ニコライが所属するデニーソフ騎兵中隊は、いわゆる「起き抜けに即出陣」したが、他の縦隊の後ろに着いて一キロほど行ったところで、街道上で停止を命じられた。ニコライが見ている脇を、コサック部隊、第一及び第二軽騎兵中隊、歩兵大隊と付属の砲兵隊が進んでいき、さらにバグラチオンとドルゴルーコフの両将軍が副官たちを引き連れて通り過ぎて行った。戦闘を前にしたニコライが以前同様に味わった恐怖も、その恐怖にようやく打ち勝つまでの心中の葛藤も、軽騎兵としてこの戦闘で手柄を立てたいという夢も——すべて無に帰してしまった。自分の中隊が予備軍に回されたわけで、ニコライはこの一日を退屈な、もの悲しい気分で過ごしたのだった。朝の八時過ぎには前方で一斉射撃と「ウラァー」の喚声が聞こえ、後方に運ばれてくる負傷兵たちを目にし（その数はわずかだった）、そしてついに、コサック騎兵中隊に取り囲まれてフランス軍騎兵部隊がそっくり護送されてくるのを目にした。戦闘が終わったのは明らかで、しかも明らかに小規模な戦闘ながら、勝ち戦だった。引き上げて来る兵士や将校たちは、輝かしい勝利を、ヴィシャウ[14]の町の奪還を、フランス軍の一個騎兵中隊まるごとの捕獲を、

13　アダム・チャルトリシスキー［チャルトリスキ］（一七七〇～一八六一）。ポーランド出身の政治家で、アレクサンドル一世の寵臣として外務大臣をつとめ（一八〇四～〇六）、対仏同盟形成やヨーロッパ再編計画に活躍したが、解任後はロシアを離れ、ポーランド独立運動をすすめた。

14　チェコの町ヴィシュコフのこと。

口々に語り合っている。厳しく冷え込んだ一夜の後の明るく晴れ渡った一日で、秋の日の朗らかな輝きがいかにも勝利の知らせにふさわしかった。勝利の報は戦闘に加わった者の話からばかりでなく、ニコライの脇を行き来する兵や将校や将軍や副官たちのうれしそうな表情からも伝わってきた。それだけに、戦闘の前の恐怖をすっかり味わいながらすべてを無駄にして、この明るい一日を無為に過ごしたニコライは、なおさら心の疼きを覚えるのだった。

「オストフ、こっちに来い、憂さ晴あしに飲もうぜ！」道路の端っこに水筒とつまみを前に座り込んだデニーソフが独特のなまりで呼ばわった。

デニーソフの携帯酒保の周りには、将校たちが輪になって集まり、食ったり喋ったりしている。

「ほら、また一人引っ張られていくぞ」捕虜になったフランス軍の竜騎兵が一人、徒歩の二人のコサック兵に引かれていくのを見て、将校の一人が言った。

コサック兵の一人は、捕虜のものだった背の高い美しいフランス馬の手綱を引いている。

「その馬を売ってくえんか！」デニーソフがコサック兵に声をかけた。

「いいですよ、中隊長殿……」

将校たちが立ち上がり、コサック兵と捕虜のフランス兵の一行を取り囲んだ。フランス軍の竜騎兵はアルザス出身の若者で、ドイツ語なまりのフランス語を喋った。捕まった動揺で息を弾ませ、赤い顔をしていたが、将校たちのフランス語を聞きつけると、相手かまわず早口で話しかけてきた。その言い分によれば、彼は捕虜になるはずではなかった。捕まったのは自分の落ち度ではなく、自分に馬衣を取ってくるよう命じた伍長のせいであり、自分は伍長に、あの場所にはすでにロシア軍がいると進言したのだというわけである。そして二言目には「でもどうか僕のかわいい馬をいじめないでください」と付け加え、優しく馬を撫でるのだった。どうやらこの青年は、自分がどこにいるのかよく分かっていないようだった。それで捕まったことを謝ってみたり、あるいは目の前に上官がいるようなつもりで、兵としての自分の勤勉さや職務上の熱意を強調してみせたりするのだった。そうして後衛をつとめる者たちに、ロシア人にはおよそ縁遠いフランス軍の雰囲気を、生々しく伝えてくれたのである。

コサック兵たちは金貨二枚で馬を売ることを承知し、そして今や仕送りを受け取って一番金持ちの将校となったニコライが、これを買い取った。

「でもどうか僕のかわいい馬をいじめないでくださいね」馬がニコライの手にわたると、アルザスの竜騎兵は人のよさそうな声でそう言った。

ニコライは笑顔で相手をなだめると、金を与えた。

「さあ、行った《アリヨー》、行った《アリヨー》！」コサック兵が片言のフランス語で号令をかけると、捕虜の腕をつついて先へ行くように促した。

「陛下《ゴスダーリ》だ！　陛下だ！」にわかに軽騎兵たちの間でそんな声が聞こえた。

皆が急いで駆け出し、ニコライも、帽子に白い羽根飾りをつけた何人かの騎馬の一団が後方から街道をやってくる姿を見分けた。一分後には全員が持ち場について待機していた。

自分がどのように持ち場に駆け戻って馬に乗ったのか、ニコライには覚えもなければ意識もなかった。戦闘に加われなかったことへのくやしさも、見飽きた顔に囲まれた中での平時のような気分も一瞬にして消えてなくなり、自分についてのあれこれの思いも瞬時に消えていた。皇帝が近くにいることからくる幸福感に全身が飲み込まれていた。皇帝が近くにいてくれるだけで、自分が無駄にした今日という一日が報われた気がした。待ちに待った逢瀬《おうせ》がかなった恋人のように、彼は幸せだった。横隊に整列している以上振り向くことはできなかったが、振り向かぬままに、歓喜に震える感覚でその人の接近を感じ取っていた。彼はそれを接近してくる乗馬集団の馬蹄の響きで感じ取ったばかりではない。自分の周りにどんどん明るさが、喜びが、荘厳さが、華やぎが増していくことから、皇帝の接近を感じ取っていたのだ。ニコライにとっての太陽が、あたりに静かな、荘厳な光を振りまきながらどんどん近づいてくる。そしてもはや自分がその光に捉えられたのを感じ、その声を聴く——優しく、静かで、堂々として、しかもまったく飾り気のない声を。ニコライがかくあるべしと感じた通り、死のような沈黙が訪れ、そしてそのしじまの中に皇帝の声が響いた。

「パヴログラード軽騎兵連隊だな？」質問口調で皇帝は言った。

「予備隊であります、陛下！」何者かの声が答えたが、その声は今「パヴログラード軽騎兵連隊だな？」と言った人間ならぬ者の声に比べれば、はるかに人間的だった。

皇帝はニコライのいる位置まで来て馬を停めた。アレクサンドル皇帝の顔は、三日前の閲兵式の時よりもさらに美しかった。その顔はまるで十四、五歳の快活な少年を思わせるような朗らかさと若々しさ、それも純真無垢な若々しさに輝いていたが、にもかかわらずそれはやはり偉大なる皇帝の顔なのであった。たまたま中隊を見渡した皇帝の目がニコライの目と合って、ほんの二秒ほどそこにとどまった。ニコライの心中に生じたことのすべてを皇帝が理解したかどうかは定かではないが（ニコライには皇帝がすべてを分かってくださったと思えた）、ともかく皇帝は二秒ほどの間青い瞳でニコライの顔を見つめたのだった（その目からは一条の光が優しく静かに注がれていた）。それからやにわに皇帝は眉をきりっと上げ、左足で馬を強く一蹴りすると、ギャロップで先へと駆け去った。

前衛部隊の一斉射撃の音を聞きつけると、若い皇帝は戦闘の場に立ち会いたいという気持ちを抑えきれず、危ぶむ廷臣があれこれと諫《いさ》めようとしたにもかかわらず、十二時には随行すべき第三縦隊を置き去りにして、前衛軍に駆けつけるべく馬を走らせた。ところがまだ軽騎兵隊のところに行き着く前に、何名かの副官が皇帝を迎え、戦闘が首尾よい結果に終わったことを告げたのだった。

この会戦の結果は敵の一騎兵中隊を捕獲したに過ぎなかったが、それがフランス軍に対する輝かしい勝利と上申されたため、皇帝も全軍も、とりわけいまだ戦場の硝煙が晴れないうちは、フランス軍は敗退してしぶしぶ退却していくものと信じ込んでいた。皇帝が去ってから何分かして、パヴログラード連隊の一個大隊に前進命令が下った。小さなドイツの町ヴィシャウで、ニコライはもう一度皇帝を見た。町の広場では、皇帝の到着する前にかなり激しい銃撃戦があって、そこには死んだ兵士や負傷兵が数名、いまだ片付けられずに横たわっていた。随行の武官や文官に囲まれて、閲兵式の時とはまた別の、尻尾を切り詰めた牝馬にまたがった皇帝は、馬の片側に身をかしげながら、優雅な手つきで金縁の柄付き眼鏡を目にあてがい、軍帽を失って血まみれの頭をさらしたままうつぶせに横たわった兵士を、レンズ越しにじっと見ていた。その負傷兵はあまりに汚らしく無様な、おぞましい姿だったので、その体が皇帝のすぐそばにあることで、ニコライは辱めを受けた気がした。ニコライの見ている前で、屈み込んだ皇帝の肩のあたりが、まるで悪寒が走ったようにぶるっと震え、左足が痙攣したように馬の腹を小刻みに拍車で打ち始めた。慣れっこになっている馬は平然とあたりを見回すだけで、その場を動こうとはしない。副官たちが馬を下りると、両側から兵士の脇の下を抱えて、来合わせた担架に乗せようとした。兵士がうめき声をあげた。

「そっと、そっと、もっとそっとしてやれんのか？」瀕死の兵士よりももっと苦しんでいる様子でそう言い残すと、皇帝はその場を離れて行った。

ニコライは皇帝の目に涙があふれているのを目撃し、去り際に外相のチャルトリシスキーにフランス語でこう言ったのを聞き取った。

「何と恐ろしいものだろう、戦争とは、何と恐ろしいものだろう！　いや戦争とは《ケル・テリーブル・》何と恐ろしいものだろう！」《ショーズ・ク・ラ・ゲール》

前衛軍はヴィシャウの前方、敵の散兵線が見える場所に陣取っていた。一日ごく小規模な銃撃戦をかわしただけで、敵は場所を譲って引き下がったのである。前衛軍には皇帝のねぎらいの言葉が発せられ、報償が約束されて、兵たちには平素の二倍のウオッカが支給された。露営の焚火《たきび》は昨夜よりも一段と楽しげにぱちぱちとはぜ、兵士たちの歌がとどろいた。この夜デニーソフは自らの少佐への昇進を祝ったが、しこたま飲んだニコライは、酒宴の最後に陛下のご健康を祈る乾杯をしようと申し出た。「ただし、公式の会食の時みたいにただ皇帝陛下のためになんていうのじゃなくて」と彼は言った。「優しい、魅力的な、偉大なる人物としての陛下のご健康を祈って乾杯するんだ。陛下のご健康と、フランス軍への確かな勝利を祈って飲もう！」

彼は続けた。「これまでの戦いだってわが軍は、あのシェングラーベンの時のようにフランス軍を容赦なくやっつけてきたのだから、今や陛下ご自身が先頭に立たれたからには、いったい何が起こるだろう？　皆で死のうじゃないか、陛下のために喜んで死のうじゃないか。そうだろう、諸君？　もしかしたら僕の言い方は間違っているかもしれない。たくさん飲んだからな。しかし僕はそう思っているし、諸君もそうだろう。アレクサンドル一世のご健康を祈って乾杯！　ウラァー！」

「ウラァー！」将校たちの熱気あふれる声が響き渡った。

クリステン老大尉までもが熱烈に、二十歳のニコライに劣らずひたむきな声で叫んでいた。

将校たちがめいめい飲み干したグラスを叩き割ると、クリステンがみなの新しいグラスに酒を注ぎ、シャツ一枚に乗馬ズボンといういでたちでグラスを片手に兵士たちの焚火に歩み寄って、堂々としたポーズで片手をさっと振りかざし、長い灰色の口髭と、はだけたシャツの隙間に覗く白い胸を焚火の光にさらして立ち止まった。

「諸君、皇帝陛下のご健康と、敵への勝利を祈って乾杯、ウラァー！」勇ましい、古参の軽騎兵らしいバリトンで彼は叫んだ。

軽騎兵たちは一か所に集まり、一斉に大きな叫びでこれに答えた。

夜も更けて皆が散っていったとき、デニーソフは短い手でお気に入りのニコライの肩を叩いて言った。

「遠征中で恋をすう相手もいないものだかあ、このご仁は皇帝に恋をしたわけだ」

「デニーソフ、冗談ごとにしないでくれ」ニコライは叫んだ。「これはとても高尚な、美しい感情なんだ、それは……」

「信じう、信じうよ、君、共感すうし、祝福すうさ……」

「いや、あんたには分からない！」

そう言うとニコライは立ち上がって焚火の間をそぞろ歩きしはじめた。そうして歩きながら、もしも自分が皇帝の目の前で死んでいけたら、皇帝のお命を救わぬまでも（そんな光栄は想像することさえはばかられた）ただ死んでいけたなら、どんなに幸せなことだろうと空想していた。彼は実際に恋をしていた——皇帝に、ロシア軍の栄光に、来るべき勝利の希望に恋をしていたのだ。そしてアウステルリッツの会戦に先立つこの記憶すべき日々に、この気持ちを味わったのは彼一人ではなかった。ロシア軍の十人のうち九人はこのときに、ここまでの感激はなかったにせよ、恋をしていたのである——自分たちの皇帝に、そしてロシア軍の栄光に。

11章

翌日、皇帝はヴィシャウの町にとどまった。侍医のヴィリエが何度か皇帝のもとに呼ばれた。本営と至近の部隊に、皇帝のお加減が悪いという知らせが広がった。側近の者たちによれば、何も食されず、昨夜はよくお休みになれなかったという。不調の原因は負傷兵や死んだ兵を見たことが皇帝の感じやすい御心に強烈な印象を与えたことだった。

十七日の早朝、ヴィシャウに軍使の旗を掲げたフランス軍将校が前哨から送られてきて、ロシア皇帝の面会を請うた。これはサヴァリ[15]という将校だった。皇帝は眠りにつかれたばかりだったので、サヴァリは待たなければならなかった。昼になって彼は皇帝のもとへ通され、そして一時間後には、ドルゴルーコフ公爵とともにフランス軍の前哨へと戻っていった。

聞こえてきたところによると、サヴァリが派遣されてきた目的は和平の提案およびアレクサンドル皇帝とナポレオンの会見の提案だった。全軍が喜びかつ誇らしく思ったことに、皇帝直々の会見は拒絶されたが、もしも提案された会談が予期に反して実際の和平を目的とするものであった場合に備えて、ヴィシャウ会戦の勝者であるドルゴルーコフ公爵が皇帝の代理としてナポレオンとの交渉に派遣されたのである。

晩に戻ったドルゴルーコフはそのまま皇帝のもとに通り、長いこと差し向かいで過ごした。

十一月十八日と十九日、軍はさらに二行程前進し、敵の前哨は短い銃撃戦の後退却した。軍の最上層では十九日の昼からあわただしく活発な、激しい動きが開始され、それがあの記憶すべきアウステルリッツの戦いが行われた翌二十日の朝まで続いた。十九日昼までは、活気のある話し合いや奔走や副官の派遣などを含めたこうした動きは、両皇帝の大本営内に限られていたのだが、同日午後になるとそれがクトゥーゾ

15　アン・ジャン・マリエ・サヴァリ（一七七四〜一八三三）。ナポレオンの副官。

フの本営と各軍団長の参謀部にも波及した。晩になると副官たちを通じてこの動きが軍の隅々まであまねく伝わり、そして十九日から二十日にかけての夜、八万の連合軍の集団が露営から起きると、ガヤガヤ言いながらうごめき出し、九キロを超える長大な絵巻物さながらに進み始めたのだった。

朝方に両皇帝の大本営で始まり、その後の動き全体に刺激を与えた集中的な動きは、ちょうど時計台の大時計の中心にある歯車の初動に似ていた。一つの歯車がゆっくりと動き出すと別の歯車が回転し、さらに次へと伝わって、どんどん勢いを増しながらいろんな形の歯車や滑車が回りだして、チャイムが鳴りだし、人形が飛び出し、そして規則的に針が動き出して、動きの結果を示すのである。

軍事のメカニズムも時計のからくりと同じことで、一度生じた動きは最後の結果が出るまで止めることができないし、一方いまだ動きが伝わっていない部分は、動きが伝わる瞬間まで一切無関係に静止している。嚙み合った歯車同士の車軸が軋み、滑車がひゅんひゅんと高速で回転しているのに、すぐ隣の歯車は相変わらずじっと止まったままで、まるでそのまま何百年もじっとしているつもりのようだ。ところが時が来てレバーが入ると、その歯車も動きに連動してカチリといって回りだし、結果も目的も知らぬまま、一つの運動に巻き込まれていくのである。

時計の中で無数の多様な歯車や滑車が複雑な動きをした結果は、ただ針がゆっくりと規則的に動いて時を示すことにすぎないが、それと同様に、総計十六万に及ぶロシア軍とフランス軍の複雑で人間的な運動、彼らのあらゆる情熱、願望、悔い、屈辱、苦悩、ほとばしるようなプライド、恐怖、歓喜のすべての結果はただ一つ、アウステルリッツの戦い、いわゆる三帝会戦の敗北でしかなかった。つまりは人類史の文字盤上における世界史の針のゆっくりとした動きに他ならなかったのだ。

アンドレイ公爵はこの日当直で、ずっと総司令官に付きっきりだった。

五時すぎにクトゥーゾフ将軍は皇帝の大本営を訪れ、しばらく皇帝と面会した後、宮廷長官トルストイ伯爵のもとに立ち寄った。

アンドレイ公爵はこの合間を利用して事態の詳細を確かめようと、ドルゴルーコフのところに顔を出した。クトゥーゾフ将軍が何かで気分を害して不満顔をしていること、同時に大本営のメンバーもクトゥーゾフに不満で、皇帝の大本営では誰もが彼に対して、まるでよそで知られていない事情を自分たちだけが知っていると言わんばかりの態度で接していることにアンドレイは気付いていたので、それでドルゴルーコフの話を聞きたかったのである。

「おや、ようこそ」ビリービンと茶を飲んでいたドルゴルーコフはそう言って彼を迎えた。「明日の前祝だよ。どうだね、君のところのご老人は？　ご機嫌斜めか？」

「ご機嫌斜めとは言いませんが、しかしどうやら、ご自分の意見をちゃんと聞いてもらいたいと思っておられるようです」

「なに、あの人の意見は作戦会議で聞きとどけられているし、まともな主張をされる限り、これからもみな耳を傾けるだろう。しかしボナパルトが何よりも決戦を恐れているこのときに、あえて引き延ばして何かの機を待つというのは、そりゃ成り立たない意見だよ」

「そうだ、あなたはボナパルトと面会されたのですね？」アンドレイ公爵は言った。

「それでどうでした、ボナパルトは？　どんな印象を受けられましたか？」

「そうだね、会ってみて確信したが、彼は何よりも決戦を恐れているね」ナポレオンとの会見から自身で導いたこの総括的結論をいかにも重く見ているらしく、ドルゴルーコフは繰り返した。「もしも戦いを恐れていないなら、どうして会見を要求して交渉したり、何よりも、退却したりするだろう？　退却はあの男の戦術全般に全く逆行するというのに。これは請け合うが、彼は恐れている、決戦を恐れているよ。つまりは彼も焼きが回ったんだ。これは確かだよ」

「教えてください、彼はどんな人物で、どんな風でしたか？」アンドレイ公爵は重ねて訊ねた。

「グレイのフロックコートを着込んでね、僕にぜひとも『陛下』という敬称を使わせたかったようだが、何の敬称も聞けなかったので、がっかりしていたね。まあその程度の人物にすぎないさ」ニヤッと笑ってビリービンを振り向きながらドルゴルーコフは答えた。

「クトゥーゾフ老人のことは心から尊敬しているけれどね」彼はさらに続けた。「何かの機を待つことによって、逃亡したり、こちらをだましたりするチャンスをみすみす敵に与えるとしたら、われわれはいいお人よしじゃないか。相手は確実にこちらの手中にいるというのにね。いや、かのスヴォーロフと彼のルールを忘れてはいけない。敵の攻撃を受ける立場になるな、こちらから攻撃せよ、というやつをね。いいかい、戦争ではしばしば若者のエネルギーのほうが、老練な慎重論者の豊かな経験則よりも、正しい道を指し示すのだ」

「しかし一体どのような陣形で敵を攻撃するのですか？　僕は今日前哨を回ってきましたが、敵がどこに主力を置いて陣を張っているのか、判断がつきませんでしたよ」アンドレイ公爵は言った。

彼はドルゴルーコフに独自の、自分で立てた攻撃計画を披露したかったのだ。

「ああ、敵がどこに陣を張ろうと同じことだよ」ドルゴルーコフは立ち上がってテーブルに地図を広げながら早口で喋りだした。「あらゆるケースが想定済みだ。もし敵がブルノ近辺にいる場合……」

こうしてドルゴルーコフ公爵は、早口の不明瞭な口調で、ワイローターの両翼移動プランを語ってみせた。

アンドレイ公爵はこれに反論し、自分のプランの正しさを証明しようとした。彼のプランはワイローターのものに劣らず優れていたが、ただワイローターのプランはすでに採択されているというところが彼の不利な点だった。アンドレイ公爵が相手のプランの欠点と自分のプランの長所を証明しだすとすぐに、ドルゴルーコフ公爵は聞くのをやめてしまい、ぼんやりとした目つきで地図ではなくアンドレイ公爵の顔を見ていた。

「まあクトゥーゾフのところで今日作戦会議があるから、君はその際にいまの話を披露できるじゃないか」ドルゴルーコフは言った。

「そうします」地図から離れながらアンドレイ公爵は答えた。

「そもそも、諸君は何を心配しているんだね？」今まで明るい笑顔で二人の会話を聞いていたビリービンが、今度は明白なからかい口調になって声をかけた。「明日の戦いに勝利しようが敗北しようが、ロシア軍の栄光は保証されているよ。だって、諸君のクトゥーゾフを別にして、軍団長の中にロシア人の名は一つもないんだから。指揮官のラインナップを見たまえ――ヴィンプフェン将軍、ランジェロン伯爵、リヒテンシタイン公、ホーエンローエ公、それからプルシ……プルシ……何とかいう、ポーランドによくある名前」

「よしたまえ、毒舌は」ドルゴルーコフが言った。「君の言うのは間違いだ。今ではロシア人の名が二つもある――ミロラードヴィチとドーフトゥロフだ。三番目にアラクチェーエフ伯爵も入れたいところだが、神経が弱いからね」

「ところで、そろそろクトゥーゾフ将軍が退出されたころだと思いますので」アンドレイ公爵が言った。「幸運と成功を祈りますよ、皆さん」そう言い添えてドルゴルーコフとビリービンに握手をして彼は部屋を出た。

その帰路、アンドレイ公爵はついこらえきれずに、隣に黙って座っているクトゥーゾフに明日の戦いをどうお考えですかと訊ねた。

クトゥーゾフは険しい目つきで副官をにらむと、しばし沈黙してから答えた。

「私が思うに、わが軍は戦いに負ける。私はこのことをトルストイ伯爵に言って、陛下に伝えるよう頼んだ。ところがどうだ、相手はこう答えたんだ――『いや将軍、私は今ライスとカツレツにかかりきりだから、戦争の方は君に任せたよ』いやはや……それが私への返事だった！」

12章

晩の九時過ぎ、オーストリア軍のワイローター将軍は自分のプランを携えて、作戦会議が行われることになっているクトゥーゾフの宿舎に赴いた。全軍団長が総司令官のもとに召集されており、出席を断ったバグラチオン公爵を除いて、全員が所定の時刻までに顔を見せていた。

予定された戦闘の指揮を完全に任されたワイローターの活気に満ちて急《せ》き込んだ様子は、この作戦会議の議長兼リーダー役を不承不承務めるクトゥーゾフの、不満そうで眠たげな様子と、極端な対照を示していた。ワイローターは明らかに、自分が今や止めがたいものとなった一つの運動の先頭に立っていると感じていた。彼はあたかも、荷を引いて坂を下る馬車馬のようだった。果たして自分が馬車を引いているのか、あるいは追い立てられて引かされているのかは不明だが、ともかく全速力で飛ばしている彼には、この運動の行き着く先を考える暇はなかった。この晩ワイローターは二度も自ら敵の散兵線の視察に出かけ、ロシアとオーストリアの皇帝のもとに二度赴いて報告と説明をし、自分の官房ではドイツ語の作戦命令書を口述した。そうしてへとへとの状態で、今クトゥーゾフのもとに赴いたのである。

どうやら彼は多忙のあまり、総司令官に敬意を払うことも忘れているようだった。何度も相手を遮り、相手の顔も見ずに早口で不明瞭なことをまくしたて、出された質問にもろくに答えず、全身泥はねにまみれ、みすぼらしい、憔悴しきった、気が抜けたような姿でありながら、なおかつ自信に満ちた傲然たる表情をしていた。

クトゥーゾフが宿舎にしていたのはオストラリッツ付近の小ぶりな貴族の城であった。総司令官の執務室となっている大きな客間に、クトゥーゾフ本人とワイローター、そして作戦会議のメンバーが集まった。彼らは茶を飲みながら、あと一名バグラチオン公爵の到着を待って会議に入ろうとしていた。七時を過ぎてバグラチオンの伝令将校が到着し、公爵が参加できない旨を伝えた。アンドレイ公爵がこれを総司令官に伝え、ついでに予《あらかじ》めクトゥーゾフから会議に列席してよいとの許可を得ていたのをよいことに、そのままその部屋に残った。

「バグラチオン公爵が欠席なら[16]、もう始めていいですね」ワイローターがそう言ってせかせかと席を立つと、ブルノ近辺の巨大な地図が広げられたテーブルに歩み寄った。

クトゥーゾフは軍服の前をはだけていて、ちょうどそこから解放されるような形で、脂肪のついた首が襟の上に浮かび上がっていた。ヴォルテール式の安楽椅子に腰掛けて、ふっくらした年寄りくさい腕を左右対称に肘掛けに載せ、まるで眠っているようだ。ワイローターの声を聴くと、彼は一つしかない目を大儀そうに開いた。

「そうだ、お願いしましょう、晩《おそ》くなりますからな」一つ頷いてそう言うと、そのままうなだれてまたもや目を閉じた。

はじめ会議のメンバーは、てっきりクトゥーゾフが狸寝入りをしているものと思っていたが、この後に続いた「作戦計画の」朗読の間彼の鼻が奏でていた音は、このとき総司令官の内部で、作戦計画なり何なりに対する軽蔑を表明しようという願望よりもはるかに重要な課題が遂行されていたことを証明していた。すなわちいかにも人間らしい欲求である「眠気」をぜひとも満足させねばならなかったのだ。彼は本当に眠っていた。ワイローターは多忙のあまり一分たりとも無駄にできない人間らしいしぐさでクトゥーゾフの顔を覗き込み、相手が眠っているのを確かめると、書類を手に取って来るべき会戦の作戦計画を大声で棒読みし始めた。彼はその題名も読んだが、そこにはこう記されていた。

「コベルニッツおよびソコルニッツ以遠の敵陣攻撃作戦計画、一八〇五年十一月二十日」

作戦計画は極めて複雑かつ難解なものだった。原本にはドイツ語で以下のように記されていた。

「敵軍は左翼を樹木の茂る山岳地帯で固め、右翼をコベルニッツおよびソコルニッツとその背後の湖沼地帯沿いに展開しており、対するわが軍においては、左翼が敵の右翼に対して優位にあることから、この後者の敵軍の翼を攻撃することが有利である。その際、わが軍がソコルニッツおよびコベルニッツの両村を占領し、敵の側面を襲撃するとともに敵の正面を遮蔽《しゃへい》しているシュラパニッツとベロヴィッツ間の隘路《あいろ》を迂回し、シュラパニッツとテュラッサの森の間の平原に敵を追う可能性を得るならば、格段に有利となる。その目的のために必要なのは……。第一軍団の進路は……第二軍団の進路は……第三軍団の進路は……云々」——これをワイローターは読み進めた。将軍たちはどうやら気乗りしない様子でこの難解な作戦計画を聞いていた。金髪で長身のブクスホーデン将軍は、壁に凭《もた》れて立ったまま、燃えるろうそくにじっと目を据え

16　当時オーストリア領（現チェコ共和国）モラヴィアの都市。三帝会戦の場となったアウステルリッツ（ドイツ語名）は、このブルノの近郊の町スラフコフ・ウ・ブルナのこと。

ていたが、いかにも自分は聞いてはいないし、聞いていると思われるのさえ心外であるといった様子だった。ワイローターの正面には赤ら顔のミロラードヴィチが、口ひげを逆立て、肩を怒らし、大きく見開いた眼をきらきら光らせながら、肘を張った両手を膝に置いた戦闘的なポーズで、腰を下ろしていた。じっと黙ったままワイローターの顔に目を据え、このオーストリア軍の参謀総長の話が途切れた時だけ、相手から目を離す。そんな時ミロラードヴィチは意味ありげな顔でほかの将軍たちを見回すのだったが、その意味ありげな顔の意味合いについては、果たして彼がこの作戦計画に賛成なのか反対なのか、満足しているのか不満なのか、理解するのは不可能だった。ワイローターに一番近い席に座っていたのはランジェロン伯爵で、朗読の間中ずっとその南仏人らしい顔にうっすらと笑みを浮かべたまま、肖像画のついた金の煙草入れの端っこを持ってくるくると回転させる自分の細い指を見つめていた。あるきわめて長たらしい一節の途中で、伯爵は煙草入れを回す手を止め、頭をあげて、薄い唇の端っこに嫌味たらしい慇懃さを浮かべながら、ワイローターを遮って何かを言おうとしたが、しかしオーストリア人の将軍は朗読をやめず、腹立たしげに顔を顰めて両肘を振るのだった。その様子は『後で、後でご意見は聞かせていただきますから、今は地図を見ながらお聞き下さい』と言わんばかりだった。ランジェロン伯爵は納得がいかないという表情で目を上に向け、説明を求めるかのようにミロラードヴィチを振り向いたが、ミロラードヴィチの意味ありげながら何の意味も表していないまなざしに出合うと、悲しげに目を伏せてまたもや煙草入れを回し始めたのだった。

「地理の授業か」伯爵は独り言のような口調で、ただし皆に聞こえるほどの大声でそう漏らしたのだった。

プルジェブィシェフスキー［プシブィシェフスキ］は恭しげな、とはいえ卑屈にならないほどの丁重さで、片耳に手を当ててワイローターの方にぐっと向け、いかにも全身で謹聴している人間らしいポーズをとっていた。背の低いドーフトゥロフは熱心で控えめな顔つきでワイローターの真正面に座り、広げられた地図の上に身を乗り出して、作戦計画と自分に馴染みのない当地の地形を、まじめに研究していた。彼は何度かワイローターに、うまく聞き取れなかった言葉や難しい村落名を繰り返してくれるよう頼み、相手が応じると、それをメモするのだった。

一時間を超える朗読が終了すると、ランジェロンが改めて煙草入れを回す手を止め、ワイローターの顔も誰の顔も特に見ずに、そのような作戦計画は実行困難であるという意見を述べ出した。計画では敵の位置が判明しているものと想定されているが、敵が移動中である以上、その位置はわれわれには分からないという想定も成り立つというのである。ランジェロンの反論は根拠のあるものだったが、しかし明らかにその反論の主たる目的は、たった今学校の生徒に読み聞かせる先生のように得々として自分の作戦計画を朗読したワイローター将軍に対して、彼が相手にしているのはバカばかりではなく、中には彼に軍事を教えてやる力を持った人間も含まれているのだということを、思い知らせてやろうということだった。ワイローターの一本調子の声が止んだとき、クトゥーゾフは、ちょうど粉ひき職人が眠気を誘う粉ひき車の音が途切れた時に目覚めるような感じでふと目を開いたが、ランジェロンの発言を聞きつけると、『なんだ、諸君はまだこの愚案を論じているのか！』とでも言いたい様子で急いで目を閉じ、前よりも深くうなだれたのだった。

計画の起草者としてのワイローターの軍事的自負心をできるだけひどく傷つけてやろうという腹積もりで、ランジェロンは、ボナパルトが攻撃されるのを待たずに自ら攻撃を仕掛けてきて、その結果当の作戦計画をめちゃめちゃにしてしまうことも十分ありうることだと論証した。ワイローターはすべての反論に毅然たる侮蔑の笑みで応じたが、明らかにこの笑みは、何であれあらゆる反論に対抗する武器としてあらかじめ用意されていたものだった。

「もしもボナパルトがわが軍を攻撃できるとしたら、彼は今日それをしていたことでしょう」彼は言った。

「ではあなたは、彼が無力だと考えておられるのですか？」ランジェロンが言った。

「せいぜいが、四万の軍というところでしょうな」まるで呪《まじな》い女から治療法を教示された医師のように、ワイローターは苦笑いをして答えた。

「つまりは、敵はただわが軍の攻撃を待つことで、破滅の道を歩んでいるというわけですね」皮肉な薄笑いを浮かべてそう言い放つと、ランジェロンは同意を求めるようにもう一度すぐ隣のミロラードヴィチを振り返った。

しかし明らかにミロラードヴィチはこのとき、将軍たちが議論を戦わせていた問題など、全く念頭においていなかった。

「間違いなく」と彼は言った。「明日戦場ですべてが判明するでしょう」

ワイローターはまた例の苦笑いを浮かべたが、それはこの自分がロシアの将軍ごときに反論され、自分自身が十二分の確信を持っているばかりか両皇帝陛下にも納得いただいた事柄についてわざわざ証明せねばならないことが、笑止であり奇妙であるという心もちを物語っていた。

「敵は灯火を消し、その陣営からは絶え間ないざわめきが聞こえます」彼は言った。

「これは何を意味しているのでしょうか？　果たして敵は、われわれが唯一恐れるべき退却をしつつあるのでしょうか、あるいはまた陣形を変えつつあるのでしょうか（彼はにやりと笑った）。しかし仮に敵がテュラッサの森に陣を張ったところで、われわれは手間が省けるばかりで、命令はすべて、細部に至るまで、このままでよろしいのです」

「どうしてでしょうか？……」すでに久しく自分の疑念を表明するチャンスをうかがっていたアンドレイ公爵が声をあげた。

クトゥーゾフが目を覚ますと、重い咳払いをして将軍たちを見回した。

「皆さん、今のは明日の、いやすでに本日の（もう十二時を回りましたからな）作戦計画ですから、変更はあり得ません」彼は言った。「皆さんは計画を聞きました。あとは、全員で各自の責務を果たしましょう。ただし戦闘の前に何よりも大事なことは……（彼はちょっと言葉を切った）ぐっすりと眠ることです」

彼は腰を上げるようなしぐさをした。将軍たちは一礼して去っていった。すでに深夜になっていた。アンドレイ公爵も退出した。

希望通りに自分の意見を言う機会をついに得られなかった作戦会議は、アンドレイ公爵にあいまいで不穏な印象を残した。ドルゴルーコフとワイローターが正しいのか、それとも攻撃計画に反対のクトゥーゾフやランジェロンその他が正しいのか、彼には分からなかったのだ。『はたしてクトゥーゾフは自分の考えを直接陛下に申し上げることができなかったのだろうか？　はたしてこれ以外のやり方はないのだろうか？はたして廷臣たちの、それも個人的な考えによって、何万もの人命が、そしてこの俺の、俺の命が、危機にさらされねばならないのだろうか？』彼はそう考えた。『そうだ、明日戦死することは十分ありうる』ふと彼はそう思った。そして死を思ったとたん不意にありとあらゆる思い出が、最も遠いものも最も大切なものも含めて、頭に浮かびあがってきた。彼は父親とそして妻との最後の別れを思い出した。妻を愛した最初のころを思い出し、妻が妊娠していることを思い出した。すると妻のことも自分のことも哀れに思え、切なくて泣きたいような気持ちになり、感情が高ぶってきたので、ネスヴィツキーとともに宿営している百姓小屋を出て、建物の前を歩き始めた。

霧のかかった夜で、その霧を通して神秘的に月光が差していた。『そう、明日だ、明日だ』彼は考えた。『明日にはもしかして、俺にとってすべてが終わり、こうした思い出ももはやすっかり消え去って、俺にとって何の意味も持たなくなるかもしれない。明日こそもしかして、いや明日には必ず――そう俺は予感する――俺はついに初めて、自分の持てる限りの能力を発揮することになるだろう』戦闘がおこり、味方が敗れ、戦いが一点に集中されて、指揮官たちが揃って慌てふためく情景が目に浮かんだ。その時こそ彼が長らく待望していた幸運の瞬間が、かのトゥーロンが、ついに彼のものとなるのだ。彼は断固たる態度で自分の意見をクトゥーゾフに、ワイロータに、両皇帝に告げる。皆が彼の考えの正しさに驚くが、誰もそれを遂行しようとはしない。そこで彼が一個連隊を、いや一個師団を引き受け、この後は彼の指図に誰も口を挟ませぬという条件を突き付けたうえで、自分の師団を率いて決戦の地点に赴き、一人で勝利をものにするのだ。ところで死と苦痛は？——と別の声が問いかける。しかしアンドレイ公爵はその声に答えず、自分の成功をたどっていく。次の戦いの作戦計画は彼一人によって作られる。地位はクトゥーゾフ軍の当直将校にすぎないが、その彼が何もかも一人で行うのだ。次の戦いは彼一人の手で勝利する。クトゥーゾフは罷免され、彼が任命される……。じゃあ、その後は？——またもや別の声が問う。——もしもお前がそこに至るまで十度も負傷や戦死や裏切りから逃れたとして、その後はいったいどうなるのだ？『なに、その後は……』アンドレイ公爵は自分に答える。『その後がどうなるか、俺は知らない。知ることを望みもしないし、またできもしない。だが仮に俺がそれを、栄光を求め、人々に知られ愛されることを願ったとして、それを求めることは、すなわちそれだけを願い、そのためだけに生きていることは、別に俺の罪ではない。そうさ、それだけが願いだ！　決して誰にも言わないが、だって仕方がないじゃないか、俺の愛するものが栄光と人々の愛の他にない以上、いったいどうしようがあるだろう！　死ぬことも傷を負うことも家族を失うことも、何ひとつ俺には怖くない。確かに俺が大事に思う人たち、愛する人たちはたくさんいる。父、妹、妻――俺の一番大事な人たちだ。しかしどんなに非道な、不自然なことと見えようと、俺は栄光の一瞬、人々の上に君臨する一瞬のためになら、すぐにでも彼ら全員を見捨てるだろう。自分が知りもせずこの先も知ることのない人々の愛を得るため、ちょうどあんな人間たちの愛を得るために』クトゥーゾフのいる屋敷の庭での話し声に耳を傾けながら、彼は考えていた。その庭から聞こえてくるのは旅支度をした従卒たちの声だった。おそらく御者であろう一つの声の主が、アンドレイ公爵になじみのチートという名の年老いたクトゥーゾフの料理人をからかって、「チート、おいチート？」と呼びかけているのだ。

「なんだね」老人が答える。

「チート、麦こき仕事に行ってきな」[17] ひょうきん者が言う。

「ちくしょうめ、くたばりやがれ」そう答える声が、従卒や召使たちのゲラゲラ笑いに包まれる。

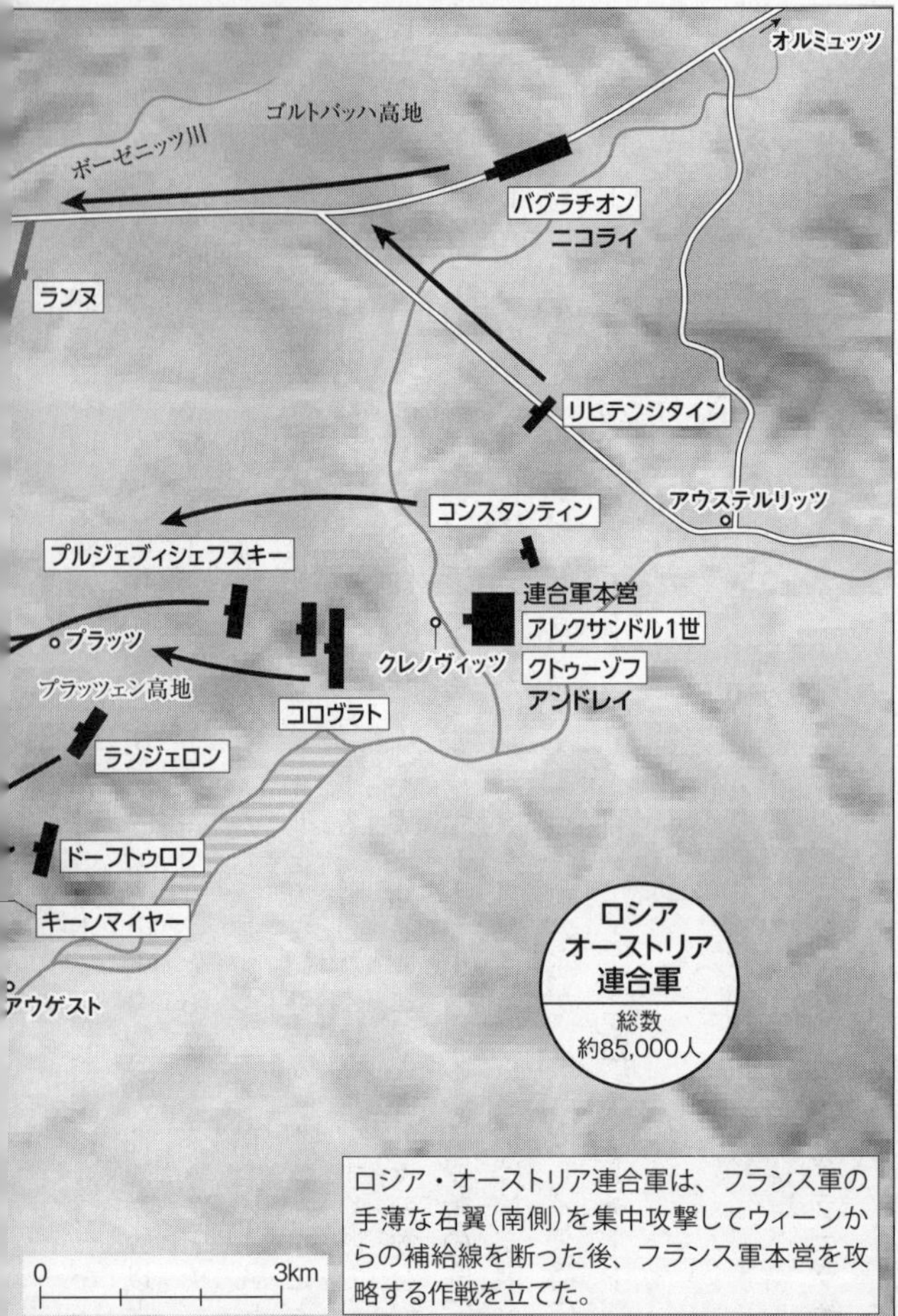

ロシア・オーストリア連合軍は、フランス軍の手薄な右翼(南側)を集中攻撃してウィーンからの補給線を断った後、フランス軍本営を攻略する作戦を立てた。

アウステルリッツの戦い 前夜の布陣と連合軍の作戦
ブルノ
ベルナドッ
ブルノーオルミュッツ街道
ベロヴィッツ
ウディノ
ミュラ
ゴールトバッハ川
シュラパニッツ
フランス軍
総数
約75,000人
ナポレオン
フランス軍
本営
プントヴィッツ
サンティレール
トゥーラス
スルト
コベルニッツ
ルグラン
ソコルニッツ
スヴラトカ川
テルニッツ
ザッシャン湖
ダヴー
※ウィーンより
行軍中
ウィーン

『やっぱり俺はこうした者たちのすべてに君臨することだけを愛し、大切に思う。この霧の中、俺の頭上を漂っている、あの神秘的な力と栄光を大切に思う！』

13章

ニコライ・ロストフはこの夜小隊を率いて、バグラチオン部隊の前方の側面掩護《えんご》散兵線についていた。部下の軽騎兵たちは二名一組で散兵線に配されている。ニコライ自身は馬上で耐えがたい睡魔と戦いながら、その散兵線を巡回していた。背後に開けた広大な空間では、自軍の焚火が霧の中にぼんやりと灯っており、前方は霧に包まれた暗がりである。その霧の先をいくら見通そうとしても、何も見分けられない。何か灰色のものが見えるかと思えば、黒っぽいものが見える。敵がいるはずのあたりに小さな灯がまたたいたような気がするかと思うと、ただの目の錯覚と思えたりもする。だんだん目が閉じてきて、頭の中に皇帝の、デニーソフの姿が浮かび、モスクワのいろんな思い出が浮かんできて、彼はまた急いで目を開ける。すると目の前に自分が乗っている馬の頭と耳が見え、時には今にも追突しそうな五、六歩の距離にまで迫っていた軽騎兵たちの黒い姿が見えるが、遠方は相変わらず暗い霧の世界である。『どうして、十分ありうる話じゃないか』ニコライは考えた。『陛下が俺を見かけられて、どんな将校にでもするように「あそこに何があるか、行って見てきなさい」と命じられることが。何度も聞いている、陛下が全く偶然にぱっとどこかの将校に目をお止めになって、そのままおそばに呼ばれることがあると。もしも陛下が俺をおそばに呼ばれたらどうしよう！　ああ、俺はきっと一心不乱に陛下をお守りし、真実をありのままにお伝えして、陛下を欺く者たちの化けの皮を剝いでやることだろう！』そうしてニコライは、皇帝に対する自分の愛と献身ぶりを生き生きと思い描くために、敵兵や食わせ物のドイツ人の姿を頭に浮かべた。そうしてそいつをただ喜んでぶちのめすばかりか、皇帝の目の前で平手打ちを食らわせてやった。すると突然、遠くの叫び声がニコライの夢を破った。彼はギクッとして目を開いた。

『俺はどこにいるんだっけ？　そうだ、散兵線だ。合言葉は——梶棒とオルミュッツだ。ああ、悔しいなあ、明日わが中隊が予備軍に回されるなんて……』彼は思った。『頼み込んで戦闘に出してもらおう。もしかしたらこれが陛下を見られる最後の機会

17　民衆の小話に「チート、麦こき仕事に行ってきな」「腹が痛いよ」「チート、お粥を食べに来な」「俺の大匙、出しとくれ」といったちゃっかり者のチートが登場する一群がある。

かもしれないからな。よし、もうすぐ交代だぞ。もう一度巡回して、帰隊したらすぐ将軍のところへ行って頼むんだ』鞍のうえで姿勢を整えると、彼はもう一度軽騎兵たちを見回るために馬を進めた。前よりもあたりが明るくなった気がした。左手に月の光を浴びたなだらかな斜面と、それに向き合った、まるで壁のように切り立って見える、黒っぽい丘が現れた。その丘の上には白い斑点が見えたが、ニコライにはそれが月に照らされた森の空き地なのか、残雪なのか、白い建物なのか、どうしても見分けられなかった。その斑点のうえを何かが動き出したような気さえした。『きっと雪に違いないな、あの斑点は。斑点はフランス語でユヌ・ターシか』ニコライは考えた。『いや待てよ、ターシじゃない《ニェ・ターシ》……』『ナターシャだ、妹だ、黒い目の。ナ……ターシカ……（あいつに陛下を見たと言ったら、きっとびっくりするぞ！）ナターシカを……図嚢《ターシカ》を持ってこい』「右へお寄りください、小隊長殿、そこは藪です」軽騎兵の声がした。ニコライはうつらうつらしながらその兵の脇を通り過ぎようとしていたのだった。ほとんど馬のたてがみにくっつくほど垂れていた頭をとっさにぐいともたげて、ニコライはその軽騎兵の脇に馬を停めた。幼い子供のころのような睡魔に、彼はなすすべもなく征服されようとしていたのだった。『さて、俺はいったい何を考えていたんだっけ？ ちゃんと覚えておかなくては。陛下に何を申し上げるのかということか？　いや、そうじゃない、それは明日のことだ。ああ、そうだ！　図囊《ナ・ターシクゥ》を、踏みつける《ナストゥピーチ》と……鈍らせる《トゥピーチ》、われらを《ナス》――われらって誰だ？　軽騎兵だ。軽騎兵に口髭か……あれはトヴェルスカヤ通りをあの口髭の軽騎兵が馬で通って、俺はあの男のことも頭に止めたんだった、あのグリエフ館の正面で……。グリエフ老人……ああ、いい奴だよデニーソフは！　いや、みんなくだらないことさ。大事なのは今――陛下がここにいらっしゃることだ。ああ陛下は俺をじっと見つめられて、何か言おうとされたのだが、言えなかった……いや、言えなかったのはこの俺だ。いや、どうでもいい。大事なのは――忘れないことだ。俺が必要なことを考えたのを、そうだ。図囊《ナ・ターシクゥ》をとナターシャ、踏みつける《ナストゥ・ピーチ》とわれらを《ナス》・鈍らせる《トゥピーチ》だ、そう、そう、うまい。これは上出来だ』彼は再びがくりと馬の首に突っ伏してしまった。すると突然、彼は自分が撃たれたような感じがした。「何だ？　何だ？　何だ？……斬り込め！……何だ？……」われに返ったニコライはがなり立てた。目を開けた瞬間、ニコライは前方の、敵のいるあたりで、何千人もの声が長い喚声をあげるのを耳にした。彼の馬も脇にいる軽騎兵の馬も、その喚声に耳をそばだてている。喚声の上がっている場所で一つ灯が点《とも》ってまた消えたかと思うとまた次の灯が点り、そうして丘の上のフランス軍の全線に次々と灯が点っていって、喚声はますます大きくなっていった。ニコライにはフランス語が聞こえたが、何を言っているのか聞き分けられない。あまりにもたくさんの人声がどよめいていて、アアアア！　ルルルル！　としか聞き取れないのだ。

「あれは何だ？　どう思う？」ニコライは脇に立っている軽騎兵に訊ねた。「あれは敵軍だろう？」

軽騎兵は何も答えない。

「どうした、まさかお前、聞こえないのか？」ずいぶん長いこと返事を待った末にニコライはもう一度訊ねた。

「いやさっぱり分かりません、小隊長殿」軽騎兵はしぶしぶ答えた。

「場所からいって、きっと敵だな？」ニコライはさらに訊ねた。

「敵かもしれませんし、何でもないのかもしれません」軽騎兵は言った。「なにせ夜中ですから。こら！　おとなしくしろ！」じっとしていない自分の馬を彼は叱った。

ニコライの馬も落ち着かず、喚声に耳を澄まし灯火に目を据えながら、凍った地面を片足で蹴っていた。喚声はますます高まってきて一つのどよめきとなっていたが、それはまさに何千名もの軍団だけが発することのできるどよめきだった。灯火も、フランス軍の陣営と思《おぼ》しき線に沿ってどんどん広がっている。ニコライはすでに眠気も忘れていた。陽気な、勝ち誇ったような敵軍の喚声が、彼の睡魔を吹き飛ばしたのだ。「皇帝陛下万歳、万歳！《ヴィーヴ・ランプルール》」今やニコライにもはっきりと喚声が聞き分けられた。

「遠くはない――きっと小川のすぐ向こうだ」彼はそばに立っている軽騎兵に言った。

軽騎兵はただため息をついただけで何も答えず、怒ったように咳払いをした。このとき軽騎兵の散兵線に沿って速駆けでやって来る馬の足音が聞こえた。そして夜霧の中からにわかに、まるで巨大な象のごとく、軽騎兵隊の下士官が姿を現した。

「小隊長殿、将軍がたがお見えです！」ニコライのもとに馬を進めながら下士官が告げた。

ニコライは灯火と喚声のする方を何度も振り返りながら、散兵線伝いにやって来る何人かの騎馬の人物を迎えるべく、下士官とともに馬を走らせた。中の一人は白馬にまたがっていた。バグラチオン公爵とドルゴルーコフ公爵が副官たちを引き連れて、敵軍における灯火と喚声の不思議な現象の視察に来たのだった。ニコライはバグラチオンの近くに寄って報告すると、そのまま副官たちに混じって両将軍の言葉に耳を傾けた。

「間違いありません」ドルゴルーコフ公爵がバグラチオンに向かって言った。「あれは単なる攪乱《かくらん》ですよ。敵の本体が退却したうえで、後衛に灯をともして騒ぐように命じ、こちらを騙してやろうというわけです」

「まさかね」バグラチオンが答える。「昨晩私が見た時も、敵はあの丘の上にいた。もし退却したというなら、あそこからも姿を消しているはずだろう。おい、将校」バグラチオン公爵はニコライに問いかけた。「まだあそこに敵の側面掩護隊はいるか？」

「昨晩はおりました。しかし今は分かりません、閣下。お命じくだされば軽騎兵を連れて偵察してまいります」ニコライは答えた。

バグラチオンは馬を停め、返事をしないまま、霧の中でニコライの顔を見分けようとした。

「よかろう、偵察してきたまえ」しばし間をおいてから彼は命じた。

「かしこまりました」

ニコライは馬に拍車をくれると、下士官のフェトチェンコとさらに二名の軽騎兵について来いと声をかけ、相変わらず喚声が聞こえてくる方角を目指して速歩で坂を下って行った。自分以前には誰一人足を踏み入れていない、謎めいて危険な霧のかなたに、三名の軽騎兵だけを連れて単騎乗り込んで行くことは、ニコライには不気味でもあれば愉快でもあった。バグラチオンは丘の上から、小川の向こうには行くなと声をかけてきたが、ニコライは聞こえなかったふりをして、馬を止めずにどんどん先へと進んでいった。道中絶えず灌木が巨木に見えたり、道の窪《くぼ》みが人間に見えたりするのに欺かれては、そのたびに間違いだと自分に言い聞かせる。速歩で丘を下りきると、もはや味方の灯も敵の灯も見えなくなったが、フランス軍の雄叫びはより大きく、はっきりと聞こえてきた。窪地に入ると前方に何か川のようなものが見えたが、近寄ってみるとそれは馬車の轍《わだち》のついた道だった。その道に出ると彼は馬を停めた。そのままその道を先に行くか、道を横切り、暗い野原を通って丘を登るか、進路に迷ったのである。霧の中でも明るく光っている道を進む方が、早めに人影を識別できる分より安全ではあった。「ついてこい」そう声をかけると彼は道を横切り、ギャロップで坂を上り始めた。昨晩フランス軍の前哨が立っていたところを目指したのである。

「小隊長殿、あそこに敵が！」背後から軽騎兵の一人が声をかけた。

すると不意に霧の中に現れた黒っぽいものをまだニコライが見分けられないでいるうちに、パッと銃火が点《とも》り、バンと銃声がして、弾丸がまるで何か訴えるような音を立てて霧空高く飛んでいき、そのまま聞こえなくなった。もう一つの銃は不発だったが、火皿の中で発火するのが見えた。ニコライは馬首を返すと、ギャロップで引き返した。さらにいろんな間隔を置いて四発の銃声がして、弾丸が霧の中のあちこちで様々な音色を奏でた。自分自身と同じく発砲を聞いて興奮した馬を抑えながら、ニコライは並足で進んだ。『さあ、もっとだ、もっと撃ってこい！』彼の胸の内で何やら陽気な声がしたが、発砲はそれ以上続かなかった。

バグラチオンのいる場所にほど近いところまで行ってから、ニコライはようやく馬をギャロップに戻し、敬礼をしながら将軍のもとに駆け付けた。

ドルゴルーコフは依然として自説に固執して、フランス軍は退却しており、灯をともしたのもわが軍を欺くためだと主張していた。

「いったいあれが何の証明になりますか？」ニコライが近寄って行ったとき、彼はそんな風に主張していた。「敵は退却しながら、前哨だけ残していくこともできるのですからね」

「見ての通り、まだ全軍退却とは言えないようですね、公爵」バグラチオンは言った。「朝まで待ちましょう、朝になればすべてはっきりするでしょう」

「丘の上に前哨がおります、閣下、昨晩とまったく同じところです」ニコライは挙手のまま最敬礼をして報告したが、その顔には偵察行動ととりわけ銃弾の音に触発された快感が抑えがたい笑みとなって浮かんでいた。

「よろしい、よろしい」バグラチオンは言った。「礼を言うぞ、将校」

「閣下」ニコライは言った。「一つお願いがあります」

「何だ?」

「明日われわれの中隊は予備軍に回されることになっておりますが、どうか私を第一中隊に回していただけませんでしょうか?」

「名は何という?」

「ロストフ伯爵と申します」

「よろしい。私のもとに伝令将校として残りたまえ」

「イリヤ・アンドレーヴィチの御子息か?」ドルゴルーコフが訊ねる。

だがニコライは彼には返事をしなかった。

「ではよろしくお願いします、閣下」

「そのように指令しておく」

『明日は多分、何か指令をもって陛下のもとに遣わされるんじゃないか』ニコライは思った。『やったぞ!』

敵軍で喚声が上がり灯がともったのは、折しも各部隊でナポレオンの指令が読み上げられていた時に、皇帝自らが騎馬で露営地を巡回したからであった。兵士たちは皇帝を見ると藁束に火をつけ、「皇帝陛下万歳！」の喚声とともに後を追って駆けだしたのである。ナポレオンの指令は以下の通りであった。

「兵士諸君！　ロシア軍はウルムのオーストリア軍の敵《かたき》を討とうとして諸君に戦いを挑んでいる。これは諸君がホラブルンで撃破し、以降ひたすらこの地まで追撃を続けてきた、あの部隊と同じものである。われわれが敷いているこの陣は強力であり、敵が右翼からわが軍を包囲しようとして、わが軍に側面をさらすに違いない！　兵士諸君！　余は自ら全軍の指揮を執る所存だ。諸君が平素の勇猛さを発揮して敵の隊列を無秩序と混乱に追い込む限り、余は戦火から遠いところに控えていよう。しかし、もしも一瞬でも勝利に疑いが生じるような際には、諸君は、諸君の皇帝が先頭に立って敵の攻撃を受けとめる姿を見ることになるだろう。何となれば勝利に躊躇《ためら》いは禁物であり、ことにわが国民の名誉にとって不可欠なフランス歩兵部隊の名誉がかかっている場合はなおさらだからである。

負傷兵の搬送を理由に隊列を乱すことは許されない！　わが国民に対する激しい憎しみに鼓舞されたこのイギリスの手先どもを打ち負かさねばならぬ――各人がその思想を徹底して自覚されたい。この勝利によりわれらの遠征は終わり、われわれはフランスで編成されつつある新たなるフランス軍の待つ冬季の宿舎に帰還できるのだ。そのとき余の締結する和平こそ、わが国民にとって、諸君と余にとってふさわしいものとなるだろう。

ナポレオン」

14章

朝の五時、あたりはまだ真っ暗だった。中央軍、予備軍およびバグラチオンの右翼軍にはいまだまったく動きはないが、左翼では、作戦計画によれば先陣を切って丘を下り、フランス軍の右翼を攻撃してボヘミアの山岳地帯に追い払う任務を担った歩兵隊、騎兵隊、砲兵隊の各軍団が、すでにもぞもぞとうごめいて野営の床から起きだすところだった。ありとあらゆる不要物を投げ込んだ焚火の煙が目にしみた。寒くて暗い。将校たちはせわしげに茶を飲みながら朝食をとり、兵士たちは乾パンをかじって貧乏ゆすりで暖を取りながら、三々五々、バラックの名残、椅子、テーブル、車輪、桶といった携帯不能な不要物を、焚火のところに持っていっては投げ込んでいる。オーストリアの小隊長たちがロシア軍の間を行き来して、出動予告係の役を果たしている。誰かひとりオーストリア将校が連隊長宿舎のあたりに姿を見せると、すぐに連隊全体が動き出す。兵士たちは焚火のところから駆け戻って、パイプを長靴の胴にしまい、荷物袋を馬車にのせ、まとめてあった銃を各自受け取って整列する。将校たちは軍服のボタンをはめて軍刀と背嚢を身に着け、時々怒鳴りつけながら隊列を回る。副官、輸送兵や従卒は荷車に馬をつけ、荷を積み込んで縄で結わえている。副官、大隊長、連隊長は馬に乗って十字を切り、最後の指令を与え、訓示を述べ、後に残る輸送隊に任務を授ける。すると何千人もの単調な足音が響き渡る。隊列はどこへ向かうのかも知らず、また周囲の者たちと、立ち上る煙と、深まる霧のせいで、今出て行く場所もこれから行く場所も見えないままに進んでいくのだった。

行軍する兵士は自分の連隊に囲まれ、閉じ込められ、引きずられていくが、それは船乗りと彼が乗っている船の関係と同じである。どんなに遠くまで進もうと、どんなに不思議な見知らぬ危険な地帯に踏み込もうと、彼のまわりには、ちょうど船乗りがいつでもどこでも自分の船の甲板やマストやロープと縁が切れないように、いつでもどこでも同じ同僚が、同じ隊列が、同じイワン・ミートリチ曹長が、同じ中隊の愛犬クロ《ジューチカ》が、同じ指揮官がいて、けっして縁が切れないのだ。兵士は隊という名の船全体が身を置いている大海原のことを、めったに知りたいとは思わない。しかし戦闘の日には、どこからどう伝わってくるのやら、軍団の精神世界で全員の耳に同じ一つの厳粛なる調べが響き、何か決定的な、荘厳なものが近づいていることを告げて、彼らには本来無縁な好奇心を呼び覚ます。戦闘の日の兵士たちは、まるで目覚めた如くにつとめて自分の連隊内の関心事を離れ、耳を澄まし目を凝らして、周囲で何が起こっているかを貪欲に問いただそうとするのである。

霧がひどく濃くなってきて、夜明けだというのに十歩先も見えなかった。灌木が巨大な樹木に見え、平坦な地面が断崖や斜面に見える。いたるところ、あらゆる方角で、十歩先の見えない敵と遭遇するおそれがあった。それでも隊列は延々と同じ霧の中を、坂を下ってはまた登り、人家の庭や塀の脇を抜け、見知らぬ、わけの分からぬ場所を進んでいったが、どこでも敵と出くわさなかった。それどころか兵士たちは、前方にも後方にも周囲一面に、同じ方向に向かって進む味方のロシアの隊列がいるのを知った。どこだか知らないが自分が行こうとしている場所に、ほかにもたくさんの、たくさんの味方が向かっているのを知って、兵士たちはみな気をよくした。

「おい、クールスクの連中が通ったぞ」隊列でそんな言葉が聞こえた。

「これはまた、ずいぶんたくさん味方が集まったもんだなあ！ 昨夜《ゆうべ》火を焚くところを見たけど、どこまでも果てしがなかったぞ。言ってみりゃあ、モスクワが越してきたようなもんさ！」

軍団長のうち誰一人、隊列に近寄って兵士と話そうとする者はいなかったが(作戦会議で見られたとおり、軍団長たちは気分を損ねてこの戦いに不満を持っており、それゆえただ単に命じられたことを実行するばかりで、兵士の気を引き立てる配慮などしなかった)、にもかかわらず兵士たちは、戦闘に、とりわけ攻撃に赴くときにはいつもそうであるように、楽しげに歩んでいた。しかしひたすら濃い霧の中を一時間ばかり進んだところで、軍の大部分が停止しなくてはならなくなり、何かの無秩序と混乱が起きつつあるという嫌な意識が隊列に広がっていった。そうした意識がどうして伝わるのかはすこぶる見極め難いが、しかしそれがまるで低地を浸す水のように、目にも止まらぬうちに着々と、驚くほど確実に伝わって、急速に浸透していくのは疑いない。仮にロシア軍が単独で、同盟軍なしでいたとすれば、あるいはこうした混乱の意識が全員の確信となるまでには、なお多くの時を必要としたかもしれない。しかしこの場合は、皆が混乱の原因を物分かりの悪いドイツ人におっかぶせるという、痛快で自然な方法に訴えて、腸詰野郎ども《たち》がへまをしたせいで質の悪い混乱が起こりつつあるのだと信じ込んでしまったのである。

「何で止まっちまったんだ? 道をふさがれたのか? それとももうフランス軍とぶつかったのか?」

「いや、そんな気配はねえ。ぶつかったならドンパチを始めるだろうよ」

「いやはや、あんなに急《せ》かして出陣させたくせに、いざ出陣してみたら、わけも分からず原っぱの真ん中で足止めかい。いつもごたごたさせるのはあのドイツ人の畜生どもだ。まったく役立たずな連中だよ！」

「まったく、俺ならあいつらを先に行かせるな。そうしねえから多分後ろでもたもたしているのさ。それで今度は飯も食わせずに立ち往生かよ」

「どうした、さっさと進まんのか？　騎兵隊が道をふさいだっていう話だが」将校の一人が話していた。

「ああ、まったくドイツ人ときたら、自分の国土も知らんのだ！」もう一人の将校が言った。

「諸君はどこの師団だ？」副官が駆けつけてきて叫ぶ。

「第十八師団です」

「だったらどうしてこんなところにいる？　諸君はとっくにもっと先まで行っていなければならないはずで、これではもう夕方までかかっても到着できんぞ。そもそも命令自体がばかげているんだ。何をやっているのか本人たちが分かっていないのだから」副官はそう言いながら離れて行った。

次に将軍が一人通りかかり、腹立たしげにロシア語でない言葉で何か怒鳴っていった。

「なにがタファーラファーだ、ちんぷんかんぷんでさっぱり分かりゃしねえぞ」遠ざかっていく将軍の口まねをしながら一人の兵士が言った。「俺ならあんな下種《げす》どもは銃殺にしてやるさ！」

「八時過ぎには配置につけと命令されたが、俺たちゃ半分までも来ていないぞ。結構な命令だぜ！」あちこちで同じ不平が繰り返された。

こうして出動の際に軍にみなぎっていた活力感が、お粗末な命令やドイツ人たちに対する怒りや憎しみに変わっていったのである。

この混乱の原因は、左翼側を進むオーストリアの騎兵部隊の進軍中に、わが軍の中央部が右翼から離れすぎていることに気付いた上層部が、全騎兵部隊に右側に移れという命令を出したことにあった。数千もの騎兵が歩兵部隊の前を横切っていくことになったので、歩兵部隊は待機せざるを得なかったのである。

前方ではオーストリアの小隊長とロシアの将軍とのぶつかり合いがおこった。ロシアの将軍が騎兵隊の動きを止めろと叫ぶのに対して、オーストリアの指揮官は、悪いのは自分ではなく上層部だと主張した。その間、軍は手持ち無沙汰に立ち尽くしたままで、士気は下がっていった。一時間ストップを食らった後で部隊はようやくまた動き出し、丘を下っていった。高いところでは晴れかけていた霧が、部隊が下って行った先の低地では、ますます濃く立ち込めていた。その霧に包まれた前方で、銃声が一発、二発と響いた。はじめはまばらな、不規則な間合いで、パンパン……パンといった調子だったが、やがて滑らかで密な射撃音になり、こうしてゴルトバッハ川の戦い[18]が開始された。

丘を下った川辺で敵に遭遇するとは予測していなかったロシア軍が、思いがけずも霧の中で敵に出くわしたわけで、しかも上層部からは激励の言葉一つも聞こえてこず、一方で部隊間には後手に回ったという意識が広まっており、そして何よりも、濃霧の中で前方も周囲も何も見えない状態だったので、敵への応射ぶりも投げやりで緩慢であった。隊長や副官たちが霧の中、不案内な土地で道に迷って自分の部隊を見失っている状態で、機敏な指示を与えそこなったため、各隊はちょっと前進してはまた止まることを繰り返していた。こんな調子で丘を下った第一、第二、第三軍団の戦闘が開

18 ゴルトバッハはプラッツェン高地の西を流れる小川で、南西に位置するフランス軍と北東に位置するオーストリア・ロシア軍の境界をなしていた。

始された。クトゥーゾフ自らが身を置いた第四軍団は、プラッツェン高地にとどまっていた。

戦闘が始まった低地はいまだに濃い霧の中であり、上の方では晴れていたが、前方で起こっていることは、何一つ見えはしなかった。わが軍が想定した通り、敵の全勢力がわが軍から十キロのところにいるのか、それとも敵はすぐそこの霧のただ中にいるのか――八時を過ぎるまで誰にも分からなかったのである。

午前九時だった。霧が一面海のように低地に広がっていたが、ナポレオンが元帥たちに囲まれて立っているシュラパニッツ村近くの高台は、すっかり明るくなっていた。頭上は晴れた青空で、大きな太陽が、まるで巨大な空洞《からっぽ》の真っ赤な浮き玉のように、乳白色の霧の海の上にたゆたっている。フランスの全軍ばかりかナポレオン本人とその参謀たちも、ロシア軍が陣取って戦闘を開始しようと意図していた川とソコルニッツ、シュラパニッツ両村のある低地の向こう側にいたのではなく、それらの手前の、ナポレオンが裸眼でもロシア軍の騎兵と歩兵を見分けられるほどの至近距離に位置していたのだった。ナポレオンはイタリア遠征の時と全く同じ青い外套姿で、小柄な芦毛のアラブ種の馬にまたがり、元帥たちより少し前に出てたたずんでいた。霧の海から立ち上がっているような丘の連なりと、はるかその丘を伝って進んでくるロシア軍の姿を黙って見つめながら、彼は同時に低地で響く銃声に耳を傾けていた。当時まだ痩せていた顔の筋ひとつ動かさず、輝く目をじっと一点に据えている。彼の予測は正しかった。ロシア軍の一部はすでに低地の湖沼地帯に降りていたが、一部はまだプラッツェン高地を出ようとしているところだった。そしてその高地こそ、彼が攻略の目標とし、布陣の要と見なしている場所だった。霧の中に彼は、プラッツ村付近の二つの丘の間の谷間を、ロシア軍の隊列が銃剣をきらめかせてひたすら低地の方角に進み、次々と霧の海に消えていくのを見た。昨晩以来受け取っている情報から、夜中に前哨で聞かれた車輪の音や足音から、ロシア軍の隊列の動きの乱れから、そしてあらゆる予測から、彼にはっきりと読み取れたのは、敵の同盟軍がナポレオンはまだずっと先にいると思っていること、プラッツ村付近を通過中の隊列がロシア軍の中央であること、そしてその中央はすでにかなり弱体化していて、攻撃すれば十分成功が見込めることとであった。だが彼はいまだ仕掛けるのを控えていた。

この日は彼の祝いの日だった――戴冠一周年の記念日だったのだ。明け方まで何時間かまどろんだ彼は、健康で快活で若々しく、何でもやれるし何でもうまくいく気がする幸せな気分で馬にまたがり、出陣したのだ。じっとたたずんで霧の向こうに浮かぶ高台に目を凝らすその冷たい顔には、恋をしている幸せな少年によくある、自分の力が報われた幸せを得々としてかみしめるような、一種特別な表情が浮かんでいた。元帥たちは彼の気を散らすのを危ぶんで、ただ後方に控えている。彼はプラッツェン高地に目をやったり霧の中から浮かび上がった太陽に目をやったりしていた。

太陽がすっかり霧から脱して、まばゆい光を平原に、そして霧の海に浴びせた時（あたかもひたすらこれを戦闘開始のきっかけとして待っていたかのように）、彼はきれいな白い手にはめた手袋の片方を脱ぎ、それで元帥たちに合図をして、戦闘開始の命令を発した。元帥たちはそれぞれ副官を引き連れて各方面に駆け去っていき、そして数分の後にはフランス軍の主力が迅速にプラッツェン高地を目指して進撃していった。おりしもロシア軍はどんどんその高地を立ち退いて、左手の低地に向かって下っていくところであった。

15章

八時にクトゥーゾフは、騎馬で第四ミロラードヴィチ軍団の先頭に立ち、プラッツ村へと向かった。この軍団はすでに低地へと下って行ったプルジェブィシェフスキーとランジェロンの軍団の後を埋めることになっていた。クトゥーゾフは先頭の連隊の将兵に挨拶して出動の命令を与え、それによって自らこの軍団を指揮するつもりであることを示した。プラッツ村の近くまで来ると、彼は馬を止めた。総司令官に随行する大勢の人物の一人として、アンドレイ公爵はクトゥーゾフの背後に控えていた。アンドレイ公爵は久しく待望していた瞬間を迎えた人間らしく、自分が興奮して気が立っていると同時に抑制のきいた平静な状態であるのを意識した。今日が自分にとってのトゥーロンの日もしくはアルコレ橋[19]の日となることを、彼は確信していた。それがどのように起こるかは分からなかったが、起こること自体は確信していたのだ。地形や自軍の位置については、彼はロシア軍の誰彼が知りうる限りのことを知っていた。自分自身の作戦計画は忘れ去っていた。もはや実行を考えても始まらぬのは明らかだったからだ。今やワイローターの作戦にどっぷりと漬かったアンドレイ公爵は、ありうべき偶発要因をあれこれ検討して、自分の頭の回転の速さと大胆さが必要とされるような、新たな構想を練っていたのである。

左手の霧の中で目に見えぬ軍隊同士の銃撃戦の音が聞こえた。あそこに戦火が集中

19　一七九六年北イタリアのアルコレ沼沢地でナポレオンがオーストリア〔神聖ローマ帝国〕軍を破ったアルコレの戦いの一大決戦地点を指す。

し、そこで何かの障害が生じる――そんな風にアンドレイ公爵には思われた。『まさにそこへと自分が派遣される』と彼は考えた。『一個旅団か一個師団を率いて行って、まさにあそこで俺は軍旗を手に前進し、目の前のものを片っ端から粉砕してやるのだ』

脇を通り過ぎていく諸大隊の軍旗を見ると、アンドレイ公爵は平然としてはいられなかった。軍旗を見るたびに『もしかしたらあれこそ俺が軍の先頭に立って掲げるべき軍旗なのかもしれない』といった考えが浮かんでくるのだ。

高い場所では夜霧が霜を残しただけで、やがてそれも露と化したが、低地にはいまだ霧が乳白色の海となって広がっていた。味方の軍が下りて行った左手の低地は何一つ見えず、そこから銃撃戦の音だけが響いてきた。高台の上は暗い晴れ空で、右手には大きな太陽の円球があった。前方のはるかかなた、霧の海の向こう岸には、樹木の茂る丘がそそり立っているのが見える。そこにはきっと敵軍がいるはずで、実際何かしらが見えた。その右手の霧に覆われた地帯に、馬蹄の音や車輪の音を響かせ、時折銃剣をきらめかせながら、軽騎兵隊が侵入しようとしている。左手の村落群の背後では、同様な規模の騎兵集団が、霧の海に近寄っては消えていく。その前にも後にも、歩兵部隊が歩んでいた。総司令官は村の出口にたたずんで、脇を通る軍をやり過ごしていた。この朝クトゥーゾフは憔悴し苛立っているように見えた。傍らを通っていた歩兵部隊が命令も無しに立ち止まった。きっと何かで先頭がつかえてしまったのだ。

「さあ、いいかげんに命じたらどうかね、大隊ごとの隊列に組み替えて、村を迂回して通るように」クトゥーゾフは怒った口調で近寄ってきた将軍に言った。「貴官はなぜお分かりにならないのか、敵に向かっていくときに、このような村道の隘路で隊列を伸び切らせてはいかんということが」

「村を過ぎてから整列するつもりでおりました、閣下」将軍は答えた。

「立派なものですな、敵に丸見えのところで隊列を展開しようなんて、いや立派なもんだ！」

「敵はまだ遠くにおります、閣下。作戦計画によると……」

「作戦計画？」苦々しげにクトゥーゾフは声を高めた。「それを貴官は誰から聞いたのです？……こちらが命令することを実行してくれたまえ」

「かしこまりました！」

「おい君」ネスヴィツキーが小声でアンドレイ公爵に言った。「ご老人、たいそうご機嫌斜めだね」

帽子に緑の羽根飾りをつけ、白い軍服を着たオーストリアの将校がクトゥーゾフのもとに馬で駆けよって、皇帝の名で、第四軍団は出陣したかと訊ねた。クトゥーゾフがそれに答えずそっぽを向くと、たまたますぐ脇にいたアンドレイ公爵の姿が目に入った。相手に気付いたクトゥーゾフは、意地悪な険しい目つきをふっと和らげたが、それはあたかも、こうなったのは別に自分の副官のせいではないと意識したかのようだった。そうしてオーストリアの副官に返事をしないまま、彼はアンドレイ公爵に向かってフランス語でこう指示した。

「君、第三師団が村を通過したか、行って確かめてくれたまえ。師団に、停止して私の指令を待てと伝えるんだ」

アンドレイ公爵が馬で駆けだした途端、クトゥーゾフは呼び止めた。

「それから、散兵を立てているか訊いてくれ」彼は命令を追加した。「いやはや、連中はいったい何をやっているんだ！」依然としてオーストリアの副官に返事もせずに、将軍は独りつぶやくのだった。

アンドレイ公爵は指令を果たそうと駆けだした。前を行く大隊群をごぼう抜きにして第三師団にストップをかけ、確かめると、実際に味方の軍団の前には散兵線が張られていなかった。先頭にいた連隊長は、狙撃兵を散開させよという総司令官の指令を伝えられると、大いに驚いた。連隊長は、自分の前にはまだまだわが軍が続いているし、敵は十キロ以内にいるはずがないと確信していたのである。実際、前方には何も見えず、ただ何もない土地が先の方で下りになって、濃い霧に包まれているばかりだった。総司令官の名で手抜かりを正すよう命じると、アンドレイ公爵は駆け戻った。クトゥーゾフは相変わらず同じ場所にとどまって、でっぷりとした体で老人らしくぐったりと鞍にまたがり、目を閉じて辛そうにあくびをしていた。兵たちはもはや進軍をやめ、立て銃《つつ》の姿勢で立ち止まっている。

「よろしい、よろしい」アンドレイ公爵をねぎらうと、クトゥーゾフは、左翼では全軍団がすでに丘を下り終えたので、そろそろ動き出すべきではと、時計を手にして語り掛ける一人の将軍を振り向いた。

「まだ間に合いますよ、将軍」あくびまじりにクトゥーゾフは言った。「間に合いますとも!」彼は繰り返した。

このとき、クトゥーゾフの背後から遠くで歓呼する連隊兵士たちの声が聞こえ、そしてその声が進撃中に長い線状に延びたロシア軍の隊列を伝って、急速に接近してきた。歓呼を浴びている人物は、明らかに速駆けで進んでくるのだ。クトゥーゾフのすぐ後ろの連隊の兵士たちが歓呼の声を上げ始めると、彼は何歩か脇に退き、渋面になって振り向いた。プラッツ村からの道路を、まちまちな色の制服を着た一個中隊ほどもありそうな騎馬集団が駆けてくる。うちの二人が並んで先頭に立って、ギャロップ全開で飛ばしていた。一人は黒の軍服を着て帽子に白の羽根飾りをつけたいでたちで、尻尾を短く刈り込んだ栗毛馬にまたがり、もう一人は白い軍服を着て黒毛馬にまたがっている。二人の皇帝が随員を引き連れてやって来たのだった。クトゥーゾフはいかにも前線の忠義な古参兵といった仰々しさで、立っている兵士たちに「気を付け」を命じ、自分は挙手の敬礼をしながら皇帝のもとに馬を進めた。その姿勢も挙措《きょそ》も、がらりと一変していた。唯々諾々と上司に従う、忠実な部下を演じていたのである。わざとらしい恭しさでアレクサンドル皇帝に近寄り、敬礼をしたその様子に、皇帝は明らかに不快な驚きを覚えていた。

ただしその不快な印象は、晴れた空の霧の名残のように、皇帝の若く幸福そうな顔を一瞬駆け抜けただけで、さっと消えてしまった。この日の皇帝は病み上がりのため、アンドレイ公爵が初めて国外で皇帝を見たオルミュッツでの閲兵式の時よりも、幾分痩せていた。しかしその美しいグレーの目は、あの時と同じように威厳と柔和さが混じった魅力をたたえ、薄い唇は相変わらず多彩な表情の器となっていて、しかもとりわけ優しく穢《けが》れを知らぬ青年の表情が際立っているのだった。

オルミュッツの閲兵式での皇帝は威厳がまさっていたが、ここではむしろ快活でエネルギッシュだった。三キロをギャロップで飛ばした余韻に頰を染めた皇帝は、馬を停めてほっと一息つくと、自分と同様若く生気に満ちた随員たちの顔を振り返った。チャルトリシスキー、ノヴォシリツェフ、ヴォルコンスキー公爵、ストロガノフ等々、そろって贅沢な出で立ちの陽気な若者たちが、丹念に手入れされた活きのいい、ちょっと一汗かいたばかりの馬にまたがり、話をしたり笑ったりしながら皇帝の背後に控えていた。面長で血色のいい青年であるフランツ皇帝は、異様なほどまっすぐな姿勢で美しい黒毛の牡馬に乗り、何か気になることでもあるように、ゆっくりと周囲を見回していた。皇帝は白服を着た自分の副官の一人を呼びつけて、何か訊ねた。『きっと、自分たちは何時に出発したのかと訊いているんだろう』――以前自分が面識を得た皇帝を観察しながら、アンドレイ公爵は笑みを浮かべてそんなことを考えた。かつての謁見のことを思い出すと、つい笑みが浮かんでくるのだった。両皇帝の随員には、ロシアとオーストリアの近衛連隊と普通連隊に属する、選りすぐりの伝令将校が含まれていた。そうした随員の中に、刺繡入りの馬衣を被ったきれいな皇帝の予備馬たちが、調教師に引かれて混じっていた。

まるで開け放った窓から蒸し暑い部屋に、ふとさわやかな平原の空気が流れ込んできたかのように、駆けつけてきたこの輝かしい青年たちが陰鬱なクトゥーゾフの司令部に、若さと活力と成功への確信を吹き込んだのであった。

「どうして出撃を開始されないのですか、クトゥーゾフ元帥？」アレクサンドル皇帝は逸《はや》った口調でクトゥーゾフに問いかけ、同時に慇懃な表情でフランツ皇帝をちらりと見やった。

「待機中であります、陛下」恭しく上体を倒して敬礼しながらクトゥーゾフは答えた。

皇帝は耳を寄せ、軽く渋面を作って、答えが聞き取れなかったことを示した。

「待機中であります、陛下」クトゥーゾフは繰り返した（アンドレイ公爵は、クトゥーゾフが『待機中』と言う際に、彼の上唇が不自然にぶるっと震えるのを見て取った）。「いまだ全軍団が揃ってはおりませんので、陛下」

皇帝は今度は聞き取ったが、この返事は気に入らないようだった。彼は少し猫背気味の肩をすぼめると、脇に立つノヴォシリツェフをちらりと振り返ったが、あたかもその目つきがクトゥーゾフへの不満を訴えているかのようだった。

「ツァリーツィン・ルーグの閲兵式[20]ではないですからね、クトゥーゾフ将軍、閲兵式なら全軍が揃うまでは開始しませんが」そう言うと陛下は、またもやちらりとフランツ皇帝の目を見た。仮に話に交じらぬまでも、せめて自分の発言に耳を傾けてくれと誘うようなしぐさだったが、しかしフランツ皇帝は相変わらずあたりを見回すばかりで、聞こうとはしなかった。

「だからこそ開始を控えております、陛下」相手が聞き損じるのを恐れるかのように、クトゥーゾフが朗々とした声を出すと、またもやその顔のどこかがぶるっと震えた。「開始を控えているのは、陛下、まさにわれわれは閲兵式に臨んでいるのでもなければ、ツァリーツィン・ルークにいるのでもないからであります」彼ははっきりと明瞭に言い放った。

皇帝の随員たちは瞬時に顔を見合わせたが、どの顔にも不平と非難の表情が浮かんでいた。『いかに老将軍だとはいえ、あんな口の利き方はすべきではない、絶対に許されない』彼らの顔はそう語っていた。

皇帝は瞳を凝らしてじっとクトゥーゾフの目を見つめながら、相手がさらに何か言うかと待っている。だがクトゥーゾフも恭しく頭《こうべ》を垂れたまま、相手の言葉を待っている様子だった。沈黙が一分ばかり続いた。

20　ペテルブルグの中心近くにある広場（名称の意味は「女帝の原」）で、しばしば閲兵式の会場になった。後に後出のマルソヴォ・ポーレ（「軍神マルスの原」）と改称。

「しかしながら、ご命令とあれば、陛下」クトゥーゾフが頭をもたげると、またもや先ほどの鈍い、唯々諾々とした、忠実な将軍の口調に戻ってそう言った。

彼は馬を戻すと、ミロラードヴィチ軍団の指揮官を呼び、出撃命令を伝えた。軍はまた動き出し、ノヴゴロド連隊の二個大隊とアプシェロン連隊の一個大隊が皇帝の前を通って前進していった。

このアプシェロンの大隊が通過する際に、赤ら顔のミロラードヴィチが、外套もつけず、軍服の胸にたくさんの勲章をつけ、大きな羽根飾りのついた帽子を目深に横被りした姿で、ぐんぐん前に出てくると、勇ましく挙手の礼をしながら皇帝の面前に馬を停めた。

「武運を祈るぞ、将軍」皇帝は彼に言った。

「陛下、われわれは力の及ぶ限りのことをいたしてまいります、陛下」彼は快活に答えたが、そのフランス語の発音がひどかったため、皇帝の側近たちは思わず冷笑を浮かべたのだった。

ミロラードヴィチはくるりと馬の向きを変えると、皇帝の少し後ろに下がった。皇帝の臨席で士気の上がったアプシェロン大隊の兵たちは、威勢よく高らかに軍靴の音を響かせながら、両皇帝と随員たちの前を進んで行く。

「兵士諸君！」ミロラードヴィチが大きな、自信満々の明るい声で叫ぶ。砲声と、差し迫った戦闘の予感と、スヴォーロフ軍時代からの同僚であるアプシェロン連隊の勇士たちが元気に両皇帝の前を進んで行く姿に心を昂《たかぶ》らせるあまり、皇帝の面前にいることさえ忘れてしまったようだった。「兵士諸君、諸君が村を奪取するのはこれが初めてではないんだぞ！」彼は叫んだ。

「頑張ります！」兵士たちが声高に答えた。

皇帝の馬が不意の叫び声にはっと後ずさった。これはすでにロシアでの閲兵式でも皇帝を乗せた馬だったが、それがこのアウステルリッツの平原で同じ皇帝を載せ、皇帝が無意識に蹴る左足の打撃にじっと耐えているのであった。馬はマルソヴォ・ポーレ［ツァリーツィン・ルークの別名］の閲兵式でもそうした通り、砲声に耳をそばだてていたが、そんな砲声が聞こえてくる意味も、すぐ隣にフランツ皇帝の黒毛の牡馬がいるわけも、自分に乗っている人物がこの日喋ったり考えたりしたことのすべても、一切理解してはいないのだった。

皇帝は笑顔で側近の一人を振り返ると、アプシェロンの勇士たちを指さして何かを告げた。

16章

　クトゥーゾフは副官たちを従えて、騎銃兵たちの後を並足で馬を進めていた。

　隊列のしんがりについて半キロほど行くと、彼は道が二股になったところの脇にぽつんと立っている廃屋（もとはきっと居酒屋だったろう）の手前で立ち止まった。二股道はどちらも下り坂で、軍は両方に分かれて進んで行く。

　霧は晴れかかり、二キロほど離れた向かい側の高台には、すでにぼんやりとではあるが敵兵の姿が見えた。左手の下の方から聞こえる銃声が、前よりも大きくなっていた。クトゥーゾフは足を停め、オーストリアの将軍と話をかわした。アンドレイ公爵は少し後方に控えて二人の様子を見守っていたが、一人の副官が持っている望遠鏡が覗きたくなり、相手に声をかけた。

「おや、見てください」その副官が、遠くの敵軍ではなく、目の前の坂の下方を覗きながら口走った。「あれはフランス軍ですよ！」

　将軍二人と副官たちが奪い合うように望遠鏡に手を伸ばす。皆の形相ががらりと変わり、どの顔にも恐怖が浮かんだ。二キロ離れたところにいると思われていたフランス軍が、不意に目の前に現れたのだ。

「あれが敵か？……」「まさか！……」「ほら、見てくれ、あれは……きっと……」

「あれはいったい何だ！」様々な声が飛び交った。

アンドレイ公爵は肉眼で、右下方に、アプシェロン大隊を迎え撃つように、フランス軍の密集した隊列が坂を上って来るのを発見した。クトゥーゾフのいる地点からせいぜい五百歩しか離れていない。

『いよいよだ、決定的な時が訪れたぞ！　ついに俺の番がきたんだ』そう思ったアンドレイ公爵は、馬に拍車をかけてクトゥーゾフのもとに駆け寄った。

「アプシェロン連隊を止めなくてはなりません」彼は叫んだ。「総司令官閣下！」

しかしその瞬間、あたり一面にもくもくと煙が上がったかと思うと、近くで一斉に射撃音がして、アンドレイ公爵から二歩ばかりのところで「ひゃあ、みんな、おしまいだ！」と他愛ない驚きの叫びが上がった。するとその声があたかも命令のように働いた。これを聞いてみんなが逃げ出したのである。

兵士たちが列を乱してまじりあい、雪だるま式に大きな集団となって、五分前に部隊が両皇帝の脇を通過したあの地点めがけて駆け戻ろうとしていた。この集団を止めるのは困難だったばかりか、自分が集団に巻き込まれて後退せずにいるのさえ不可能だった。アンドレイ公爵はひたすらクトゥーゾフとはぐれまいとしながら、目の前で起こっているいることがいぶかしく、理解できぬまま、あたりを見回していた。真っ赤になってすっかり様変わりしたネスヴィツキーが、怒りの形相でクトゥーゾフに向かって大声をあげ、今すぐこの場を離れないと確実に敵の捕虜になりますよ、と警告している。クトゥーゾフは依然として同じ場所に立ち、答えもせずにハンカチを取り出そうとしている。その頬からは血が滴っていた。アンドレイ公爵は人ごみをかき分けて彼のところへ行った。

「負傷されましたか?」下あごの震えをかろうじて抑えながら彼は訊ねた。

「傷はここじゃない、あそこだ!」頬の傷をハンカチで押さえながら、クトゥーゾフはそう言って逃げていく兵士たちを指さした。

「あの連中を止めてくれ!」彼はそう叫んだが、同時におそらくは兵士たちを止めるのは不可能だと悟って、拍車をくれて右手へ馬を進めた。

そこへ再び逃げる兵士たちの波が押し寄せ、彼をさらって引き戻そうとする。

逃げる兵の群れは密で、一度その中に巻き込まれたら脱出するのは困難だった。「さっさと行け、何をぐずぐずしている」と怒鳴る者もあり、その場で後ろ向きになって空中に発砲する者もあり、当のクトゥーゾフ閣下の乗る馬を殴りつける者まであった。やっとの思いで群衆の流れの左手に逃れ出ると、クトゥーゾフは半数以下に減ってしまった随員を引き連れて、近くで砲声の聞こえる場所へと向かった。同じく兵の群れを逃れてクトゥーゾフに遅れまいと馬を走らせていたアンドレイ公爵の目に、丘の斜面で煙に包まれながらまだ発砲を続けているロシア軍の砲台と、そこに襲い掛かろうとしているフランス兵の姿が飛び込んできた。その少し上にはロシアの歩兵部隊がいて、前進して砲台の救援に向かうでもなければ、後退して逃げる兵の群れに合流するでもなく、ただ立ちすくんでいる。その歩兵部隊から将軍が単騎離れ、クトゥーゾフ目指して進んでくる。クトゥーゾフの随員はもはや四名しか残っていなかった。皆青ざめたまま黙って顔を見合わせている。

「あの卑怯者どもを止めてくれ」クトゥーゾフは逃げる兵たちを指さし、近寄って来る歩兵連隊長に向かって息を詰まらせながら言った。しかしその瞬間、まるでいまの言葉への報復のように、銃弾が小鳥の群れさながらに、ひゅんひゅんと音を立てて連隊とクトゥーゾフの随員めがけて飛来した。

砲台を攻撃するフランス軍がクトゥーゾフ将軍に気付き、彼めがけて発砲したのだった。この一斉射撃をくらうと、連隊長は撃たれた片足を押さえ、何人かの兵士が倒れ、軍旗を支えて立っていた特務曹長がその軍旗を手放したので、軍旗はぐらりと傾いて倒れ、近くにいた兵士たちの銃に引っかかった。兵士たちは命令を待たずに応射し始めた。

「うう――！」クトゥーゾフが万事休すといった表情でうめき、振り向いた。「ボルコンスキー」老いの衰えを自覚したような震え声で、彼はアンドレイに向かってささやいた。「ボルコンスキー」乱れた味方の大隊と敵軍を指さし、彼はささやく。「あれはどうしたことだ？」

しかしクトゥーゾフがしまいまで言い終わらぬうちに、喉元に屈辱と憎しみの涙が込み上げてくるのを覚えたアンドレイ公爵は、さっと馬から降りて旗をめがけて駆けだした。

「みんな、前へ！」子供のような甲高い声で彼は号令した。

『いよいよだぞ！』旗竿をつかむと、明らかに自分に向かって飛んでくる銃弾のうなりを心地よく聞きながら、アンドレイ公爵はそう思った。何人かの兵が倒れた。

「ウラァー！」アンドレイ公爵はそう叫ぶと、重い軍旗をかろうじて両手で支えながら、全大隊が後についてくるものと固く信じて、前方に駆けだした。

そして実際、彼が一人で駆けていたのはほんの数歩だけだった。一人二人と兵士が動き出したかと思うと、全大隊が「ウラァー！」の喚声をあげて前へと駆けだし、彼をどんどん追い抜いて行った。大隊の下士官が駆け寄ってくると、アンドレイ公爵の手中で重さのためにふらついている軍旗を受け取ったが、たちまち銃弾に倒れた。アンドレイ公爵は再び軍旗を手に取ると、旗竿を持って引きずりながら、大隊とともに走った。前方にはロシア軍の砲兵たちの姿が見えたが、その中には敵と取っ組み合っている者もいれば、大砲をうっちゃってこちらに逃げてくる者もいた。見ると何名かのフランス軍の歩兵たちが、砲兵隊の荷馬を捕まえて、大砲の向きを変えようとしている。アンドレイ公爵は大隊に混じって、もはや砲から二十歩の距離に来ていた。頭上には絶え間なく弾丸のうなりが聞こえ、右でも左でもひっきりなしに兵士たちがうめき声をあげて倒れていく。しかし彼は兵士たちには目もくれず、ひたすら前方の、砲台の光景に目を凝らしていた。すでにはっきりと彼の目に映っているのは、軍帽を横っちょにかぶった赤毛の砲兵とフランス兵とが、一本の洗矢《あらいや》の両端を握って、綱引きのように引っ張り合っている姿だった。茫然としながら敵意に満ちた両者の表情がアンドレイ公爵にはすでにはっきりと見分けられたが、どうやら二人とも自分が何をしているのか分かってはいないようだった。

『あいつらは何をしているんだ？』二人を見ながらアンドレイ公爵は思った。『赤毛の砲兵は銃もないのになぜ逃げようとしない？　フランス兵はなぜ相手を銃剣で刺さないのか？　きっと逃げきれないうちにフランス兵が武器のことを思い出して、突き刺してしまうことだろう』

案の定、もう一人のフランス兵が銃剣を構えて争っている二人のもとへ駆けつけてきたので、いまだに自分を待ち受けているものに気付かぬまま洗矢をもぎ取って得意になっている赤毛の砲兵の命運が、それで決着するはずだった。だがアンドレイ公爵がその結末を見ることはなかった。まるですぐ近くにいた兵士の一人に固い棒で思い切り頭を殴られたような感覚に、彼は見舞われた。痛みはさほどでもなかったが、それよりむしろ不愉快だった。なぜならその痛みのおかげで、それまで注目していたものが見られなくなってしまったからだ。

『これは何だ？　俺は倒れるのか？　足が立たないぞ』そう思いながら彼はあおむけに倒れた。フランス軍と砲兵部隊の戦いはどうなったのか、あの赤毛の砲兵は死んだのかどうか、大砲は奪われたのか守られたのか――それを確かめようとして目を開けた。しかし彼にはそのどれも見えなかった。彼の上にはもはや何もなく、ただ空があるだけだった――高い空、晴れてこそいないが計り知れぬほど高い空と、その空を静かに流れていく灰色の雲が。『何と静かで、穏やかで、荘厳なんだろう。俺が走っていたのとはまるで違う』アンドレイ公爵はふと思った。『俺たちが走り、叫び、戦ってきたのとは違う。あのフランス兵と砲兵が憎しみと怯えの形相で洗矢の引っ張り合いをしていたのとはまるで違う。あの高い、果てしない空を行く雲の歩みは全く別のものだ。どうして俺はこれまでこの高い空を見たことがなかったんだろう？　でも、何という幸せだろう、ようやくこの空を知ることができたのは。そうだとも！　すべては空っぽであり、すべてはまやかしだ、この果てしない空のほかは。何も、何もない、この空のほかは。いや、それさえもない、何ひとつないんだ、静けさと安らぎのほかは。ありがたいことじゃないか！……』

17章

右翼のバグラチオンのもとでは、九時になってもまだ戦闘は始まっていなかった。ドルゴルーコフの戦闘開始の要請に同意する気はなく、かといって責任を負いたくもなかったバグラチオンは、総司令官のもとに使者を派遣して意向を問うことをドルゴルーコフに提案した。両翼間の距離がほぼ十キロもあることから、仮に使者が途中で戦死せず（使者の戦死は十分ありうることだった）、そのうえ運良く総司令官に出会えたとしても（これはかなり難しいことだった）、使者が戻るのは早くて夕方以降になるだろう——それをバグラチオンはわきまえていたのである。

バグラチオンがその大きな、何の表情もない、寝不足の目で自分の随員を見回すと、興奮と期待にわれ知らず胸を弾ませているニコライ・ロストフの子供っぽい顔が目に飛び込んできた。彼はニコライを派遣することにした。

「閣下、もしも総司令官にお会いする前に皇帝陛下にお目にかかったら、いかがいたしましょうか？」ニコライは挙手の敬礼をしたまま訊ねた。

「陛下にお伝えしてかまわん」素早くバグラチオンの機先を制してドルゴルーコフが答えた。

散兵線勤務を解除されたニコライは、朝まで何時間か眠ることができたので、快活で腹が据わって気力に満ちており、足取りもしなやかで自分の幸運を疑わず、今なら何でもやすやすと愉快にやってのけられるといった気分だった。

この朝は彼の願いがすべてかなおうとしていた。一大会戦が始まり、彼もそれに参加していた。そればかりか、彼は一番勇猛な将軍の伝令将校となることができた。それどころか、任務を帯びてクトゥーゾフ総司令官のもとに派遣され、もしかしたら皇帝にさえお目通りがかなうのである。よく晴れた朝で、乗っている馬は駿馬である。胸の内は朗らかで幸せだった。指令を受けた彼は、手綱を緩《ゆる》めて馬の駆けるに任せ、戦線沿いに突き進んだ。はじめはまだ戦闘に入らずじっとたたずんでいるバグラチオン部隊の隊列沿いに進み、次にウヴァーロフ[21]の騎兵隊が占めている区域に入ったが、そこではすでに戦闘に向けての移動や準備の兆候が見てとれた。ウヴァーロフの騎兵隊を通り過ぎると、すでに砲や銃の発射音が前方からはっきりと聞こえてきた。射撃はますます激しさを加えていた。

新鮮な朝の大気の中で展開されているのは、もはや以前のように不規則な間合いで二、三発銃声がしては一、二発砲声が響くといった、散発的な銃撃戦ではなかった。プラッツ村の先の丘の斜面では一斉射撃の音が絶え間なく響き、それに混じる大砲の砲撃音もあまりに頻繁なので、時には何発かの砲声がまじりあって区別もつかず、一つのグアーンという轟音に聞こえるほどだった。

いくつもの小銃の細い煙がまるで互いに追いかけ合っているように斜面を伝う一方で、大砲の砲煙がもくもくと渦を巻いたかとおもうと、ほどけて互いにまじりあうのが見えた。煙の隙間にきらめく銃剣で歩兵の集団が移動しているのが見分けられたし、緑の弾薬箱を運ぶ砲兵の隊列も見えた。

21　フョードル・ペトローヴィチ・ウヴァーロフ（一七六九～一八二四）。近衛重騎兵連隊長。

ニコライは状況を見極めようとして小高い丘の上に一瞬馬を停めた。しかしいかに目を凝らして見ても、起こっていることは何一つ理解できず、見分けもつかなかった。彼方の煙の中を何者とも知れぬ人間たちが進んで行き、その前にも後にもどこかの部隊が長蛇の列をなしている。だが何のために、誰が、どこに行くのか、理解することはかなわない。しかしその光景と響いてくる音は、彼のうちに憂愁《ゆうしゅう》も憶心《おくしん》も一切引き起こさぬばかりか、かえって活力と決断力を与えてくれるのだった。

『さあ、もっとやれ、もっとだ!』胸の内で音のする方に呼び掛けると、彼はまた隊列に沿って進みだし、すでに戦闘を開始している軍の領域にどんどん入り込んでいった。

『この先がどうなっているか知らないが、万事うまくいくだろう!』ニコライは思った。

オーストリア軍のどこかの部隊の傍を通り過ぎた時、ニコライは戦列に連なる次の部隊(それは近衛部隊だった)が、すでに戦闘に入っているのに気づいた。

『こいつはいい! 近くから観戦してやろう』彼は思った。

彼はほぼ最前線を進んでいた。騎馬の兵が何名か、彼のいる方に駆けてくる。味方の近衛槍騎兵が列を乱して突撃から戻ってくるところだった。すれ違いざまにニコライは、その一人が血まみれになっているのをふと目にしたが、そのまま先に駆け続けた。

『俺には関係のないことだ！』彼は思った。そこから何百歩も行かぬうちに、左手の方から彼の行く手を横切る形で、まばゆいばかりの純白の軍服を着て黒馬にまたがった騎兵の大集団が、野を埋め尽くすような勢いで出現したかと思うと、速歩でまっしぐらに彼の方に進んできた。ニコライは騎兵たちの通り道から身をかわそうと、馬を全速で駆けさせた。相手がずっと同じ歩調で進んできたならば、彼は無事身をかわすことができただろうが、相手はどんどんスピードを上げ、中にはもはやギャロップに移っている馬もいる。その馬蹄《ばてい》の響きとガチャガチャという武器の音がますますはっきりと聞こえ、人馬の姿や顔までが見分けられるようになってきた。これは味方の近衛騎兵隊で、攻めて来るフランスの騎兵隊を迎え撃とうとしているところだった。

近衛騎兵たちは疾駆していたが、いまだ手綱は抑えていた。ニコライはすでに兵士たちの顔を見分け、純血種の馬を全速力で駆《か》ってきた将校が発する「進め《マルシ》、進め《マルシ》！」という号令も聞き取った。ニコライは踏みつぶされたり、フランス軍への攻撃に巻き込まれたりせぬよう、前線を馬の力の及ぶ限りのスピードで疾駆したが、それでも身をかわすことはできなかった。

近衛騎兵隊の一番端にいたむやみに背の高いあばた面の男は、衝突の避けられない位置にニコライがいるのを見ると、憎々しげに顔をゆがめた。ロストフはあわやベドゥインもろともこの近衛騎兵に撥ね飛ばされてしまうところだったが(この巨大な人馬の集団に比べれば、自分はほんの小さな弱い存在だと、ニコライはつくづく感じたものだった)、そのときとっさの思い付きで、彼は近衛騎兵の馬の目をめがけて鞭を一振りしたのだった。黒毛の重そうな、大人の背丈ほどもある大きな馬が、耳を伏せてさっと飛びすさった。だがあばたの近衛騎兵が馬の両わき腹に勢いよく大きな拍車をくらわせると、馬は尾を逆立て、首を伸ばして、さらにスピードを上げて駆け去っていったのだった。近衛騎兵の集団をやり過ごしたと思ったとたん、ニコライは「ウラァー!」という彼らの喚声を耳にした。振り向くと、騎兵集団の先頭の列が、赤い肩章を付けた別の、おそらくはフランス軍の騎兵集団とまじりあっている。その先はもはや何ひとつ見ることができなかった。この後すぐにどこからともなく砲撃が始まって、すべてが砲煙に包まれてしまったからである。

脇を通り過ぎた近衛騎兵隊が砲煙に包まれて見えなくなった瞬間、ニコライは彼らの後を追って駆けつけるべきか、それともこのまま自分の行くべき場所を目指すべきか、ふとためらった。これこそがフランス軍も驚愕したという、あの輝かしい近衛騎兵隊の突撃であった。ニコライは後に聞いてぞっとしたのだが、何千頭もの馬に乗って彼の脇を駆け抜けていったこの巨漢の美丈夫集団、錚々《そうそう》たる富裕な青年たち、将校や士官候補生たち全員の中で、突撃の後に残ったのはわずか十八名にすぎなかったのである。

『何を羨《うらや》むことがある。俺のチャンスが消えてしまうわけでもあるまいし。俺だってすぐに、もしかしたら陛下に会えるかもしれないじゃないか！』ニコライはそう思って先へと駆けて行った。

近衛軍の歩兵隊がいる位置に差し掛かると、彼は歩兵隊の頭上や周囲に砲弾が飛来しているのに気がついた。自分で砲弾の音を聞きつけたというよりも、兵士の顔に浮かぶ不安な表情や、将校たちの顔に浮かぶ不自然なまでに勇猛な、物々しい表情から、そうと察したのである。

近衛歩兵部隊の隊列の一つを越えようとした時、彼は自分の名を呼ぶ声を聞きつけた。

「ロストフ！」

「何だ！」答えた後で、彼はそれがボリスだと気がついた。

「どうだい、こっちもとうとう前線に出たぞ！　うちの隊も突撃をかけたんだ！」

そう言うボリスは、初めて戦場に出た青年によく見られるような幸せそうな笑顔を浮かべていた。

ニコライは馬を停めた。

「そうだったのか！」彼は言った。「それで首尾は？」

「敵を撃退したよ！」饒舌になったボリスは活気づいて言った。「それがまた、大変でね！」

こうしてボリスが語りだしたのは、配置についた近衛隊が目の前に軍隊がいるのを見て、てっきりオーストリア軍だと思っていたところ、突然その軍が砲弾を放ってきたことから自分たちが最前線にいるのだと気付き、思いがけず戦闘を開始する羽目になったという一幕であった。ニコライは最後まで聞かずに馬を進めた。

「君はどこへ？」ボリスが訊く。

「陛下のところに伝令で」

「あそこにおられるじゃないか！」ニコライが「陛下」と言ったのを「殿下」と聞き違えてボリスは言った。

ボリスが指さしたのは大公殿下［コンスタンチン・パーヴロヴィチ］で、その殿下は二人から百歩の距離に鉄兜と近衛騎兵のぴったりした上衣を身に着けて立ち、いつものように肩を怒らせ、眉を顰《ひそ》めるようにして、白服の血色の悪い顔をしたオーストリア将校相手に何か怒鳴っているところだった。

「いやあれは大公じゃないか。こっちが用があるのは総司令官か皇帝陛下だよ」そう言ってニコライは馬を出そうとした。

「伯爵！　伯爵！」ベルグがボリスと同じく活気づいた様子で別の方角から駆けよってきた。「伯爵、僕は右手を負傷したのだがね（ベルグはハンカチを包帯代わりに巻いた血まみれの手首を見せて言った）、前線にとどまったんだよ。軍刀を左手に持ち替えてね。なにせわがフォン・ベルグの家系はね、伯爵、勇士ばかりだったから」

ベルグはまだ何か喋っていたが、ニコライはしまいまで聞かず、きっぱりと先へ進んだ。

近衛隊とその先の何もない中間地帯を通過したニコライは、またひょいと最前線に出てさっき近衛騎兵隊の突撃に出くわしたときの轍を踏まぬように、一番激しい銃撃や猛砲撃の音が聞こえる地帯を大きく迂回して、予備部隊の隊列に沿って進みだした。するとと突然、前方の味方の軍の背後にあたる、およそ敵がいるとは予測しがたい場所から、間近な小銃の発射音が聞こえてきた。

『あれはどういうことだろう？』ニコライは考えた。『敵が味方の軍の後方にいる？　あり得ない』そう思うと突然、わが身と会戦全体の帰趨《きすう》についての危惧の念が恐怖となってこみあげてきた。『しかしあれが何であろうと』彼は思った。『今となっては迂回する意味はない。俺はここで総司令官を探さねばならないし、仮にすべてが潰《つい》えたというなら、俺の仕事もみなと一緒に潰えるべきなのだ』

プラッツ村を過ぎると、あたりはいろんな部隊が混じった大量の兵で埋め尽くされていたが、そこを先へと進むうちに、ニコライをにわかに見舞った悪い予感がますます現実味を帯びてきた。

「どうしたんだ？　どうしたんだ？　誰を狙っているんだ？　どちらが撃っているんだ？」混成集団となって彼のゆく手を遮るように駆けてきたロシア兵やオーストリア兵に出会うと、ニコライは誰彼となく質問した。

「知ったことか！」「みんなやられた！」「何もかもおしまいだ！」逃げてくる者たちはロシア語やドイツ語やチェコ語で口々に答えるが、彼らも彼と同じく、何が起こっているのか正確には知らないのだった。

「ドイツ人どもをやっつけろ！」一人が叫んでいる。

「くたばりやがれ、裏切り者どもめが！」

「ロシア人どもこそくたばっちまえ！……」ドイツ人がそんなことをつぶやいている。

幾人かの負傷兵が道を歩んでいた。罵声、叫び、うめき声が混じって一つの大きなうなりとなっている。射撃はやんだが、後でニコライが知ったところでは、ロシア兵とオーストリア兵の間で撃ち合いがあったとのことだった。

『ああ！　いったい何ということだ？』ニコライは思った。『しかもここで、いつ陛下のお目に留まるか知れないこの場所で！……いや、きっと何人かのろくでなしどもの仕業にすぎないのだろう。一度限りのことさ。こんなことが繰り返されてたまるものか』彼は考えた。『とにかく早く、少しでも早くこの連中の向こうへ行かなくちゃ』

ニコライの頭には敗北と逃走という考えが浮かぶ余地はなかった。プラッツェン高地の上、まさに彼が総司令官を見出すべく命じられていたその場所にフランス軍の砲が据えられ、敵の軍勢がいるのを認めたのだが、それでも彼はそれが信じられなかったし、信じたくなかったのである。

18章

ニコライはプラッツ村の近辺でクトゥーゾフと皇帝を探すよう指令を受けていた。しかしここにはそのどちらもいないばかりか、司令官そのものが一人もおらず、いるのは総崩れになったあれこれの部隊の入り混《まじ》った集団ばかりであった。早くこの人込みを抜けようとすでに疲れている馬を走らせたが、先へ行けば行くほど集団はますます無秩序の度が強まった。街道に出ると、そこは箱馬車をはじめあらゆる種類の馬車、ありとあらゆる部隊のロシア兵やオーストリア兵、負傷兵や負傷していない兵でごった返していた。そのすべてが、プラッツェン高地に据えられたフランス軍の砲台から飛来する砲弾の音を伴奏にして、うなり声をあげながら、うようよとうごめいているのだった。

「陛下はどこだ？　クトゥーゾフ将軍はどこだ？」止めることのできる相手はすべて止めてニコライは訊ねたが、誰からも返事を得られなかった。

ついに一人の兵士の襟を捕まえて、無理やり返事をさせた。

「いやあんた、もうみんなとっくにあっちに行っちまったよ。さっさとドロンを決めてな！」兵士は何がおかしいのか笑いながら、身を離そうともがいてそう答えた。

明らかに酔っぱらっているその兵士を打ち捨てて、ニコライは誰か大物の従卒か調教師と思える人物の馬を止めて問いただした。すると相手は、皇帝は一時間ほど前、箱馬車でこの街道を全速力で運ばれていった、しかも重傷を負っていたと告げたのだった。

「そんなはずはない」ニコライは言った。「きっと誰か別人さ」

「この目で見たんですよ」従卒は自信満々の笑みを浮かべて言った。「こっちだっていい加減、陛下の顔ぐらい分かりますわ。だってペテルブルグで何度も、ちょうどこんなふうに間近でお見かけしていますから。それはもうひどく青ざめた顔で箱馬車に乗っていらっしゃいましたよ。黒馬ばっかりの四頭立てで、えらい勢いでガラガラとすぐ脇を走っていきましたっけ。陛下の馬も御者のイリヤ・イワーノヴィチも、見分けくらいつきますからね。しかもあの御者のイリヤは、皇帝さま以外はお乗せしないんでしょう」

この男の馬を放すと、ニコライは先へ進もうとした。すると脇を通りかかった負傷した将校が話しかけてきた。

「誰を探しておられるのです？」将校は訊ねた。「総司令官？　それなら砲弾で戦死されましたよ。われわれの連隊で、胸をやられましてね」

「戦死じゃない、負傷だ」もう一人の将校が訂正を加えた。

「誰のことです？　クトゥーゾフ将軍がですか？」ニコライは訊ねた。

「クトゥーゾフじゃない、何と言ったかな――いやどうせ同じことですよ。生き残っているのは多くはありませんから。ほらあっちの、あの村に行ってごらんなさい。あそこにお偉方が集まっていますから」将校はそう言ってホスティエラデックの村を指さすと通り過ぎて行った。

いまとなっては何のために誰に会いに行くのかも分からぬまま、ニコライは並足で進んで行った。皇帝は負傷され、会戦は敗北した。もはやそれを信じないわけにはいかなかった。教えられた通りの方向に進んで行くと、はるか前方に塔と教会が見えてきた。いまさら急いで何になろう？　仮に皇帝なりクトゥーゾフ将軍なりが無事で、負傷もしていなかったとしても、いまさら自分はあの方々に何をお伝えすればいいのか？

「少尉殿、こちらの道をお行きください。あっちへ行くといきなり撃ち殺されますよ」一人の兵士が彼に向けて叫んだ。「あっちへ行くと殺《や》られます！」

「おい！　余計なことを言うな！」別の兵士が言った。「この方はあそこに行かれるんだろう？　あっちの方が近道じゃないか」

ニコライはしばし考えたが、進んだのはまさに「殺られる」と言われた道だった。

『もはやどう転んでも同じさ！　もしも陛下が負傷されたなら、俺が自分の身を大事にする意味があるか！』彼は思った。彼が踏み込んで行ったのはプラッツェンから逃げる者たちが最もたくさん命を落とした場所だった。フランス軍はまだこの地を占領してはいなかったが、ロシア兵で生き残った者、負傷しただけの者たちは、もはやとっくにこの場所を放棄していた。原っぱには、ちょうど手入れの行き届いた耕地の藁塚のような形で、一ヘクタールごとに十人か十五人ほどの死者や負傷者が横たわっていた。負傷兵たちは二人三人と連れ立って這うように動いており、聞こえてくる彼らの不気味な叫びやうめき声が、ニコライには時に作った声のようにも思えた。ニコライはそうしたすべての苦しむ者たちの姿が目に入らぬよう、馬を速歩で走らせたが、やがて空恐ろしい気持ちになってきた。彼が心配したのは、自分の命のことよりも、自分に必要な気力のことだった。こうしたかわいそうな人々を見たら、自分の気力がもたないことを自覚していたからである。

一面に死者や負傷者が横たわるこの野原にはもはや生きた者は一人もいないと見限ったフランス軍は、発砲を停止していたが、単騎そこを行く副官がいるのに気づくと、彼に砲を向けて何発か発射してきた。ヒューという恐ろしい音の感覚と、周囲に散らばる死体群とがニコライの内で溶け合い、恐怖と自己憐憫《れんびん》の合わさった一つの心象と化した。彼は母親のこのあいだの手紙を思い出していた。『母はいったいどう思うだろう』ふと彼は考えた。『俺が今ここに、この野原にいて、いくつもの大砲が俺に向けられているのを見たりしたら?』

ホスティエラデック村には戦場から引き上げてきたロシア軍がいて、混乱してはいたものの、他よりも秩序は保たれていた。フランス軍の砲弾もここまでは届かず、射撃の音も遠く感じられた。ここではすでに皆が会戦の敗北をはっきりと認識し、口にしていた。ニコライが誰に質問しても、誰ひとり皇帝の居場所もクトゥーゾフ将軍の居場所も、答えることができなかった。皇帝が負傷されたという噂を真実だと言う者もいたが、また間違いだと言う者もいて、そういう者たちの説明では、誤った噂が広まったのは、実際に皇帝の箱馬車で戦場から青ざめて肝を冷やして走り去った者がいるせいで、その人物とは宮廷長官トルストイ伯爵であり、ほかの者たちとともに皇帝の随員として戦場に出ていたのだという。一人の将校がニコライに、村のはずれを左手に行ったところで誰か総司令部の一人を見かけたと告げたので、ニコライはそこに向かった。もはや誰かを見つけるためというよりは、せめてそうして自分の良心を安らげたかったからである。三キロほど進んでロシア軍の最後部を過ぎると掘割をめぐらした菜園にさしかかったが、ちょうどそのあたりに馬に乗った二人の人物が掘割に向かってたたずんでいるのが見えた。帽子に白い羽根飾りをつけた一人の人物は、ニコライにはなぜか見覚えがあるように思えた。もう一方の見覚えのない人物は、素晴らしい赤毛の馬に乗っていて（その馬はニコライに見覚えがあるように思えた）、そのまま掘割に馬を寄せ、はしと拍車をくれて手綱を緩めると、馬は軽々と菜園の掘割を跳び越えた。ただ馬が後足で蹴った土手の土がパラリと崩れただけだった。男はくるりと馬の向きを変えると、今度はこちら向きに跳んで掘割を越え、白い羽根飾りの馬上の人に恭しく話しかけた。きっと同じことをやってみるように勧めているのだ。見覚えのある気のする人物の姿に、ニコライはなぜか知らずひとりでに注意を惹きつけられていたのだが、その人物が首と片手で拒否のしぐさをした時、ニコライはまさにそのしぐさから瞬時に、それがおいたわしく思っていた憧れの皇帝陛下であることに気付いた。

『しかし陛下ともあろうものが、人気《ひとけ》のない原っぱの真ん中にぽつんと一人でいらっしゃるなんて、そんなはずはない』ニコライはそう思った。だがその瞬間アレクサンドル皇帝が振り返り、ニコライはくっきりと記憶に刻み込まれた敬愛する皇帝の容姿をそこに認めたのだった。皇帝は血色が悪く、頬はそげ、目は落ちくぼんでいたが、そのためにますますその顔立ちが魅力を、柔和さを増していた。皇帝が負傷されたという噂が間違いだと確認できて、ニコライはうれしかった。皇帝をお見かけしたことがうれしかった。このまま直に皇帝にご挨拶して、ドルゴルーコフ公爵に命じられたことをお伝えすることができる、いやそうしなければならないと、彼は自覚していた。

しかし、ちょうど恋する若者が絶好のチャンスを迎えて相手の女性と二人きりになると、ついついドキドキして萎縮してしまい、夜ごと夢見ていたことを口に出す勇気もなく、当惑顔で辺りをキョロキョロ見回しては、誰かの助けを求めるか、あるいは先延ばしにして逃げ出すすべを求めようとするのと同じように、このときのニコライも、せっかくこの世で一番の願いがかなったというのに皇帝のおそばに近寄るすべも分からず、頭にはなぜそうすることが不作法で不敬で不可能なことなのかという理由が無数に浮かんでくるのだった。

『まてよ！　これじゃまるで、陛下が一人で落胆されているのを、俺がチャンスと見て利用しようとしているみたいじゃないか。ああして沈んでおられるときに知らない者が顔を出すのは陛下にとって不愉快でつらいことかもしれないし、それに今の俺が陛下に何を申し上げることができるだろう？　陛下を一目見ただけで胸がつぶれそうで、口がからからに渇いている体たらくなのに』皇帝に申しあげようというつもりでこれまで頭の中で用意してきた無数の言葉が、一つとして今脳裡には浮かんでこなかった。そうした言葉の大部分は、まったく違った状況を想定したものであった。つまり主として勝利と歓喜の瞬間に、とりわけ戦傷で死の床にいる者が発するべき言葉で、皇帝が彼の英雄的行動への謝辞を述べると、死にゆく者が、事実によって証明してみせた皇帝への愛を口にするという設定なのだった。

『おまけに、右翼に関する陛下のご命令をいまさらうかがってどうなるだろう？　もはや三時も過ぎて、そのうえ負け戦だというのに。いや、俺は絶対に陛下に近寄るべきではないし、陛下のお考えを邪魔するべきではない。陛下に胡乱《うろん》な目で見られたり、陛下のご心証を損なったりするくらいなら、千度でも死んだほうがましだ』そう決断したニコライは、悲しみと絶望を胸にその場を離れたが、その後もひっきりなしに振り返っては、相変わらず同じような躊躇《ため》らい《ら》の姿勢で立ち尽くしている皇帝の姿をうかがっていた。

ニコライがそんなことを考えて寂しそうに皇帝から離れて行ったそのとき、フォン・トーリ大尉がたまたま同じ場所を通りかかり、皇帝を見かけると、まっしぐらに近寄っていって何かご用はありませんかと伺いを立て、そうして皇帝が徒歩で掘割を越えるのに手を貸した。休息を必要とし、気分もすぐれなかった皇帝がリンゴの木の木陰に腰を下ろすと、トーリもそのわきにとどまった。ニコライが遠くから羨望と後悔の目つきで眺めていると、フォン・トーリは皇帝に向かって何か長々と熱を込めて語りかけ、皇帝は泣き出して片手で目を覆いながら、残る片手でトーリの手を握りしめたのだった。

『ああ、俺があの役割を果たすこともできたんだ！』そう思ったニコライは、皇帝の運命に対する同情の涙を抑えきれぬまま、すっかり落胆して先へと進んで行ったが、今やどこへ何をしに行こうとしているのか、自分でも分からなかった。気弱さこそが自分の悲哀の原因だと感じていただけに、その落胆ぶりはなおさら激しかったのである。

彼にはできたはずだった……いやできたはずどころか、しなければならなかったのだ、皇帝のおそばに伺うことを。おまけにあれが、皇帝に自分の忠誠心をお見せするただ一度の機会だったのだ。なのに彼はそれを利用しなかった……。『俺はいったい何ということをしでかしたんだ？』彼は思った。そうして馬首を返すと、皇帝を見かけた場所へと駆け戻った。しかし掘割の向こうにはもはや誰一人おらず、ただ荷馬車だの乗用馬車だのが行き来しているだけだった。一人の荷馬車の御者からニコライは、クトゥーゾフ将軍の司令部があまり遠くない村にあり、荷馬車もそこへ行くところだと聞いたので、後について馬を進めた。

前方をクトゥーゾフ将軍の調教師が、馬衣を着せた馬たちを引いて徒歩で進んでいた。調教師の後を荷馬車が進み、その後を耳付き帽に半外套という格好の、がに股の老僕が歩いていた。

「チート、おいチート！」調教師が老僕に呼び掛ける。

「何だね？」老僕はぼんやりと答える。

「チート、麦こき仕事に行ってきな」

「何だと、このあほんだらが！」老僕が怒って唾を吐く。そのまましばらく無言で進み、そしてまた同じ冗談が繰り返されるのだった。

四時台になると、会戦はあらゆる地点で味方の敗北となっていた。百を超える砲がすでにフランス軍の手に落ちていた。

プルジェブィシェフスキーは自軍を率いて降参した。他の隊列は総員の約半数を失って、総崩れの入り乱れた群衆となって退却中だった。

ランジェロン伯爵とドーフトゥロフの軍勢の生き残りは、すっかり混じり合ってアウゲスト村付近の湖沼の堤防や岸辺にひしめいていた。

五時台になっても、アウゲスト村の堤防の付近でだけはフランス軍の猛烈な砲撃の音が聞こえたが、これはプラッツェン高地の斜面に敷設されたおびただしい数の砲台から、敗走するわが軍を撃っているのだった。

後衛ではドーフトゥロフほかの者たちが大隊をかき集め、ロシア兵を追撃するフランスの騎兵隊に応射していた。日が暮れ始めた。アウゲストの狭い堤防は、昔から丸帽をかぶった水車小屋の粉ひき爺さんが釣り竿片手にのんびりと座り込み、そのわきでは孫がシャツの袖をまくり上げて如雨露《じょうろ》に入った銀色のぴちぴちした魚をつかもうとしていた場所だった。昔からこの狭い堤防を、ふさふさの帽子に青いジャケットのモラヴィア人たちが小麦を満載した二頭立ての荷馬車でやって来たかと思うと、御者も馬車も粉まみれの真っ白な姿になって帰っていったものだ。その狭い堤防の上に、今は死の恐怖でものすごい形相になった人々が、輸送馬車の列と大砲の列に挟まれ、馬の下やら車輪の間やらに潜り込むようにひしめき、押し合いへし合いして、死にそうになり、死にゆく者を乗り越え、そして互いに殺し合いながら歩んでいく。それもただ何歩か進めば自分も全く同じように死んでいくだけのためだった。

十秒ごとにこの密集した兵士集団のただ中に大気を圧する勢いで砲弾が着弾したり榴弾《りゅうだん》が破裂したりして、兵を殺し、周囲にいた者たちに血しぶきを浴びせる。腕を負傷したドーロホフ（彼はすでに将校に戻っていた）は配下の中隊の兵十名ばかりを引き連れて徒歩で進んでいたが、彼らと、馬に乗っている連隊長が、連隊の生き残りのすべてであった。彼らは人波に巻き込まれるようにして堤防への狭い入り口を通り抜けたものの、四方八方から押しまくられた格好のまま立ち往生してしまった。前方で大砲の下敷きになった馬がいて、皆で助け出そうとしていたのである。一発の砲弾が背後にいた誰かを殺し、もう一発が前方に着弾してドーロホフに血しぶきを浴びせた。群衆は先へ行こうと必死になり、一丸となって何歩か進んだが、またもや足が止まってしまった。

『ここを抜けて百歩進めば、きっと助かる。後二分ここにぐずぐずしていたら、きっとおしまいだ』皆がそう思っていたのだ。

人ごみの真ん中に立っていたドーロホフがいきなり二人の兵士を突き飛ばして堤防の縁に突進し、そのまま沼に張ったつるつるの氷の上に駆け下りた。

「こっちへ回せ！」氷の上で跳ねて見せながらそう叫ぶと、氷が彼の足元でミシミシと音を立てた。「こっちへ回せ！」彼は砲のあるところに向かって叫んでいるのだった。「大丈夫、割れはしない！」

氷は確かに割れてはいなかったが、しかしへこんでミシミシいっていた。砲や兵士の集団はおろか、彼一人が乗っているだけでもじきに割れてしまうのは明らかだった。人々は彼を見つめるばかりで氷の上に踏み出す決心がつかず、沼の縁に張り付いたようになっている。堤防の入り口近くに騎馬のまま立っていた連隊長が、ドーロホフに向かって片手をあげ、口を開こうとした。その時突然、砲弾の一つが群衆の頭をかすめるほど低い弾道でひゅんと飛来したので、皆が身を屈めた。ぴしゃりという何か水っぽい音がして、連隊長が馬もろとも血だまりに倒れた。誰一人そんな連隊長を助けようとしないどころか、振り返ろうとさえしなかった。

「氷の上へ下りろ！　氷の上を進むんだ！　進め！　方向転換だ！　おい、聞こえないのか！　進むんだ！」砲弾が連隊長を直撃した直後からにわかに、無数のそんな声が聞こえてきたが、声の主たちは自分が何を何のために叫んでいるのか、自分でも分かってはいないのだった。

いったん堤防に乗り入れた後方の砲車の一台が、向きを変えて氷の上に下りて行く。兵士の群れも堤防から凍った沼へと駆け下り出した。先頭を切った兵の一人の足元で氷がぴしりと割れ、片足が水に浸かった。兵士は身を立て直そうとしながらそのまま腰まで水に浸かってしまった。すぐ近くにいた兵士たちは当惑して立ち止まり、砲車の御者は馬を止めたが、後ろからはいまだに「氷の上へ下りろ、何を立ち止まっているか、進め！　進め！」という叫びが聞こえてくる。群衆の中からは悲鳴も聞こえた。砲車をとりまいた兵士たちは引き馬たちの向きを変えて進ませようとして、けしかけ、体を叩いた。馬たちは岸を離れた。歩兵たちを支えていた氷が大きなかけらに割れ、氷の上にいた四十人ばかりが前へ後ろへと投げ出されて、互いに重なり合って溺れていった。

砲弾は相変わらず規則正しくヒューヒューと飛来して氷に、水に当たり、そしてなによりもまず堤防を、沼を、岸を埋め尽くした群衆に当たるのだった。

19章

アンドレイ公爵は旗竿を両手に握って倒れたプラッツェン高地のその場所に横たわったまま、血を流しながら、自分でもそれと知らずにか細い、哀れっぽい、子供のようなうめき声をあげていた。

夕刻にはそのうめき声も止み、全く静かになった。失神状態がどれくらい続いたの

ゴルトバッハ高地
オルミュッツ
バグラチオン
ニコライ
リヒテンシタイン
アンドレイ負傷
アウステルリッツ
コンスタンティン
プルジェブィシェフスキー
連合軍本営
アレクサンドル1世
クトゥーゾフ
アンドレイ
クレノヴィッツ
コロヴラト
ニコライが
ロシア皇帝を見る
ホスティエラデック
ドーフトゥロフ
ロシア
オーストリア
連合軍
総数
約85,000人
連合軍の攻撃
フランス軍の迎撃・反撃
連合軍の敗走
フランス軍の追撃
0
3km

アウステルリッツの戦い 戦闘の経過
ベルナドット
ブルノーオルミュッツ街道
ベロヴィッツ
ウディノ
テュラッサの森
フランス軍
総数
約75,000人
ゴルトバッハ川
ミュラ
シュラパニッツ
ボーゼニッツ川
フランス軍
本営
ナポレオン
ヴァンダム
サンティレール
プントヴィッツ
トゥーラス
コベルニッツ
プラッツ
スルト
プラッツェン
ランジェロ
ルグラン
ソコルニッツ
ダヴー
キーンマイヤー
アウゲス
テルニッツ
ザッシャン湖
ウィーン

か彼自身にも分からない。ふと彼はまた、自分が生きており、何か頭の中が燃えるような、割れるような痛みに苦しんでいるのを感じた。『どこへ行った、あの高い空は、俺が今まで知らずに来て、今日見つけたあの空は？』これが最初に頭に浮かんだ考えだった。『この苦しみもまた俺は知らなかったな』彼はそう思った。『そうだ、俺は今まで何も、何も知らなかったんだ。でもここはどこだ？』

耳を澄ますと、近づいてくる馬の足音とフランス語で話す声が聞こえた。彼は目を開いた。真上にはまた同じ高い空と、より高みにまで登った浮雲があり、その雲の向こうに青みを帯びた無窮の世界が垣間見えた。馬蹄の響きと人声から誰かが彼の方にやってきて立ち止まったのが分かったが、彼は振り返ってそちらを見ようともしなかった。

近寄って来た騎馬の者たちは、ナポレオンと随行の副官二名だった。ナポレオンは戦場を巡回してアウゲストの堤防を砲撃中の砲兵隊の増強について最後の指令を与えるとともに、戦場に残された戦死者や負傷者を視察していたのである。

「あっぱれな者たちだ！」うつぶせに倒れて顔を土にうずめ、黒ずんだうなじをさらしながら、すでに硬直した片手を大きく振り上げているロシアの擲弾《てきだん》兵の死骸を見てナポレオンはそう言った。

「砲兵隊の弾薬が尽きました、陛下！」このときアウゲストを砲撃中の砲台からやって来た一人の副官が報告した。

「予備隊の分を回すように言い給え」そう命じるとナポレオンは何歩か馬を進め、アンドレイ公爵を見下ろす位置に立ち止まった。あおむけに横たわる公爵の脇には旗竿が放り出されていた（旗の方はフランス兵が戦利品として奪っていった）。

「ほう、立派な最期だ」ナポレオンはアンドレイを見ながらそう言った。

アンドレイ公爵は自分のことを言っているのだということも、言ったのがナポレオンだということも理解した。これを言った人物が「陛下」と呼ばれるのが聞こえたからである。しかしその言葉は彼にはハエの羽音のようにしか響かなかった。その言葉に何の興味も覚えなかったばかりか、気にも留めず、すぐに忘れてしまったのである。頭が焼けるようだった。自分が血を流しているのを感じつつ、彼は上にある遠く高い、無窮の空を見ていた。そこにいるのがナポレオンであり、自分の英雄であると分かっていたが、しかしこの瞬間の彼には、今自分の心とあの高い無窮の空やそこに浮かんでいる雲との間に起こりつつあることに比べたら、ナポレオンがほんのちっぽけな、つまらない人間だと思えたのである。この瞬間の彼には自分を見下ろして立っているのが誰であろうと、その人物が自分について何を語ろうと、全くどうでもよかった。彼はただ人々がここに立ってくれたことだけを喜び、その人々が自分を助け、生き返らせてくれることを願った。生きることがそんなにも素晴らしく思えたのは、彼が今や命というものを全く別様に理解していたからであった。彼は全力を振り絞って身を動かし、何かの音を立てようと努めた。そうしてかすかに片足を動かし、われながら哀れを催すほどか弱い、いかにもつらそうなうめき声をあげた。

「おや！　生きている」ナポレオンが言った。「この若者を収容して、包帯所に連れていけ！」

そう命ずるとナポレオンは近寄って来るランヌ元帥の方に馬を進めた。相手は帽子を取って微笑を浮かべ勝利の祝いを述べている。

アンドレイ公爵はその後のことを覚えていない。担架に乗せられた時も、移送中に揺られたときも、包帯所で消息子《ゾンデ》[22]で傷を調べられた時も、激痛で気を失ったからである。われに返ったのはようやくその日の終わり、他のロシア軍の負傷者や捕虜の将校と一緒に病院へ運ばれた時だった。この移送の際に彼はいくぶん元気を回復し、周囲を見回して喋ることさえできるようになっていた。

意識が戻った時彼が最初に聞きつけた言葉は、フランス軍の護送隊将校が早口で喋る次のような言葉だった。

「ここで一時待機が必要だ。じきに皇帝がここをお通りになるから、この捕虜の面々をお目にかけてお喜びいただかなくては」

「今日の捕虜ときたら大変な数で、ほとんどロシア軍をそっくり生け捕ったようなものだから、皇帝はきっとうんざりされるだろうよ」別の将校が言い返した。

「いや、そうとは限らん！　たとえばこの捕虜はアレクサンドル皇帝の近衛軍の総指揮官だというぞ」最初の将校が、白い近衛騎兵の軍服姿の負傷したロシア軍将校を示して言った。

見るとそれはアンドレイ公爵がペテルブルグの社交界で見かけたことのあるレプニーン公爵だった。レプニーン公爵の隣にはもう一人、同じく負傷した近衛軍将校が立っていたが、こちらはまだ十九歳の青年だった。

そこへナポレオンがギャロップで駆け寄ってきたかと思うと、ぴたりと馬を止めた。

「一番の上官は誰だ？」捕虜を見ると彼は言った。

大佐であるレプニーン公爵の名が挙げられた。

22　傷の検査や治療のため体内に挿入する棒状の医療器具。

「君がアレクサンドル皇帝の近衛騎兵連隊の指揮官かな?」ナポレオンは訊ねた。

「私は騎兵中隊を指揮していました」レプニーンは答えた。

「君の連隊は自らの責務を誠実に果たした」ナポレオンは言った。

「偉大なる軍司令官のお褒めにあずかるのは兵士にとって最高の報いであります」

レプニーンは答えた。

「喜んで君にその報いをささげよう」ナポレオンは応じた。「隣の青年は誰かな?」

レプニーン公爵はスフテレーン中尉だと答えた。

その中尉をしばし見つめた後で、ナポレオンはにやりと笑って言った。

「その若さでわが軍との戦いに加わるとは、大したものだ」

「若さは勇敢であることを妨げません」スフテレーン中尉が声を途切らせながらも言い放った。

「あっぱれな答えだ」ナポレオンは言った。「若者よ、君の前途は洋々たるものだ」

アンドレイ公爵もまた戦利的価値の高い捕虜の見本として前方の、皇帝の目に留まる場所に引き出されていたので、彼の注目を引かずにはいなかった。どうやらナポレオンはこの相手を戦場で見かけたのを思い出したようで、彼に呼び掛ける際にも、最初に自分の記憶に残ったままの「若者」という表現を使った。

「それで君は？　そこの若者」ナポレオンはアンドレイ公爵に声をかけた。「具合はどうだね、君？」

つい五分前にはアンドレイ公爵は自分を運んでくれる兵士たちに一言二言話しかけることができたのに、いま彼はひたとナポレオンに目を向けたままじっと黙り込んでいた……。この瞬間の彼には、自分が見て理解したあの高く、正しく、そして善なる空に比べて、ナポレオンの心を占めているあらゆる関心があまりに些末《さまつ》なものに感じられ、そんな小さな虚栄や勝利の喜びにとらわれている自らの英雄自身が、あまりにちっぽけな存在と見えたので、そんな相手に答えることができなかったのである。そもそも出血による衰弱、苦しみ、間近な死の予感が彼のうちに呼び覚ました厳しくかつ壮大な思考体系に照らしてみれば、一切がひどく無益で空《むな》しいものと思われた。ナポレオンの目を見ながらアンドレイ公爵は偉業の空しさを、生の空しさを、そして何より死の空しさを考えていた。生が空しいのは誰一人その意義を理解できないからであり、死が空しいのは、生きている者は一人としてその意味を理解することも説明することもできないからである。

皇帝は返事を待たぬまま馬首を返すと、去り際に隊長の一人に向かって命じた。

「この諸君を懇《ねんご》ろに扱い、余の露営にお連れせよ。余の侍医のラレイに傷を診察させよう。ではまた、レプニーン公爵」彼は馬に拍車をくれ、ギャロップで先へと駆け去った。

その顔は自己への満足感と幸福感に輝いていた。

アンドレイ公爵を担架で運んできた兵士たちは、妹のマリヤが兄の首にかけた金の聖像《イコン》を見つけると、ちゃっかり外して着服していたが、皇帝が捕虜たちを懇ろに扱う様子を見て、急いでその聖像をもとに戻した。

誰がどんなふうにかけ直してくれたのかアンドレイ公爵は気づかなかったが、しかしふと気づくと彼の胸に軍服の上から細い金鎖のついた小さな聖像がかかっていたのだった。

『きっと素晴らしいことだろう』妹があんなにも心のこもった敬虔《けいけん》な態度で首にかけてくれたその聖像を一瞥してアンドレイ公爵は考えた。『きっと素晴らしいことだろう、もしもすべてがマリヤの思っているほど明瞭で単純だったとしたら。現世でどこに助けを求めるべきか、そしてその後の、死後の世界で何が待っているかを知ることができたなら、どんなに素晴らしいことだろう！　もしも俺が今「主よ、憐れみたまえ」と祈ることができたなら、どんなに幸せで心安らぐことだろう！……だが俺は誰に向かって祈るというのだ？　何か漠として捉えがたい一つの力に向かってだろうか——しかし俺はそのような力に帰依《きえ》することができないばかりか、果たしてそれが大いなる全てなのかそれとも無なのかを言葉で表すことさえできない』彼は自分に向かって語り掛けていた。『それともここに、この守り袋に妹が縫い付けてくれた、この神に向かって祈ればいいのか？　何ひとつ、何ひとつ確かなものはない。確かなのはただ、俺に理解できるものはすべて空しいということ、そして理解できないがきわめて大切なものがあり、それこそが偉大だということだけだ』

　担架が動き始めた。担架が揺れるたびに彼はまたこらえがたい痛みを感じた。熱病のような症状が悪化し、彼はうわごとを言い始めた。父、妻、妹、生まれてくる息子の夢と会戦の前夜に彼が味わった優しい気持ち、ちっぽけな取るに足らないナポレオンの姿とこれらすべての上に広がる高い空——そうしたものが彼の熱に浮かされた幻想の基調をなしていた。

　禿山《ルイスィエ・ゴールィ》の領地における静かな生活と落ち着いた家庭の幸福が彼の脳裏に浮かんできた。彼がもはやその幸せに浸り始めたころ、不意にあのちっぽけなナポレオンが、薄情で狭量で他人の不幸を喜ぶ目つきで姿を現わした。そうして疑いと苦しみが始まり、平穏を約束してくれるのはただ空だけだった。夜が明けるころにはあらゆる幻想がまじりあって混沌となり、意識も記憶も闇の中に消えていった。ナポレオンの侍医ラレイの所見では、ここまで行くと回復するよりは死亡する見込みの方がはるかに高いとのことだった。

『この男は神経質の上に胆汁質だ』[23]とラレイは言った。『回復の見込みはないね』

アンドレイ公爵は他の見込みのない負傷兵たちとともに、当地の住民の手に委ねられることとなった。

（第1部終わり）

23　ヒポクラテスが四体液説に沿って分類した四気質の一つで、情動が激しく活動的だが、短気で攻撃的とされる。

第2部

第1編

1章

一八〇六年の初め、ニコライ・ロストフは休暇で帰省した。デニーソフも同じくヴォロネジ[1]の生家へ帰省するところだったので、ニコライは彼を説得して、モスクワまで同乗し、ついでに自分の家に滞在していくよう計らっていた。デニーソフはモスクワの二つ手前の馬車駅で仲間と出くわし、その相手とワインを三本も空けたので、モスクワの間近まで行っても駅継ぎ馬橇《ばそり》[2]の底に寝転がったまま、ひどいでこぼこ道にもかかわらず目を覚まさなかった。一方、隣にいるニコライはモスクワに近づくにつれてますます気持ちが急いてくるのだった。

『まだか？　まだなのか？　ああ、こうした通りだの、店だの、パン売りだの、街灯だの、辻馬橇だの、もううんざりだよ！』すでに検問所で休暇帰省の申告をしてモスクワに乗り入れた後にも、ニコライはじりじりしながらそんなことを思っていた。

「デニーソフ、着いたよ！　眠っているのか」彼は全身を前に乗り出すようにして言った。あたかもそんな格好をすれば橇の速度が上がると思っているかのようだった。デニーソフはうんともすんとも言わない。

「おや、これは御者のザハールが客待ちをする辻じゃないか。ほらザハールがいる。馬も前と同じだ！　ほら、これはよく糖蜜菓子を買った店だ。まだか？　おい急げ！」

「どのお宅に着けますか？」馬橇の御者が訊ねた。

「ほら、あのいちばん端だ、大きな家だよ、目に入らんのか！　あれがうちだよ」ニコライは言った。「あれが僕の家さ！」

「デニーソフ！　デニーソフ！　もう着くよ」

デニーソフは頭をもたげて咳払いをしたが、何も返事はしなかった。

「ドミートリー」ニコライは御者の隣にいる従僕に声をかけた。「家はまだ明かりがついているんじゃないか？」

1　モスクワの南方約五百キロに位置する都市。
2　主要な街道沿いに三十二キロほどの間隔で置かれている馬車（橇）旅用の宿駅で馬を交換しながら進む旅行用馬橇。

「その通りですね。お父さまの書斎にも灯がともっています」

「まだ寝ていないんだろうか？　ええ？　お前どう思う？」

「いいか、忘れるんじゃないぞ、すぐに僕の新しい軽騎兵服《ヴェンゲールカ》を出すんだ」ニコライは生やしはじめた口髭を撫でながら付け加えた。「さあ、やってくれ」御者にも声をかける。「さあ、起きた、起きた、デニーソフ」今度はまたもうなだれてしまったデニーソフに言った。「ほらもう一息、飛ばせ、酒代に三ルーブリはずむからな、飛ばすんだ！」もうあと三軒で自宅の車寄せというところまで来ているのに、ニコライはそんな風に御者を急《せ》かすのだった。馬がさっぱり動いていないように感じられたのだ。とうとう橇が自宅の車寄せを目指して右に曲がった。なじみの漆喰の剝げた軒蛇腹《のきじゃばら》[3]や表階段や歩道の馬つなぎの柱がニコライの頭上に見えた。まだ動いている橇から飛び降りると、彼は玄関部屋に駆け込んだ。家はまるで誰が訪れてこようと関係ないといった風情で、じっと無愛想に立っている。玄関部屋には誰もいなかった。『おや！　みんな無事かなあ？』ニコライは一瞬ドキッとして立ち止まったが、すぐにそのまま玄関部屋を駆け抜け、なじみの歪んだ階段を駆け上った。よく母親が汚いといって怒っていた入り口のドアの取っ手は、相変わらず緩んで甘かった。控え室には獣脂ろうそくが一本灯っているだけだった。

老僕のミハイロが櫃《ひつ》の上で眠っていた。馬車のお供専門の従僕プロコーピーは、馬車の後部を手で持ち上げてしまうほどの力持ちだが、そのプロコーピーが座り込んで、織物の端切れで草鞋《わらじ》を編んでいた。彼は開いたドアにちらりと目をくれたが、すると無関心で眠そうなその表情がたちまち歓喜と驚きの表情に変わった。

「おや、まあ！　若旦那さまじゃないですか！」若主人の顔を認めて彼はそう叫んだ。「いったいどうなさったんです？　若旦那さま！」そう言うとプロコーピーは興奮に打ち震えながら客間に続くドアに向かって突進した。おそらく家人に取り次ごうとしたのだが、どうやら気が変わったらしく、引き返してきて若主人の肩に顔を突っ伏した。

「みんな元気か？」ニコライはつかまれた片手をふりほどこうとしながら訊ねた。

「おかげさまで！　皆さまお達者です！　たった今お夜食をすまされたところです！　どうかよくお顔を見せてくださいよ、若旦那さま！」

「万事順調か？」

「はいはい、おかげさまで！」

3　建物の軒に取り付けた帯状の突出部分。

デニーソフのことはすっかり忘れたまま、ニコライは、帰って来たのを誰にも悟られないうちにと、毛皮外套を脱ぎ捨て、つま先立ちになって暗い大広間へと駆けこんで行った。カードテーブルも、カバーのかかったシャンデリアも——何もかも元のままだった。しかし誰かすでに若主人に気付いた者がいたようで、彼が客間まで駆けつけるより早く、何者かが疾風のごとき勢いで脇のドアから飛び出してくると、彼に抱き着き、キスを浴びせた。さらに第二第三の同様な何者かがそれぞれ別々のドアから飛び出してきた。そうしてまた抱擁が、キスが、歓声が、喜びの涙が続くのだった。ニコライにはどこに誰がいるのか、どれが父親でどれがナターシャでどれがペーチャか、識別できなかった。みんなが一斉に彼に向かって喚《わめ》き、喋り、キスを浴びせていたのだ。ただ母だけがそこに交じっていない——それだけは気に留めていた。

「ちっとも知らなかったよ……ニコールシカ……よく帰って来たな、コーリャ」ともにニコライの愛称」！」

「本当にお兄さんだわ……ああ懐かしい……お変わりになったこと！　いいえ！　灯りをつけて！　お茶の支度よ！」

「私にキスして！」

「お願い……私にもよ」

ソーニャが、ナターシャが、ペーチャが、ドルベツコイ公爵夫人が、ヴェーラが、老伯爵が彼を抱きしめた。召使や小間使たちも、部屋を埋めるほど集まってきて、口々に何か唱えては歓声を上げている。

ペーチャが兄の足にしがみつくようにして「僕にも！」と叫んでいた。

ナターシャはまず兄を自分の方に屈み込ませて、その顔をキスで埋め尽くしたが、その後はちょっと飛びのいて、彼の軽騎兵服の裾をつかんだまま、まるでヤギのように一つ所でピョンピョンと跳ねては黄色い声をまき散らしていた。

どちらを向いても感涙に輝く顔が、愛にあふれた目が、そしてキスを求める唇があった。

ソーニャも頬を真っ赤に染め、ニコライの手を摑んだまま、全身至福のまなざしと化したかのようにじっと彼の目を見つめながら、その目が自分に向けられるのを待っていた。すでに満十六歳になったソーニャはとても美しかったが、幸せと喜びに活気づいたこの瞬間はとりわけきれいだった。彼女は笑顔を浮かべ、息を凝らしたまま、片時も目を離さずに彼を見つめていた。ニコライは一瞬感謝のまなざしを彼女に注いだが、しかし彼にはいまだに待ち、探し求めている相手がいた。老いた母がまだ顔を見せないのだ。その時ドアのかげで足音が聞こえたが、あまりに速足で、とても母の足音とは思えなかった。

だがそれは母だった。ただ、きっと彼の出征中に仕立てたに違いない、真新しい見覚えのないドレスを着ていた。皆が解放してくれたので、彼は母めがけて駆けだした。駆け寄ると、母はおいおい泣きながら彼の胸に顔をうずめた。そのまま顔を上げることができず、ただ彼の軽騎兵服の冷たいモールに顔を押し付けている。誰にも気づかれぬまま、そっと部屋に入って来たデニーソフが、その場に立ち止まったまま、二人を見ながら目を拭っていた。

「ワシーリー［ワーシカの正式な名前］・デニーソフと申します。ご子息の友人です」不審そうに自分を見つめる伯爵に、彼はそう自己紹介した。

「それはようこそ。ええ、存じておりますとも」伯爵はデニーソフにキスと抱擁の挨拶をしながら言った。「ニコライが手紙に書いていましたから……ナターシャ、ヴェーラ、ほらこちらがデニーソフさんだ」

皆がニコライを歓迎したのと同じ幸福と歓喜に満ちた顔で、もじゃもじゃ髪に黒い口髭の小柄なデニーソフの姿を振り返り、彼を取り囲んだ。

「まあすてき、デニーソフさんだわ！」ナターシャがそんな金切り声を上げると、喜びにわれを忘れて彼に駆け寄り、抱き着いてキスをした。ナターシャのそんな振る舞いに皆が当惑し、デニーソフも顔を赤らめたが、しかしにっこりと微笑むとナターシャの手を取って、その手にキスをした。

デニーソフは彼に用意された部屋に案内され、ロストフ家の者は全員、休憩室に集まってニコライを取り囲んだ。

母親の老伯爵夫人は息子の手を握って放さず、隣に座ったままひっきりなしにその手にキスをしていた。ほかの者たちは彼の周囲にひしめいて、喜びと愛に満ちた目をひたと彼に向けたまま、その一挙手一投足を、一語一語を、まなざしの一つ一つを追っていた。弟と妹たちはニコライに近い場所を奪い合い、誰が茶を、肩掛けを、パイプを取ってくるかで言い争っていた。

ニコライは皆が示してくれる愛情にご満悦だったが、再会の最初の瞬間があまりにも幸せだったため、今の幸福感が何となく物足りなく思えて、何かもっと、もっと、もっとうれしいことがあるのではと期待し続けていた。

翌朝、長旅に疲れた者たちは九時過ぎまで寝ていた。

寝室の次の間にはサーベル、雑嚢《ざつのう》、図嚢《ずのう》、開いたトランク、汚れたブーツなどが雑然と散らばっていた。きれいに磨き上げられた拍車付きのブーツ二足は、たった今壁際に並べて置かれたところだった。召使たちが洗面器と髭剃り用の湯ときれいにブラシをかけた服を持ってきた。煙草のにおい、男のにおいがした。

「おい、グイーシャ、パイプを持ってこい！」デニーソフがしゃがれ声で命じた。

「オストフ、起きたまえ！」

ニコライがくっついた瞼《まぶた》をこすりながら、ぼさぼさ髪の頭を熱くなった枕からもたげた。

「おや、寝坊したかな？」

「寝坊よ、九時過ぎですからね」ナターシャの声がして、隣室から糊のついた服の衣擦《きぬず》れの音、娘たちのささやきや笑い声が聞こえ、わずかなドアの隙間から何か水色のものが、リボンが、黒髪が、楽しげな顔がちらりと見えた。ナターシャとソーニャとペーチャが、もう起きているかと偵察に来たのだった。

「ニコーレンカ［ニコライのもう一つの愛称］、起きなさい！」再びドアのかげでナターシャの声がした。

「今起きる！」

このとき次の間にいたペーチャがサーベルを見つけてさっと手に取ると、勇ましい兄の姿を見た少年が誰しも味わう讃嘆の念に駆られたまま、下着姿の男性を姉たちの目にさらすのは失礼だということをつい忘れて、ドアを開けてしまった。

「これは兄さんのサーベル?」ペーチャは叫んだ。娘たちはさっと飛びのいた。デニーソフはびっくりした眼をして毛むくじゃらの脚を毛布で隠し、助けを求めて同僚を振りむいた。侵入したペーチャの背後でまたドアが閉められ、ドアの向こうで笑い声が聞こえた。

「ニコーレンカ、ガウンを着て出ていらっしゃい」ナターシャの声がした。

「これ、兄さんのサーベル?」ペーチャがまた訊き、「それともおじさんのですか?」と卑屈なほどの敬意を込めて、口髭を生やした黒髪のデニーソフにも質問した。

ニコライは急いで履物を履くと、ガウンを着て部屋を出た。ナターシャは拍車のついたブーツの片方を履き、もう一方に足を突っ込もうとしているところだった。ソーニャはくるくると体を回転させ、スカートを大きく膨らませたまま今しもしゃがみ込もうとしていた。そこへニコライが出て行ったのである。二人ともお揃いの真新しい水色のドレス姿で、みずみずしくて血色のよい、朗らかな顔をしていた。ソーニャはぱっと逃げて行ったが、ナターシャは兄の手を取って休憩室に連れて行き、そうして兄と妹の会話が始まった。二人は二人だけに関心のある無数の細かい事柄について、互いに矢継ぎ早に質問し合い、答え合ったが、いくら話しても話しきれなかった。ナターシャは兄の発言であれ自分の発言であれ、一言ごとに笑い声をあげていた。別に自分たちの話が面白いからではなく、彼女自身が楽しくて、その楽しさがついつい抑えきれずに、笑いとして現れてしまうのだった。

「ああ、素敵だわ、最高ね！」ナターシャは何にでもそんな風に付け加えた。ニコライはナターシャのこの熱い愛の光線の作用で、一年半ぶりに自分の心にも顔にも子供っぽい純粋な笑みが広がるのを感じた。出征で家を出て以来、一度もこんなふうに笑ったことはなかったのである。[4]

「ねえ、聞いて」ナターシャは言った。「兄さんはもうすっかり大人になったのね？私、こんな兄さんがいてとってもうれしいわ」彼女は兄の口髭に触った。「私知りたいわ、兄さんたち男の人ってどんななの？　私たちと同じ？」

「ちがうさ。ところでソーニャはなぜ逃げて行っちゃったんだ？」ニコライは訊ねた。

「それそれ。実はいろいろ話があるのよ！　兄さんはソーニャと話すときどんな風に呼ぶつもり――改まって『あなた』と呼ぶの、それとも打ち解けて『君』と呼ぶの？」

「それは成り行きさ」ニコライは答えた。

「『あなた』と呼ぶようにして、お願いよ。訳は後で話すわ」

「どうして、気になるなあ」

「そう、じゃあ今言うわ。いいこと、ソーニャは私の親友で、ソーニャのためなら私、腕を焼くことだってできるくらいなのよ。ほら見て」ナターシャはモスリンの袖をまくり上げて、細長い華奢な腕の二の腕の部分、肘よりもずっと高いあたり（舞踏会のドレスでもふつう隠れている部分）にある赤いあざを見せた。

「これはソーニャへの愛の証《あかし》として焼いたのよ。ただ定規を火であぶってくっつけたのだけど」

昔の自分の学習室で、アームに小さなクッションがついたソファーに座って、ナターシャのおてんばなくりくりした目を見つめていると、ニコライは再び自分が昔の家庭の、子供の世界に戻った気がした。それは彼自身のほかは誰にも何の意味も持たない世界だったが、しかし彼にとっては人生最良の歓びの一つを与えてくれた世界だった。愛の証のために定規で腕を焼くという行為も、ばかげたものとは思えなかった。彼はそれを理解し、驚きもしなかったのである。

4　ニコライの出征は一八〇五年秋なので一八〇六年初めに一年半ぶりというのは矛盾だが、原文のママ。同様な時間記述上のずれは、他にも何か所か見られる。

「それで？」彼は単にそう訊ねた。

「つまり、私たちは大の、大の仲良しなの！　それは、定規で焼くなんてバカみたいだけれど、でも二人は永遠の親友なの。で、彼女、いったん誰かを愛したら、そのままずっと愛し続ける人よ。私にはそういうのは理解できない。私はすぐに忘れちゃう方だから」

「ふうん、それで？」

「だから、ソーニャはそんな風に私と兄さんのことを愛しているってことよ」ナターシャは急に顔を赤らめた。「ねえ、兄さん覚えているでしょう、出征直前のこと……。ソーニャは言っているのよ、兄さんにはあのことはすっかり忘れてほしいって……。彼女が言うにはね、自分はずっと兄さんのことを愛し続けるけれど、兄さんには自由でいてほしいって。どう、立派でしょう、立派でしかも潔《いさぎよ》いでしょう！　ね、そうでしょう？　とっても潔いじゃない？　そうでしょう？」問いかけるナターシャの口調があまりに真剣で昂《たかぶ》っているところからして、彼女が同じことを以前にも涙ながらに語ったことがあるのが見てとれた。ニコライは考え込んだ。

「僕は何があっても自分の約束を引っ込めるような真似はしない」彼は言った。「それに、ソーニャはあんなにすばらしい女性なんだよ。わざわざ自分の幸せを無にするバカがいるかい？」

「いいえ、それは違うわ」ナターシャが声を高めた。「そのことなら私たちもう相談済みよ。兄さんがそう言うだろうってことは、二人とも分かっていたわ。でもそれじゃダメなの。なぜって、いいこと、もし兄さんがそういう態度をとって、自分が自分の言葉に縛られていると思うなら、結局は、ソーニャは下心があってあんなことを言ったってことになってしまうじゃない。そして結局、兄さんは仕方なしにあの人と結婚することになって、全部台無しになってしまうわ」

二人がこのことをじっくりと検討したのだということがニコライにも分かった。ソーニャは昨晩も彼をその美しさで驚かせたが、今日は、ちらっと見ただけだが、昨日よりもっときれいになっているように見えた。彼女は魅力に満ちた十六歳の娘であり、しかも彼を熱烈に愛してくれているのは明らかだった（その点については、彼は一瞬も疑うことはなかった）。自分が彼女を愛さない理由はないし、結婚だってしない理由はない――そうニコライは思ったが、ただしそれは今すぐの事ではなかった。今はそれ以外の楽しみや仕事が山のようにあるからだ！『なるほど、配慮が行き届いている』彼は思った。『自由な身でいる必要があるからな』

「うん、よく分かった」彼は言った。「またあとで話そう。ああ、お前に会えて実にうれしいな！」彼はさらに言葉を続けた。「それでお前はどうだ、ボリスを裏切ってないか？」兄は訊ねた。

「バカなことを言って！」ナターシャが笑いながら叫んだ。「あの人のことも誰のことも私、考えていないし、知りたくもないわ」

「へえ、そうなの！　じゃあ一体、何に興味があるの？」

「私？」そう問い返すとナターシャの顔は幸福な笑みにさっと輝いた。「兄さんはデュポール[5]を見たことがある？」

「いや」

「あの有名なデュポールを、あの舞踊家を見たことがないの？　じゃあ兄さんには分からないわ。今の私はね、これよ」ナターシャはダンスをするときのように両肘を張ってスカートをつまみ、何歩か前に駆けだすと、くるっと振り向いてアントルシャ[6]をきめ、空中で足を打ち合わせてから、つま先で立って、そのまま何歩か歩いてみせた。「ほら、立っているでしょ？　ほら、こうして！」そう言いながらも、そのままつま先立ちでいることはできなかった。「つまりこれが今の私よ！　決して誰のお嫁さんにもならないわ。ダンサーになるんだから。ただし誰にも言わないでね」

ニコライがあまりにも愉快そうに大笑いしたので、自室にいるデニーソフがうらやましく思ったほどだった。ナターシャまでついこらえきれず一緒に笑い出した。「でも、いい考えでしょう?」彼女はしきりにそう繰り返すのだった。

「いいね。じゃあボリスとはもう結婚する気はないんだね」

ナターシャは急に真っ赤になった。

「誰とも結婚したくないの。あの人に会っても同じことを言うわ」

「そうなんだ!」ニコライは言った。

「まあね、でもそんなことどうでもいいわ」ナターシャはお喋りを続けた。「ところで、あのデニーソフさんて、いい人?」彼女は訊いた。

「いい人だよ」

「じゃあ私行くから、着替えをしてね。それで怖い人なの、デニーソフさんは?」

「怖い人だなんて、どうして?」ニコライが問い返す。「それどころか、ワーシカはとびきり好人物さ」

5　ルイ・デュポール(一七八一～一八五三)。一八〇八年から一二年までロシアに滞在したパリの舞踊家。

6　バレエの技法。両足で踏み切って垂直に跳躍し、滞空中に両足を交差させる(打つ)動き。

「兄さん、あの人をワーシカなんて呼ぶの？……変なの。じゃあ、あの人とてもいい人なのね？」

「とてもいい人だよ」

「じゃあね、できるだけ早くお茶に来てね。皆で一緒よ」

そう言ってナターシャはつま先で立つと、そのまま部屋を出て行った。その格好はダンサーのようだったが、その笑顔は、まさに幸せな十五歳の娘にしかできない笑顔だった[7]。客間でソーニャと出会うと、ニコライはちょっと顔を赤らめた。彼女にどういう態度をとったらいいのか分からなかったのだ。昨晩、再会の歓びの最初の瞬間に二人はキスをしたのだったが、今日は同じことをしてはいけない気がした。母親も女きょうだいたちも全員が、問いかけるような目つきで自分を見つめ、自分が彼女にどういう態度をとるかと見張っているように感じられるのだった。彼は彼女の手にキスをして、相手を改まって「あなた《ヴィ》」「ソーニャさん」と呼んだ。しかし二人の目は見交わされたとたんに、互いに親しく「きみ《トゥイ》」と呼びかけ、優しくキスし合ったのだった。彼女はそのまなざしの言葉で、自分がナターシャを使者に立てて昔の彼の約束を思い出させるような真似をしたことを詫び、さらに彼の愛情に対して感謝を述べていた。彼は同じくまなざしの言葉で、自分に自由をくれるという彼女の申し出への感謝を述べるとともに、自由になろうがなるまいがいずれにせよ自分は決して彼女を愛することをやめない、なぜなら愛さずにはいられないからだ、と語った。

「でも変な感じね」皆が黙り込んだ一瞬をとらえてヴェーラが言った。「ソーニャとニコライがいまさら改まって『あなた』言葉で挨拶して、他人行儀にしているなんて」ヴェーラの発言は、彼女の発言がすべてそうであるように、正しいものだった。しかしまた彼女の発言がたいていそうであるように、皆に気まずい思いを抱かせた。そしてソーニャとニコライとナターシャだけでなく、ソーニャへの愛のせいで息子が良い縁組を逃してしまうのを恐れている母親の伯爵夫人まで、まるで小娘のように顔を赤らめたのだった。ニコライが驚いたことに、デニーソフは新しい軍服を着て髪にポマードを塗り、香水を振りかけて、戦場に出る時によくするようなおしゃれな格好で客間に現れると、慇懃《いんぎん》な騎士《ナイト》のような振る舞いを女性たちにしてみせた。そんな姿のデニーソフを見ようとは、ニコライは予想だにしていなかった。

7　ナターシャは一八〇五年秋に十三歳だったので一八〇六年初めに十五歳というのは注4と同じく作者の勘ちがいと思われる。

2章

軍からモスクワに一時帰省したニコライ・ロストフを、家の者は最高の息子で英雄の、いとしいニコールシカとして迎え、親類は愛らしく爽やかで礼儀正しい好青年として迎え、知人たちは美男の軽騎兵中尉で踊り上手の、モスクワきっての花婿候補の一人として迎えた。

ロストフ家の知人といえば全モスクワがそうだった。父親のイリヤ・ロストフ伯爵は、今年は全領地を二番抵当に入れて借りた金をたっぷりと持っていた。それで息子のニコライも自分自身の駿馬を買い入れ、モスクワではまだ他には誰も持っていない最新流行の特殊な乗馬ズボンや、先が極端にとがって小さな銀の拍車が付いた最新のブーツを手に入れて、大いに愉快な時を過ごしていた。帰省した当初こそ以前の生活様式に適応するための移行期を必要としたが、その後は気分爽快だった。彼は自分がすっかり成長して大人になった気がしていた。かつて神学の試験に落第して絶望したことも、ガヴリーラから辻馬車代を借りたことも、ソーニャとキスしたことも、思い出してみればすべて子供っぽいことばかりで、今の自分はそうしたことからはるか遠い場所にいる気がした。今や彼は銀の縫い取りをしたマントを羽織り、兵士用ゲオルギー勲章を付けた軽騎兵隊中尉で、馬好きで定評のある年配のやんごとなき紳士たちに混じって、自分の駿馬をレース用に仕込んでいる身であった。夜な夜な通う遊歩道界隈《かいわい》にはなじみの女性もいた。アルハーロフ家の舞踏会ではマズルカの指揮もしたし、カメーンスキー元帥を相手に戦争談義もしたし、イギリスクラブ[8]に出入りして、デニーソフに紹介された四十格好の大佐と「君、僕」の付き合いもしたのだった。

モスクワに来て以降皇帝を見かけることもなかったため、彼の皇帝熱は幾分冷めていた。だがそれでもしばしば皇帝のことを語り、自分の皇帝への愛を語った。そしてそんなときの口ぶりから、彼がまだすべてを語ってはおらず、胸の内にはまだ皆には理解してもらえぬ皇帝への感情が何かしら残っているのだということが感じられるのだった。この当時モスクワに広まっていたアレクサンドル皇帝への崇拝を彼は心底共有していた。当時アレクサンドル皇帝は「現身《うつしみ》の天使」の異名を得ていたのである。

帰隊するまでの短いモスクワ滞在の期間に、ニコライとソーニャの関係は接近するどころか、逆に離れてしまった。ソーニャはとてもきれいで優しく、明らかに彼を情

8　一七七〇年に創設された貴族の社交クラブ。

熱的に慕っていたが、彼の方は若い盛りの男の常で、あまりにもやるべきことが多くてそんなことにかかずらわっている暇はないという気分から、決まった関係に縛られるのを恐れて、自由を大事にしようとしていた。他のいろんなことをするのに自由が必要だったのである。このモスクワ滞在期にソーニャのことを思うとき、彼は自分にこう語りかけたものだ——『いやいや、あんな女はまだたくさんいるし、どこかにまだ僕の知らない女がいっぱいいる。いつか恋愛をしたくなったらそのときすればいい。今はそんな暇はない』おまけに彼には、女社会にまじるのが、何か男として恥ずかしいことのように感じられた。舞踏会とか女性のいる社交界に出入りする時には、いかにも不本意ながらといった様子を繕っていた。競馬、イギリスクラブ、デニーソフとのどんちゃん騒ぎ、某所へと繰り出すこと——これらは話が別で、それこそが勇猛な軽騎兵にふさわしい振る舞いだったのである。

三月のはじめ父親のイリヤ・ロストフ伯爵は、イギリスクラブで開催されるバグラチオン公爵歓迎のディナー・パーティーの準備に忙殺されていた。

伯爵は部屋着姿で広間を歩き回りながら、イギリスクラブの支配人と名だたるコック長のフェオクチストを相手に、バグラチオン公爵のディナー・パーティー用のアスパラガス、新鮮なキュウリ、イチゴ、仔牛肉、魚について、指示を与えているところだった。伯爵は同クラブの開設以来のメンバーで、幹事を務めていた。彼がクラブからバグラチオン公爵記念式典の準備を任されていたのも、彼ほど盛大な、心のこもった宴《うたげ》を企画する腕前を持った人物はめったにいないからであり、そしてとりわけ、いざというとき宴会の準備のために彼ほど潔く身銭を切ることのできる人物はめったにいないからであった。クラブのコック長も支配人もにこにこ顔で伯爵の指示に耳を傾けていたが、それは他ならぬこの人物と仕事をすれば、何千ルーブリという金のかかるディナー・パーティーで大きな余禄にありつけるとわきまえているからだった。

「いいか、忘れるんじゃないぞ、鶏冠《とさか》だ、鶏冠をトルチュに入れるんだぞ、いいな！」

「冷たい料理は、そうすると三品でございますね？……」コック長が訊いた。

伯爵が考え込む。

「それより減らすわけにはいくまい、三品だ……マヨネーズが第一で」彼は指を折りながら数え上げる……。

「では、チョウザメは大きいやつを注文することにいたしましょうか？」支配人が

9　海亀のスープで、しばしば亀肉の代用に牛頭肉や鶏冠が用いられた。

訊ねる。

「止むを得んだろう、相手が値引きしないというならそれを注文しよう。ああ、いやはや、忘れるところだった。もう一品アントレを出さなくてはならんじゃないか。ああ、大変、大変！」彼は頭を抱えた。「それから花は誰に持って来させればいいんだ？　おいミーチェンカ！　ミーチェンカ！　ミーチェンカ、君、ひとつ郊外まで使いに行ってくれ」呼ばれて入って来た執事に伯爵は言った。「ひとっ走り郊外の領地まで行って、庭師のマクシムカに命じて、すぐに百姓どもを賦役作業に駆り集めるんだ。温室の花をそっくりまとめて、フェルトでくるんでここまで運んで来いと伝えろ。金曜までに二百鉢、ここにそろえるようにとな」

さらに次々といろいろな指示を与えると、伯爵は夫人のところに戻って一休みしようと広間を出て行きかけたが、またもや必要なことを思い出して引き返し、コック長と支配人も呼び戻して、また指図をし始めたのだった。このときドアのあたりで拍車の響きを伴った軽やかな男性の足音が聞こえたかと思うと、美しい血色のよい顔に黒っぽい小さな口髭を生やしたニコライ若伯爵が、いかにも平穏なモスクワ暮らしにすっかりくつろいで英気を養ったといった様子で登場した。

「ああ、お前か！　いやはや目が回りそうだよ」息子の前で照れたような笑みを浮かべて老伯爵は言った。「ひとつ手助けしてくれんか！　まだ歌手をそろえなくてはならんのだよ。楽隊はうちのがあるから、ジプシーでも呼ぶかな？　お前たち軍人はジプシーが好みだろう」

「お父さん、僕が思うに、きっとシェングラーベンの会戦に備える時のバグラチオン公爵でさえ、今のお父さんほど忙しくはなかったことでしょうね」息子はにやっと笑って言った。

父親の伯爵が怒ったふりをして言った。

「なに、聞いた風な口を利きおって、一度自分でやってみるがいい！」

伯爵は、コック長に向き直った。相手は抜け目のなさそうな慇懃な顔つきで、じっとにこやかに父と子の一幕に見入っているところだった。

「まったく若い連中はこれだからな、どう思う、フェオクチスト？」彼は言った。

「われわれ老人を笑いものにしおって」

「仕方がございませんよ伯爵さま、若い方々はたくさん召し上がるのがお仕事で、いろんな食材を集めてテーブルに供するのは、若い方々のお仕事ではありませんか

10　フランス料理のフルコースで魚料理とメインの肉料理の間に出される（最初の）肉料理。

ら」

「あ、そうだそうだ！」伯爵はうれしそうな顔で息子の両手を握り、大声でまくし立てた。「いや、お前はちょうどいいところに来てくれた！　今すぐ二頭立ての橇を仕立ててベズーホフ伯爵のお宅を訪ねてくれ。そうして先方に、父親のロストフ伯爵が新鮮なイチゴとパイナップルをご融通いただきたいとのことで、お願いに上がりましたと告げるのだ。他の誰からも手に入らない代物だからな。もしご主人がお留守だったら、従姉妹の公爵令嬢の皆さんにお願いしてみなさい。用が済んだら次はラズグリャイまで行って（御者のイパートカが道を知っているから）、あそこでジプシーのイリューシカ[11]「イリヤ」を探し出せ。ほらあの時オルロフ伯爵の屋敷で、白いコサック服を着て踊った男さ。あの男をここへ、私のところへ連れてくるんだ」

「彼のところのジプシー女たちも一緒に連れて来ましょうか？」ニコライは笑って訊ねた。

「まったくもう！……」

このとき足音を殺すようにしてドルベッコイ公爵夫人が広間に入って来た。事務的で訳ありの顔つきだが、キリスト教徒らしい柔和な表情はいつも通りである。伯爵が部屋着姿でいるところに出くわすのは夫人にとって毎日のことだったが、そのたびに伯爵は彼女の前であたふたして、自分のだらしない身なりを詫びるのだった。このときも伯爵は同じように振る舞った。

「かまいませんわ、伯爵」夫人はつつましく目を閉じて応ずる。「ベズーホフ家へは私が参りましょう」夫人は言った。「ベズーホフ若伯爵が戻っていらっしゃいましたから、伯爵、今なら私たち、あのお宅の温室のものは何でも調達できますわ。私、ちょうどあの方にお会いする用事がありますの。ボリスの手紙を届けていただいたから。おかげさまでうちのボリスも、今では司令部付きになって」

伯爵はドルベツコイ公爵夫人が用事の一部を引き受けてくれたことを喜び、夫人のために小さな箱馬車を用意するように命じた。

「ベズーホフ君に、レセプションに来るように言ってくださいよ。彼の名も登録しておきますから。彼は奥方とはうまくいっていますかな？」伯爵は訊ねた。

公爵夫人が天を仰ぐと、その顔には深い悲しみが浮かんだ……。

「ああ、伯爵、あの方はとてもご不幸です」夫人は言った。「私どもが耳にしたことがもしも正しければ、これは由々しき事態です。あの方の幸せをあんなにも喜んでい

11　モスクワでジプシー合唱団を率いていたイリヤ・ソコロフがモデル。

たあの時、果たして私たちはこんなことを予想できたでしょうか！　しかもあんなにも気高い、天使のような心の持ち主なんですよ、あのベズーホフ若伯爵は！　ええ、私、心からあの方をお気の毒に思いますし、お慰めするつもりですわ、力の及ぶ限り」

「またいったい何があったのです？」父と息子の両ロストフが口をそろえて訊ねた。

公爵夫人は深々とため息をついた。

「元凶はドーロホフ、マリヤ・ドーロホフさんの息子ですわ」夫人は秘密めかしてささやいた。「噂ではこの人物が、ベズーホフ夫人とスキャンダラスな関係を結んだとか。ピエールさんはドーロホフに目をかけて、ペテルブルグのお宅に招いてやったのに、そこでそんなまねを……。そして夫人がこちらに移ってくると、あのろくでなしも後を追ってきたというわけで」夫人はピエールへの同情を表明したかったのだが、無意識な言葉の抑揚と薄笑いのせいで、自分がろくでなし呼ばわりしたドーロホフに同情したような具合になってしまった。「噂では、ピエールさんはすっかり悲しみに打ちひしがれているそうです」

「まあ、ともかくイギリスクラブに来るように言ってください。そうすればパッと気も晴れますよ。大宴会になりますからな」

翌日の三月三日、午後の一時過ぎ、イギリスクラブのメンバー二百五十名とゲストの五十名が顔をそろえて、主賓であるオーストリア遠征の英雄バグラチオン公爵がディナーの席に姿を現すのを待っていた。アウステルリッツ会戦の結果の知らせが届いた当初、モスクワの人々はキツネにつままれたような感じだった。当時ロシア人はすっかり勝利に慣れきっていたため、敗戦の知らせを受け取ると、ある者は一切信じようとせず、またある者は、これほど不可思議な出来事が起こるには、何かただごとでない原因があるはずだと思ったものだった。イギリスクラブは確実な情報を握る権威ある名士たちが残らず集まる場所だが、十二月にいろいろな知らせが届き始めると、まるで皆で申し合わせたように、戦争のことも最近の会戦のことも、誰ひとり何ひとつ口にしなくなったのだった。従来会話の方向付けをしてきたラストプチン伯爵、ユーリー・ドルゴルーキー公爵、ヴァルーエフ、マルコーフ伯爵、ヴャーゼムスキー公爵[12]といった面々はなぜかクラブに顔を見せず、それぞれの私邸で内輪の仲間だけで集まるようになったので、それまで他人の話の受け売りをしてきたモスクワっ子たちは（その中にはイリヤ・ロストフ伯爵も含まれていたのだが）、しばし戦況についてのはっきりした見解もなければオピニオン・リーダーもいないという状況に置かれた。皆は何かまずいことになっているのを察しながら、悪い知らせを取り沙汰するのも難しく感じて、いっそ黙っている方がましだという気になっていた。だがしばらくすると、ちょうど陪審員たちが審議室から出てくるように、意見を表明する大物たちが再びクラブに姿を現し、皆が歯切れよく意見を口にするようになった。ロシア軍が負けたという、信じがたい前代未聞のあり得ない出来事の原因が究明されたため、すべてが明らかになり、モスクワのそここで同じ一つのことが語られるようになったのである。その原因とされたのは――オーストリア軍の裏切り、軍の劣悪な食糧事情、ポーランド人プルジェフィシェフスキーとフランス人ランジェロンの裏切り、クトゥーゾフの無能さ、および（これは声を潜めて語られたのだったが）劣等な人間や小物を信じ込んだ皇帝の若さと経験不足であった。しかし軍は、ロシアの軍は、皆の言によれば、並の軍とは違い、その勇猛さによって数々の奇跡をなしとげた。兵士も将校も将軍も、皆英雄だった。ただし英雄中の英雄はバグラチオン公爵であった。彼はシェングラーベンの戦いとアウステルリッツからの退却によって名をはせたが、後者においては一人彼のみが、自分の軍団を整然と率いて、倍の戦力を持つ敵を丸々一昼夜も撃退し続けたのである。バグラチオンがモスクワで英雄に選ばれたことには、彼がモスクワに縁故を持たぬよそ者であることもプラスに働いた。彼への称賛には、勇猛で素朴で、コネともたくらみとも無縁な、ロシアの戦士を称える気持ちが託されていた。それはかつてのイタリア遠征の記憶の内でスヴォーロフ将軍の名と結びついた戦士イメージであった。それに加えて、これほどまでのバグラチオン崇拝は、クトゥーゾフ将軍への反感や非難を何よりもはっきりと物語る現象であった。

「もしもバグラチオンがいなかったら、彼を作り出さなければならなかったところだ」ひょうきん者シンシンはヴォルテールをもじってそんなふうに言ったものだ。[14]クトゥーゾフのことは誰も話題にせず、ただある種の者たちがひそひそ声で、クトゥーゾフを宮廷お抱えの太鼓持ちだのスケベ爺だのと呼んで、罵倒しているだけだった。

12　フョードル・ラストプチン〔正しくはロストプチン〕（一七六三〜一八二八）は軍人・政治家・作家で祖国戦争時のモスクワ総督、ユーリー・ドルゴルーキー〔正しくはドルゴルーコフ〕（一七四〇〜一八三〇）は退役将軍で、元モスクワ軍務知事、ピョートル・ヴァルーエフ（一七四三〜一八一四）は考古学者で二等文官、アルカージー・マルコーフは前出のロシアの外交官、アンドレイ・ヴャーゼムスキー（一七五〇〜一八〇七）は四等文官で、有名な作家の父。

13　一七九九年、第二次対仏同盟の一翼を担うロシア軍がスヴォーロフ将軍の指揮下に北イタリアに遠征し、フランス軍を退けた戦いを指す。

14　「もしも神がいなければ、神を作り出す必要があろう」というヴォルテールの警句を暗示している。

モスクワ中でドルゴルーキー公爵の「ひと盛りひと盛りの粘土が巨像を作る」という格言が繰り返されたが、これはいわば現在の敗北を過去の勝利の記憶で慰めようとするものだった。同じく繰り返されたラストプチンの小話《アネクドート》は「フランス兵は高尚な文句で合戦に駆り立てなければならん。ドイツ兵は、逃げるのは前に進むよりも危険なのだと論理的に説得する必要がある。一方ロシア兵は、ただ勇み立つのを抑えて、まあ急《せ》くなとなだめればいい」というのであった。ロシア軍の兵士や将校がアウステルリッツで示した数々の武勇をめぐる新手のエピソードが、諸方面から続々と聞こえてきた。軍旗を護りとおした者がいれば、フランス兵を五人も殺した者もおり、また一人で五門の大砲に弾込めをした者もいた。ベルグ中隊長のことも、彼を知らない者たちが話の種にしていたが、それによればベルグは右手に傷を負ってもひるまず、軍刀を左手に持ち替えて前進したのだった。アンドレイ・ボルコンスキーのことは何も語られなかったが、ただ身近に彼を知る者たちは、彼が身重の妻を変人の父のもとに残して夭折したことを惜しんだものである。

3章

三月三日、イギリスクラブのすべての部屋に会話の声がうなりのように立ち込め、クラブのメンバーやゲストたちが、ちょうど春の渡りの時期のミツバチのように、あちこち行きかい、あるいは座り込み、たたずみ、集ったり散ったりしていた。軍服の者も燕尾服の者もおり、中には髪粉をかけたかつらに長上着《カフタン》という古風ないでたちの者もいた。髪粉をつけてストッキングに短靴を履いた制服姿のウエイターがドアごとに立って、ゲストやメンバーの一挙手一投足にじっと目を配り、折あればサービスを提供しようと身構えている。出席者の大半は年配の貫禄盛りで、大きな自信満々の顔に太い指、身振りも声も威厳に満ちていた。この種のゲストやメンバーは、それぞれお決まりの、なじみの場所に座を占め、それぞれお決まりの、なじみの仲間同士で集まっていた。出席者のごく一部は一回限りのビジターで、主として若い者たちだった。その中にはデニーソフ、ニコライ、そして再びセミョーノフ連隊の将校に復帰したドーロホフも含まれていた。若者たち、とりわけ青年軍人たちの顔には、高齢の者たちへの慇懃無礼な感情がにじみ出ていて、あたかも年長者に向かって『あなた方を尊敬し、奉るのはやぶさかではありませんが、ただしお忘れなく、しょせん未来は僕たちのものですからね』と語りかけているかのようだった。

ネスヴィツキーもまたクラブの古参メンバーとして出席していた。ピエールは、妻の指示で髪を伸ばし、眼鏡をやめ、流行の服を着こんだ姿で広間から広間へと歩き回っていたが、その様子はしょんぼりとして覇気がなかった。どこでもそうだが、ここでも彼は、富にへつらう人々のかもしだす雰囲気に付きまとわれ、自分の方も、すでに身に着いた王侯貴族のような身振りと、投げやりな見下した態度で彼らに対しているのだった。

年齢からいえば彼は当然若者の仲間だが、富と縁故では年長の、貫禄組の仲間に入るので、二つのグループの間を行ったり来たりしていたのである。老人の中でももっとも貫禄のある者たちが各グループの中心を占めていたので、そういう者たちのところには、面識のない者たちまでもが、有名人のお話を伺おうと近寄って行った。比較的大きなグループが、それぞれラストプチン伯爵、ヴァルーエフ、ナルィシキンを中心に出来上がっていた。ラストプチンは、敗走するオーストリア軍にもみくちゃにされたロシア兵たちが、やむなく銃剣をもって、敗走兵のただ中に道を切り開く羽目になった顚末《てんまつ》を物語っていた。

ヴァルーエフは、ウヴァーロフがペテルブルグから送りこまれてきたのは、アウステルリッツ会戦に関するモスクワ市民の世論を調べるためだという説を、秘密めかして披露していた。

また別のグループではナルィシキンが、かつてオーストリア軍の作戦会議の席上で、スヴォーロフ将軍がオーストリアの将軍連中の愚論に対して雄鶏の鳴きまねで答えたという話をしていた。同じグループにいたシンシンが、一つ冗談をかましてやろうとして、「どうやらクトゥーゾフは、雄鶏の鳴きまねという簡単な芸さえもスヴォーロフから習いそこねたようですな」と口にしたが、老人たちはこのひょうきん者を厳しい目でにらみつけ、この晴れの日にこの場所でクトゥーゾフの話を持ち出すのがいかに不謹慎なことかを、思い知らせたのであった。

イリヤ・ロストフ伯爵はソフトブーツを履いた足で、体を左右に揺らしながら用事ありげにせわしく食堂と客間を行き来して、重要人物にも重要でない人物にもせかせかした口調でまったく同じような挨拶をしていた。そうした相手を彼はすべて見知っていたのである。その間にも時折伯爵は、すらりとした頼もしい息子の姿を目で探し

15　アレクサンドル・ナルィシキン（一七六〇〜一八二六）。帝室劇場支配人。

出しては、うれしそうにその姿に視線をとどめ、目配せしてみせるのだった。息子のニコライはドーロホフとともに窓辺に立っていた。ドーロホフとは最近知り合ったばかりだったが、彼はこの付き合いを大事にしていた。父親の伯爵は二人に歩み寄るとドーロホフの手を握った。

「いや、私のこともどうかよろしく、せっかくうちの若武者とお近づきになってくださったのですから……ともに戦地に行って、ともに武勲を立てられたわけですな……。おや！　ワシーリー・イグナーチエヴィチ……これはまた、懐かしい」途中から彼は通りかかった老人に声をかけたのだったが、挨拶も終わらぬうちにあたりの一同がざわめきだし、駆け寄ってきたウエイターが慌てふためいたような顔で「お見えになりました！」と告げた。

ベルの音が響き、クラブの幹事たちが出迎えに駆け出すと、いろんな部屋に散っていた客たちも、ちょうどシャベルの上で揺られたライ麦の粒が真ん中に集まるように、ひと塊に集まって、大きな客間から広間へと続くドアのあたりにたむろする形になった。

控えの間の戸口にバグラチオンが姿を見せた。帽子も軍刀も着けていない。このクラブのしきたりで、玄関番にあずけてきたのだ。ニコライがアウステルリッツの開戦前夜に見かけた子羊皮の耳当て付き帽子に革鞭を肩にかけた姿とは違い、真新しいきつめの軍服にロシアと外国の勲章をずらりと吊るし、左胸にはさらにゲオルギー星形勲章をつけていた。どうやらたった今、ディナー・パーティーの直前に髪と頬髯《ほおひげ》を刈ってきたばかりらしく、そのためにかえって男前が下がっていた。その顔には何か無邪気なお祭り気分のようなものが漂い、それが彼の厳《いか》つく男臭い顔立ちにかぶさると、かえって滑稽な表情にも見えるのだった。一緒にやって来たベクレショーフ[16]とウヴァーロフは、主賓のバグラチオンを先に通そうとして戸口に立ち止まっていた。そんな二人の気遣いに甘えるのを潔しとしないバグラチオンがためらいを見せたため、ドアのところでちょっともたもたしたが、結局はやはりバグラチオンが先頭で入って来たのだった。彼は手のやり場に困ったように、いかにも気恥ずかしくて気まずい様子で応接室の寄木の床を歩いてきた。シェングラーベンでクールスク連隊の前を進んだ時のように、銃弾が飛び交う鋤《す》き起こされた畑を歩く方が、よほど身に馴染んで気楽だったのだ。幹事たちは最初のドアのところで彼を迎え、これほどの貴賓の来駕《らいが》を喜ぶ旨の挨拶を二言三言述べると、相手の返事も待たず、まるで身柄を拘束したとで

16　アレクサンドル・ベクレショーフ（一七四三〜一八〇八）。一八〇四〜〇六年のモスクワ総督。

もいうかのように、取り囲んで客間へと案内した。客間の戸口のところにはクラブのメンバーやゲストがびっしりと集まって、押し合いへし合いしながら互いの肩越しに、まるで珍獣でも見物するようにバグラチオンを観察しようとしていたが、そのせいでまるっきり通過不可能になっていた。だが威勢の良さでは誰にも負けないイリヤ・ロストフ伯爵は、笑顔で「どうかお通しください、さあ、通して、通して!」と唱えながら、なんとか人群れを押しのけて客たちを客間に通し、中央のソファーに掛けさせたのだった。クラブの名誉会員のお歴々が新来の客たちを取り囲んだ。ロストフ伯爵は再び人群れを押しのけて客間から出て行ったが、すぐにまたもう一人の幹事とともに大きな銀の皿を持って再登場し、その皿をバグラチオン公爵に献上した。皿の上にはこの英雄を称えて作られた詩が印刷された紙が置かれていた。この皿を見るとバグラチオンはびっくりした様子で、助けを求めるかのようにあたりをぐるりと見まわした。しかし周囲の目はすべて、彼がおとなしく筋書きに従うことを要求していた。自分がこの人々の権力下に置かれているのを悟ったバグラチオンは、その皿を決然と両手で受け取ると、皿を持ってきた伯爵の顔を怒ったような、責めるような目で見つめた。誰かが気を利かせてバグラチオンの手から皿を抜き取り(さもないと彼はそのまま晩まで皿を支え続けて、その格好のまま食卓に着きそうだったからである)、そこに載っていた詩に相手の注意を向けさせた。『では読ませていただこう』まるでそう言ったかのようにバグラチオンは、疲れた目を一枚の紙に向けて、緊張したまじめな面持ちで読み始めた。するとその詩の作者自身が詩を手に取って、朗読を始めた。バグラチオンは頭を垂れて聞いていた。

アレクサンドルの御代を称えよ
われらが玉座のティトゥスを護れ
猛将にして慈愛の士となり
祖国にあってはリフェウス、戦場にあってはカエサルたれ
かの幸運児ナポレオンも
バグラチオンの何たるかを思い知ったうえは
もはやロシアのヘラクレスたちを煩《わずら》わせはすまじ……[17]

17　ティトゥスはローマ皇帝（在位七九～八一）、リフェウスはヴェルギリウスの『アエネーイス』に登場するトロイアの英雄で、ギリシャ人の攻撃からトロイアを守ろうとして戦死した。

だがまだ詩の朗読が終わらないうちに、声の大きな支配人が「お食事の用意ができました！」と宣言した。ドアが開け放たれ、食堂からポロネーズ〈勝利の雷《いかずち》轟《とどろ》きわたれ、いざ喜べや、ロシアの勇士らよ〉が鳴り響いた。イリヤ・ロストフ伯爵は依然として詩を読み続ける作者を怒った目でにらみつけると、バグラチオンの前で深くお辞儀をした。詩よりもディナーが大事だと悟った一同は立ち上がり、またもやバグラチオンを先頭にして食卓に向かった。上座の、アレクサンドル・ベクレショーフとアレクサンドル・ナルィシキンという二人のアレクサンドルの間の席に、バグラチオンは座を占めた（これもアレクサンドル皇帝の名にちなんだ趣向だった）。三百人が官位と身分の順に、重要人物ほど主賓のそばにという原理で食堂に座を占めたが、それは水が低きに流れるがごとく自然なプロセスだった。

食事の始まる間際にイリヤ・ロストフ伯爵は、バグラチオン公爵に息子をお目通りさせた。バグラチオンは相手がニコライ・ロストフだと気付くと、幾分ぎこちない、しどろもどろな口調で二言三言口にしたが、この日の彼は何を言ってもそんな調子だった。バグラチオンが息子と話している間、父親のロストフ伯爵はうれしげな、また誇らしげな様子で皆の顔を見渡していたものである。

ニコライはデニーソフと新しい知り合いのドーロホフとともに、テーブルのほぼ中央の席に着いていた。彼らの向かい側にはピエールがネスヴィツキー公爵と並んで座っている。イリヤ・ロストフ伯爵は、他の幹事たちとともにバグラチオン公爵の正面に座を占め、モスクワ流歓待精神の権化となって、しきりに主賓をもてなしていた。ロストフ伯爵の骨折りは無にはならなかった。食事は精進料理[18]と非精進料理の二本立てで見事な出来栄えだったが、とはいえ食事がすむまでは、彼としては絶対安心というわけにはいかなかった。給仕長に目配せしたり、ウエイターたちに耳打ちしたりしながら、自分にはすでに馴染みの料理が一品一品供されるのを、彼はいささかドキドキして待っていた。すべてが上出来だった。二番目の料理に巨大なチョウザメが出現すると（これを見た時ロストフ伯爵は歓びと照れくささに顔を赤らめたものだったが）、すかさずウエイターたちがポンポンと音を立ててシャンパンの栓を抜き、注いで回った。なにがしかの感銘を与えた魚料理の後で、ロストフ伯爵は他の幹事たちと目を見交わした。「乾杯がたくさんありますから、そろそろ始めますか！」そうつぶやくと彼はグラスを手にして立ち上がった。皆がさっと沈黙して彼の言葉を待ち構えた。

18　三月初めのこの時期は、復活祭前の大斎期に当たっていた。

「皇帝陛下のご健勝を祝して！」そう叫ぶとたちまち彼の善良そうな目が喜びと感激の涙に濡れた。同時に〈勝利の雷轟きわたれ〉が演奏される。皆が席を立ち、「ウラァー！」と叫んだ。バグラチオンもシェングラーベンの野で叫んだのと同じ声で「ウラァー！」と叫んだ。ニコライの感激に満ちた声は総勢三百人の声の中でも際立って響いた。彼はほとんど泣きださんばかりだった。

「皇帝陛下のご健勝を祝して」と叫び、「ウラァー！」と続ける。グラスを一気に空けると、それを床に叩きつけた。多くの者が彼の例に倣った。その後も長く大きな喚声が続いた。声が静まると、ボーイたちが割れたグラスを拾い集め、一同がまた席に着き、自分たちの喚声に照れ笑いしながら話をかわし始めた。そこでまたロストフ伯爵が立ち上がり、皿の脇に置いてあるメモに目をやると、わが軍の今次の遠征の英雄であるピョートル・バグラチオン公爵の健勝を祝して乾杯を唱えた。するとまた伯爵の青い目が涙に濡れた。またもや三百人の客の声が「ウラァー！」と叫び、今度は楽隊の代わりに合唱団が歌うパーヴェル・クトゥーゾフ[19]作のカンタータが聞こえてきた。

　ロシアの男《おのこ》に障壁は無し
　猛《たけ》きことこそ勝利の保証

われらにバグラチオンある限り
いかなる敵もひれ伏さん……（以下続く）

合唱団が歌い終えるや否や、次々と新しい乾杯が唱えられ、そのたびにますますロストフ伯爵が感涙にむせび、ますます多くのグラスが割られ、ますます喚声が高まっていった。ベクレショーフの、ナルィシキンの、ウヴァーロフの、ドルゴルーキーの、アプラクシンの、ヴァルーエフの健勝が祝われ、幹事たちの、支配人の、クラブの全会員の、全ゲストの健勝が祝われた。そして最後に特別に、今回の祝宴の世話役であるイリヤ・ロストフ伯爵の健勝を祝して乾杯が行われた。その乾杯の際に伯爵は、ハンカチを取り出して顔を覆い、身も世もなく感涙にむせんだのだった。

19　パーヴェル・イワーノヴィチ・ゴレニシチェフ＝クトゥーゾフ（一七六七～一八二九）。元老院議員で詩人。

4章

ピエールはドーロホフとニコライ・ロストフの正面の席に座っていた。いつものようにがつがつとたくさん食べ、飲んでいる。しかし彼を身近に知る者たちの目には、この日彼のうちで何か大きな変化が起こったのが見て取れた。彼はディナーの間ずっと黙りっぱなしで、目をなかば閉じ、顰め面で周囲を見まわしているかと思えば、じっと視線を止めて全く放心したかのように眉間を指でこすっていた。顔も、いかにも覇気がなく、暗い表情だ。あたかも周囲の出来事が目にも耳にも入っておらず、ただじっとひとつの辛い、未解決の問題を考え続けているかのようだった。

彼を悩ましているこの未解決の問題とは、モスクワで例の公爵令嬢から、ドーロホフが彼の妻になれなれしい態度をとっているというほのめかしを受けたことと、この日の朝、一通の匿名の手紙が届いたことであった。その手紙には、あらゆる匿名の手紙につきものの下劣な冗談口調で、君の眼鏡は曇っているようだが、君の奥方とドーロホフの関係は君一人にだけ秘密なのだよ、と書かれていたのだ。ピエールは公爵令嬢のほのめかしも匿名の手紙も一切信じはしなかったが、それでも今向かい側に座っているドーロホフの顔を見るのが怖かった。たまさかに自分の視線が、ドーロホフの美しくも不遜な目と交わるたびに、ピエールは何か恐ろしい、醜悪なものが胸の中で頭をもたげるのを感じて、ただちに顔を背けるのだった。心ならずも妻の過去を、妻とドーロホフとのかかわりをもろもろ思い起こしたピエールは、手紙に書かれていたことは真実でありうる、少なくとも真実のように見える余地があると、はっきりと悟った――もしもそれが自分の妻にかかわることでなかったならば。ふとピエールは、遠征の後にすっかり名誉も地位も回復したドーロホフがペテルブルグに帰還し、自分のもとを訪れた時のことを思い出した。かつて一緒に乱痴気騒ぎをした仲なのをいいことに、ドーロホフが帰還後まっすぐに彼の家にやってくると、ピエールはそのまま彼を家に住まわせ、金も貸したのだった。ピエールは思い起こした――妻のエレーヌが苦笑しながら、ドーロホフが同居していることへの不満を表明したことを、ドーロホフが露骨な口調で妻の美しさをほめたたえたことを、そしてそれ以来モスクワに移ってくるまでずっと、彼が片時も自分たちから離れようとしなかったことを。

『そう、確かにあの男は大変な美男子だ』ピエールは思った。『僕には彼という男が分かっている。僕の名を汚して僕を笑いものにすることができれば、彼にとってはこの上ない歓びだろう。なぜなら僕が彼の世話を焼き、面倒を見て助けてあげたからだ。

僕は知っている、分かっている——もしも例のことが本当だとしたら、それこそきっと彼にすれば、自分の背信行為の絶好の隠し味となるに違いない。そう、もしもあれが本当だとしたならばだ。だが僕は信じない。信じる権利も持たないし、信じる力もない』彼はドーロホフが残忍な感情に駆られた瞬間の、その顔の表情を思い出した。彼が警察署長を熊に縛り付けて水に投げ込んだり、何の理由もなく人に決闘を申し込んだり、駅逓馬車の馬をピストルで撃ち殺したりしたときの表情である。その同じ表情が、ピエールを見る時のドーロホフの顔にしばしば浮かぶのだった。『そうだ、彼は決闘マニアだ』ピエールは思った。『人を殺すことなど彼には何でもない。きっと皆が自分を恐れていると思っていて、それでいい気分を味わっているに違いない。きっと僕も彼を恐れていると思っているはずだ。そして実際、僕は彼を恐れている』そう思うとピエールは、またもや何か恐ろしい、醜悪なものが胸の中で頭をもたげるのを覚えた。ドーロホフ、デニーソフ、ニコライの三人は、このとき彼の正面に並んで大変楽しそうにしていた。一方は威勢のいい軽騎兵、他方は有名な決闘マニアで女たらしという二人の友人を相手に、ニコライは楽しげに話を交わしながら、時折あざ笑うような眼をピエールに向けてよこした。思い詰めて心ここにあらずといった感じのピエールの巨体は、このディナーの席で異彩を放っていたのだ。ニコライが意地悪な目でピエールを見ていたのは、第一に軽騎兵としての彼の目から見れば、ピエールは金持ちの文官で美人の妻の夫、つまり端的に言えば女々しい奴にすぎないからであり、第二に、思い詰めて心ここにあらずのピエールが、ニコライに気付かず、こちらが頭を下げて挨拶しても答えなかったからである。陛下の健勝を祝して乾杯が行われたとき、ピエールは考え込んでいて立とうとせず、グラスを手に取りもしなかった。

「何ですか、あなたは？」歓喜と義憤のないまぜになった眼でピエールを見ながら、ニコライは叫んだのだった。「聞こえないんですか、皇帝陛下のご健勝を祝しての乾杯ですよ！」ピエールは一つため息をついて立ち上がり、グラスを空けると、皆が着席するのを待って、人のよさそうな笑顔でニコライに声をかけた。

「あなただと気がつきませんでした」彼は言った。だがニコライはそれどころではなく、しきりに「ウラァー！」と叫んでいた。

「どうした、旧交を温めるつもりはないのか」ドーロホフがニコライに言った。

「かまわないさ、あんな間抜け」ニコライは応じた。

「美人の奥方を持つ旦那衆は大事にしなくちゃな」デニーソフが言った。

ピエールには二人の話は聞こえなかったが、自分のことを話しているのは分かった。彼は赤面し、顔をそむけた。

「じゃあ今度は美しい女性たちの健勝を祝おう」ドーロホフが真顔になって、ただ唇の端に笑みを浮かべてそう言うとグラスを持ってピエールに声をかけた。「美しい女性たちの健勝を祝して、ペトルーシャ［ピエールのロシア語の愛称］、それから彼女らの愛人たちのためにもな」彼は言った。

ピエールは目を伏せてドーロホフを見ようともせず、返事もしないまま、自分のグラスの酒を飲んだ。例のクトゥーゾフのカンタータの歌詞を客に配っていたウエイターが、貴賓の仲間と見てピエールのもとにも一枚置いていった。彼が手に取ろうとしたとき、ドーロホフが身を乗り出してさっと彼の手から歌詞を奪い取り、読み始めた。ピエールは上目遣いにドーロホフを見たが、また目を伏せてしまった。パーティーの間ずっと彼を苦しめてきた何か恐ろしい醜悪なものが身をもたげ、彼を虜にした。彼は巨大な体をテーブル越しにグイと伸ばして叫んだ。

「横取りはやめたまえ！」

この叫びを聞きつけるとともに誰に向かって言われたのかを察したネスヴィツキーと右隣の客は、驚いて大急ぎでピエールに向かって言った。

「およしなさい、およしなさい、どうしたのですか？」びっくりしたようなひそひそ声が飛び交った。ドーロホフは澄んだ、明るい、残忍な目でピエールを見つめたまま、同じ薄笑いを浮かべている。その顔は「そう、こういうのが好きなんだよ」と言っているかのようだった。

「返さないよ」ドーロホフはきっぱりと言った。

蒼白になって唇を震わせたピエールが、紙片をひったくった。

「君は……君は……ならず者だ！……君に決闘を申し込む」そう宣言すると、彼は椅子をずらして席を立った。このように振る舞い、この言葉を口にしたとたん、ピエールはこの何日か自分を悩ませてきた妻に不貞の罪があるかないかという問いに、とうとう疑いの余地なく罪ありという決定が下されたのを感じた。妻への憎しみがわき、妻との結びつきは永遠に断ち切れてしまった。この件にかかわらないようにというデニーソフの頼みを無視して、ニコライはドーロホフの介添人を引き受け、パーティーの後ピエール側の介添人であるネスヴィツキーと決闘の条件を話し合った。ピエールは家に帰ったが、ニコライとドーロホフ、デニーソフは夜更けまでクラブに残って、ジプシーや合唱隊の歌を聞いていた。

「では明日、ソコーリニキで」クラブの外階段でニコライと別れる際ドーロホフは言った。

「君は平気なのか？」ニコライは訊ねる。

ドーロホフは足を停めた。

「いいかい、ごく手短《てみじか》に決闘のコツというのを教えてやろう。決闘に行く際に、両親にあてて遺言だの優しい言葉だのを書き残したり、自分が殺されることを考えたりするような奴は阿呆で、おそらく決闘に負けるだろう。逆に少しでも早く、確実に相手を仕留めてやろうと固く決心して望むならば、すべてはうまくいく。これはコストロマの熊狩り師が俺によく言っていたことさ。その人物が言うには、相手が熊なんだから怖くないはずはない。だがいったん熊に出くわすと怖さなんかは吹き飛んでしまい、何とかして相手を逃がすまいという気になるんだそうだ。俺もまさにそうなのさ。じゃあ、また明日!」

翌日の朝八時、ピエールがネスヴィツキーに伴われてソコーリニキの森に着くと、そこにはすでにドーロホフ、デニーソフとニコライが揃っていた。ピエールは何か目前に迫った出来事とは全くかけ離れた考えに没頭しているかのように見えた。やつれた顔が黄ばんでいる。どうやら一晩眠れなかったようだ。彼はぼんやりと周囲を見回して、明るい陽光がまぶしいとでもいう風に顔を顰めた。ただ二つの考えが彼の頭を占めていた。一つは自分の妻には罪があるという考えで、これについては、眠れぬ一夜を過ごした後では、すでに一片の疑いも残ってはいなかった。もう一つはドーロホフには罪はないという考えだった。この男には何ら他人の名誉を守る理由はなかったからである。『もしかして僕が彼の立場だったら、同じことをしたかもしれない』とピエールは思った。『いやきっと同じことをしただろう。ではなぜこんな決闘を、こんな人殺しをするのか？　僕があいつを殺すか、あいつが僕の頭を、肘を、膝を撃ち抜くか――二つに一つだ。いっそ引き返そうか、逃げ出してどこかに隠れてしまおうか』そんな考えが頭に浮かんだ。しかしそんな考えが浮かんだまさにそのときに、彼は見る者に敬意を催させるほど落ち着き払ったのんきな様子で「そろそろですか、用意はできていますか？」と訊ねたのだった。

すべての準備が整って、ここまでは近寄っていいという境界を示すサーベルが雪に二本突き立てられ、ピストルが装塡《そうてん》されると、ネスヴィツキーがピエールに歩み寄ってきた。

「伯爵、私は自分の義務を果たしたいと思います」と彼は臆したような声で言った。「私を介添人に選ぶことであなたが私に示してくれた信頼と名誉に応えるためには、今のこの重要な、きわめて重要な瞬間に、あなたに向かってすっかり本当のことを申し上げなくてはなりません。私が思うに、この決闘には十分な理由がありませんし、血を流す価値はありません……。あなたは間違っていたのです、ついカッとなって……」

「ああ、その通り、ひどく愚かなことです……」ピエールは答えた。「では、あなたが後悔していると相手に伝えるのをお許しください。きっと相手側も、あなたの謝罪を受け入れることに同意してくれるでしょうから」ネスヴィッキーはそう言った（決闘に関与している他の者たちと同じく、また、そもそもこうしたことに立ち会う人すべてがそうであるように、彼はまだ実際の決闘にまでことが及ぶとは信じ切れなかった）。「よろしいですか、伯爵、ご自分の過ちを認めることは、事態を取り返しのつかないところまで進めてしまうことよりも、はるかに高潔な行為です。侮辱はどちらの側からも一切なされていません。交渉をさせてください……」

「いや、いったい何を話すというのですか！」ピエールは言った。「どうせ同じことですよ……。では、用意は整ったのですね？」彼は言い添えた。「ただ、ひとつ教えてください、どこに向かって歩いていって、どこに向けて撃てばいいのですか？」不自然なほど柔和な笑みを浮かべて彼は訊ねた。ピストルを手に取ると、彼は引き金の引き方について詳しく聞きただした。これまで一度もピストルを持ったことがなかったのだが、そのことは打ち明けそびれていたのだ。「ああ、なるほど、そうだ、そうでしたね、ただちょっと忘れていて」彼はそんなふうに言った。

「謝罪などとんでもない、一切なしだ」同じく和解の試みをしたデニーソフに対してそう答えると、ドーロホフも所定の位置に着いた。

決闘の場所に選ばれたのは、橇を置いてきた街道から八十歩ばかりの距離にある松林の中の小さな原っぱで、この数日の暖かい陽気で解けだした雪が地面を覆っていた。敵手同士は四十歩の距離を挟んで原っぱの両端に立っていた。それぞれが立っている位置から、真ん中の、境界線を表すネスヴィツキーとデニーソフ両者のサーベルが十歩の距離を置いて突き刺されているところまで、介添人たちが歩幅を測りながら、べちゃべちゃした深い雪の上に足跡をつけてゆく。雪解け陽気と霧模様が続いているため、四十歩の距離を挟むと互いの姿ははっきりとは見えない。三分ほどで準備万端整ったが、それでもすぐに開始とはならず、皆じっと黙り込んでいた。

5章

「さあ、始めてくれ！」ドーロホフが言った。

「いいでしょう」相変わらず笑みを浮かべたままピエールが応じた。

恐ろしい事態が生じつつあった。あんなにもあっけなく始まってしまったことが、もはや何をもってしても押しとどめられぬ流れとなり、人間の意志にかかわりなくひとりでに進行していって、ついには行きつくところまで行かざるを得ないのは明らかだった。デニーソフがまず分離帯のところまで出て行って宣言した。

「決闘者双方が和解を拒否したからには、開始することにいたしましょう。両者《おう》ピストルを持って、三の合図で中央に向かって歩き始めてください」

「一！　二！　三！……」腹を立てたような口ぶりで数えると、デニーソフは脇に退いた。霧の中にぼんやりと相手の姿を認めながら、二人は踏み固められた小道を進んで徐々に接近していった。境界線に至るまでの間に、どちらも好きな時に発砲してよいことになっていた。ドーロホフはピストルを構えぬままゆっくりした歩調で進みながら、例の明るく輝く青い目で自分の敵にじっと見入っていた。口はいつものように笑みのごときものを浮かべている。

ピエールは三の合図とともに速足で前進し始めたが、足は踏み固められた小道を外れて、きれいな雪の上に踏み込みがちだった。前に突き出した右手にピストルを握っているその姿は、まるでそのピストルで自分を撃ち殺してしまわないかと恐れているかのようだった。左手は目いっぱい後ろに引いていた。本当は左手で右手を支えたかったのだが、それは許されない決まりだと知っていたからだ。六歩ばかり進んで小道から雪の上に踏み出したピエールは、いったん足元に目をやり、それからまた素早く目を上げてドーロホフを見ると、教わった通り指で引き金を引いて発砲した。全く予想もしなかったような大きな銃声がして、撃ったピエール自身がビクッとしたが、やがて驚いた自分に照れ笑いすると、その場に立ち止まった。立ち込めた銃煙が霧のために一層濃くなって、はじめは何も見えなかったが、待ち構えていた相手の銃声はすぐには聞こえてこなかった。ただドーロホフのせかせかした足音が聞こえたかと思うと、その姿が煙の中から現れた。片手で左のわき腹を押さえ、ピストルを握った片手をだらりと下げている。顔面は蒼白だった。ニコライが駆け寄って何か話しかけた。

「い……いや」ドーロホフは歯を食いしばって答えた。「いや、まだ終わっていない」そうしてあと何歩か、よたよたとゆっくりとした足取りでサーベルが立っている間際まで進んでくると、脇の雪の上に倒れ込んだ。左手は血まみれだったが、その左手をフロックコートで拭うと、その手で体を支えた。血の気のない顔が顰められ、震えている。

「さあ……」ドーロホフは促そうとしたが、一気には言い切れなかった。「さあ来るんだ」彼は力を振り絞って言った。ピエールが泣き出しそうになるのをかろうじてこらえながらドーロホフめがけて駆け寄り、今まさに二本の境界線を隔てる空間に踏み込もうとしたとたん、ドーロホフが叫んだ。「境界線までだ！」相手の言いたいことを理解したピエールは、自分のサーベルのところで立ち止まった。両者を隔てる距離はただの十歩だった。ドーロホフは顔面から雪に突っ伏して、むさぼるように雪を食らい、再び頭をもたげて体勢を立て直すと、両足をまとめ、なんとか重心をとって座る格好になった。冷たい雪をむさぼるように啜《すす》っている。唇は震えているが、なおも薄笑いを浮かべていた。目は最後の力を振り絞っての踏ん張りとそして憎しみのためにぎらぎらと輝いていた。彼はピストルを持ち上げて狙いをつけ始めた。

「横向きになって、ピストルで防御するのです」ネスヴィツキーが忠告した。

「防御の構えを取って！」デニーソフまでが見ていられずに、敵のピエールに声をかけた。

ピエールは憐れみと悔恨の混じった静かな笑みを浮かべたまま、途方に暮れたように手足をひろげ、広い胸板を正面に向けたまま、ドーロホフに向かってたたずみ、悲しげに相手を見つめていた。デニーソフもニコライもネスヴィツキーも思わず目をつぶった。発砲の音とドーロホフのいまいましげな叫び声を、彼らは同時に聞いた。

「外したか！」ドーロホフはそう叫ぶと、力なく雪に突っ伏した。ピエールは頭を抱えて回れ右をすると、そのままひたすら雪の中を、わけの分からぬ言葉を声に出して唱えながら、森を目指して歩いていった。

「愚劣だ……愚劣だ！　死……嘘……」顔をゆがめながら彼は唱えていた。ネスヴィツキーがそんな彼を押しとどめ、家に連れ帰った。

ニコライとデニーソフは傷ついたドーロホフを橇に乗せて出発した。ドーロホフは目を閉じて黙りこくったまま橇に横たわり、何を聞かれても一言も返事をしなかった。しかしモスクワ市内に入るとにわかにわれに返り、苦労して頭をもたげると、脇に座っていたニコライの手を取った。にわかにすっかり様変わりして、思いがけずうっとりとした柔和な表情を浮かべたドーロホフの顔に、ニコライは驚いた。

「どうだい？　気分は？」ニコライは訊ねた。

「最悪だ！　だがそんなことはどうでもいい。なあ君」とぎれとぎれの声でドーロホフは言った。「ここはどこだ？　もうモスクワだろう、分かるよ。俺はどうなってもいいが、これで人ひとり殺しちまった、殺しちまった……。あの人は耐えきれまい。これには耐えきれまい……」

「誰のこと？」ニコライが訊ねた。

「母親さ。俺の母親、俺の天使、俺の大好きな天使、母親さ」そう言うとドーロホフはニコライの手を握りしめながら泣き出した。幾分落ち着きを取り戻すと、彼はニコライに向かって、自分は母親と暮らしており、もしも母親が瀕死の自分の姿を見たら、とても耐えきれないだろうという事情を説明した。そうしてニコライに、母親のもとへ行って心の準備をさせてやってくれと懇願したのだった。ニコライは一足先に行ってこの使命を果たしたのだが、そこで知ってびっくりしたことに、この無頼漢で決闘マニアのドーロホフは、実はモスクワで老いた母と佝僂《くる》病の妹と共に暮らす、誰よりも優しい息子であり兄だったのだ。

6章

このところピエールはめったに妻と差し向かいになることがなかった。ペテルブルグでもモスクワでも、彼らの家はいつも客であふれかえっていた。決闘の日の夜、彼はしばしばそうしているように寝室に下がって寝ることはせず、自分が使っている父親の巨大な書斎に残っていた。父親のベズーホフ伯爵が息を引き取った部屋である。眠れずに過ごした昨晩の心の中での作業は確かに辛かったが、しかし今やもっと辛い作業が始まったのだ。

ソファーに横たわり、わが身に起こったことを何もかも忘れて寝てしまおうとしたが、そうは問屋が卸さなかった。いろんな感情やら思考やら思い出やらが、突然まるで嵐のように胸の内に湧き起こり、眠るどころかひとところにじっとしていることさえできずに、ついソファーから飛び起きて、速足で部屋を歩き回らざるを得ないのだった。結婚直後の妻の、肩もあらわな服を着て、けだるげな、淫《みだ》らな目つきをした姿が頭に浮かんできたかと思うと、たちまちその隣に、あのディナー・パーティーの時のドーロホフの美しい、不遜な、傲然と人をあざ笑うような顔が浮かび、さらには同じドーロホフがくるりと身を翻して雪に倒れ込んだ時の、血の気の失せた、震える、苦しげな顔が浮かぶのだった。

『いったい何が起こったというのだ？』彼は自問するのだった。『僕は情夫を殺した、そう、殺したんだ、自分の妻の情夫をな。そう、それが起こったことさ。なぜ？　どうしてそんなことになったのだ？　それはあんな女と結婚なんかしたからだ』内なる声はそう答えるのだった。

『しかし一体僕の何が悪かったんだろう？』彼は自問自答を続けた。『愛してもいないくせにあの女と結婚して、自分をも相手をも欺いたことだ』するとワシーリー公爵の家での夜食の後、自分が「僕はあなたを愛しています《ジュ・ヴ・ゼーム》」という心にもない言葉を口にした瞬間のことが、まざまざと思い出されたのだった。『すべてはあれが原因なのか? 僕はあの時すでに感じていたんだった』彼は考えた。『あの時感じていたんだ、これはよくないことだ、自分にはこんなふうに振る舞う資格はないって。まさにその通りだったんだ』彼は新婚のひと月を思い出し、その思い出に顔を赤らめた。とりわけ強烈な、屈辱的で恥ずかしい思い出は、ある時、まだ結婚して間もない頃、昼の十一時過ぎに彼がシルクの部屋着姿で寝室から書斎へと出て行くと、書斎に執事頭がいて恭しく一礼し、彼の顔と部屋着に目を止めてから、あたかもご主人さまのお幸せぶりへの丁重な共感を表現するかのように軽くにやりと笑ってみせたことだった。

『それにしてもいったい何度僕は妻を自慢に思ったことか』と彼は考えを続けた。『僕は妻の堂々たる美しさと社交の手際を誇りに思い、妻がペテルブルグ中の客をもてなす自分の家を誇りに思い、妻の近寄りがたさと美しさを誇りに思ってきた。いったい僕は何を誇っていたのだ⁉ あの頃は自分が妻のことを理解していないと思っていた。ちょくちょく彼女の性格に思いをはせながら、彼女を理解できないのは自分が悪いのだと、自分に言い聞かせたものだ。あの常に悠揚《ゆうよう》と満ち足りて、いかなる執着も欲望も見せないところも、理解できない自分が悪いのだと。しかし種を明かせば答えは一つ、あいつが淫蕩な女だという、恐ろしい一言に尽きるのだ。この恐ろしい言葉を自分に告げた途端、すべてが明らかになったのだ！』

『兄のアナトールは金を借りるために彼女のもとに出入りしては、裸の肩にキスをしていた。彼女は金を貸しはしなかったが、自分の体にキスをするのは許していた。父親が冗談半分に彼女の嫉妬心を掻き立てようとすると、彼女は平然と微笑んで、自分は嫉妬するような愚か者ではないと答えた。何でも好きなことをさせておけばいいのよ、と彼女は僕を念頭において言ったものだ。ある時僕が彼女に、妊娠の兆候はないかと訊ねると、彼女は見下したように笑って、自分は子供を欲しがるようなバカ女ではないし、あなたの子供なんて持つ気はないわ、と答えたっけ』

それから彼は、最上流の貴族として育った者にふさわしからざる、妻の考え方の単純さや粗雑さ、言葉遣いの下品さに思いをはせた。「私はその辺のバカ女と違うのよ……」「自分でやってみればいいでしょ……」「さっさと出てってよ」といった口調で喋るのだ。よく妻が老若男女様々な相手にもてはやされるのを目にしながら、ピエールは自分がどうして彼女を好きになれないのか納得がいかなかった。『そうだ、僕は一度も彼女を愛したことはなかった』ピエールは自分に告げた。『僕は彼女が淫蕩な女だと気づいていた』彼は心の内で繰り返した。『だが、それを認める勇気がなかったのだ』

『そして今ドーロホフは、ああして雪の上にうずくまったまま、無理をして笑顔を作りながら死んでいこうとしている。もしかしたら、僕の後悔の念に精一杯の虚勢で応えようとしながら』

ピエールは、一見いわゆる軟弱な性格に見えながら、自分の悲しみを打ち明ける相手を求めようとしないタイプの人間だった。彼はひたすら自分一人の胸の内で、己の悲しみをあれこれと分析していた。

『何もかも彼女が、何もかも彼女一人が悪い』彼は自分に語り掛けた。『だが、だからといってどうなる？　なぜ僕は自分を彼女と結びつけたのか、なぜ彼女にあんなふうに「僕はあなたを愛しています」なんて言ったのか――あれは嘘だ、いや嘘よりももっと質《たち》が悪い』彼は自分に語り続けた。『僕のせいだ、だから背負っていかなきゃならない……だが、何を？　家名の恥を、人生の不幸を？　いや、何もかもくだらない』彼は思った。『家名の恥も名誉も、みんなその場の決めごとで、僕には関係ない』

『ルイ十六世が処刑されたのは、ある者たちが彼を破廉恥漢で犯罪者であると決めつけたからだ（そんな考えがピエールの頭に浮かんだ）。そうした連中は、彼ら自身の見地からすれば正しかった。だがまた、ルイ十六世のために殉教者として命を落とし、彼を聖人の一人に祭り上げようとした者たちも、同様に正しかったのだ。そして次にはロベスピエールが、独裁政治家だといって処刑された。いったい誰が正しく、誰が間違っているのか? 誰でもない。命があるうちは、ただ生きればいいのだ。明日には死ぬかもしれないのだから。僕が一時間前に死んでいたかもしれないように。果たしてそんなことで悩む価値があろうか? 人生など、永遠に比べればほんの一瞬にすぎないのに』しかしこの種の考察で気が落ち着いたと思った瞬間、頭の中にあの女の像が、それも彼が心にもない愛情を目いっぱい捧げているときの姿で浮かんできたので、彼は心臓に血があふれるような感覚を覚え、またもや立ち上がって動き回り、その辺のものを手当たり次第に壊したり引き裂いたりしないではいられなかったのである。『なぜ僕はあの女に向かって「僕はあなたを愛しています」なんて言ったのか?』彼はひたすら同じ問いを自分にぶつけた。そして同じ問いを十回も繰り返したとき、モリエールの「一体どう魔がさして、ガレー船なんかに乗ったんだ?[20]」というセリフが頭に浮かんできて、彼は自嘲の笑みを浮かべたのだった。

彼は真夜中に侍僕《じぼく》を呼びつけると、ペテルブルグへ発つから荷造りをするようにと命じた。妻と一つ屋根の下にいるのは不可能だった。今となっては、妻とどういう口

20　モリエールの戯曲『スカパンの悪だくみ』中のジェロントのセリフで、慣用句になっている。

を利くべきなのかすら、頭に浮かばなかった。それでまずここを離れ、妻には置き手紙をして、その中で永久に別れるという意思表示をすることに決めたのだ。

夜が明けて侍僕がコーヒーを持って部屋に入ってきたとき、ピエールは足置き付き《オットマン》の椅子《チェアー》に横たわり、開いた本を手にしたまま眠っていた。

彼ははっと目を覚ましたが、長いこと自分がどこにいるのか分からず、びっくりしたようにあたりを見回していた。

「奥さまが、旦那さまはご在宅かお訊ねするようにとお申しつけで」侍僕は言った。

だがまだピエールがどう返事するか決めかねているうちに、妻がみずから、銀の縫い取りをした繻子《しゅす》の部屋着を着て簡単に髪をまとめたままの姿で（二つの大きな編髪が彼女の美しい頭を冠のように二重巻きにしていた）、落ち着いた堂々とした足取りで部屋に入って来た。ただその大理石のような幾分張り出した額には、怒りの皺が一筋刻まれていた。彼女は持ち前のしたたかな平静さを発揮して、侍僕がいるうちは話を切り出そうとしなかった。すでに決闘のことを知っていて、その件で話しに来たのだったが、侍僕がコーヒーを置いて立ち去るまではじっと待っていたのだ。眼鏡越しにおずおずと妻の顔を見たピエールは、ちょうど犬に取り囲まれた野ウサギが、耳を伏せて敵前に横たわったまま動こうとしないように、そのまま本の先を読み続けようとしてみたが、しかしそんなふりをするのは無意味だし不可能だと感じ、もう一度妻の顔を見上げた。妻は腰を下ろそうともせず、小馬鹿にしたような笑みを浮かべて彼を見つめたまま、侍僕が出て行くのを待っていた。

「これはまたどういうことなの？　ねえ、いったい何ということをしてくれたの？」彼女は詰問口調で切り出した。

「僕が……？　何のこと？　僕は……」ピエールは言った。

「まったく、とんだ勇者気どりね！　ねえ、答えてよ、いったい何のための決闘なの？　あんなことをして、何を証明したかったの？　何を？　あなたに訊いているのよ」ピエールはソファーの上でもたもたと体の向きを変えてから口を開いたが、答えることはできなかった。

「もし答えられないようなら、私から言ってあげるわ……」エレーヌは先を続けた。「あなたは人に言われたことを何でも信じるのよ。誰かに言われたんでしょ……」エレーヌは笑い出した。「ドーロホフが私の情夫だって」彼女はフランス語で言った。持ち前の露骨なまでに正確な言葉遣いで、「情夫」という品のない言葉もほかの言葉と同様、ぬけぬけと口に出したのだった。「そしてあなたは信じたのよ！　でもあなたはあれで何を証明したつもり？　あんな決闘なんかで何が証明できたの？　証明できたのは、あなたがただのおバカさんだっていうことよ。もっともそんなこと初めからみんな分かっているけれどね。その結果、どういうことになると思う？　私がモスクワ中の笑いものになるのよ。きっとみんなが言うわ——あいつは酔った勢いで、血迷って決闘を申し込んだんだ、根拠もなしに嫉妬に狂って」エレーヌはますます声を荒らげ勢いづいた。「どこから見ても自分より優れた男を相手に……」

「ふん……ふん」額に皺を寄せ、妻から目を背け、ピクリとも身動きせぬまま、ピエールはただ意味もなく唸《うな》っていた。

「でも、なぜあの人が私の情夫だなんて信じることができたの？……なぜ？　あの人といる時の私が楽しそうだったから？　でも、もしあなたがもっと賢くて素敵な人だったら、私だって喜んであなたのそばにいたわよ」

「僕に口を利かないでくれ……お願いだ」かすれ声でピエールはささやいた。

「なんで私が口を利いちゃいけないの？　私だって口ぐらい利けるし、それどころかはっきり言わせてもらうわ——あなたのような夫を持ちながら愛人を作らない女なんてめったにいないけれど、私はそのめったにいない妻だったのよ」彼女は言った。ピエールは何か言おうとして妻を見上げ、奇妙な目つきをしたが、その目つきの意味は彼女には分からなかった。彼はそのままたソファーに身を横たえた。この瞬間の彼は肉体的に苦しんでいた。胸がぎゅっと締め付けられ、息もできないほどだった。この苦しみを終わらせるためには何かをしなければならないと分かってはいたが、自分がしようとしていることはあまりにも恐ろしいことだった。

「僕たちは別れた方がいい」彼は途切れ途切れにそう言った。

「別れるっていうなら、かまわないわ、ただし私に財産をよこすんならね」エレーヌが言った……。「別れるなんて、どうせ脅しでしょう！」

ピエールはソファーから飛び起きると、よろめく足で妻に飛び掛かっていった。

「貴様を殺してやる！」そう叫ぶと彼は、自分でも思いがけないような怪力でテーブルにあった重い大理石の盤を持ち上げ、妻の方に一歩踏み出すと、相手の頭上に振りかざした。

エレーヌが恐ろしい形相になり、キャッと叫んで彼から飛びのいた。ピエールの父親の血があらわになった瞬間だった。彼は狂乱の歓びと快感を味わっていた。大理石の盤を投げつけて粉々にすると、両手をひろげたままエレーヌに歩み寄り、「出ていけ！」と叫んだ。家じゅうのものが聞いて震え上がるほどの、恐るべき絶叫だった。もしもこの瞬間エレーヌが部屋から駆けだして行かなかったら、はたしてピエールは何をしでかしたか分からなかった。

一週間後ピエールは、自分の財産の半分強に当たる大ロシア[21]の領地全体の管理委任状を妻に与えて、一人でペテルブルグへと去った。

7章

アウステルリッツの会戦とアンドレイ公爵の戦死の報が禿山《ルイスィエ・ゴールィ》の領地に届いてから二か月が過ぎた。ただ、散々大使館を通じて問い合わせ、あらゆる手段を使って探したにもかかわらず、アンドレイの遺体は見つからず、また捕虜の名簿にも彼の名はなかった。親族にとって最悪なのは、ひょっとして彼が戦場で地元住民によって助けられ、そして今頃は見知らぬ者たちに囲まれて一人回復の床に、あるいは瀕死の床にありながら、その境遇を外に知らせるすべも持たないでいるのではないかという、一縷《いちる》の望みが残っていることであった。父親の老公爵が初めてアウステルリッツの敗戦の報を読んだ新聞は、例によってごく短く、しかもあいまいに、ロシア軍が目覚ましい戦闘の後に退却を余儀なくされたが、その退却は完璧に遂行された旨を伝えていた。老公爵はその公式報道から、味方が負けたことを理解した。この新聞がアウステルリッツの戦闘のニュースを伝えた一週間後、クトゥーゾフの手紙が届き、老公爵に息子を襲った悲運を伝えた。
「御子息は小生の目の前で」とクトゥーゾフは書いていた。「軍旗を手にしたまま連隊の先頭で倒れられましたが、それは御父君のそして祖国の名に恥じない、英雄的な姿でした。小生にとっても全軍にとっても遺憾なことに、ご子息の安否はいまだに不明であります。しかし小生はご子息が存命であるという希望をもって自らを、そして貴兄を慰めんとするものであります。なぜならば、もしも存命でない場合には、戦場で発見された将校のリストに載るはずでありますが、小生が軍使から受け取ったリストには、ご子息の名はないからであります」

夜も更けて一人書斎にいるところへこの知らせを受け取った老公爵は、誰にも何も告げなかった。翌日はいつも通り朝の散歩に出かけたが、管理人に会っても庭師に会っても建築技師に会っても無愛想で、見かけは怒っているように見えたが、誰にも一言も口をきかなかった。

21　ロシア帝国のスラヴ人地域のうち、現在のロシアにあたる部分。他に小ロシア（ウクライナ）、白ロシア（ベラルーシ）があった。

いつもの時間に娘のマリヤが父親の部屋に入って行くと、父は旋盤に向かって研磨仕事をしていたが、例によって娘を振り返りもしなかった。

「おや！　マリヤか！」不意にわざとらしい口調で言うと、父は鑿《のみ》を放り出した（旋盤はなおも惰性で回っていた。マリヤは徐々に衰えていくその旋盤の軋《きし》みを、この後に起こったこととないまぜになった形で、長いこと記憶していた）。

父に近寄ってその顔を見た時、急に何かがマリヤのうちで崩れ落ちた。目の前がぼんやりとかすんだ。悲しげでもなければまいっているふうでもなく、むしろ憎々しげで、無理やり自分を取り繕っているような父の顔から、マリヤはまさに今恐ろしい不幸が頭上に迫り、自分を押しつぶそうとしているのを悟った。それは今まで味わったこともない人生最悪の不幸、取り返しもつかず理解もできぬ不幸、すなわち愛する者の死であった。

「お父さま、アンドレイ兄さんが？」気取ることも知らぬ不器用な娘が悲しみにわれを忘れて言葉にできないような美しい顔でそう問いかけると、父親はその視線を直視できず、すすり上げて顔をそむけた。

「知らせがあった。捕虜の中にもいないし、戦死者の中にもいない。クトゥーゾフがそう書いてよこした」彼はまるで娘をどなりつけて追い払おうとするかのように、つんざくような声で叫んだ。「戦死したんだ！」

マリヤは倒れもしなければ気分が悪くもならなかった。その前から青ざめてはいたが、父の言葉を聞くと顔つきが一変し、キラキラした美しい瞳の中で何かがにわかに輝きだした。あたかもこの世の悲しみや歓びを超越した至上の歓びが洪水のように胸にあふれて、そこにあった強い悲しみを覆いつくしてしまったかのようだった。父親に対する恐怖感もすっかり忘れて歩み寄ると、彼女は手を取って引き寄せ、かさかさの筋張った首をかき抱いた。

「お父さま」彼女は言った。「どうか私の方を向いて、一緒に泣きましょう」

「人でなしどもめ！　卑劣漢どもめ！」なおも娘から顔をそむけようとしながら老いた父は叫んだ。「軍を滅《ほろ》ぼし、兵たちを滅ぼしやがった！　何のためだ？　お前、行きなさい、行ってリーザに伝えるんだ」

マリヤは力が抜けたように父のそばの安楽椅子に腰を落とし、泣き出した。彼女の目には今、兄が自分とリーザに別れを告げた時の、優しくて同時に横柄な姿が浮かんでいた。また兄が優しさと嘲笑の混ざったような顔で、小さな聖像《イコン》を首にかけた時の姿も浮かんできた。『信じたかしら、お兄さんは？　ご自分の不信心を後悔したかしら？　兄さんは今あそこにいるのかしら？　あの、永遠の安らぎと幸いの憩う場所に?』彼女は思った。

「お父さま、教えてくださいどんな風だったんですか?」彼女は涙ながらに訊ねた。

「さっさと行きなさい。戦死だよ。ロシアの最良の者たちを、ロシアの名誉を、亡ぼすために引っ張り出した戦争でな。行きなさい、マリヤ。行ってリーザに伝えるんだ。私も後から行く」

マリヤが父のところから戻ると、兄嫁は座って刺繡仕事をしているところだったが、身ごもっている女性だけに特有の、内に向けたような幸せな落ち着いたまなざしでマリヤを見た。その目は明らかにマリヤを見てはおらず、内側を、自分自身を見つめていた。自分の内で生じようとしている、幸福で神秘的な何ものかを見つめていたのだ。

「マリヤさん」そう言うと兄嫁は刺繡台から離れて、そのまま後ろに身を倒した。

「ここを触ってみて」彼女はマリヤの手を取って、自分の腹部に置いた。

その目は期待の笑みをたたえ、産毛の目立つ鼻下の部分がまくれ上がって、ちょうど幸せな子供のように持ち上がったままの形を保っている。

マリヤは兄嫁の前に跪き、相手の服の襞に顔を埋めた。

「ほら、ほら、感じる? とても不思議な気持ちなのよ。ねえ、マリヤさん、私この子を大好きになるわ」幸福に輝く目で義妹を見ながらリーザ夫人は言った。マリヤは顔を上げることができなかった。泣いていたからだ。

「どうしたの、マリヤさん？」

「何でもないわ……ただ悲しくなって……アンドレイ兄さんのことが悲しくなって」兄嫁の膝で涙をぬぐいながらマリヤは言った。昼までに何度かマリヤは兄嫁の気持ちの準備を促す話をしかけたのだが、そのたびに自分が泣き出してしまうのだった。リーザ夫人がいくら無頓着な性格だとはいえ、自分には訳も分からない涙を散々見せられれば、穏やかではいられなかった。彼女は何も口には出さなかったが、不安そうな眼付きで何かを探すかのようにあたりを見回していた。昼食前に彼女の部屋に老公爵が入って来た。彼女はいつもこの舅を恐れていたが、今日の彼はまた格別穏やかならざる、険悪な表情をしていて、しかも一言も喋らぬまま出て行ってしまった。彼女はマリヤをしばし見つめ、それから例の妊婦によくある内側にまなざしを向けたような表情になって考え込んだかと思うと、不意に泣きだした。

「アンドレイから何か言ってきたの？」彼女は訊いた。

「いいえ、まだ知らせが届くはずがないのはご存知でしょう。でもお父さまが心配なさって、私も恐ろしいの」

「では、何でもないのね？」

「そうよ」キラキラした目でしっかりと兄嫁を見据えてマリヤは言った。彼女は兄嫁には話すまいと決心し、父親に対しても、受け取った恐ろしい知らせのことは、間近に控えている出産の時まで兄嫁には隠しておくように説得した。こうしてマリヤと老公爵はそれぞれの仕方で悲しみを背負い、そして隠していたのである。老公爵は希望を持ち続けるのを潔《いさぎよ》しとしなかった。息子のアンドレイは戦死したものと諦め、わざわざオーストリアに役人を派遣して息子の行方を調べさせたにもかかわらず、わが家の庭に建てる息子の墓碑をモスクワに発注し、息子は戦死したのだと皆に言っていた。彼はこれまでの生活態度を変えぬように努めていたが、体力がついていかなかった。歩く距離も食べる量も眠る時間も少なくなり、日に日に弱っていった。一方マリヤは希望を持っていた。彼女は兄が生きているものとして兄のために祈り、今か今かとその帰還の知らせを待ちわびていた。

8章

「ねえ、マリヤさん」三月十九日の朝、朝食の後でリーザ夫人が言った。昔からの癖で産毛の濃い鼻下の部分が持ち上がっている。しかし例の恐ろしい手紙を受け取って以来、この家では、人々の笑顔ばかりか話し声にも挙措《きょそ》にさえも悲しみが影を落としていたので、いまや夫人の笑顔までもが皆の気分にすっかり染まってしまい、夫人自身はその気分の原因を知らなかったにもかかわらず、彼女の笑顔はかえって皆の悲しみをひときわ想起させるものとなっていた。

「ねえマリヤさん、私、今日の朝食《フリユーシュチク》（コックのフォーカがドイツ語でそう呼ぶあのお食事）のせいで、なんだか具合が悪いようなの」

「どうしたの、お義姉《ねえ》さま？　お顔の色が悪いわ。あら、真っ青よ」マリヤは驚いてそう言うと、例の重たいがやわらかな足取りで兄嫁に駆け寄った。

「奥さま、マリヤ・ボグダーノヴナを呼びにやりましょうか？」居合わせた小間使の一人が言った（マリヤ・ボグダーノヴナというのは郡都の助産婦で、もう一週間以上もこの禿山《ルィスィエ・ゴールィ》に詰めているのだった）。

「本当だわ」マリヤが代わって答えた。「もしかしたらその通りかもしれない。私が行くわ。頑張ってね、お義姉さま！」兄嫁にキスをして、彼女は部屋を出ようとした。

「いいえ、ちがうわ、ちがうのよ！」そう言うリーザ夫人の顔には蒼白さだけでなく、避けがたい肉体的な苦痛に対する子供のような恐怖が浮かんでいた。

「ちがうわ、胃が痛いだけ……胃だって言ってね、ねえ、マリヤさん、お願いよ……」リーザ夫人は小さな手を揉みしだきながら泣き出したが、それは子供が苦しがっているようにも、駄々をこねているようにも、また幾分は演技しているようにも見えた。マリヤは助産婦を呼ぼうと部屋を駆けだした。

「ああ、神さま！　神さま！」背後でそんな声が聞こえた。

見るともう行く手から、ふっくらとした小さな白い手をこすり合わせながら、どっしりと落ち着き払った顔つきで助産婦が歩いてくる。

「マリヤ・ボグダーノヴナ！　どうも、始まったらしいの」びっくりしたように目を見開いて助産婦の老婆を見ながらマリヤは言った。

「おや、それで結構なんですよ、お嬢さま」足取りを早めようともせずに助産婦は応じた。「お嬢さまのようなお嫁入り前の方は、こんなことをご存知なくていいんですけどね」

「でもどうしてモスクワのお医者さまはまだいらしていないんでしょう？」マリヤは言った（リーザ夫人とアンドレイ公爵の希望で、予定日までにモスクワの産科医に来てもらうよう使者を出してあり、その産科医の到着が今か今かと待たれているところだったのだ）。

「大丈夫ですよ、お嬢さま、ご心配なさらないように」助産婦は答えた。「お医者さまがいなくたって、万事うまくいきますから」

五分後、自室にいたマリヤは、何か重いものが運んでこられる音を聞きつけた。ドアから首を出して見ると、召使たちが何の目的でか、アンドレイ公爵の書斎にあった革張りのソファーを寝室に運び込もうとしているところだった。運ぶ者たちの顔には何か厳粛で静謐《せいひつ》な表情が浮かんでいた。

マリヤは一人自室にいて家の中のいろいろな音に耳を澄ませ、時折、誰かがそばを通る気配がするとドアを開け、廊下で起こっていることに目を凝らした。足音を忍ばせて行き来する何人かの女たちは、通りがかりにマリヤがいるのに気づくと、すっと目をそらしてしまう。マリヤの方も声をかける勇気はなく、ドアを閉ざしてまた部屋にこもり、安楽椅子に腰を下ろしたり、祈禱書を手に取ったり、聖像壇の前に跪《ひざまず》いたりするのだった。残念なことに、そして驚いたことに、彼女には祈りも自分の動揺を鎮めてくれないように感じられた。突然、彼女の部屋のドアが音もなく開いたかと思うと、頭にプラトークを被った年老いたばあやのプラスコーヴィヤ・サーヴィシナが戸口に立っていた。父公爵が禁じたせいで、ほとんど一度もマリヤの部屋に入ったことがなかったばあやである。

「マリヤお嬢さま、ちょっとご一緒しようと思って参りましたよ」ばあやは言った。「それにほら、お兄さまの婚礼の時のろうそくをお持ちしましたから、聖者さまの前に灯しましょうね、お嬢さま」ばあやは深く一息ついてから言った。

「ああ、よく来てくれたわね」

「神さまは慈悲深くていらっしゃいますよ、お嬢さま」ばあやは聖像壇の前に金箔を巻いたろうそくを点すと、編みかけの靴下を手にしてドアのそばに腰を下ろした。マリヤは本を手に取って読み始めた。足音や人声が聞こえた時だけ、マリヤは驚いて問いかけるような表情で、ばあやは落ち着けとなだめるような表情で、互いに目を見交わすのだった。マリヤが自室の中でじっと味わっていたのとまったく同じ気持ちがこの家の隅々にまで広がって、誰も彼もがそれに支配されていた。産婦の苦しみを知る者が少なければ少ないほどお産は軽くなる、という俗信に従って、皆がつとめて知らぬふりをしようとしていた。一人として口に出す者はいなかったが、しかし誰のうちにも、平素から公爵家を支配している礼儀正しさや慇懃さといった良きマナーのほかに、何かしら共通の気づかいが、心のやわらぎが、そして今まさに何かしら大いなる、人知を超えた出来事が成就しつつあるという意識が感じられるのだった。

大きな女中部屋では笑い声も聞こえなかった。召使部屋では皆が起きたままじっと黙って何かに備えていた。番小屋でも木切れやろうそくに火を点《とも》し、眠っている者はいなかった。老公爵はかかとで歩く例の歩き方で書斎を歩き回っていたが、ついに侍僕のチーホンに、どうしたか訊いてこいと命じて、助産婦のマリヤ・ボグダーノヴナのもとへ送り出した。

「ただ、『ご主人がどうしたか訊いてこいとお命じになりました』とだけ伝えて、相手が何と答えたか戻って報告しろ」

「公爵さまに、お産が始まったと伝えなさい」助産婦は意味深長な目つきで使いの者を見つめながら応じた。チーホンは戻って伝えた。

「よし」公爵はそう答えると、ドアを閉じて部屋にこもってしまい、以降チーホンの耳には書斎の物音は一切聞こえてこなかった。しばらくしてチーホンがろうそくを整えるためという名目で書斎に入って行くと、公爵はソファーに横たわっていた。その公爵の姿を、不安に歪んだその顔をしばし見つめていたチーホンは、やれやれという風にかぶりを振り、黙って公爵に近寄ると、その肩口にキスをして、ろうそくを直しもせず何をしに来たのか告げもせずに部屋を出たのだった。この世で最も厳粛なる神秘は、なおも成就の途中だった。晩が過ぎ、深夜になった。人知を超えた出来事を前にした者たちの期待感と心のやわらぎの感覚は、鎮まるどころかなおさら高まっていた。誰一人眠っている者はいなかった。

三月には、衰えかけた冬がまだ我を張って、やけっぱちのように最後の雪や嵐をぶつけてくる夜があるが、ちょうどそんな夜の一つだった。モスクワから来る予定のドイツ人の医師が今か今かと心待ちにされており、すでに出迎えのため街道から村道へと折れる曲がり角に替え馬一式が用意され、騎馬の者たちがカンテラを持って、穴ぼこや水たまりだらけの道を案内するべく待機していた。

マリヤはもうとっくに本を脇に置き、黙って座ったままそのキラキラした瞳を、皺だらけの、隅々まで覚えているばあやの顔に向け、プラトークから飛び出たその白髪の房を、顎の下に垂れている皺袋を、じっと見つめていた。

ばあやのプラスコーヴィヤは編みかけの靴下を手にしたまま、もはや何百回も繰り返された昔話を小声で話していた。今は亡き公爵夫人がキシニョフの町で、取り上げ婆ならぬモルダヴィア人の百姓女の手を借りて、マリヤを産んだという話だったが、語る本人には自分の言葉は聞こえず、分かってもいないのだった。

「神さまは慈悲深くていらっしゃるから、医者の先生《ドフトゥル》などいなくて大丈夫ですよ」

ばあやはそんな風に言った。突然の突風が二重窓の外側を外してあった窓を襲い（公爵の意志で、いつも雲雀《ひばり》の鳴く時期になったら各部屋の二重窓の外枠を外すきまりになっていた)、甘くなっていた閂《かんぬき》を撥ね上げてダマスク織りのカーテンをはためかせ、寒気と雪を吹き込んで、ろうそくを吹き消した。マリヤはびくりと身を震わせた。ばあやは靴下を置くと窓に歩み寄り、身を乗り出して開いた窓の枠をつかもうとした。寒風が彼女のプラトークの裾と、そこから飛び出した白髪の房をはためかせる。

「ねえお嬢さま、本道《プレシペクト》を誰かがやってきますよ!」窓枠をつかんだまま窓を閉めずにばあやは言った。「カンテラを持っています。きっとお医者さまですね……」

「ああ、とうとう! よかったわ!」マリヤは言った。「お迎えに出なくては、ロシア語がお分かりにならないから」

マリヤはショールをひっかけると馬車の客を迎えに駆けだした。控えの間を通るとき窓越しに、どこかの馬車と複数のカンテラが車寄せのところに見えた。彼女は階段に出て行った。手すりの柱の上で燃えている獣脂ろうそくが、風に吹かれて蠟《ろう》をしたたらせていた。召使のフィリップがびっくりしたような顔をしてもう一本のろうそくを手に持ったまま、下の、階段の最初の踊り場に立っていた。さらにもっと下の、階段の曲がり角の先から、こちらに上って来る防寒ブーツの足音が聞こえる。そして誰かの、マリヤにはなじみのある気がする声が聞こえてきた。

「それはよかった！」声が言った。「それで父上は？」

「おやすみになられました」すでに下に降りていた執事のデミヤンの声が答えた。

それからまた声が何か言い、デミヤンが何か答えると、防寒ブーツの足音がどんどん速度を増して、こちらからは見えない階段の曲がり角を回って近づいてくる。『アンドレイ兄さん！』マリヤは思った。『いいえ、あり得ないわ、そんな不思議なこと』そう思い直した途端、ろうそくをもった召使が立っている踊り場にアンドレイ公爵の顔と体が現れた。毛皮外套を着て、襟は雪だらけだ。そう、それはまさしく兄だった。ただし血色が悪く痩せており、すっかり面変わりして、妙に穏やかなようでいながら不安そうな顔をしている。彼は階段を上ってきて妹を抱きしめた。

「僕の手紙を受け取らなかったのかい？」そう訊ねるとそのまま返事を待たず（口が利けなくなっている妹相手では、待っていても返事は得られなかっただろうが）、また取って返し、後から上って来た産科医を連れて（二人は最後の宿駅で一緒になったのだった）速足でもう一度階段を上ってくると、もう一度妹を抱きしめたのだった。

「何という運命だろう！」彼は言った。「ああ、マーシャ！」そう言うと毛皮外套とブーツを脱ぎ捨てて、妻の居室へと向かった。

9章

リーザ夫人はいくつものクッションに身を支えられ、白いナイトキャップを被ってソファーに横たわっていた（たった今陣痛の波が去ったところだった）。ほてって汗の浮かんだ頬に乱れた黒髪の房が幾筋もうねっている。真っ赤な魅力的なその小さな口の、黒い産毛に覆われた上唇がぽっかりと開いて、うれしそうな笑顔になっていた。アンドレイ公爵は部屋に入ると、妻の正面の、彼女が横たわっているソファーの裾の位置に立った。驚いた子供のような興奮をたたえた妻のキラキラした目が彼をとらえたが、表情は変わらなかった。『私はあなたたちみんなを愛しているし、誰にも悪いことはしていない。どうして私が苦しい目に遭うの？　私を助けて』――そんな風にその表情は語っていた。彼女は夫に気付いたが、しかし夫が今目の前に現れたことの意味は分からなかった。アンドレイ公爵はソファーを回り込んでいって妻の額にキスをした。

「僕のかわいい妻！」一度も妻に向かって言ったことのない優しい言葉が口をついて出た。「大丈夫、神さまは慈悲深いから……」妻は問うような、責める子供のような目つきで彼を見つめた。

『私はあなたが助けてくれると期待していたのに、何も、何もしてくれないのね、あなたも同じだわ！』彼女の目はそう語っていた。夫が帰ってきたことに彼女は驚いてはいなかった。夫の帰ってきたことの意味が分からなかったのだ。夫の帰還は彼女の苦痛とその緩和に、何の影響も及ぼさなかった。またもや陣痛が始まり、助産婦がアンドレイ公爵に部屋を出るように勧めた。

産科医が部屋に入ってきた。アンドレイ公爵は部屋を出たが、マリヤを見かけると、また彼女に近寄って行った。二人は小声で話し始めたが、会話はしょっちゅう途切れた。二人とも待ち構えて耳を澄ませていたからだ。

「行ってみて、お兄さま」マリヤは言った。アンドレイ公爵はもう一度妻のところへ行こうとしたが、手前の部屋まで行って腰を下ろし、待つことにした。誰か女が一人おびえた顔で部屋から出てきたが、アンドレイ公爵を見るとすっかり動転してしまった。公爵は両手で顔を覆い、そのまま何分か座っていた。哀れっぽい、寄る辺ない生き物のような呻き声がドアの向こうから聞こえてきた。アンドレイ公爵は立ち上がり、ドアに歩み寄って開けようとした。だが誰かが向こう側からドアを押さえていた。

「いけません、いけません！」ドアのかげからあわてふためいた声がした。アンドレイ公爵は部屋の中を歩きまわった。喚《わめ》く声は止み、そのまま数秒経った。突然、隣室ですさまじい絶叫が響いた（妻の叫びではない、妻はこんな叫び声は出せないから）。アンドレイ公爵はドアに駆け寄った。絶叫は鎮まったが、別の叫びが、赤ん坊の泣き声が聞こえてくる。『どうしてこんなところへ赤ん坊を引っ張り込んだ？』最初の一瞬アンドレイ公爵はそう思った。『赤ん坊？　どこのだ？……なぜここに赤ん坊が？　もしかして生まれたのか？』

この泣き声の喜ばしい意味を悟ると、込み上げる涙に胸が詰まり、彼は窓敷居に両肘をついて、子供が泣くようにすすり泣き始めた。ドアが開き、医者が出てきた。フロックコートを脱ぎシャツの袖をまくり上げた姿で、顔を真っ青にして顎を震わせている。アンドレイ公爵は声をかけたが、医者は茫然とした目で彼を一瞥しただけで、一言も発せずに通り過ぎて行った。女が一人駆け出してきたが、アンドレイ公爵を見ると当惑したように敷居の上で立ち止まった。彼は妻のいる部屋に入っていった。妻は死んで横たわっていた。姿勢はついさきほど彼が見たのとまったく同じままで、目の動きは止まり、頬は青ざめているが、かわいい子供のような臆病そうな小さな顔と、黒い産毛に覆われた上唇に浮かんでいる表情も、さっきとまったく同じだった。

『私はあなたたちみんなを愛してきたし、誰にも悪いことはしなかったのに、あなたたちは私を何という目に遭わせたの？　ああ、私に何ということをしてくれたの？』魅力的な、哀れな死に顔はそう語っていた。部屋の片隅で、助産婦の白い震える腕に抱かれて、何か小さな赤いものが、ブウと鼻音を立て、ヒーと泣き声を上げた。

その二時間後、アンドレイ公爵は静かな足取りで父親の書斎に入って行った。老人はすでにすべてを知っていた。はじめからドアのすぐわきに立っていて、ドアが開くとすぐに何も言わぬまま、老人らしいごつごつした両手で万力のように息子の首をぎゅっとつかむと、子供のように号泣し始めた。

三日後、リーザ夫人の葬儀が行われ、アンドレイ公爵は告別のために棺台の段を上った。棺の中でも妻の顔は全く同じで、ただ目が閉じているだけだった。『ああ、私に何ということをしてくれたの？』その顔は相変わらずそう語りかけていた。アンドレイ公爵は胸の内で何かが引きちぎられる思いがし、取り返しもつかなければ忘れることもできぬ罪を自分が犯してしまったのを感じた。彼は泣くこともできなかった。老公爵もまた棺の脇に立ち、安らかに高々と組み合わされた蠟のような小さな手の片方にキスをしたが、老公爵に対しても彼女の顔は『ああ、いったいなぜあなたは私をこんな目に遭わせたのです？』と語り掛けた。老公爵はその顔を見ると腹立たしげに顔をそむけた。

さらに五日後、ニコライと名付けられた幼い公爵の洗礼式が催された。司祭がガチョウの羽根で赤子の皺の寄った真っ赤な手のひらと足の裏に洗礼水を塗っている間、乳母がおむつを顎で押さえていた。

代父役の祖父は、抱いた赤子を落とすのを恐れてびくびくしながら、でこぼこしたブリキの洗礼盤の周りをまわると、代母のマリヤに渡した。アンドレイ公爵は赤ん坊が溺れさせられはしないかとひやひやしながら、別室に控えて式の終わりを待っていた。乳母が赤ん坊を抱いて出てくると、彼はうれしそうにその顔を覗き込み、洗礼盤に投げ込まれた髪の毛を付けた蠟が沈まずに浮いたと乳母が告げると、[22]よしという風に頷いてみせたのであった。

22　洗礼の際、子供の髪の毛を蠟に付けて洗礼盤に入れ、沈まずにいれば子供が幸せになるという俗信を踏まえている。

10章

ドーロホフとピエールの決闘にニコライが関与していたことは父親の伯爵の尽力でもみ消され、ニコライは覚悟していた降格処分の代わりに、モスクワ総督[23]の副官に任命されるという計らいになった。このおかげで家族と田舎の領地に行くこともかなわず、このひと夏モスクワに残って新しい勤務に励むこととなった。ドーロホフはすっかり回復したが、ニコライはその回復期にこの相手ととりわけ親密な関係になった。傷が治るまでのあいだドーロホフは母親の家にいたが、これは息子を激しく、また優しく愛してやまぬ母親だった。マリヤ・イワーノヴナという名のこの母は、息子の友人だという理由でニコライが気に入り、しばしば彼を相手に息子の話をした。

「ええ伯爵、あの子はあまりにも高潔で純粋すぎるんですよ」そんなふうに彼女は語るのだった。「今どきの穢れた社会に生きるにはね。美徳なんて誰も好みはしませんし、皆に煙たがられるだけですから。ねえ、どうでしょう伯爵、今度のことだって、ベズーホフの側が正しくて潔白だったなんて、はたして言えるでしょうか？　息子は高潔な気持ちから、あの人に好意を持ったわけで、今でもあの人の悪口なんてけっして一言ももらしはしません。ペテルブルグでは警察署長を相手にいたずら騒ぎを、まあ何かのおふざけでしでかしましたが、あれもあの人と一緒にしたことでしょう？　それがどうでしょう、ベズーホフはおとがめなしで、息子が全部ひっかぶったのですよ！　それも大変な目に遭って！　それは将校に復帰はできましたよ、復帰できないわけがあるでしょうか？　思うに、あの子のように勇敢な、祖国の子と呼ぶべき兵士は、戦地にも多くはいなかったんじゃないでしょうか。そうしたら今度は、あの決闘騒ぎです。いったいああいった人たちには感情が、名誉の感覚があるのでしょうか！　あの子が一人息子だと知りながら、決闘に呼び出してそのままバンと撃つなんて！　幸い、神さまのご加護で命は助かりましたけれどね。しかも決闘の理由というのがどうでしょう？　いやはや、今どき道ならぬ恋の一つや二つ、しない者がいるでしょうか？　もしも相手がそれほどの焼き餅焼きなんだったら（それは私も分かりますがね）、早いうちからそう言っておけばよかったものを、一年も続いてから何ですか。おまけに、決闘を仕掛けたのだって、あの子があちらに借金をしているから決闘に応じないだろうと見込んだ上でのことですよ。なんて卑劣なんでしょう！　なんて汚ら

23　モスクワ県の行政長官で軍務も統轄した。

わしいことでしょう！　伯爵、あなたがあの子のことを理解してくださったのを存じております。だからこそ私も心からあなたをお慕いしているのですよ、信じてくださいね。あの子を理解してくださる方はめったにいません。それはそれは気高い、天使のような心の持ち主ですのに……」

ドーロホフ本人も回復の途上で、ニコライにまったく思いがけないような話をして聞かせたものだった。

「俺は悪党だと思われている。分かっているさ」彼はそんなふうに言った。「言わせておけばいい。自分が好きな人間以外、俺にはどうだっていいんだから。好きな人間のことは命がけで大事にするが、他の連中は、もしも行く手を遮るようなら構わず踏みつぶしてやるさ。俺には大好きな、かけがえのない母と、二、三の親友がいる。君もその一人だが、それ以外の人間は、そいつが自分にとって有益か有害かの度合いに応じて意識するだけだ。ほとんど全員が有害だよ、特に女はね。いやまったく」と彼は続けた。「男なら、情け深い奴も、高潔な奴も、気高い奴も見てきたが、女はいまだに売女《ばいた》しか見たことがない。伯爵夫人だろうが料理女だろうが、変わりはないさ。俺が女性に求める天使のような純真さと献身的な愛情の持ち主には、まだ出会ったためしがない。もしもそんな女性に出会ったら、俺はその相手に命をささげることだろうが。そこへ行くとあんな女どもは！……」彼は侮蔑的な仕草をした。「君が本気にするかどうか分からんが、仮に俺がまだ自分の命を大事に思っているとすれば、それはひとえに、そんな天使のような女性に出会えるという期待をいまだに持っているからだよ。俺を生まれ変わらせて、清め、高めてくれるような女性にね。だが君には分かるまい」

「いや、よく分かるよ」この新しい友人の感化に染まったニコライはそう答えた。

秋になるとロストフ伯爵の一家がモスクワに戻ってきた。冬の初めにはデニーソフも帰還して、ロストフ家に滞在することになった。ニコライがモスクワで過ごしたこの一八〇六年の初冬は、彼にとってもまた家族全員にとっても、最も幸せで楽しい時期の一つとなった。ニコライはたくさんの青年たちを親の家に連れてきた。ヴェーラは二十歳の美しい令嬢になっていた。ソーニャは咲き初《そ》めた花の魅力をふんだんにたたえた十六歳の娘ざかりだった。ナターシャは半分令嬢、半分小娘で、子供のように滑稽な真似をするかと思えば、乙女の魅力を漂わせているという風だった。

この時期のロストフ家には、美しい盛りのうら若い娘たちがいる家庭に特有の、何か心ときめくような雰囲気が漂っていた。ロストフ家を訪れる青年たちは、この若く感受性豊かな、なぜかしら（おそらく自分が幸福なために）微笑んでいる乙女たちの顔を眺め、彼女たちの活気に満ちたにぎやかな様子を眺め、若い女性らしくとりとめもないが、しかし誰にでも愛想よくどんな話題にも応じてくれる、希望あふれるお喋りを聞き、歌だとか演奏だとか、同じくとりとめもない音に耳を傾けているうちに、ちょうどロストフ家の若者たち自身が味わっているのと同じような、恋の予感と幸福への期待を味わうのだった。

ニコライが最初に家に連れてきた青年の一人がドーロホフだった。彼は家族全員に気に入られたが、ただしナターシャだけは別だった。ナターシャはドーロホフのことで兄とあわや喧嘩しかけたほどだった。ドーロホフは悪い人間であり、ピエールとの決闘でも、正しいのはピエールでドーロホフが悪かったのだと言い張ったのだ。彼が不愉快な、不自然な人間だとも主張した。

「理解する余地なんてないわ！」頑《かたく》なに自説を固持してナターシャは叫ぶのだった。「あの人は意地悪で情のない人間よ。例えばあのデニーソフさんなら、私好きよ。あの人は確かに大酒飲みで、それっきりの人だけど、それでも私は好き。つまり理解できるのよ。兄さんにはうまく言えないけれど、ドーロホフって人は何をするにも魂胆がある感じがして、それが嫌なの。デニーソフさんなら……」

「いやあ、デニーソフはちょっと話が別だよ」そう答えるニコライの口調には、さすがのデニーソフもドーロホフには遠く及ばないというニュアンスが込められていた。「あのドーロホフの心根《こころね》を理解しなくちゃ。彼が母親といるところを見てみろよ。それはもう、気立ての優しい男なんだから！」

「そこまでは私には分からないけれど、とにかくあの人といるとなんだか気まずいの。それに、兄さん知っている？　あの人ソーニャのことが好きなのよ」

「そんなばかな……」

「確かよ、まあ、今に分かるわ」

ナターシャの予言は当たっていた。貴婦人たちとの社交の場を苦手とするドーロホフが頻繁にこの家に出入りするようになり、訪問のお目当ては誰かという問題にも、じきに（別に誰が話題にしたわけでもないが）ソーニャだという答えが出たのだった。そしてソーニャの方も、決して自分から口に出すような度胸はなかったが、これに気付いていて、ドーロホフが姿を現すたびに真っ赤に頰を染めるようになっていた。

ドーロホフはしばしばロストフ家の食卓に連なり、同家の者たちが出かける観劇は一つも逃さず、一家そろって常連となっているヨーゲル主催の若者のための舞踏会にも通うようになった。彼はひたすらソーニャ一人にのみ関心を向けて、食い入るような眼で見つめているので、単にソーニャだけがその視線を持ちこたえきれずに赤面するばかりでなく、伯爵夫人とナターシャまでもが、その視線に気づいて顔を赤らめる始末だった。

見るからにこの屈強な、一風変わった男は、この黒髪のしとやかな美少女の圧倒的な魅力に参っているのだったが、ただしその美少女は他の人を愛していたのである。ニコライはドーロホフとソーニャの間に何か新しい関係が生じたことに気付いたが、それがどういう関係かを突き詰めて考えはしなかった。『あいつらときたら、みんな誰かに恋しているんだ』ソーニャとナターシャについて、彼はそんな感想を抱いていた。ただソーニャとドーロホフがいる場に立ち会うのが前よりも気詰まりになって来たので、ニコライが家で過ごすことは少なくなっていった。

一八〇六年の秋以降、またもや対ナポレオン戦争のうわさが、去年よりもさらに熱のこもった形で巷《ちまた》に飛び交うようになった。[24] 成人千人あたり十人の新兵召集[25]ばかりでなく、千人あたり九人の民兵募集も決定された。随所でボナパルトへの呪詛《じゅそ》の声が響き、モスクワは来るべき戦争の話題でもちきりだった。戦争に向かおうとするこうした雰囲気の中で、ロストフ一家の関心はひとえにニコライの身の振り方にあった。ニコライはどうしてもモスクワに残ることを承知せず、デニーソフの休暇が終わるのを待って、祝日明けに一緒に連隊に復帰しようとしていた。しかし差し迫った出立の予定も、彼が遊び回るのを妨げなかったばかりか、より遊興に拍車をかけていた。大半の時間を彼は家の外で過ごし、晩餐会だの夜会だの舞踏会だのに通い詰めていたのである。[26]

11章

降誕祭週の三日目にニコライは家で食事をしたが、これは最近では珍しいことだった。彼は神現祭明けにデニーソフと連隊に出立する予定だったので、この日のディナーは正式な送別の宴だったのである。席に着いていたのは二十名ばかりで、ドーロホフとデニーソフもそこに混じっていた。

---

24 一八〇六年に準備されていた仏露和平条約の批准が八月に破棄され、秋以降プロイセン・イギリス・ロシア連合とフランスの戦争の機運が高まった。
25 通常の新兵召集は成人人口千人あたり五～七人だった。
26 十二月二十五日の降誕祭（クリスマス・新暦一月七日）から一月六日の神現祭（主顕節・新暦一月十七日）にかけての年末年始の祝日期間を示す。

ロストフ家の恋愛気分、心ときめく雰囲気は、まさにこの降誕祭週間に、いつにもまして盛り上がりを見せていた。『幸せの瞬間《とき》を逃すな。人の愛を勝ち得、自らも人を愛すべし！　それのみがこの世の真実、他はすべてよしなしごと。ゆえにわれらはこの世で、ただそれのみに没頭する』——仮に言葉にすれば、このような雰囲気だった。

ニコライはいつも通り、四頭立ての馬車をいくら駆り立てても行くべき場所、招待された場所のすべてを回り切れぬほどだったので、家に戻ったのはディナーが始まるぎりぎり直前だった。広間に入った途端、彼はこの家の恋愛気分に張り詰めた気配があるのに気づき、体で感じた。そればかりか彼は何人かの人物の間に妙な気まずさが漂っているのを察知した。とりわけ動揺していたのはソーニャ、ドーロホフ、母親の伯爵夫人で、ナターシャにも幾分その気配が見えた。ニコライはきっとディナーの前にソーニャとドーロホフの間に何かがあったのだろうと推察し、持ち前のデリカシーを発揮して、食事の間中、二人に話しかける場合には特にやさしく慎重な態度を取った。同じ降誕祭週三日目の晩、ダンス教師のヨーゲルが祝日ごとに教え子全員のために開く舞踏会の一つが開催されることになっていた。

「ニコライ兄さん、ヨーゲルさんの舞踏会に行くでしょう？　ぜひ行ってね」ナターシャが話しかけてきた。「先生は兄さんを特に招待しているわ。ワシーリー・ドミートリチ（これはデニーソフのことだった）もいらっしゃるそうよ」

「伯爵令《えい》嬢のご命令《えい》とあえば、どこへでもお供しますよ」ロストフ家では冗談半分にナターシャのナイト役を買って出ているデニーソフが言った。「ショール・ダンス《パ・ド・シャル》だって踊う覚悟です」

「間に合ったらな！　アルハーロフさんたちにも約束しているんだ、あの家でも夜会があってね」ニコライは答えた。

「君はどう？……」ニコライはドーロホフに訊いた。そしてその途端、これは訊いてはいけないことだったと気づいたのだった。

「そうだな、もしかしたら……」ドーロホフはソーニャにちらりと目をやると、そっけない、怒ったような声で答え、顔を顰めたまま、ちょうどいつかイギリスクラブの宴会でピエールを見つめた時とそっくりの目つきで、改めてニコライを一瞥した。

『何かあるな』ニコライはそう思ったが、ディナーが終わるとドーロホフがそそくさと姿を消したことで自分の推測により確信を持ったので、ナターシャを呼び寄せて事情を問いただした。

「こっちこそ兄さんを探していたのよ」彼の部屋に駆け込んでくるなりナターシャ

は言ったのに、「私が言ったのに、兄さんは信じようとしなかったんだから」勝ち誇ったように彼女は言うのだった。「あの人、ソーニャにプロポーズしたのよ」

この間ほとんどソーニャのことをかまわずにいたニコライだったが、これを聞いた時には、やはり何か胸がえぐられるような感じを覚えた。持参金のない孤児のソーニャにとっては、ドーロホフはれっきとした、ある意味では素晴らしい結婚相手だった。母親の伯爵夫人から見ても世間から見ても、彼の求婚を断る筋合いはなかった。だからこそこれを聞いた時のニコライの最初の反応は、ソーニャへの憎しみだった。彼はこう言ってやりたかった——『上等じゃないか、もちろん子供のころの約束なんか忘れて、プロポーズを受けるべきだよ』だがまだ彼がこれを口に出す前にナターシャが言った。

「それがどうでしょう！　あの人断ったの、きっぱりと断ったのよ！」しばし間をおいて彼女は言い添えた。「他に好きな人がいるからと言ってね」

『そうだ、僕のソーニャならそれ以外の返事はありえないはずだ！』ニコライは思った。

「お母さまがどんなに頼んでも、ソーニャは受け付けなかったの。それに私知っているけれど、あの人はいったん口に出したことは、二度と翻しはしないから……」

「母さんが頼んだって！」ニコライは咎める口調で言った。

「そうよ」ナターシャは答えた。「いいこと、兄さん、怒っちゃだめよ。でも私分かっているの、兄さんはソーニャと結婚しないって。私分かるのよ、どうしてか知らないけれど、確かに分かるの、兄さんは結婚しないって」

「ふん、そんなことお前に分かるわけがないさ」ニコライは言った。「ともかく、僕は彼女と話をしなくちゃならない。いやあ実にすばらしい女性だな、ソーニャというのは！」彼はにっこり笑って言い添えた。

「とびきりすばらしい女性よ！　兄さんのところに来させるわ」そう言うとナターシャは兄にキスをして駆け去っていった。

しばらくしてソーニャが怯えたような、放心したような、疚《やま》しそうな顔で入って来た。ニコライは歩み寄り、彼女の手にキスをした。今度ニコライが戻ってから二人が差し向かいで、しかも自分たちの恋の話をするのは、これが初めてだった。

「ソーニャ」はじめはおずおずと、そして後にはどんどん大胆な口調になって彼は語り掛けた。「もしもあなたがこんなに素敵な、しかも有利な結婚話を断ってしまおうとしているなら……でも彼は素晴らしい、高潔な人物なんだよ……僕の親友だし……」

ソーニャは彼の言葉を遮った。

「私、もうお断りしました」彼女は急いで言った。

「もしもあなたが僕のために断るのだとしたら、心配なのは、僕と……」

ソーニャはまたもや彼を遮って、哀願するような、怯えたようなまなざしで彼を見つめた。

「ニコライさん、それは言わないでください」彼女は言った。

「いや、僕は言わなくちゃいけない。もしかしたら僕の自惚《うぬぼ》れかもしれないけれど、何もかも喋ってしまった方がいい。もしもあなたが僕のために断るのなら、僕もあなたに本当のことを洗いざらい話しておく必要がある。僕はあなたを愛している、誰よりも愛しているつもりだ」

「それで私は十分です」さっと頬を染めてソーニャは言った。

「いや、でもね、僕は恋をしたことなら何度でもあるし、これからも何度でも恋をするだろう。ただし、あなたに対して抱いたような友情と信頼と愛情は、他の誰にも抱くことはないけれど。それに、僕はまだ若い。母もまだ僕の結婚を望んでいない。つまり、早い話が、僕はあなたに何も約束できない。だから、ドーロホフのプロポーズのことを考え直してほしいんだ」友人の苗字を口にするのに抵抗を覚えながら彼は言った。

「そんなことをおっしゃらないでください。私は何も望みません。私はあなたを兄として慕っておりますし、ずっと慕い続けます。それ以上何も要りません」

「あなたは天使だ、僕にはもったいない人だ。僕はただあなたを騙すことになるのを恐れているんだ」ニコライはもう一度彼女の手にキスをした。

12章

ダンス教師ヨーゲルの舞踏会はモスクワで一番楽しい舞踏会だった。覚えたてのステップをしてみせるわが子を眺める母親たちもそう言っていたし、倒れるまで踊りまくった後の少年少女たち自身もそう言っていたし、子供たちのお付き合いのつもりで顔を出す年頃の青年男女も、それぞれ極めて愉快な経験をしたあげく、同じことを言っていた。この年はヨーゲルの舞踏会をきっかけにして二組の結婚が成就した。ゴルチャコフ公爵家の美しい令嬢が二人そろって、この場でパートナーを見つけて結婚したのだが、それでヨーゲルの舞踏会の評判はなおさら高まったのである。この舞踏会の特色は主人《ホスト》や女主人《ホステス》がいないことで、ただ主催者の心優しきヨーゲルが、羽根のように舞い、お手本通りの摺り足でフロアーを駆け巡りながら、客たち全員からレッスンのチケットを集めて回るだけであった。もう一つの特色は、この舞踏会に集まるのが、ちょうど初めてロングドレスを着た十三や十四の少女が踊りたくてたまらないのと同じように、自分で踊って楽しみたい者たちばかりだったことである。稀な例外を除いて、誰もが美しかったし、あるいは美しく見えた。それほど皆がうれしそうな笑顔になって、かわいい目を燃え立たせていたのである。時にはダンス教室の優秀な女生徒たちがショール・ダンスを踊ることもあったが、ナターシャはとりわけ上手で、優美さで際立っていた。しかし今回の舞踏会のダンスは、スコットランド舞踏《エコセーズ》とイングランド舞踏《アングレーズ》と、それに最新流行のマズルカだけだった。ヨーゲルは今回ベズーホフ家の広間を借りて会場としていたが、皆が言うように舞踏会は大成功だった。美しい娘たちがたくさん集まったが、中でもロストフ家の二人の令嬢は最上の部類だった。二人はともにこの晩、格別に幸せで楽しい気分だった。ソーニャはドーロホフにプロポーズされたこと、自分がそれを断ったこと、さらにニコライと打ち明け話をしたことが誇らしく、家にいる時からすでにくるくるとターンの真似をして、小間使がおさげを結うのに手を焼くほどだったが、いまもこみ上げてくる喜びに全身を輝かせているところだった。

ナターシャも、初めてロングドレスをまとって本物の舞踏会に出ることが負けず劣らず誇らしくて、ソーニャよりももっとうれしそうだった。二人とも真っ白なモスリンのドレスを着てピンクのリボンを着けていた。

ナターシャは会場に入った途端、恋する娘になっていた。特に誰かに恋をしているのではなく、みんなに恋をしているのだ。誰かを見た途端、その見ている相手に恋をしてしまうのだった。

「ああ、なんて素敵でしょう！」彼女はソーニャのもとに駆け寄ってはしきりに感嘆していた。

ニコライはデニーソフとともに広間を歩き回りながら、踊っている者たちを優しい、保護者のような眼で眺めていた。

「あの娘はなんてかわいいんだ、きっと美人になるな」デニーソフは言った。

「誰のこと？」

「伯爵令嬢《えい》ナターシャさんさ」デニーソフが答える。

「それに踊りも素晴らしい、優雅そのものじゃないか！」しばし黙った後で彼はまた言った。

「いったい誰のことを言っているんだい？」

「妹さんのことだよ、君のね」デニーソフは怒ったように叫んだ。

ニコライはにやっと笑った。

「伯爵、あなたは私の最良の教え子の一人なんですから、ぜひ踊ってください」小柄なヨーゲルがニコライに歩み寄ってきて言った。「ほら、きれいなお嬢さんたちがいっぱいいるでしょう」ヨーゲルはデニーソフにも同じことを頼んだ。デニーソフもまた昔の教え子だったのだ。

「いいえ、先生、僕は壁に張り付いていますよ」デニーソフは答えた。「覚えていあっしゃあないのですか、僕がレッスンの時怠けてばかいいたのを?……」

「いや、そうじゃありません!」ヨーゲルは急いでとりなす口調で言った。「あなたは気が散っていただけで、才能はあったのですよ。そう、立派な才能がね」

新しくはやり始めたマズルカの演奏が始まった。ニコライはヨーゲルの勧めをかわし切れず、ソーニャをパートナーに誘った。デニーソフは高齢の女性たちのいる席の近くに腰を据えると、サーベルに肘をついて足でリズムを取り、踊る若者たちを眺めながら、何か面白いことを言っては女性たちを笑わせていた。ヨーゲルは最初のパートナーに、誇りとする最良の弟子のナターシャを選んだ。彼は短靴を履いた小ぶりな足をやわらかに、優しく動かしながら、臆しながらも必死にステップを踏むナターシャをリードして、真っ先に広間を駆け巡った。デニーソフはじっと彼女の姿を目で追いながら、サーベルで拍子をとっていたが、その様子から、彼が踊らないのは踊りたくないからで、踊れないからではないという事情がはっきりと窺《うかが》えるのだった。連続ステップ《フィガー》のさなかに、彼はそばを通りかかったニコライを呼び寄せた。「こえは全くいただけないね」彼は言った。「いったいあえがポーランドのマズウカかい？　でもダンスは見事だな」

デニーソフが本場のポーランドでもポーリッシュ・マズルカの名手として名をはせていたのを知っていたニコライは、ナターシャのもとに駆けつけた。

「デニーソフと踊ってごらん。彼はダンスの名手だよ！　神業だから！」彼はそう勧めた。

次にナターシャの踊る番が来たとき、彼女は立ち上がると、蝶リボンのついた短靴を履いた足で小走りに駆けだし、臆しながらも一人で広間を横切って、デニーソフのいる片隅へと向かった。彼女はみんなが自分に注目し、何をするかと待ち構えているのを感じた。ニコライが見ていると、デニーソフとナターシャが笑顔で押し問答をして、デニーソフは誘いを断りながらも、うれしそうにほほえんでいる。彼はそこへ駆けつけた。

「お願いです、ワシーリー・ドミートリチ」ナターシャはかき口説いていた。「一緒に踊りましょうよ、お願いですから」

「いやはや。勘弁してくださいよ、お嬢さん」デニーソフが答えて言う。

「まあいいじゃないか、ワーシカ」ニコライが加勢した。

「なんだか意地っ張いな猫を言いくうめようとしていうみたいだな[27]」デニーソフが冗談めかして言った。

「あなたのために一晩中歌いますから」ナターシャが言った。

「まったく魔法使いだね、僕を思い通いに操うんだかあ！」そう言うとデニーソフはサーベルを外した。椅子席からフロアーに降りると、彼はパートナーの片手をしっかりと握り、首を上げ、片足を引いて曲の切れ目を待った。馬に乗った時とマズルカを踊るときだけ、デニーソフの背の低さが目立たず、彼はまさに自分がイメージしている通りの偉丈夫《いじょうぶ》になるのだった。待ち構えていた曲の切れ目が来ると、彼は勝ち誇ったような冗談めかしたような顔でパートナーを横目で一瞥し、やにわに片足でとんと床を蹴ったかと思うと、まるで毬《まり》のようにしなやかに床から身を踊らせて、パートナーを後ろに従えたまま、弧を描きながら飛ぶように疾走していった。片足だけで音もなくフロアーの半分ほども走っていって、あたかも目の前にある椅子が目に入らずにあわや激突するかに思えたとき、彼は急に拍車を鳴らし、両足を開いてかかと立ちで立ち止まった。そのまま一秒ほど立っていたかと思うと、その場で拍車の音を高らかに響かせて両足を踏み鳴らしながら勢いよく体を回転させ、左足で右足を軽く打って、またもや弧を描いて飛ぶように駆けて行く。ナターシャは相手のしようとしていることを勘で察しながら、自分で自分のしていることが分からぬまま、相手に身を任せてついて行った。デニーソフはある時は右手で、ある時は左手で彼女の体を回転させ、ある時は跪いたポーズをとって自分の周りをぐるりと回らせ、そうかと思えばまたさっと跳び上がって、まるで息もつかずに続き部屋をすべて駆け抜けるかのような勢いで、前方に突進した。そうしてまた不意に立ち止まり、またもや新しい、思いがけない所作をしてみせるのだった。ついに彼がパートナーをその席の前で勢いよく回転させてから、拍車をガチャリと鳴らして彼女に一礼したとき、ナターシャは腰を屈めて会釈することさえできなかった。不思議そうな目つきで彼をじっと見つめたまま、まるで相手が誰だか分からないかのように、微笑を浮かべていたのである。

「今のはいったい何でしたの？」彼女は言った。

27　ワーシカはロシアの雄猫の典型的な愛称。

ヨーゲルはこのマズルカを本式とは認めなかったが、皆はデニーソフの離れ業に感嘆して次々と彼にダンスを申し込んできた。老人たちはにこにこしながらポーランドの話をし、古き良き時代を語り始めた。マズルカで顔を真っ赤に紅潮させたデニーソフは、ハンカチで汗を拭うとナターシャの隣に座り込み、一晩中彼女のもとを離れようとしなかった。

13章

その後二日間、ニコライは自宅でドーロホフを見かけなかったし、訪ねて行っても不在で会えなかった。そして三日目に彼はドーロホフからの短信を受け取った。

「君も承知の理由から僕はもうお宅へ伺うつもりはないし、軍へ戻るので、今晩友人たちを招いてささやかな別れの宴を開くことにした。英国ホテルに来てくれ」同日の九時過ぎ、ニコライは家族やデニーソフと一緒に出かけた劇場を後にして、英国ホテルに赴いた。彼は直ちに、ドーロホフが一晩借り切った最高級の部屋に通された。見ると二十人ばかりの男がテーブルに群がり、テーブルの反対側には二つの燭台の間にドーロホフが座り込んでいる。テーブルには金貨や紙幣が置かれ、ドーロホフが胴元となって銀行《バンク》[28]ゲームが進行中だった。ドーロホフがソーニャにプロポーズして断られた後、ニコライは彼と会っておらず、会う時のことを考えるたびに気まずい思いを味わっていた。

まだ戸口に立ったばかりの時、すでにドーロホフの明るい、冷ややかな目がニコライを迎えた。だいぶ前から彼の来るのを待ち構えていたような様子だった。

「久しぶりだな」相手は言った。「よく来てくれた。もうちょっとでゲームが終わるから。あとでイリューシカが合唱隊を連れて現れることになっているんだ」

「何度か君の家に寄ったんだよ」ニコライは顔を赤らめながら言った。

ドーロホフは返事をしない。

「賭けてもいいぞ」彼は言った。

28　ここで行われている銀行とは正式名称ファロ（ファラオ）というカードゲーム。子はエースからキングまで十三枚の札から一枚を選び、裏向きにおいて賭け金を添える（あるいはチョークで記す）ことでベットする。親（胴元）はシャッフルされた五十二枚の持ち札から二枚の札をめくって自分の右と左に置く。右のカードの数字が賭け札と一致した子は負け、左と一致した子は勝ち、後はノーカウントとして据え置く。以上を一ターンとしてゲームを続け、親の持ち札が全部開かれたら一ラウンド終了となる。

その瞬間ニコライは以前ドーロホフと交わした妙な会話を思い出した。「運をあてにして勝負するのは愚か者ばかりさ」──そのときドーロホフはそう言ったのだった。「それとも俺と勝負するのが怖いか？」今度はニコライの考えを読み取ったかのようにそう言うと、ドーロホフはにやりと笑ってみせた。その笑いからニコライは、相手がイギリスクラブのディナーの時と同じ精神状態にあるのを悟った。それは概してこの男が日常生活にうんざりして、何か変わった、多くの場合残忍な行動によって日常を脱する必要を感じているときの精神状態であった。

ニコライは対応に窮した。ドーロホフの言葉への切り返しとなるような冗談を探してみたがなかなか浮かんでこない。だがそうしてもたついているうちに、ドーロホフが真正面からニコライの顔を見つめ、皆に聞こえるようにゆっくりと、一語一語間をおいて語り掛けてきた。

「覚えているか、二人で賭けの話をしたことがあったな……運をあてにして勝負するのは愚か者で、勝負は確実性を狙うべきだ、という話だ。だが俺は試してみたいのさ」

『運をあてにした勝負を試すというのか、それとも確実性の勝負を試すというのか？』ニコライはふと考えた。

「まあ、勝負はやめておいた方がいい」そう言い添えるとドーロホフは封を切ったばかりのカードをバンと叩いて宣言した。「勝負だ、諸君！」金を前に出すとドーロホフは札をめくるかまえをとった。ニコライはそのそばに腰を下ろしたが、はじめは賭けをしなかった。ドーロホフはそんな彼をちらちらと見ていた。

「どうした、勝負しないのか？」ドーロホフが声をかけてきた。すると不思議なことにニコライはカードを手に取ってそれになにがしかの金を賭け、勝負を始めざるを得ない気持ちになったのだった。

「現金を持っていないんだが」ニコライは断った。

「信用張りでかまわん！」

ニコライは一枚のカードに五ルーブリを賭けて負け、また五ルーブリ賭けて負けた。ドーロホフは立て続けに十回、ニコライのカードを殺した、つまり負かし続けたのだった。

「諸君」しばらくカードをめくり続けた後でドーロホフは言った。「現金をきちんとカードの上においてくれ。さもないとこちらが勘定違いをする恐れがあるからな」

賭け手の一人が、できたら自分も信用張りさせてほしいと言った。

「信用張りもいいが、しかし勘定違いをするとまずい。どうか現金をカードの上においてくれたまえ」ドーロホフは答えた。「ああ、君は遠慮しなくていいぞ、君とは後で清算するから」彼はニコライにはそう言い添えた。

勝負は続き、ウエイターがとめどなくシャンパンを配って回った。

ニコライのカードはことごとく殺され、賭けの借りは八百ルーブリまで嵩《かさ》んでいた。彼は次のカードの上にいったんは思い切って八百ルーブリという賭け金を書き込んだのだったが、シャンパンが配られたときに考えを変え、またもや当たり障りのない二十ルーブリという賭け金にした。

「元のままにしておけよ」ドーロホフが、ニコライには目もくれなかったように見えたにもかかわらず、口を出した。「その方が早く挽回できるぞ。俺は他の者には負けていて、君にだけ勝っているんだからな。それとも俺が怖いか？」彼はまたさっきの言葉を繰り返した。

ニコライは相手の言葉に従って一度書いた八百ルーブリを復活させ、床から拾い上げた端のちぎれたハートの七にそれを賭けた。彼はそのカードのことを後になってもはっきりと覚えていた。そのハートの七の上にチョークのかけらで800と、丸みを帯びた直立体の数字で書き込み、賭け札として置いたのである。そうして出された温かいシャンパンを一杯飲み干すと、ドーロホフの言った言葉ににっこりと笑ってみせ、七が出ろと必死で念じながら、カードを持ったドーロホフの手をじっと見つめた。このハートの七が勝つか負けるかは、ニコライにとっては大ごとだった。先週の日曜日、父親のロストフ伯爵がニコライに二千ルーブリの小遣いを与えたのだが、その際、普段金の苦労の話は一切しようとしない伯爵には珍しく、五月まではこれ以上の金はあげられないから、今回はいつもよりも節約してくれと、息子に頼んだのだった。ニコライは、これでも自分には多すぎるくらいだから、春まではこれ以上お小遣いをねだることは一切しないと約束したのだった。今やその金が千二百ルーブリしか残っていない計算である。とすると、ハートの七の運命次第では千六百ルーブリの負けにとどまらず、自分の約束さえ覆さなくてはならぬ羽目になる。彼は胸がつぶれそうな気持ちでドーロホフの手元を見つめながら考えていた。『さあ、さっさと同じカードを出してくれ。そうしたら俺は帽子を手にして家に帰り、デニーソフやナターシャやソーニャと夜食をとるんだ。そうしてもはや絶対に、生涯カードに手を出さないぞ』この瞬間、家庭の生活というものが──弟ペーチャとのふざけ合いも、ソーニャとの会話も、ナターシャとのデュエットも、父とのピケも[29]、ポヴァルスカヤ通りの屋敷のベッドまで含めて──実に大きな力を持って、くっきりとした魅力あふれる姿で彼の脳裏に立ち現れたのだった。あたかもそのすべてが、過ぎ去って久しい、失われた、計り知れぬ価値を持つ幸福であるかのように。もしも愚かな偶然の力によって、親の七のカードが左に出るよりも先に右に出てしまえば、せっかく新たに理解され、新たな光を帯びた幸せがすっかり失われ、いまだ味わったこともない漠とした不幸の淵に突き落とされることになる――それは彼には思いもよらぬことだった。そんなことはあるはずがないと思いつつも、なお彼は胸がふさがるような思いでドーロホフの手の動きを見守っていた。それは骨太の赤っぽい手で、シャツの袖口から体毛が見えていたが、その手がカードの山を場に置くと、出されたグラスとパイプを手にした。

「では君は俺と勝負するのが怖くはないんだな？」同じ言葉を繰り返すと、ドーロホフはひとつ面白い話でもしてやろうという風にまたカードを置き、椅子の背に身をもたせると、笑みを浮かべてゆっくりと語りだした。

「実は諸君、聞いたところによると、モスクワではこの俺がいかさま師だという噂が流れているそうだ。そんなわけだから俺と付き合うときはくれぐれもご用心を」

「さあ、カードを開いてくれよ！」ニコライが言った。

「まったく、モスクワの口さがない連中にはかなわんよ！」そう言うとドーロホフは笑みを浮かべたままカードを手にした。

「ああ！」ニコライは両手で髪をつかんで叫びにも似た声をあげた。彼が必要としている七のカードは、すでにカードの山の一番上に、一枚目のカードとして載っていたのだ。彼は支払える以上の額を負けてしまったのだ。

「とはいえ、無茶は禁物だぞ」ちらりとニコライを見てそう言うと、ドーロホフはさらにカードをめくり続けた。

14章

一時間半もたつと、もはや賭けをしている人間の大半は、自分の勝負などそっちのけだった。

勝負はすっかりニコライ一人に集中していた。千六百ルーブリだった借金額の後に、さらに延々と数字の列が書き足されていて、本人は総計が一万になるまでは数えていたのだが、それが今や、彼の漠然とした想像によれば、一万五千に上っていた。実際にはすでに二万ルーブリを超えていたのである。ドーロホフはもはや人の話に耳も貸

29　フランス生まれの二人用カード・ゲーム。

さず、自分で話すこともしなかった。彼はただニコライの手の一つ一つの動きを追い、時折素早く相手の借金を書いた書付に目を通すだけだった。彼はメモした数字の総計が四万三千に達するまでこの勝負を続ける決意だった。彼がこの数字を選んだのは、自分とソーニャの年齢を足した数が四十三になるという理由からだった。ニコライは両手で頭を支える格好で、一面に数字が書き込まれたうえに酒びたしの、あちこちにカードが散らばったテーブルに向かって座っていた。ある切ない印象が彼の脳裏を去ろうとしなかった。それは骨太の赤っぽい、シャツの袖口から体毛が覗くこの両手、彼が愛し、また憎んできたこの両手が、今や自分の生殺与奪の権を握っているのだという印象であった。

『六百ルーブリ、エース、コーナー、[30]ナイン……挽回は不可能だ！……家にいたらさぞかし楽しかっただろうな……ジャックに倍賭け……こんなことあり得ない！……いったいどうして彼は俺をこんな目に遭わせるのだろう？……』ニコライはそんなことを考えたり思い起こしたりしていた。時折彼は大金を張ろうとしたが、ドーロホフが勝負を断り、自分から賭け金を指定した。ニコライは相手の指示に従いながら、かつてアムシュテッテンの橋上の戦闘の場で祈ったように神に祈ったり、テーブルの下に捨てられた折れたカードの山に手を突っ込んで、最初に引いたカードが自分を救ってくれるという占いにすがったり、自分の上着のモールの本数を数えて、それと同じ数字のカードに負け金の全額を賭けようとしたり、助けを求めてほかのプレーヤーたちを見回したり、いまや冷淡な表情を浮かべているドーロホフの顔をじっと見つめて、相手の心の動きを見抜こうとしてみたりした。

『この男は分かっているはずだ』彼は胸の内で自分に言い聞かせていた。『俺にとってこの負けが何を意味するかということを。彼が俺の破滅を望んでいるはずはないだろう？　だって彼は俺の親友だったじゃないか。俺は彼が好きだった……。だが、別に彼が悪いわけじゃない。だってついているんだから仕方ないだろう？　そして俺が悪いわけでもない』彼はさらに続けた。『俺は何も間違ったことはしていない。いったい俺が誰かを殺したり、侮辱したり、悪意をもったりしたことがあっただろうか？　なのになぜこんな不幸な目に遭わなくちゃならない？　そもそもいつこんなことが始まったんだ？　ついさっきのことじゃないか。このテーブルに足を向けた時には、百ルーブリほども稼いで、母の聖名日の祝いに例の手箱を買って家に帰ろうというくらいのつもりだった。あの時の俺は何と幸せで自由で陽気だったことだろう！　なのに

30　賭けるカードの端を折ることで、ここでは表示額の倍賭けのサイン。

あの時の俺には分かっていなかったんだ、自分がどれほど幸せかということが！　いったいいつあの幸せが途絶え、そしてこの新しい、恐るべき状況が始まったんだ！　何かどんでん返しの兆しがあったんだろうか？　俺はずっとこのテーブルのこの場所に座って、同じようにカードを選んでは賭け、あの骨太の、器用な手を見つめていたんだ。いつこんなことが起こったのか、そしてそもそも何が起こったのか？　俺は健康で力にあふれ、何も変わっていないし、同じ場所にいるじゃないか。いや、こんなことはありえない！　きっと何でもなく終わるはずさ』

部屋が暑かったわけでもないのに、彼は顔を真っ赤にして汗まみれになっていた。顔には悲痛な、哀れを誘う表情が浮かんでいる。平静を装おうと無駄な努力をしているのが、なおさら痛々しかった。

記録された負け金の額が運命の数字である四万三千に達した。たった今三千の借りを増やしたニコライが、その倍を賭けようとカードを用意すると、ドーロホフはカードの束をテーブルにバンと置いて脇に寄せ、チョークをつまんで、几帳面なしっかりした書体で、チョークをポキポキ折りつつも素早くニコライの負け金を集計した。

「夜食だ、夜食の時間だ！　ほら、ジプシーもご登場だ！」実際見知らぬ黒髪の男女が寒い外からぞろぞろと入ってきて、独特のジプシー訛りで何やら喋り始めた。ニコライは万事休すと理解したが、なおも平静な声を出して言った。

「どうした、もうやらないのか？　せっかく素晴らしいカードを用意したのに」彼の口ぶりは、まるで勝負の機微自体が彼の最大の関心事だと言いたいかのようだった。

『万事休す、俺は破滅だ！』彼は思った。『こうなったら額にズドンと一発撃ち込むさ――ほかにすべはない』そう考えながらも彼は明るい声で言った。

「さあ、もう一丁いこうぜ」

「よし」計算を終えたドーロホフが応じた。「いいだろう！　ただし賭け金は二十一ルーブリだ」四万三千という切りのいい数からはみ出した二十一という数字を示しながらそう言うと、ドーロホフはカードの山を手に取ってめくる準備をした。ニコライはおとなしくカードの端をまっすぐに直して、賭けるつもりだった六千の代わりに二十一と入念に書き込んだ。

「金額なんてどうでもいい」彼は言った。「ただ、君がこの十の札に勝てるか、それとも負けるか、見てみたいんだ」

ドーロホフは神妙な手つきでカードをめくり始めた。ああ、その彼の赤っぽい、指の短い、シャツの袖口に体毛が覗く両手を、自分を支配しているその両手を、この瞬間のニコライはどれほど憎らしく思ったことだろうか……。彼の十が勝った。

「君の借りは四万三千だよ、伯爵」そう言うとドーロホフは伸びをしながらテーブルから身を起こした。「しかしこう長く座っているのも疲れるな」彼は言った。

「そう、僕も疲れたよ」ニコライは答えた。

君が冗談を言うのは不謹慎だ、とでも言いたいような口調で、ドーロホフは彼を遮った。

「いつ金を受け取ればいいかな、伯爵？」

ニコライはさっと顔を赤らめ、別室で話そうとドーロホフを誘った。

「すぐに全額を払うことはできないから、手形を受け取ってくれ」彼は言った。

「いいかい、ロストフ君」明るい笑顔でニコライの目を見つめながらドーロホフは言った。「こういうことわざを知っているだろう——恋愛運のいい者はカード運には恵まれないってね。君の従妹は君に惚れている。俺には分かったよ」

『ああ、悔しいなあ！　この男にここまで牛耳られているのを思い知らされるなんて』ニコライは思った。この負けのことを告げたら、父と母にどれほどの衝撃を与えることになるか、彼には分かっていた。このすべてから逃れることができたらどんなに幸せだろうかということも分かっていたし、だからこそ、彼をこの恥辱と苦悩から救済する力を持っているのを自覚するドーロホフが、今からさらに猫がネズミをいたぶるような真似を仕掛けようとしているのも分かっていた。

「君の従妹は……」ドーロホフは言いかけたがニコライは相手を遮った。

「従妹には何の関係もないから、彼女を話題にすることはないだろう!」彼は逆上して叫んだ。

「では、いつ払ってもらえるんだ?」ドーロホフが訊ねる。

「明日」ニコライはそう答えて部屋を出た。

15章

「明日」と言って取り乱さずにいるのは難しくはなかったが、一人で家に帰り、妹たちや弟や母親や父親に会い、事情を打ち明けて、いったんあのような約束をした以上自分にねだる権利のない金をねだるのは、とんでもなく辛いことだった。

家族はまだ寝てはいなかった。ロストフ家の若者たちは、劇場から帰って夜食をとってから、クラヴィコードの周りに陣取っていた。広間に入るやいなや、ニコライは例のときめくような詩的な雰囲気に包まれた。それはこの冬中彼らの家を支配してきた雰囲気だったが、ドーロホフのプロポーズとヨーゲルの舞踏会の後ではそれが一層濃度を加えて、あたかも雷雨の前の空気のように張り詰めて、ソーニャとナターシャの頭上に漂っていた。劇場に着ていったままの空色のドレス姿のソーニャとナターシャはとても美しく、また自分でもそれを意識して、いかにも幸せそうな様子で微笑みながらクラヴィコードの脇に立っていた。ヴェーラはシンシンと客間でチェスをしていた。母親の伯爵夫人は息子と夫の帰りを待ちながら、この家に寄寓している貴族の老婦人と一緒にカード占い《パシャンス》をしていた。デニーソフは目を輝かせ髪を逆立たせて、片足を後ろに引いた格好でクラヴィコードに向かって座り、短い指で鍵盤を叩いて和音を拾いながら、目をぎょろぎょろさせて、小さな、かすれた、しかし確かな声で自作の詩『妖精』を歌っていた。その詩に曲を付けようとしているのだった。

妖精よ、教えておくえ、どんな力《ちかあ》が
私を誘うの、捨てたはずの琴線に
どんな火をお前は投げ入れたの、私の心に
どんな歓びがあふえていうの、指のすべてに！

戸惑いつつも喜んでいる様子のナターシャを瑪瑙《めのう》のような黒い目をきらめかせて見

つめながら、情感あふれる声でデニーソフは歌った。

「素晴らしいわ！　お上手ね！」ナターシャは歓声を上げた。「もう一節お願いします」ニコライには気づきもせずに彼女はそう注文した。

『この人たちはあい変わらずだな』客間を覗いてヴェーラと母親と老婦人がいるのに気づくと、ニコライはそんな風に思った。

「あ、ニコライ兄さんが帰って来た！」ナターシャがそう言って駆け寄ってきた。

「父さんは帰っている？」彼は訊いた。

「兄さん、よく帰ってきてくれたわね！」訊かれたことに答えずにナターシャは言った。「私たちとっても楽しく過ごしているところよ！　ワシーリー・ドミートリチは私のために滞在を一日延ばしてくださったの。兄さん知っている？」

「いいえ、お父さまはまだお帰りではないわ」ソーニャがさっきの問いに答えてくれた。

「ニコライや、帰って来たならこちらにおいでなさい」客間から母の声がした。ニコライは母のところに行って手にキスをし、黙って彼女のいるテーブルのそばに座を占めると、カードをひろげていく母の両手を目で追い始めた。広間ではあい変わらずの笑い声とナターシャを説き伏せている陽気な話し声が聞こえる。

「さあ、もういい加減にしましょう」デニーソフが声を張り上げた。「もはや言い訳は効きません。今度のバウカオール[31]はあなたが歌う番です、お願いしますよ」

伯爵夫人は黙ったままの息子を振り返った。

「どうしたの？」彼女はニコライに訊いた。

「いや、どうもしません」いつも同じ質問ばかりでうんざりだといった様子で彼は答えた。「父さんはじきに帰ってくる？」

「そう思うけど」

『この人たちはあい変わらずだ。この人たちは何も知らない！　俺はどこに身を置けばいいんだ？』そう思ったニコライはまたクラヴィコードのある広間に向かった。

ソーニャがクラヴィコードの前に座ってデニーソフのお気に入りのバルカロールの前奏部を弾いていた。ナターシャが歌おうとしている。デニーソフは歓喜のまなざしで彼女を見つめていた。

ニコライは部屋の中を行きつ戻りつし始めた。

『ナターシャに歌わせるなんて、いい物好きだよ！　あいつに何が歌えるというんだ？　何も面白いことはないじゃないか』ニコライはそんなことを考えていた。

ソーニャが前奏部の最初の和音を奏でた。

『ああどうしよう、俺は恥ずべき人間、滅びた人間だ。額にずどんと一発――残された道はそれだけで、歌どころじゃない』彼は思った。『行ってしまおうか？　でも、いったいどこへ？　かまわない、歌わせておけ！』

暗い顔で部屋を行きつ戻りつするニコライは、デニーソフと妹たちの視線を避けながら、彼らの様子をうかがっていた。

『ニコライさん、どうなさったの？』彼に向けられたソーニャの視線がそう問いかけてきた。彼女はたちまち、彼に何かあったのを悟ったのだ。

ニコライはソーニャから顔をそむけた。ナターシャも天性の勘で、同じく瞬時にして兄の異常を察知した。ただし察しはしたのだが、この瞬間の自分があまりにも楽しく、悲しみとも愁いとも自責とももまったく無縁だったせいで、彼女は（若者にありがちなことだが）わざと自分をごまかしたのだった。『いいえ、せっかく今こんなにも楽しいのに、わざわざ人の悲しみに同情して楽しさを台無しにするなんて嫌だわ』そんな風に感じた彼女は、自分にこう告げたのだった。『いいえ、きっと私の勘違いで、お兄さまも私と同じように楽しいはずよ』

31　バルカロール（barcarolle）はヴェネツィアのゴンドラ漕ぎの舟歌に由来する曲。

「じゃあ、ソーニャ」そう言うと彼女は広間の真ん中に向かった。そこは彼女の意見では、一番音響のいい場所だった。ダンサーたちがするように首をすっと上げ、両手をだらりと下げたまま、エネルギッシュな動きでかかとから爪先へと重心を移すように踏み出しながら、部屋の真ん中まで進み出ると、そこで立ち止まった。

『ほら、これが私よ!』じっと自分を追っているデニーソフのうっとりとした視線に応えて、彼女はそう言っているかのようだった。

『いったい何をあいつは喜んでいるんだ!』妹を見ながらニコライは思った。『よくもまあ退屈もしなければ恥ずかしくもないものだな!』ナターシャが歌い始めた。喉が広がり、胸が張り、目は真剣な表情になった。この瞬間、彼女は誰のことも何のことも考えてはいなかった。ほほえみの形になったその口から音が流れ出てきた。それは誰もが同じ波長、同じ音程で出せる音で、千回聞いて千回ともしらっとした印象しか与えないくせに、千一回目にふと、聞く者を感動に打ち震えさせ、涙を流させてしまうような音であった。

ナターシャはこの冬から初めて真剣に歌に取り組みだしたのだが、それはとりわけデニーソフが彼女の歌を絶賛したからであった。今の彼女の歌は子供の歌の域を脱していて、昔見られたような滑稽な、子供っぽい力みはもはやなくなっていた。とはいえ、彼女の歌を聞いた音楽通や批評家が口をそろえて言うように、その歌いぶりはまだ上手というわけではなかった。「まだ磨きがかかっていないが、声は素晴らしいから、磨きをかけなくては」と誰もが言った。ただしこうした評言は通例、彼女の声が止んでからかなり後になって口にされるのだった。当の磨かれていない声が、誤った息継ぎや無理な転調を伴って発せられている間は、音楽通の批評家たちでさえも、文句ひとつ言わずにその洗練されていない声にただただ陶然として、ひたすらもう一度聞いてみたいと思うのである。彼女の声には手つかずの処女地のようなういういしさが、自らの力に無自覚な、加工される前のビロードのようなしなやかさがあって、それが技巧の不足ぶりとしっかりひとつになっていたので、どこか一つを変えようとすれば、声そのものを損なってしまいかねないという気がするのだった。

『いったいどうしたことだ?』妹の声を聞いたニコライは目を大きく見開いて考えた。『あいつはいったいどうしたんだ? 今日の歌い方はどうだ?』すると突然、彼にとって世界中の営みが次の音を、次のフレーズを待つことに収斂《しゅうれん》され、世の中のすべてが三拍子に分割されてしまった。『おお、無情なるわが恋よ《オー、ミオ・クルデーレ・アッフェット》……いち、にい、さん……いち、にい……さん……いち……おお、無情なるわが恋よ……いち、にい、さん……いち。ああ、われわれの人生は愚劣だ!』ニコライは思った。『すべてが——不運も、金も、ドーロホフも、憎しみも、名誉も——何もかもつまらぬことだ……ただしこれは本物だ……。いいぞ、ナターシャ、ほら、頑張れ！　いや、大したもんだ！……あいつ、次のシをどうこなすだろう……やったな？　いや、よかった！』こうして彼は自分でも気づかぬうちに、そのシの音を支えようと、その高音に対して三度低い音《テルツィア》を出して歌っていたのだった。『ああ！　なんてすばらしいんだ！今のは本当に俺が歌ったのか？　なんていい気分なんだろう！』彼は思った。
ああ、この三度の和音がいかに美しく響き、そしてニコライの心のどこか最良の部分が、いかに共鳴したことか。そしてそのどこかこそ、世のすべてから全く自立し、世のすべてを超越した部分だった。どんな負け金も、ドーロホフの輩《やから》も、自分のした約束も！……すべては些事にすぎない！　たとえ人を斬り殺しても、盗んでも、それでもやはり幸せでいることができるのだ……。

16章

この日ニコライは、久々に音楽の歓びを心ゆくまで味わった。だがナターシャがバルカロールを歌い終えるとすぐに、また現実が思い起こされた。彼は何も言わずに広間を出て、階下の自室に引っ込んだ。十五分ほどして父親の伯爵が上機嫌でクラブから帰ってきた。ニコライは帰宅の物音を聞きつけて、父の部屋に行った。

「どうだ、楽しかったか？」満悦の笑みを浮かべて父親は息子に語り掛けた。ニコライは「うん」と言いかけたが言えなかった。泣き出しそうな気分だったのだ。父親はパイプに火をつけるのに忙しく、息子の状態に気づかない。

『えい、仕方がない！』ニコライはここ一番と度胸を決めた。そしてだしぬけに、自分でも嫌気がさすほどぶっきらぼうな口ぶりで、まるで馬車の御者に街までやってくれと注文するような調子で父に言ったのだった。

「父さん、用事があって来たんだ。忘れるところだったよ。金が要るんだ」

「おやおや」すこぶる上機嫌な父親はそう答えた。「だから言っただろう、きっと足りなくなるって。たくさんかい？」

「すごくたくさん」顔を赤らめ、へらへらと投げやりな笑みを浮かべながらニコライは言ったが、そんな笑い方をした自分を彼は後々まで許すことができなかった。

「ちょっと賭けに負けちゃってね、いやちょっとじゃなくて、かなり負けが込んでね、四万三千さ」

「何だって？　相手は誰だ？……冗談だろう！」父親は叫んだ。老人らしく、首もうなじも卒中を起こしそうなほど真っ赤に染まっている。

「明日返すって約束したんだ」ニコライは言った。

「いやはや!……」老いた父はそう言って参ったように両手をひろげ、そのまま力なくソファーにくずおれた。

「だって仕方ないじゃないか! 誰にだってあることだろう」息子はなれなれしい口調でずけずけと口にしたが、心の中では自分がろくでなしの卑劣漢だと自覚し、この罪は一生かけても償えないと感じていた。父の手にキスをして、跪いて許しを請いたいと願いながら、実際には投げやりな、というより無礼な口ぶりで、誰にでもあることだなどとほざいていたのである。

息子の言葉を聞いた父親の伯爵は急にそわそわと、何か探すようなそぶりをした。「そう、そうだな」父は言った。「難しいかもしれん、用意するのはな……誰にだってあることとか! そう、誰にでもあることだよな……」そう言ってちらりと息子の顔を見ると、そのままぷいと部屋を出ていった……。父親にはねつけられるのは覚悟していたニコライも、こういう反応は予期していなかった。

「父さん! とう……さん!」彼は泣き声になって背後から父親に呼びかけた。「許してください!」そう言って父親の手を摑んで唇を押し付け、さめざめと泣いたのだった。

父親と息子が相談事をしていたちょうどそのころ、母親と娘の間でもこれに劣らず重要な事態が持ち上がっていた。ナターシャが大興奮で母親の部屋に駆け込んできたのであった。

「お母さま……お母さま……あの方が私になさったの……」

「何をなさったの？」

「なさったの、なさったのよプロポーズを。お母さま！　お母さま！」彼女は叫んだ。

母親の伯爵夫人はわが耳を疑った。デニーソフがプロポーズをするとは。しかも誰あろう、こんな小さな子供のナターシャに。まだついこの間までお人形遊びをして、今だってお勉強を教わっているこんな娘に。

「ナターシャ、いい加減にしなさい、ばかばかしい！」冗談であってほしいという期待が捨てきれずに彼女は言った。

「まあ、ばかばかしいですって！　私、本当のことを言っているのに」ナターシャは怒って言い返した。「どうしたらいいか訊きに来たのよ。なのにお母さまったら

『ばかばかしい』なんて……」

　母親は肩をすくめた。

「もしもあのデニーソフさんがあなたにプロポーズしたというのが本当だったら、それ自体あきれた話だけど、あの方にひとこと、あんたはバカだって言ってあげなさい。それっきりよ」

「いいえ、あの方はバカなんかじゃない」傷ついたナターシャは怒った声で言った。

「そう、ならどうしたいの？　この頃のあなたたちときたら、揃いも揃って恋愛中なのね。愛しているんだったら、結婚すればいいでしょう」ぷりぷりして鼻で笑いながら母親は言った。「お幸せに！」

「いいえ、お母さま、私あの方を愛してはいない、間違いない、愛してはいないわ」

「そうならそうと相手に言えばいいでしょう」

「お母さま、怒っているの？　お願い、怒らないで、私何か悪いことをした？」

「いいえ、でもどうしたものでしょうね？　もしなんなら、私が出て行ってお話ししてもいいけれど」母親は微笑んで言った。

「いいえ、私が自分で言うわ。だから教えて。お母さまは何でもお上手だから」母親の笑顔に応えてナターシャは言い添えた。「ああ、あの方があれを口にしたところをお母さまに見てほしかったわ！　私、分かったんだけれど、あの方、言うつもりはなかったのに、ふっと口に出してしまったのよ」

「でも、やっぱりお断りしなくては」

「いいえ、それはだめよ。私あの方に申し訳なく思うの！　あんなにいい方なのに」

「では、プロポーズをお受けするのね。それに、そろそろお嫁に行ってもいい年頃ですしね」ぷりぷりしてあざ笑うように母親は言った。

「いいえ、お母さま、私はただあの方に申し訳ないだけ。だから、どうお返事したらいいか分からないのよ」

「だったら何もあなたが言うことはないわ、私がお答えします」こんなにも幼いナターシャを、あつかましくも大人の女性のように扱おうとした相手に腹を立てて、母親は言った。

「いいえ、それは絶対ダメ。私が自分で言うから、お母さまはドアのかげで聞いてらして」そう言いおいてナターシャは、客間を横切って広間に駆け込んだ。そこにはクラヴィコードの脇の同じ椅子に、両手に顔をうずめた格好で、デニーソフが座り込んでいた。彼女の軽やかな足音を聞きつけると、彼はさっと立ち上がった。

「ナタリヤさん」つかつかと彼女に歩み寄って彼は言った。「僕の運命を決めてください。あなたの手の中にあう運命を！」

「ワシーリー・ドミートリチ、本当に申し訳なく思います！……だってあなたはとても素晴らしい方だから……でも、お受けできませんの……このお話……でも、私このままでもずっとあなたのことが好きですから」

デニーソフが彼女の手に屈み込むと、彼女の耳に奇妙な、不思議な音が響いた。彼女は相手の黒いもつれた巻き毛の頭に口づけした。そのとき伯爵夫人の急ぎ足の衣擦れの音が聞こえてきた。夫人がそばにやって来た。

「ワシーリー・ドミートリチ、お志はありがたいのですが」夫人は言った。その声は動揺を宿していたが、デニーソフにはそれが厳しい声に聞こえた。「娘はまだごく若いものですから、息子のお友達でいらっしゃるあなたとしては、まず私の方にご相談いただけるものと思っておりましたわ。そうしてくださっていたら、私としてもこんな形でお断りするような羽目にならずにすみましたのにね」

「奥さま……」目を伏せ、非を悔いる様子でデニーソフは言った。何か続けようとしたが、そのまま口ごもってしまった。

こんなにしょんぼりとした相手の姿を見て平静ではいられなかったナターシャは、大声でしゃくりあげ始めた。

「奥さま、奥さまに申し訳なく思います」デニーソフは声をとぎらせながら言った。「ただ、ご承知おきいただきたいのですが、私はお嬢さまとお宅のご家族全員を崇拝し、命を二つまで捧げてもよいと思っておい……」彼は目を上げて伯爵夫人の顔を窺い、その厳しい表情を読み取った。「では、失礼《えい》いいたします、奥さま」そう言って夫人の手に口づけすると、彼はナターシャを振り向きもせず、決然と足早に部屋を出て行った。

翌日、もはや一日もモスクワにいることを望まないというデニーソフを、ニコライが見送った。送別会はモスクワの友人一同の計らいでジプシーの館で行われ、デニーソフは橇に乗せられたこともその後三駅分の道中のことも、まったく覚えていなかった。

デニーソフが出立したのち、ニコライは父親がかき集めるのにてこずっている金を待ちながら、さらに二週間をモスクワで過ごしたが、その間家から出ようとせず、主に妹たちの部屋で過ごした。

ソーニャは以前にもまして彼に尽くし、優しく接した。まるで賭けで負けたことも一つの偉業であり、そのおかげで自分はますます彼が好きになったと態度で示したいようにすら見えたが、ニコライは今や自分が彼女にふさわしからぬ人間になった気がしていた。

妹たちのアルバムに詩や楽譜を散々書き込んだあげく、四万三千の金を耳をそろえてドーロホフに送り付け、受け取りを受領すると、彼は知人の誰にも別れを告げぬまま、十一月末にすでにポーランドにいる自分の連隊を追って出立した。

第2編

1章

妻と別れ話をした後、ピエールはペテルブルグを目指して旅立った。トルジョーク[1]の馬車駅では、馬がなかったか、もしくは駅長が馬を出し渋ったため、待機せざるを得なかった。彼は着替えもせずに丸テーブルの前の革張りのソファーに身を横たえ、温かなブーツを履いた大きな足をテーブルに乗せた格好で、物思いに沈んだ。

「馬車のお荷物を中に入れましょうか？　寝床の仕度をいたしましょうか、茶をお入れしましょうか？」召使が訊ねる。

1　トヴェーリ州の都市でモスクワ＝ペテルブルグ間の水運と陸上交通の要所。金細工や刺繍など伝統工芸でも有名だった。

ピエールは返事もしなかった。耳も目も働いていなかったからだ。彼はすでにひとつ前の馬車駅から考えにふけりだし、しかもずっと同じことを考えていた。それがあまりにも大事な問題なので、周囲の出来事には何の注意も払わなくなっていた。ペテルブルグに着くのが遅かろうが早かろうが、この馬車駅で休む場所が与えられようが与えられまいが、一切無関心であったばかりか、そもそも今彼の心を占めている考えに比べれば、この馬車駅で数時間待たされようが生涯ここにいることになろうが、全くどうでもよかったのである。

駅長、その妻、召使、トルジョーク刺繍を商う農婦といった連中が次々と部屋に顔を出して、それぞれご用はないかとお伺いを立てる。ピエールはテーブルに乗せた足の位置を変えようともせずに、眼鏡越しにそうした相手を観察しては、いったいこの者たちに何が必要だというのか、自分が取り組んでいるこれらの問題を解きもしないで、どうして彼らが生きていけるのか、いぶかしく思っていた。彼を虜にしていたのは、例の決闘の後ソコーリニキの原から戻り、最初の苦しい、眠れぬ一夜を過ごしたとき以来ずっと付きまとっている問題だったが、それが今、孤独な旅路にあるだけに、なおさら切実なものと感じられるのだった。何を考え始めても、結局は同じ一つの問題に戻ってしまい、しかもその問題は彼には解けず、かといってそれを問うのをやめることもできない。まるで頭の中で人生のすべてを支えていたネジが、急にネジ溝がつぶれて「バカになった」ような感じだった。ネジはそのまま締めることもできなければ外すこともできず、ただ何の引っ掛かりもなく一か所で空回りしている。しかもそれをカラカラ回さずにはいられないのだった。

駅長が部屋に入ってきて、まことに申し訳ないが旦那さまにほんの二時間ばかりお待ちいただきたい、そうすれば（何としてでも）急行馬をお回ししますから、と卑屈な態度で申し出た。明らかに駅長の言うのは出まかせで、旅行者から決まった料金以上の心づけをせしめようとしているのだ。『駅長が提案したのは悪いことなのか良いことなのか？』ピエールは自分に問いかけた。『僕にとっては良いことだけれど、他の旅行者にとっては悪いことで、駅長自身にしてみればやむを得ないことだ。なぜなら彼は食うにも事欠いている身だからだ。あの男は馬のやりくりがつかないせいでどこかの将校にひっぱたかれたと言っていたが、将校にしてみれば、早く先へ行かなくちゃならないからひっぱたいたのだ。僕がドーロホフを撃ったのは、自分が侮辱されたと思ったからだった。ルイ十六世が処刑されたのは、犯罪人と見なされたためだったが、一年後には王を処刑した者たちが何かの理由の下《もと》に殺された。何が悪いことだ？　何が良いことだ？　何を愛し、何を憎むべきなのか？　何のために生はあり、自分とははたして何なのか？ 生とは何で、死とは何か？ どんな力が全体を操っているのか？』彼は自分に問いかけた。だが、どの問い一つとっても、答えは見つからなかった。ただ一つだけ答えがあったが、それは非論理的で、おまけに、そもそもこれらの問いへの答えではなかった。その答えとは『死ねばすべてが終わる。死ねばすべてが分かる、あるいは問うこともなくなる』というものだった。だが死ぬのもまた恐ろしかった。

トルジョークの物売り女は甲高い声で商品を、とりわけヤギ革の室内靴をすすめた。『僕は使い道のない金を何百ルーブリも持っているのに、あの女は破れた毛皮外套を着て突っ立ったまま、おずおずとこっちを見ている』ピエールは考えた。『なぜあの女にはこの金が必要なのか？ はたしてこの金が幸せを、心の安らぎを、髪の毛一本分ほどでも増してくれるというのか？ はたしてあの女を、そして僕を、悪や死から遠ざけてくれるようなものが、何かこの世にあるのだろうか？ すべてにけりをつけてくれる死、遅かれ早かれ訪れるべき死——それは永遠に比べればほんの間近に迫っているのだ』こうして彼はまたもや、何の引っ掛かりもなくなったネジを締めようと力を籠めるが、ネジは相変わらず一つ所で空回りするのだった。

供の者が、半分までページを切ったスーザ夫人[2]の書簡体小説を持ってきた。彼はアメリー・ド・マンスフェールとかいう女性の苦難と貞節を守るための葛藤の物語を読み始めた。『でもなぜこの女性は誘惑者に抗ったのだろう』彼は思った。『相手を愛しているのに？　神が自分の意志に反する志向を彼女の心に植え付けるはずがないじゃないか。僕の元妻は抗わなかったが、もしかしたら彼女は正しかったのかもしれない。答えは一つも見つからない』またもやピエールは自分に語り掛けるのだった。『何の考えも浮かばない。われわれに知ることができるのは、自分が何も知らないということだけだ。それこそが人知の最高段階というわけだ』

自分の内部にあるものも、自分の周囲にあるものも、すべてが彼にはこんがらがった、無意味な、嫌悪すべきものばかりに思えた。しかしその周囲のすべてに対する嫌悪そのものの中に、ピエールはある種のひりひりするような快楽を見出していたのである。

「大変すみませんが旦那さま、ほんの少し場所をお譲りいただけませんでしょうか、こちらのお客さまのために」駅長が部屋に入ってきて言った。馬がなくて足止めを食

2　アデライード・ド・スーザ（一七六一〜一八三六）。フランス革命前のパリで有名だったサロンの主で、革命後イギリスに逃れて作家となった。作品は同時代ロシアでも愛好されたが、『アメリー・ド・マンスフェール』は別の作家ソフィ・コタン（一七七〇〜一八〇七）の作品。

らった新たな旅人を一人、案内してきたのだ。旅人はずんぐりして骨太の、黄色っぽい肌をした皺だらけの老人で、何色ともつかぬ灰色がかった眼光鋭い目の上に、白髪の眉がかぶさっている。

ピエールはテーブルに上げていた足をどけて立ち上がり、自分に用意されていた寝床に横になった。その間ちらちらと入って来た客に目をやったが、相手は疲れて不機嫌な様子で、ピエールには目もくれず、供の者の手を借りながら苦労して着替えをしている。毛皮に南京木綿《なんきんもめん》の表地をつけた、着古した胴着をまとい、痩せて骨ばった足にフェルトの長靴を履いた姿になると、旅人はソファーに腰を下ろし、ひどく大きくてこめかみのあたりの幅が広い、短く刈り込んだ頭をソファーの背にもたせて、ピエールにちらりと目を向けた。厳しく知的な、射貫くようなその目の表情に、ピエールははっとした。ふとこの旅人と話をしてみたい気持ちに駆られたが、いざ道路の状況でも訊ねようとした時には、もはや相手は老人らしく皺だらけの手を組んで目を閉じていた。片方の手の指にはアダムの首[3]を象《かたど》った大きな鋳鉄の指輪がはまっている。ピエールには旅人がそうしてじっと座ったまま、ただ休んでいるようにも、また何か深く静かな思索にふけっているようにも思えた。旅人の供の者は同じように顔中皺だらけで黄ばんだ肌をした老人で、口髭《くちひげ》も頬髯《ほおひげ》もなかったが、それはどうやら剃っているというよりは一度も生えたことがないもののようだった。かいがいしい供の老人は、携帯用の食糧ケースを開いて茶の仕度をすると、湯の沸き立ったサモワールを運んできた。すっかり用意が整った時、旅人が目を開け、テーブルの方に腰をずらすと、まず自分に一杯注ぎ、それから髭のない老人にもう一杯を注いで、相手に差し出した。

ピエールは落ち着かぬ気分になって、どうしてもこの旅人と話をする必要がある、いや、しなくてはいられないという気がした。

供の者は、飲み干して伏せた茶碗とかじり残しの砂糖のかけらを片付けると、何かご入り用のものはありませんかと訊ねた。

「ない。本をくれ」旅人は答えた。供の者が渡した本はピエールには宗教書のように見えたが、旅人はそれをじっくりと読み始めた。ピエールは彼を見ていた。不意に旅人は本を脇に寄せ、しおりを挟んで閉じると、またもや目をつむって、ソファーの背に肘をつき、さっきの姿勢を取った。見つめていたピエールが視線を逸らす暇もなく、老人は目を開き、強く厳しい視線をまっすぐにピエールの顔に据えた。

ピエールはどぎまぎして、その視線から身をかわそうとしたが、老人の輝く目は否

3　通例髑髏《されこうべ》と二本の交差した骨で表される。ここではフリーメイソン（後出）のシンボル。

応なく彼を引き寄せるのだった。

2章

「光栄にもベズーホフ伯爵とお話しできるようですな、もしも私の間違いでなければ」旅人はゆっくりと大きな声で話しかけてきた。ピエールは黙ったまま、いぶかしい思いで眼鏡越しに相手を見つめた。

「お噂はうかがっております」旅人は続けた。「それからあなたを見舞ったご不幸のことも」老人は最後の「ご不幸」という言葉を強調したので、まるで『そう、あなたご自身が何と呼ぼうと、モスクワであなたの身に起こった出来事は不幸に他ならないのですよ』と言っているように聞こえた。「深くご同情申し上げております」

ピエールは顔を赤らめると急いで寝床から足を下ろし、おずおずと作り笑いを浮かべながら老人の方に身を屈めた。

「別に興味本位で申しているわけではありません。もっと大切な理由があってのことです」ピエールから目をそらさぬまましばし言葉を切ると、老人はソファーの上でちょっと腰をずらし、その身ぶりでピエールに隣に座れと促した。この老人と話をするのが薄気味悪くなったが、しかしピエールはついつい相手の勧める通り、近寄って行って隣に腰を下ろしたのだった。

「あなたはご不幸でいらっしゃいますな、伯爵」老人は続けた。「あなたはお若いが私は老人です。力の及ぶ限りご助力できればと願っております」

「ああ、それは」ぎこちなく微笑みながらピエールは言った。「大変ありがたいことで……。それで、どちらからお越しですか？」旅人の顔に親しみは感じられず、むしろ冷たく厳しい表情だったが、にもかかわらずこの新しい知人の言葉と顔は、抗いがたい力でピエールを惹きつけていた。

「ただし、もしも何らかの理由で私と話すのがご不快でしたら」と老人は言った。「どうかそうおっしゃってください、伯爵」そう言うと彼は急ににっこりと微笑んだが、それは思いがけずも、まるで父親のような優しい笑顔だった。

「いやとんでもない、それどころかお近づきになれて大変光栄に思っております」そう言うとピエールは改めてこの新しい知人の手にちらりと目をやり、間近から例の指輪の形を確かめた。それは確かにアダムの首、すなわちフリーメイソンのしるしだった。

「ひとつ伺いますが」彼は言った。「あなたはフリーメイソンの方ですか？」

「ええ、私は自由石工友愛結社《ブラーツトヴォ・スヴォボードヌィフ・カーメンシチコフ》に属しておりますよ」[4]ピエールの目をますます深く覗き込むようにして旅人は答えた。「そして個人として、また仲間を代表して、あなたに友愛の手を差し伸べるものです」

「あいにくですが」目の前のフリーメイソン会員の人柄に覚える信頼感と、平素からフリーメイソンの信条に対して抱いている軽侮の念との間で動揺しながら、ピエールは笑みを浮かべて言った。「あいにくですが、僕は大変疎いというか、どう申し上げたらいいか、あいにく世界の成り立ちに関する私の思想はあなた方のとは正反対なので、お互いに理解し合えないのではないかと」

「あなたの思想でしたら、私には分かっていますよ」老人は答えた。「それにあなたのおっしゃるその思想、あなたがご自分の思索の営みの所産だと思われているその思想なるものは、実際には大半の人々の思想であり、傲慢と怠惰と無知の千篇一律の所産に他ならないのです。無礼はお詫びしますが、もしもあなたの思想を知らなかったら、こうしてあなたとお話しすることもなかったでしょう。あなたの思想とは、悲しむべき迷妄に他なりません」

「しかしまったく同じ伝で、僕の方から見れば、あなたもまた迷妄《めいもう》に陥っていると考えられますよね」弱々しい笑みを浮かべながらピエールは言った。

「自分が真理を知っているなどと豪語するつもりは決してありません」老人のきっぱりとした確固たる物言いがますますピエールを驚かせた。「誰しも一人では真理に到達できません。ただひたすら一つまた一つと石を積み重ね、始祖アダムから今日までに至る無数の世代が力を合わせることによってのみ、偉大なる神の館にふさわしい神殿が打ち立てられるのです」老人はそう言って目を閉じた。

「申し上げておかなくてはなりませんが、僕は信じておりません、し……信じていないのです、神を」ピエールはいかにも残念そうに、力を振り絞って言った。事実を包み隠さず打ち明けるべきだと感じたのだ。

老人はしげしげとピエールに見入ってからにやりと笑った。それはちょうど巨万の富を抱えた大富豪が、わずか五ルーブリあれば幸せになるのにその金もないと打ち明けた貧乏人に向かって微笑みかけるような笑いだった。

4　フリーメイソンは近代イギリスに生まれた結社フリーメイソンリーの会員を示す。同結社は理性主義をベースに自由、平等、友愛、寛容、人道を追求する秘密性の高い組織として十八世紀以降の欧米世界に広まり、ロシアの貴族社会にも強固な足場を築いた。通説では中世の石工組合（メイソンリー）が理念上および組織デザイン上のモデルとなっており、その起源を明示した「自由石工友愛結社」にあたる名称を各国語で持つ。

「そう、伯爵、あなたは神を知らない」老人は言った。「あなたには神は知り得ない。神を知らないゆえにこそ、あなたは不幸なのです」

「ええ、ええ、僕は不幸です」ピエールは頷いた。「でも一体どうすればいいというのですか?」

「伯爵、あなたは神を知らず、それゆえに大変に不幸です。あなたは神を知らないが、神はここにいる。神は私の中に、私の言葉の中にいる。神は君の中に、君が今言い放った冒瀆的な言葉の中にさえいるのだ」厳めしい震える声で老人は言った。

彼はしばし言葉を切って一つため息をついた。気を鎮めようとしているようだった。

「もしも神がいなかったなら」彼は静かに言った。「われわれがこうして神について話をかわすこともなかったことだろう。いまわれわれは何について、誰について語ったのか? 誰を君は否定したのか?」にわかに神がかりのような厳しさと権威を声に込めて彼は言った。「もしも神がいないのなら、誰が神を考え出したというのか? 神のような不可解なものが存在するという仮定が、どうして君の頭に宿ったのか? なぜ君が、そして世界中の人々が、ありとあらゆる属性において全能で、永遠で、無限である存在などという、およそ理解不能な存在がありうるなどと想定できたのか?……」老人は言葉を止め、長い沈黙に入った。

ピエールはその沈黙を破れなかったし、破りたくもなかった。

「神は存在する、ただし神は理解し難い」再び老人は語り始めた。目はピエールの顔ではなく自分の前の空間を見つめ、老いた両手は、内心の興奮でじっとしていられぬまま、書物のページを繰っている。「もしもこれが人間の話で、その存在が疑われているのだとすれば、私はその人間の手を引いて君のもとへと連れて行き、見せてやることだろう。しかしちっぽけな死すべき存在である私が、どうしたら神の力と永遠性と慈悲の全容を、盲目の者に、あるいは自ら目を閉じて神を見ることも理解することも拒み、自らの惨めさと至らなさに気付き悟るのを拒否している者に、示すことができようか？」老人はしばし間を置いた。「君は誰か？　君は何者か？　君は自分が賢い人間だという夢を見ている。先ほどのような冒瀆的な言辞を吐けるからという理由でな」暗い、蔑《さげす》んだような薄笑いを浮かべて彼は言った。「しかし君は愚かだ。見事に作られた時計の部品で遊びながら、時計自体の用途を知らぬため、その時計を作った職人の存在を信じないと言い張る頑是ない子供よりも、もっと愚かで浅はかだ。神は知り難い。われわれは始祖アダムの時から今日まで何世紀も、神を知ろうと努力してきたが、いまだに目的の達成からは果てしなく遠い。しかしなおかつ、神への無理解のうちにわれわれが見るのは、ただ人間の弱さと神の偉大さのみだ……」

ピエールは息を殺し、目を輝かせて老人の顔を見つめながら、その言葉を聞いていた。相手を遮りもせず、質問も挟まず、心の底からこの見知らぬ男の語り掛ける言葉を信じ込んでいた。はたして彼はこのフリーメイソンの老人の発言が含む合理的な論拠を信じたのか、それとも子供が人を信じる時のように、相手の語り口の抑揚や、自信に満ちた真摯な調子を、時折その言葉を途切れさす声の震えを信じたのか、それとも一つの信念を貫いて年老いた、その光を宿した老人らしい目を信じたのか、あるいはまたこの人物の全身から発散している落ち着きと不屈さと使命感に、自らのだらしなさ、ふがいなさと引き比べてとりわけ感銘を受け、信用したのか——いずれにせよ彼は心から信じたいと願い、そして信じ、それによって喜ばしい安心感を、再生と復活の感覚を味わったのだった。

「神は理性で理解すべきものでなく、人生を通じて理解すべきものなのだ」老人は言った。

「僕には分かりません」内心疑いが頭をもたげるのを意識して恐ろしくなりながら、ピエールは言った。話し相手の論証のあいまいな点や弱い点が気になって、相手が信用できなくなるのを恐れたのだ。「僕には分かりません」彼は繰り返した。「どうして人間の理性は、あなたがおっしゃったその理解に達することができないのか」

老人は静かな、父親のような笑顔を見せた。

「至高の知恵と真理は、あたかもわれわれが摂取したいと願う澄み切った液体のようなものだ」彼は言った。「その澄んだ液体を不潔な器に入れたなら、はたしてその純度を測ることができるだろうか？　己自身の内部を浄化することによってのみ、摂取した液体の純度をあるレベルまで高めることができるのだ」

「ええ、ええ、まったくその通りです！」ピエールはうれしそうに言った。

「至高の知恵のよって立つ基盤は単に理性のみではないし、理性的認識の下位区分である物理、歴史、化学等々の世俗的な諸学のみではない。至高の知恵は一つだ。至高の知恵は唯一の学を持つ――それは万象の科学、すなわち全宇宙と人間がそこに占める位置を解き明かす学問なのだ。その学を身に修めるには、自らの内なる人間を浄化し、改新しなければならないし、だからこそ知るよりも前にまず信じること、そして自己を完成させることが必要なのだ。そしてその目的を達成するために、われわれの内には良心という名の神の光が宿っているのだ」

「ええ、その通りです」ピエールは頷いた。

「心の目で自分の内なる人間を見て、自分に問いなさい――お前は自分に満足しているかと。理性だけをよすがとしてはたして何が得られたか？　自分はいったい何者なのか？　あなたは若く、裕福で、賢くて、教養がある。自分に恵まれたそうした幸を、あなたは何に使ったか？　あなたは自分に、そして自分の人生に満足していますかな？」

「いいえ、僕は自分の人生にうんざりしています」ピエールは渋面になって言い放った。

「うんざりしているならば、人生を変えて、自分を浄化すべきですな。浄化すればするほど、知恵を得ることでしょうから。伯爵、ひとつ自分の人生を振り返ってごらんなさい。これまでどのように生きてきたのか？　放埒な狂宴と放蕩に明け暮れ、社会からすべてを得ながら、社会には何もお返ししてこなかったでしょう。あなたは富を手にした。それをどう使ったか？　隣人たちのために何をしたか？　何万という自分の奴隷たちのことを一度でも考えたか？　肉体的、精神的に彼らを支援したか？そうではない。あなたは彼らの労働を、放埒な生活のために利用してきた。それがあなたのしたことだ。あなたは隣人に益をもたらすことができるような奉仕の場を選んだか？　そうではない。ただ安閑と生きてきただけだ。それからあなたは結婚し、若い女性を指導する責任を引き受けた。そして一体どうなったか？　妻が真実の道を見つけるのを助けるどころか、彼女を虚偽と不幸の淵へと追いやったのだ。誰かに侮辱されると、あなたは相手を殺した。そして自分は神を知らない、人生にうんざりしているとおっしゃる。当然の帰結ですな、伯爵！」

そう言い放つと老人は、長い会話に疲れ果てたという風にまたもやソファーの背に肘をついて、目を閉じた。その毅然としてじっと動かぬ、いかにも老人くさい、ほとんど死んだような顔をピエールは見つめていた。『そう、厭うべき、空っぽな、堕落した人生でした』――そう彼は言いたかったのだが、この沈黙を破る勇気がなかったのである。

フリーメイソンの老人はかすれた年寄りくさい咳払いをすると、供の者に声をかけた。

「馬はどうした？」ピエールを見もせずに老人は言った。

「替え馬が調達できました」供の者は答えた。「お休みなしで行かれますか？」

「ああ、橇に付けるように言え」

『まさかこの人は行ってしまうのだろうか――僕一人残して、すべてを語らぬまま、支援の約束もせずに？』ピエールはそんな思いで立ち上がると、うなだれて部屋の中を行きつ戻りつしながら、時折ちらちら老人の様子をうかがった。『確かに僕は知らぬ間に、蔑むべき堕落した人生を過ごしてきたが、そういう生活が好きだったわけでもしたかったわけでもない』ピエールは思った。『この人物なら真理を知っているから、その気になれば僕に真理を解き明かしてくれることができるだろうに』ピエールはそれを期待していたのだが、相手に向かってそう切り出す勇気がなかった。旅人は老人らしい手慣れた手つきで荷物をまとめ終えると、裏毛の胴着のボタンをはめた。それがすむと彼はピエールの方に向き直り、丁重ながらさらりとした口調で言った。

「これからどこにいらっしゃるのですか、伯爵?」

「僕ですか?……僕はペテルブルグへ」子供のような頼りない声でピエールは答えた。「あなたには感謝しています。すべてあなたのおっしゃった通りです。ですが、どうか僕がそんなに悪い人間だとは思わないでください。僕だって、あなたがこうあるべしと思われるような人物になりたいと、心から願ってきたのです。ただそんな僕に力を貸してくれるような人は誰一人、一度として現れませんでした……。もっとも、すべてはまず僕自身の責任なのですが。どうかこんな僕を助けて、教えてくださいませんか。そうすればおそらく僕だって……」ピエールは先を続けることができず、すすり泣きして脇を向いてしまった。

老人は何か考えをめぐらすように長いこと黙っていた。

「救いは神からしか与えられません」彼は言った。「ただし私たちの結社《オルデン》は力の及ぶ限りの支援をご提供しますよ、伯爵。ペテルブルグに着いたら、ヴィラールスキー［ヴィラルスキ］伯爵[5]にこれをお渡しください（老人は紙入れを取り出すと、四つ折りにした大きな紙に二言三言書き込んだ）。一つだけ忠告させてください。首都に着いたら、まずは独りになってご自身のことをよく反省し、昔のような生活をしないことです。では伯爵、道中御無事で」供の者が部屋に入って来たのを見て老人は言った。「御成功を祈りますよ……」

ピエールが駅長の帳簿で確かめたところでは、この旅人の名はオーシプ・アレクセエヴィチ・バズデーエフ[6]といった。バズデーエフはすでにかのノヴィコーフ[7]の時代から名だたるフリーメイソンでマルタン派[8]の一人だった。老人が出立してから長いこと

5　モデルはポーランド出身の音楽家ミハイル・ヴィエリゴルスキー（一七八八～一八五六）と言われる。

6　実在のフリーメイソン、オーシプ・アレクセエヴィチ・ポズデーエフ（一八一一没）の名をもじっている。

7　ニコライ・イワーノヴィチ・ノヴィコーフ（一七四四～一八一八）。エカテリーナ二世時代の啓蒙家、ジャーナリストで、有名なフリーメイソン会員だった。

8　フランスの神秘主義者サン＝マルタンの名を借りたフリーメイソンの支部《ロッジ》の会員を示す。

ピエールは横になりもせず、かといって馬はまだかと訊ねもせず、ひたすら馬車駅の部屋の中を歩き回りながら、自らの穢れに満ちた過去を振り返り、そして来るべき幸福な、穢れひとつない、善にささげた未来を想像して、生まれ変わる歓びに浸っていた。その未来は実に簡単に訪れるように思えたのである。彼が思うには、自分が悪の道に染まったのは、何かのはずみで善人であることの素晴らしさを忘却していたからに他ならない。彼の心にはかつての疑いのかけらも残っていなかった。彼は人々が善へと向かう過程で互いに支え合うという目的で集う友愛結社《ブラーツトヴォ》の力を固く信じるようになっていた。彼にはフリーメイソンがそのようなものと思えたのである。

3章

ペテルブルグに戻ったピエールは、誰にも自分の帰還を告げず、どこへも外出せずに、来る日も来る日もトマス・ア・ケンピス[9]の読書に明け暮れた。何者かがその書を届けてくれたのである。その書からピエールが理解したのは他でもないただ一つのことだった。すなわち彼は、完全なるものに到達する可能性を信じ、バズデーエフが示したような人間同士の同胞的・活動的な愛の可能性を信じるという、これまで知らなかった歓びを理解したのである。帰還から一週間後の晩、ペテルブルグの社交界で表面的な面識しかなかった若いポーランド人の伯爵ヴィラールスキーが、彼の部屋を訪れた。ちょうどあのドーロホフの決闘介添人が現れた時のような、改まった神妙な顔つきで部屋に入って来たヴィラールスキーは、後ろ手でドアを閉め、ピエールのほかに誰もいないことを確かめてから、おもむろにこう切り出した。

「伯爵、私はご提案と密命を携《たずさ》えてまいりました」訪問者は腰を下ろしもせずに言った。「私どもの友愛結社で極めて高い地位にいるある方が、あなたが早期入会できるように手回しをされ、この私にあなたの保証人となるようお申し付けになりました。このお方のご意志をかなえることを、私は神聖なる義務と心得ます。つきましては、あなたは私を保証人として自由石工友愛結社に入ることを希望されますか？」

これまで舞踏会で見かけるたびにほとんど常に最高の美女たちに囲まれて甘い笑みを絶やさなかった人物から、急に冷ややかな厳しい口調で語り掛けられて、ピエールはドキッとした。

9　トマス・ア・ケンピス（一三八〇～一四七一）。中世の修道士、神秘思想家で、黙想と祈りを通じて神に至れと説く著書『キリストに倣いて』によって広範な影響を与えた。

「はい、希望します」ピエールは答えた。

ヴィラールスキーは頷いた。

「伯爵、もう一つお訊ねします」彼は言った。「これは将来のフリーメイソンとしてというよりも一個の誠実な人間《ガラントム》として、本音の通りお答え願います。あなたはこれまでの信念を捨てられましたか、神を信じていらっしゃいますか?」

ピエールは考え込んだ。

「ええ……はい、僕は神を信じています」彼は言った。

「それでは……」ヴィラールスキーは先を続けようとしたが、ピエールが遮った。

「はい、僕は神を信じています」彼は改めて言った。

「それでは出かけることにいたしましょう」ヴィラールスキーは言った。「私の馬車でまいりましょう」

道中ずっとヴィラールスキーは黙りがちだった。自分は何をすればいいのか、どう答えればいいのかというピエールの問いにも、自分よりも上位の兄弟［結社の成員］が試験をするので、ピエールはただ真実を語ればよいという答えしか返ってこなかった。

結社の支部《ロッジ》がある大きな館の門を入り、暗い階段を上って明かりのついた小さな玄関部屋に入ると、彼らは召使の手を借りずに毛皮外套を脱いだ。控室からさらに次の部屋に入って行くと、誰やら風変わりな衣装をまとった人物がドアのすぐ傍に立っていた。ヴィラールスキーは相手に近寄って行って何かフランス語でひそひそと話しかけると、小ぶりな衣装戸棚に歩み寄った。ピエールが目をやると、そこには様々な見たこともない衣装が収納されていた。ヴィラールスキーは衣装戸棚からスカーフを一枚取り出し、それでピエールに目隠しをして頭の後ろで結んだが、その際痛いほど髪の毛を巻き込んだ。それから彼の上体を引き寄せて口づけすると、片手を取ってどこかへ導いて行った。結び目に巻き込まれた髪が痛いピエールは、苦痛に顔を顰めながら、なぜかしら照れ笑いを浮かべていた。その巨体が、両手をだらりと下げて顰め面に照れ笑いを浮かべたまま、不確かなおずおずとした足取りでヴィラールスキーの後を付いて行くのだった。

彼の手を引いて十歩ほど進んだところで、ヴィラールスキーは立ち止まった。

「ご自身の身に何が起ころうと」と彼は言った。「いったんわれわれの友愛結社に入る決意を固められた以上、すべてに勇敢に耐えなくてはなりません（ピエールは頷いて了解の意を表明した）。ドアをノックする音が聞こえたら、目隠しを自分で外してください」ヴィラールスキーは言い添えた。「勇気をもってご成功されますよう」そう言ってピエールの手を握るとヴィラールスキーは出て行った。

独りになってもピエールは、相変わらず薄笑いを浮かべ続けていた。二度ばかり肩をすくめては片手をスカーフのそばまでもっていって、はぎ取ろうとするようなしぐさを見せたが、またその手を下ろした。目隠しされたまま過ごした五分間は、一時間ほどにも感じられた。両手はむくんで感覚を失い、足はへなへなになってきた。彼はもはや疲れ切った気がした。胸の内をおよそ複雑多様な感情が去来していた。自分がどうなってしまうかと思うと恐ろしかったし、自分がその恐怖を表に出してしまわないかと思うと、なおさら恐ろしかった。自分がどうなるか、何が目の前に開けるかと好奇心がうずく一方で、あのバズデーエフと出会った時以来ずっと夢見てきた更生と積善の人生の道を歩み出す時がいよいよ訪れたのだと思うと、無上の歓びを感じた。ドアを何度も強くノックする音が聞こえた。ピエールは目隠しを外して周囲をぐるりと見回した。部屋の中は真っ暗闇で、ただ一か所にだけ、何か白いものの中に灯明が点っていた。近寄ってみると灯明が置かれているのは黒いテーブルで、そこには書物が一冊、開かれたまま載っていた。書物は福音書であり、灯明が入った白い器と見えたのは人間の髑髏《されこうべ》で、孔もあれば歯も揃っていた。「太初《はじめ》に言《ことば》あり、言は神と偕《とも》にあり」という福音書の最初の一節を読んでテーブルの向こうに回り込むと、大きな箱が開けっ放しで置いてあり、中に何かがいっぱい詰まっている。それは骨を収めた棺であった。こうしたものを見ても彼は少しも驚きはしなかった。全く新しい、これまでとはすっかり異なった人生を歩み出すつもりの彼は、今見たようなものの域を超えた、ありとあらゆる異常な出来事に出合う覚悟を決めていたからである。髑髏、棺、福音書――思うにこれはすべて想定内で、彼はさらに大きな出来事を予期していたのだ。心中に感動の気持ちを呼び起こそうと努めながら、彼は周囲を見回した。『神、死、愛、人々の友愛』こうした言葉に何かしらぼんやりとした、しかし喜ばしいイメージを結びつけながら彼は胸の内で唱えた。ドアが開き、何者かが入って来た。

薄暗がりの中――とはいえピエールはもはや目が慣れていたが――小柄な男が入って来た。どうやら明るい場所から暗がりに来て戸惑ったようで、男は立ち止まり、それから用心深い足取りでテーブルに歩み寄ると、革手袋をはめた小ぶりな両手をテーブルに置いた。

小柄な男は、胸から腿のあたりまで達する白い革のエプロンに身を包み、首にはネックレスのようなものを着けていたが、そのネックレスの背後から高い真っ白な立ち襟が突き出て面長な顔を縁どり、そこに下から灯明の光が当たっていた。

「あなたは何のためにここに来たのですか？」衣擦れの音を頼りにピエールの方に

向き直ると、入って来た男は訊ねた。「光明の真理を信ずることも、光明を目にすることもないあなたが、何のためにここに来たのですか、何をわれわれに期待しているのですか？　叡智ですか、美徳ですか、啓蒙ですか？」

ドアが開いてこの見知らぬ男が入ってきた瞬間、ピエールはちょうど子供のころ懺悔式で味わったような畏怖と敬虔の気持ちを味わった。生きている環境からすれば全く無縁ながら、人類同胞の精神からすれば近しい相手と差し向かいになった気がしたのである。息が詰まるほど胸をドキドキさせながら、ピエールは導師《リートル》（フリーメイソンは求道者《イーシュチューシチー》と呼ばれる入会希望者に入会のための事前指導を施す者をこの名で呼んだ）[10]に歩み寄っていった。そばまで行くと、彼はこの導師が顔見知りのスモリヤニーノフという人物であることに気付いたが、現れた人物が顔見知りであると思うと、何か不本意な気がした。ここで現れる人物はひとえに兄弟であり有徳の導師であって、それ以外の者ではないからである。ピエールは長いこと言葉を発することができず、そのため導師は質問を繰り返す羽目になった。

「はい、私は……私は……更生を望んでいます」ピエールはやっとのことで口に出した。

「よろしい」スモリヤニーノフはそう言うと、すぐにまた続けた。「われわれの聖なる結社があなたの目的の達成をお助けする手段について承知していらっしゃいますか？……」導師は平然と早口で訊ねる。

「私は……できれば……ご指導を……ご支援をいただきたいのです……更生のための」ピエールは声を震わせ、舌をもつれさせながら言った。一つは興奮のため、一つは抽象的なことがらをロシア語で語り慣れていないためだった。

「フリーメイソンとは何だと思いますか？」

「フリーメイソンとは善を目的とする人々の友愛《フラタニテ》と平等だと思います」喋れば喋るほど、自分の言葉がこの場の厳粛な雰囲気にそぐわないことに恥じ入りながら、ピエールは言った。「つまり……」

「よろしい」この返事に十分満足した様子で導師は言った。「あなたはご自身の目的達成の手段を宗教に求めたことがありますか？」

「いいえ、宗教は間違っていると思っていたため、宗教には従ってきませんでした」ピエールがひどく小声になったため導師は聞き取ることができず、何と言ったのかと聞き直した。「私は無神論者《アティスト》でした」ピエールは答えた。

10　リートルは、本来古代ギリシャの弁論術の教師を指す。

「あなたが真理を求めるのは、真理の法に従って生きるためですね。つまりあなたは、高き知恵と善を求めているということになりますね?」一分ほどの沈黙の後、導師は言った。

「はい、そうです」ピエールは答えた。

咳払いをして手袋の手を胸の上で組み合わせると、導師は語り始めた。

「ではこれからわれわれの結社の主目的をお教えしましょう」彼は言った。「もしもこの目的があなたご自身の目的に合致するならば、あなたの入会は有益なものとなるでしょう。第一の最大の目的であり、かつわれわれの結社の拠って立つ基盤、いかなる人力によっても覆しえぬ基盤をなす営みは、ある重大な神秘を保持し、後代に伝えることです……これは太古の時代から、いや最初の人間からわれわれにまで伝えられて来たものであり、おそらく人類の命運を左右するような神秘なのです。ただしこの神秘は、長期にわたる丹念な自己浄化によって準備することなしには、誰一人知ることもできなければその恩恵にあずかることもできない性格のものであって、誰もが速やかに獲得しうるようなものではとうていありません。それゆえわれわれは第二の目的を持っています。それはメンバーに最大限の準備を施すこと、すなわち代々この神秘の探求に力を注いできた先人たちからの伝承によって明らかになった諸方法によって、メンバーの心を矯正し、彼らの理性を浄化・啓蒙して、神秘を感得しうる能力を身に付けさせることです。

メンバーを浄化し矯正することによって、第三にわれわれは、敬神と善のモデルを世に提示する形で全人類を矯正することに努め、それによって世界にはびこる悪に全力で対抗すべく努めています。しばし今申し上げたことに思いをいたしてください。私はもう一度戻ってきますから」そう言って相手は部屋を出て行った。

「世界にはびこる悪に対抗する……」今聞いた言葉を繰り返してみると、ピエールの脳裏にこの分野における今後の自分の活動が浮かんだ。二週間前までの自分と同じような人間たちを思い浮かべて、空想の中でその者たちに向かって教導のための説教をした。不道徳な者や不幸な者たちを思い浮かべては言葉と行為で救済し、迫害者を思い浮かべては、彼らの手からその犠牲者たちを救った。導師が挙げた三つの目的のうちで、この三番目の人類の矯正という目的に、ピエールはとりわけ共感を覚えた。導師が触れた重要な神秘とやらは、彼の好奇心をそそりはしたが、本質的なものだとは感じられなかった。二番目の、自己の浄化と矯正という目的には、ほとんど関心を覚えなかった。なぜならこの瞬間、彼は自分がもはやかつての不道徳な暮らしから完全に立ち直って、ひたすら善を目指す準備ができていることを、喜びをもって実感していたからである。

半時間ほどすると導師が戻ってきて、求道者たるピエールに七つの徳目を伝えた。これはソロモンの神殿の七段の階段にちなんだもので、フリーメイソンがみな自らの内に涵養《かんよう》すべきものであった。その徳目とは――（1）謙虚、結社の秘密の遵守、（2）結社の上位メンバーへの服従、（3）人倫、（4）人類愛、（5）勇気、（6）大《たい》度《ど》[11]、（7）死への愛、である。

「第七として、つとめるべきは」と導師は述べた。「不断に死を思うことにより、最終的には死をもはや自らの恐るべき敵ではなく、むしろ友とみなすこと……すなわち積善の作業に明け暮れる苦しきこの世の生から疲れた魂を解放し、褒賞と安らぎの場に導いてくれる友とする境地に至ることであります」

『そうだ、そうあるべきだ』こうした言葉を述べた後でまたもや導師が姿を消したので、彼は一人瞑想に身をゆだねつつそう思った。『そうあるべきだが、俺はまだあまりに弱く、それゆえに自分の人生を愛している。人生の意味が俺にもようやくちょっぴり分かりかけてきたところなのだ』いっぽう指を折って思い起こした他の五つの徳目について言えば、ピエールはすでに自分の心に備わっている気がした。勇気も大度も人倫も人類愛もそうだし、とりわけ服従は、徳目とさえいえず、むしろ幸福とすら思えるのだった（彼は今や自分が自分の恣意から解放され、間違いのない真理を知るあの導師や他の人々に自分の意志を委ねることができるのがとてもうれしかったのだ）。残りの一つの徳目をピエールは失念して、どうしても思い出せなかった。三度目には導師は前よりも早く戻ってきて、ピエールに、彼の意志はいまだに強固か、すべての要求に従う覚悟があるかと訊ねた。

「何でも致します」ピエールは答えた。

「もう一つお伝えすべきことがあります」導師は言った。「われわれの結社は教義を授けるのに言葉を用いるだけでなく、ほかの手段も用います。知恵と善を求める本当の探求者《イスカーチェリ》には、言葉だけの説明よりも、言葉以外の説明の方がより効果があるかもしれません。この部屋にしても、ご覧の通りの装飾が、言葉よりも雄弁にあなたの心に語りかけ、説得したはずです、もしもあなたの心が真摯なものであればですが。この先の加入手続きにおいても、あなたはおそらく同様な形の説明を経験されることでしょう。われわれの結社は古代の結社をまねていますが、そうした結社では自らの教義を象形文字であらわしていたのです。象形文字とは」と導師は言った。「何らかの

11　度量の大きさ、寛大さ。

対象を絵によって名指すもので、その対象は感覚ではとらえられないが絵に描かれたものと類似の性質を持つわけです」

ピエールは象形文字が何かをよくわきまえていたが、あえて口にするのは控えた。あらゆる兆候から今にも試練が始まるものと感じつつ、彼は黙って導師の言葉に耳を傾けていた。

「もしもご決意が揺るがなければ、いよいよあなたの加入手続きに移らねばなりません」さらにピエールに歩み寄りながら導師は言った。「では、ひとつ大度の証《あかし》として、貴重品をすべて私にお渡しください」

「しかし、何も持ち合わせてはいませんが」持っているものをそっくり渡せと言われているのだと思って、ピエールは答えた。

「身に着けているものですよ、時計とかお金とか指輪とか……」

ピエールは急いで財布と時計を取り出したが、太った指から結婚指輪を外すにはかなり手間取った。これがすむとフリーメイソンは言った。

「服従の証として服をお脱ぎください」導師の指示するままにピエールは燕尾服とチョッキと左足のブーツを脱いだ。相手は彼のシャツの左胸のところをはだけさせると、次には身を屈めて、左足のズボンを膝の上までまくり上げた。親しくもない相手の手間を省いてやろうとして、ピエールは急いで右のブーツも脱いでズボンをまくり上げようとしたが、相手はその必要はないと制して、左足用の室内履きを彼に与えた。心ならずもこみ上げてくる羞恥と疑念と自嘲の子供っぽい笑みを顔に浮かべたまま、ピエールは両手を垂れ、足を開いて同志となるべき導師の前に立ち、次の指示を待っていた。

「では最後に、誠実さの証として、あなたの一番の煩悩《ぼんのう》を私に打ち明けてください」相手は言った。

「私の煩悩！　それはもうたくさんありました、、、、が」ピエールは答えた。

「善を目ざす途上で何よりも一番あなたを迷わせた煩悩です」導師は言った。

ピエールはしばし黙り込んで考えを巡らした。

『呑み気？　食い気？　遊び心？　怠け心？　熱狂？　憎しみ？　女？』自分の欠点を一つ一つ挙げては頭の中の秤《はかり》にかけてみても、はたしてどれが一番かは分からなかった。

「女性です」小さな、ほとんど聞き取れぬほどの声でピエールは答えた。答えを聞いたフリーメイソンは、長いことじっと立ったまま、口もきかなかった。そしてついにピエールのそばに寄ると、テーブルにあったスカーフを手に取ってもう一度ピエールに目隠しをした。

「最後に申しておきますが、自分自身に注意を向けてご自身の感情に鎖を付け、情欲のうちにではなく心のうちに至福を求めることです……。至福の源はわれわれの外にではなく内にありますから……」

ピエールはすでに自らの内にあるその清冽《せいれつ》なる至福の泉を感じ取っていた。今やその泉の喜びと感動が彼の胸に溢れかえっていたのである。

4章

この後まもなく暗い部屋にピエールを迎えに来たのは、もはや例の導師ではなく保証人のヴィラールスキーで、そのことは声で分かった。改めて決意に揺らぎはないかと訊かれて、ピエールは答えた。

「はい、はい、覚悟はできています」そう言って子供のように屈託なく笑うと、太った胸をはだけたまま、片足は室内履き、片足はブーツを履いた格好でぎこちなくおずおずと前方に歩を進めた。その間、裸の胸にはヴィラールスキーの剣がひたと突き付けられていた。部屋を出て廊下伝いにあちらこちらへと引き回されたあげく、支部室のドアの前に出た。ヴィラールスキーが一つ咳払いをすると、フリーメイソン式の槌の音がこれに応え、二人の前にドアが開け放たれた。何者かの低音の声が（ピエールは相変わらず目隠しをされていた）彼の氏名、生誕地、生年月日等を訊ねる。それからまた、目隠しをされたままどこかへと導かれたが、その道中、彼の行手にある労苦について、神聖なる友愛について、開闢《かいびゃく》以前の世界の創り主について、彼が労苦と危険を乗り越えるための勇気について、数々の寓話が語り掛けられるのであった。この道程でピエールが気付いたのは、自分が求道者とか苦悩者とか志願者とか様々な名で呼ばれ、その都度、槌や剣の立てる音も異なることであった。何かのそばに連れて行かれた時には、自分の指導者たちの間に混乱と動揺が生じたのに気づいた。彼の耳は周囲の者たちが小声で言い合いを始めたのを聞きつけたが、中の一人は、彼を何かの絨毯の上を通らせろと言い張っていた。その後誰かに右手を取られて何かの上に乗せられ、左手にはコンパスを持たされて、それを自分の左胸に押し当てるよう命じられた。そうして指示されるままに別の人物の読む言葉を復唱する形で、結社の掟を遵守するという誓約を唱えたのだった。その後ろうそくが消され、アルコールランプに火が点《とも》されたが、それはピエールにも臭いで分かった。そして汝は小さな光明を見るだろうと告げられた。目隠しが外されるとピエールには、まるで夢の中のように、アルコールランプの弱い光の中に何人かの人物がいるのが見えた。皆あの導師とまったく同じエプロンを着けて彼に向き合う形で立ち、手に持った剣を彼の胸に向けている。中に一人、白いシャツを血まみれにしている人物がいた。それを見たピエールは、自分も突き刺してもらおうと思って、こちらに向いた剣の列めがけて胸をぐいと突き出した。だが剣の列はさっと引っ込み、彼はたちまちまた目隠しをされた。

「今汝は小さな光明を見た」何者かの声が言った。それからまたろうそくが点され、汝は完全なる光明を見るべしと告げられて、またもや目隠しが外された。するとにわかに十人以上の声で「浮世の栄誉はかくもはかない《シック・トランシット・グロリア・ムンディ》」とラテン語で告げられた。

徐々にわれに返り始めたピエールは、自分のいる部屋とそこにいる人々を見回した。黒布で覆われた長いテーブルがあって、その周りにすでに見かけたのと同じ服装をした者たちばかりが十二名ほど席を占めている。何人かはペテルブルグの社交界での顔見知りだった。議長席には特殊な十字架を首にかけた見知らぬ若者が座っていた。その右手には、ピエールが二年前にアンナ・パーヴロヴナ「シェーレル」の家で見かけたイタリア人の神父が座っている。他に一人きわめて重要な地位にある高官がおり、さらにかつてクラーギン家の住み込み家庭教師だったスイス人がいた。皆厳粛に沈黙したまま、槌を手に持った議長の言葉に耳を傾けている。壁には星形の灯火がはめ込まれていた。テーブルの片側には様々な図柄の小ぶりな絨毯が敷いてあり、別の側には祭壇のようなものがあって福音書と髑髏が置かれていた。テーブルの周囲にはちょうど教会にあるような大きな燭台が七脚置かれている。メンバーの二人がピエールを祭壇のところに連れて行き、足を直角に開いて立たせ、それから神殿の門に向かってひれ伏すのですと言って、彼に身を倒すよう命じた。

「まずその人に鏝《こて》[12]を与えるべきでしょう」メンバーの一人が小声で言った。

「ああ！　どうか口を挟まないでください」別の一人が言った。

指示に従いもせず、茫然とした近視の目で辺りを見回したピエールは、ふと胸の内に疑念が萌《きざ》すのを覚えた。『ここはどこだ？　僕は何をしているんだ？　僕は笑いものになっていないか？　後で思い起こして恥ずかしくならないだろうか？』しかしこの疑念は一瞬で消えた。周囲の者たちの真剣な顔を見渡したピエールは、すでに自分が通過してきたすべての手続きを思い起こし、途中で止まるわけにはいかないと理解した。自分の疑念にゾッとしたピエールは、何とか以前のような感動を胸の内に掻き立てようとして、神殿の門にひれ伏した。すると本当に、以前よりもさらに強い感動

12　石工の道具。

の念が彼を見舞ったのだった。しばらく伏していると起き上がるように命じられ、それから皆と同じ白い革のエプロンを着せられて、手には鏝と三組の手袋を渡された。すると頭領《グランド・マスター》［大きな支部の長］が彼に語り掛けてきた。頭領は彼に、純白のエプロンは志操堅固と清浄無垢の象徴なのだから、決してその純白さを汚さぬよう努めなさいと言った。次に不思議な鏝については、これを使って自らの心を悪徳から清め、さらに寛大な気持ちで隣人の心の傷を癒やすように言った。それから最初の一組の男物の手袋について、今はその意味を教えることはできないが、大事にしまっておきなさいと言い、二番目の男物の手袋については、集会の際に着用しなさいと言った。そして最後の女物の手袋については次のように言った。

「親愛なる兄弟よ、この女物の手袋もあなたに与えられたものです。あなたが誰よりも尊敬する女性が現れたら、それを与えなさい。あなたが石工としての自分にふさわしい伴侶として選ばれる相手に、その贈り物をもってご自身の心の穢れなさを証明するのです」しばし間をおいて頭領は付け加えた。「ただし気を付けるのです、親愛なる兄弟よ、くれぐれもこの手袋が不浄なる者の手を飾ることのないよう」頭領がこの最後の数語を口にした時、ピエールには議長がうろたえたように感じられた。ピエールはなおさらうろたえて、まるで子供のように、涙が出そうなほど真っ赤になって、おどおどと辺りの様子をうかがった。気まずい沈黙が生じた。

この沈黙は兄弟の一人によって破られた。彼はピエールを絨毯のところへ導いていくと、手帳を見ながらそこに描かれたすべての図形の意味を彼に説明し始めた——太陽、月、槌、錘鉛《すいえん》、鏝、自然石と立方体の石、柱、三つの窓、等々。それからピエールの席が決められ、支部の徽章《きしょう》が示され、入館の合言葉が教えられ、最後に座ることが許された。頭領が規約を読み上げ始めた。規約は極めて長大だったが、ピエールはうれしさと興奮と恥ずかしさのあまり、読み上げられていることを理解できるような状態ではなかった。彼が耳を傾けたのは最後の一節のみで、それは記憶に残った。

「われらの神殿の内にあってわれらが知る序列はただ一つ」頭領は読み上げていた。「美徳と悪徳の間の序列であって、それ以外にはない。いかなるものであれ、平等を損なう恐れのある差別を設けることを警戒せよ。相手を選ばず仲間の支援に駆け付け、迷える者には道を説き、倒れた者は助け上げ、いかなる時も仲間に対して憎しみも敵意も抱くな。優しく親しみやすくあれ。万人の心に善の炎を掻き立てよ。隣人と幸福を分かち合い、ゆめゆめ羨望がこの純粋な喜びを濁さぬよう努めよ」

「汝の敵を赦し、復讐をせず、ただ徳を施すことによってのみ報いよ。かくして至高の掟を守れば、汝は自らが失った太古の大いなるものの痕跡を見出すであろう」読み終わると頭領は立ち上がり、ピエールを抱いてキスをした。ピエールはうれし涙を浮かべながら、自分をとりまく人々が浴びせてくる祝いの言葉や旧交の復活を喜ぶ言葉にどう答えてよいのか分からぬまま、ただあたりを見回していた。彼にはもはや知人であろうとなかろうと関係なく、すべての者が等しく兄弟と感じられ、一刻も早くこの人たちと活動に取り掛かりたいと気持ちをはやらせていた。

頭領が槌を鳴らし、皆が席に戻ると、一人が謙虚の必要についての教えを朗読した。頭領が最後の義務を果たしましょうと提案すると、喜捨収集役の肩書を持つ例の重鎮の高官がメンバーの間を回り始めた。ピエールは奉加帳に有り金の全額を書き込みたかったが、そんなことをして傲慢な奴と思われるのを恐れて、ほかの者たちと同じ額を書き込んだ。

会は終わった。帰宅した時には、ピエールはあたかも自分が何十年もかけた遠い旅路から戻ってきたところで、身も心もすっかり変わって、以前の暮らしぶりや習慣とはきっぱりと縁が切れたかのような気分を味わっていた。

5章

フリーメイソンの支部《ロッジ》に加入した翌日のこと、ピエールは家で本を読みながら、ある正方形の意味を突き止めようと苦慮していた。その正方形は第一辺が神を、第二辺が精神的なものを、第三辺が肉体的なものを、第四辺が両者の折衷を表しているのだった。時折彼は本も正方形も脇において、想像の中で自分の新生活のプランを組み立ててみた。前日支部で、例の決闘のうわさが皇帝の耳にまで届いているから、ペテルブルグを離れるのが賢明であろうという忠告を受けていたのだ。ピエールは南部の領地に出かけて行って農民たちの面倒でも見ようという気になっていた。そんな新生活を思い浮かべて楽しんでいるところへ、だしぬけにワシーリー公爵が部屋に入って来た。

「ピエール君、君はモスクワで何をしでかしてくれたんだね？　いったいどうしてエレーヌと喧嘩したんだ？　君は間違っているよ」部屋に入ってくるなりワシーリー公爵はそう切り出した。「僕はすべてを確かめたから自信をもって言えるが、エレーヌは君に対して潔白だ。ちょうどキリストがユダヤ人に対して潔白だったようにね」

ピエールが答えようとすると相手は彼を遮った。

「それに、どうして君は友人であるこの私に、ざっくばらんに相談してくれなかったんだね？　私は何もかも知っているし、すっかり分かっているんだ」公爵は言った。「君は名誉を重んずる人間にふさわしい振る舞いをした。ひょっとしたらあまりに性急すぎたかもしれないが、まあそれはいいとしよう。ただ一つ理解してくれ、君のおかげで娘と私が世間から、さらには宮廷から、どんな目で見られているかを」声を低めて公爵は言った。「娘はモスクワにいて、君はここで暮らしている。いつまでもそんなんじゃいられないよ、君」公爵はピエールの手を摑んで下に引いた。「すべてはただの行き違いだ。君だってそう感じているんじゃないかね。今すぐ私と一緒に手紙を書くんだ。そうすれば娘はこっちにやってきて、わだかまりも解け、世間の取り沙汰もおしまいになる。さもないと、いいかね、君が苦境に立つのは目に見えているんだからね」

ワシーリー公爵は諭すような目でピエールの顔を見た。

「確かな筋から聞いたところではね、皇太后さまがこの一件に深い関心をお持ちだとのことだ。なにしろ皇太后さまはエレーヌのことをたいそうお気に入りだからね」

何度かピエールは口を開きかけたがで きなかった。一つにはワシーリー公爵がその都度急いで遮って喋らせてくれないし、また一つにはピエール自身、胸の内では舅の提案を断固はねつけ、拒絶しようと決意していながら、いざ話し出したら別の口調になってしまいはしないかと怯えていたのだった。おまけにフリーメイソンの規約にあった「優しく親しみやすくあれ」という文句が頭に浮かんできた。たとえ相手が誰にせよ、面と向かって不愉快な、相手の期待を裏切ることを言い放つというのは、ピエールにとっては生涯で一番の難事であり、そのため彼は顔をゆがめ、頬を染め、立ったり座ったりしながら、その準備運動をしていたのである。ワシーリー公爵のこうした人を食った自信満々な言動に対して、これまでピエールは唯々諾々《いいだくだく》と従うことに慣れてきたので、このときも自分が太刀打ちしきれなくなってしまいそうな予感がした。だが同時に、今の自分の発言次第で、この先の運命のすべてが決するだろうということも予感していた。はたしてこれまで通りの古い道をこれからも歩むのか、それともフリーメイソンの同志たちがかくも魅力的に提示してくれた新しい道、新しい人生への再生に続いているだろうと自ら確信した新しい道を歩むのか、ここがまさに正念場だった。

「ね、いいだろう」冗談口調になってワシーリー公爵は言った。「ただ『うん』と言い給え。そうしたら私が自分で娘に手紙を書くから、その後で肥えたる仔牛を屠《ほふ》って祝おうじゃないか」[13]だがワシーリー公爵の冗談口が終わらないうちに、ピエールは亡き父親をほうふつさせるような凶暴な表情になると、相手と目も合わせぬままに、静かにささやくように言った。

「公爵、僕はあなたをお招きした覚えはありません。帰って、どうか帰ってください！」彼はさっと立ち上がって相手のためにドアを開けた。「さあ、お帰りください」彼は繰り返した。自分のしていることが信じられなかったが、相手の顔に狼狽《ろうばい》と恐怖の表情が浮かんだのには快感を覚えていた。

「君、どうしたんだ？　具合でも悪いのか？」

「お帰りください！」もう一度すごみのある声が響く。ワシーリー公爵は何の釈明も得られぬまま立ち去らざるを得なかった。

一週間後、ピエールは新しいフリーメイソンの友人たちに別れを告げ、多額の寄付をして、自分の領地へと出立した。新しい友人たちはキエフとオデッサのフリーメイソンたちに宛てた紹介状を彼に与え、今後も手紙を書いて彼の新しい活動を指導すると約束してくれた。

6章

ピエールとドーロホフの一件はもみ消され、当時皇帝が決闘に対して厳しい態度をとっていたにもかかわらず、決闘した者も介添人をつとめた者もお咎めなしで済んだ。ただし決闘のいきさつは、ピエールと妻の決裂によって裏書きされた形になり、広く社交界に知れ渡った。ピエールは、ただの庶子だった時には寛大な庇護の目で見られ、ロシア帝国一の花婿候補となった時にはちやほやともてはやされていたのだったが、いったん結婚して適齢期の女性にもその母親たちにも何のメリットもない存在と化した途端、社交界での評価がガクンと落ちてしまった。まして本人に世評に媚びるだけの腕もなければその気もないのだからなおさらである。いまや例の決闘事件も彼一人が悪者にされ、道理もわきまえぬ焼き餅焼きの彼が、かつて父親がそうだったように、残虐な狂憤の発作に駆られて起こした事件だと取りざたされていた。だからピエール

13　新約聖書の放蕩息子の帰還の寓話（ルカによる福音書第15章）で父親が息子の帰還を仔牛を殺して祝った挿話を踏まえている。

が出立した後でエレーヌがペテルブルグに戻ってくると、知人一同は単に喜んだばかりでなく、不幸に耐える者への敬意すら込めて歓迎したのだった。話が夫のことに触れると、エレーヌは毅然《きぜん》とした表情をしてみせた。自分でも意味は分からないままに、ただ生来の呼吸で身に付けただけの表情だったが、その表情の言わんとするところは、私は文句も言わずにこの不幸に耐える決意をしました、夫は神が私に遣わした十字架なのです——というものであった。ワシーリー公爵はおおっぴらに自分の意見を言いまくっていた。ピエールの話になると、彼は肩をすくめて額のところを指さし、こんなふうに言うのだった。

「ちょっといかれていますな。私はいつもそう言っていたんですがね」

「私、とっくにそう言ったじゃないですか」アンナ・パーヴロヴナはピエールについてこう言うのだった。「あの時だってすぐに言いましたわ、誰よりも先にね（彼女は自分が一番先だということにこだわっていた）——これは今どきの堕落した思想の犠牲になった、狂った若者だって。まだ皆さんがあの男に夢中になっていた時に私はそう言ったんですのよ。ほら、あの男が外国から帰ったばかりで、私の家の夜会でなんだかあのマラー[14]のような真似をしていたでしょう。あげくの果てがこんなふうになってしまって。私、あの時からもうこの縁組が気に入らなくて、先々起こることをすっかり予言していましたのよ」

アンナ・パーヴロヴナは相変わらず、暇な日に自宅で以前のような夜会を催していた。それはまさに彼女の才をもってしか開けない夜会で、そこにはまず、彼女自身の表現によれば、本物の上流社会のエリートが、ペテルブルグ社交界の知のエッセンスが集うのだった。そうしたメンバーの厳選ぶりに加えて、アンナ・パーヴロヴナの夜会のさらなる特徴は、毎回主催者が客たちに誰かしら新しい、興味深い人物を提供することであり、さらには他ならぬこの夜会の場においてこそ、宮廷に近い親王朝派ペテルブルグ貴族社会の気分を示す政治的温度計の目盛りが、はっきりと、しっかりと表示されることだった。

一八〇六年の末、すでにイエナとアウエルシュタットの近郊でプロイセン軍がナポレオンに殲滅され、プロイセンの要塞の大半が降伏したという悲しむべき事態[15]が詳細に伝えられ、すでにロシア軍がプロイセンに入って、ナポレオンとの二度目の戦いが

14　ジャン＝ポール・マラー（一七四三～九三）。フランス革命の指導者で、ジャコバン派の恐怖政治の立役者。

15　一八〇六年十月十四日のナポレオン軍とフリードリヒ・ヴィルヘルム三世軍によるイエナ・アウエルシュタットの戦いの結果を指す。

始まっていたころ、アンナ・パーヴロヴナは自宅で夜会を開いた。このときのいわゆる「本物の上流社会のエリート」とは、魅惑的で薄幸な、夫に捨てられたエレーヌ、モルトマール子爵、ウイーンから戻ったばかりの魅惑のイッポリート公爵、二人の外交官、例の叔母さま、サロンでは単に「美点の多い人」とだけ呼ばれている青年、一人の新任の女官とその母親、およびより目立たない何人かの者たちであった。

この夜会でアンナ・パーヴロヴナが新人として客たちに「御馳走」したのは、例のボリス・ドルベツコイであった。彼はプロイセンの軍から急使として戻ったばかりで、彼の地ではある極めて重要な人物の副官をつとめていた。

この夜会で客たちに表示された「政治的温度計の目盛り」は次のようなものだった。すなわち、並みいるヨーロッパの君主や司令官たちがいかにボナパルトを甘やかすことに務め、それによってこの私に、ひいては私たちロシア人にこの種の不快や悲嘆をもたらそうとも、ボナパルトに対する私たちの意見が変わることはありえない。私たちはこの件に関する自らの率直な考えを飽くことなく主張するし、プロイセン王とその他の者たちに対しては、ただこう言ってやるのだ――「それは墓穴を掘る所業ですよ。ただし『君が望んだことだがね、ジョルジュ・ダンダン』[16]としか言いようがありませんが」こんなところがアンナ・パーヴロヴナの夜会における政治的温度計の表示内容だった。客たちへのプレゼントとなるべきボリスが客間に入って行ったときには、すでにほとんどの客が揃っていて、アンナ・パーヴロヴナがリードする会話は、わが国のオーストリアとの外交関係、および同国との同盟の可能性を巡って展開されていた。

すっかり男らしくなったボリスは、しゃれた副官の軍服に身を包み、はつらつとした艶やかな顔つきで悠然と客間に入ってきたが、まずは決まり通り例の叔母さまのもとへご挨拶に連れて行かれ、それから改めて皆の輪に加わった。

アンナ・パーヴロヴナは脂気のない片手を差し出して彼にキスをさせてから、何人か彼に面識のない客に引き合わせながら、そのたびに小声で相手のことを説明した。

「こちらはイッポリート・クラーギン公爵、魅力的な青年よ。こちらはコペンハーゲン代理公使のクルークさん、とっても聡明な方よ」そして単に「シートフさん、美点の多い人」と、この通称で呼ばれている例の青年を紹介した。

ボリスはこれまでの軍務期間に、母親の奔走のおかげもあり、また自身のセンスや持ち前の抑制のきいた性格が功を奏したせいもあって、極めて有利なポジションを手

16　モリエールの戯曲『ジョルジュ・ダンダンあるいはやり込められた夫』（一六六八）のセリフ。

に入れていた。今や彼は極めて重要な人物の副官として極めて重要な任務を帯びてプロイセンに赴き、つい最近急使として任地から戻ったばかりであった。彼はオルミュッツで知って気に入った例の裏の上下関係を、完全に会得していた。それは一介の少尉補を将軍よりもはるかに上位に置いてしまうような原理で、これに従うならば、軍務での成功の秘訣は精勤でも努力でも武勇でも忠誠でもなく、ひとえに論功行賞の権を握る相手と付き合う能力であった。実際、しばしば彼は自分の急速な出世ぶりに自分で驚くとともに、どうして他の者たちはこのことを理解できないのかと、いぶかったものだった。この発見の結果、彼の生活のあり方も、以前の知人たちとの付き合いも、将来の計画も、すべてががらりと変わってしまったのである。彼は金持ちではなかったが、なけなしの金を使ってでも他人よりも良い服装をしようとした。ぼろ馬車を走らせたり、古い軍服を着てペテルブルグの通りに繰り出したりしないですむためなら、いくらでも楽しみごとを我慢する覚悟だった。彼が近づきになって付き合いを求める相手は、自分よりも位が高く、それゆえに自分の利益になるような者ばかりだった。彼はペテルブルグを愛し、モスクワを蔑《さげす》んでいた。ロストフ家とナターシャへの幼い恋の思い出は彼には不愉快なものと化しており、それゆえ出征した時以来一度もロストフ家には顔を出していなかった。アンナ・パーヴロヴナの夜会に参加することはボリスにとっては出世への足がかりのようなものだったが、この場でもすぐに自分の役割を飲み込んだ彼は、自分の中にあってアンナ・パーヴロヴナの関心を引くものをそっくり相手に提供したうえで、注意深く客の一人一人を観察し、それぞれの相手と付き合う利益や近づきになる可能性を計算しているところだった。今彼は美しいエレーヌの隣の指定された席に座り、皆の会話に耳を傾けていた。

「『ウイーンは、提案された条約の根拠が全く薄弱であり、最高にめざましい成功を立て続けにおさめでもしなければ実現は困難とみている。しかもウイーンは、わが国がそうした成功をおさめる手立てを持つことに疑いを抱いている』これはウイーンの内閣が使った文言通りです」デンマークの代理公使が言った。

「これはまた光栄なる疑いですな！」例の《とっても聡明な方》が薄ら笑いを浮かべて言った。

「ウイーンの内閣とオーストリア皇帝を別にして考える必要があります」モルトマールが言った。「オーストリア皇帝がそのような考えを持つことは決してあり得ません。それは内閣の発言にすぎません」

「あら子爵」アンナ・パーヴロヴナが割って入った。「ヨーロッパ《リュロープ》が（フランス人と話すときには彼女はなぜかフランス語の独特な妙味を強調するかのように、リユロープと発音するのだった）、ヨーロッパ《リュロープ》がわが国の誠実な同盟相手になることは、決してありませんわ」

その後アンナ・パーヴロヴナはプロイセン王の勇気と不屈さに話題をもっていったが、これはボリスを会話に引き込むための伏線であった。

ボリスはそれぞれの話者の発言に注意深く耳を傾けながら自分の番が来るのを待っていたが、そうしながらも何度か機を見て隣にいる美人のエレーヌを振り返り、エレーヌの方も何度かにっこりと微笑んでこの美男の若い副官と目を合わせたのだった。アンナ・パーヴロヴナはプロイセンの状況を語りながら、ごく自然にボリスに水を向け、グローガウ[17]への旅の模様と、プロイセン軍の置かれた状況について聞かせてほしいと頼んだ。ボリスは落ち着きはらって、きれいで正確なフランス語で、プロイセンの軍や宮廷に関する興味深い具体情報をふんだんに語ってみせたが、その間ずっと、自分が語る事実についての自身の意見を開陳することを慎重に避けていた。しばらくの間ボリスが全員の関心を独占した形になり、アンナ・パーヴロヴナは今回の新人お披露目も客の全員に満足感をもって受け入れられたと感じた。誰より強くボリスの話に関心を示したのはエレーヌだった。エレーヌは彼の旅の詳細について何度か質問し、プロイセン軍の状況についても大いに興味を覚えている様子だった。彼の話が終わるや否や、エレーヌはいつものほほえみを浮かべて彼に話しかけた。「どうしても、家にいらしていただかなくてはなりませんわ」まるで彼の知りえない何らかの理由で、そうすることが絶対に必要なのだと言わんばかりの口調で、彼女は彼に告げた。「火曜日の八時から九時までの間にね。そうしていただければこんなにうれしいことはありません」

彼女の願いを実現すると約束したボリスが二人で話を始めようとしたちょうどそのときアンナ・パーヴロヴナが、叔母さまが彼の話を聞きたがっていると言って彼を呼び寄せた。

「あなた、あの方の御主人をご存じなの？」目を閉じて悲しげな手つきでエレーヌを示しながら彼女は言った。「ああ、本当にかわいそうな、魅力あふれる女性なのよ！　あの方の前でご主人のことを言わないでね、お願いよ、言わないでね。あまりにもお辛いでしょうから！」

17　現ポーランドのグウォグフ。この当時プロイセンの一部だったが、一八〇六年のイエナ・アウエルシュタットの戦いでフランス軍に占領された。

ボリスとアンナ・パーヴロヴナが皆の集まっている場所に戻ってみると、イッポリート公爵がすっかり会話を独占していた。安楽椅子に座った体をぐいと前に乗り出すようにして、彼はこう言った。

「プロイセン王《ルロワ・ド・プリュス》ですからね！」そして言ったとたんゲラゲラ笑い出した。皆が彼の方を向いた。「プロイセン王でしょう？」今度は疑問形で言ってまた笑い出し、そして改めて何もなかったかのような真顔に戻って、安楽椅子の奥にどっかりと深く座り直した。アンナ・パーヴロヴナはしばらくその様子をうかがって発言を控えていたが、どうやらイッポリート公爵に全く話を続ける気がないのを見て取ると、神をも恐れぬナポレオンがポツダムでかのフリードリッヒ大王の剣を盗んだという話を始めた。

「あのフリードリッヒ大王の剣ですよ、私が……」彼女は先を続けようとしたが、イッポリート公爵が口をはさんだ。

「プロイセン王……」そしてまた、皆が彼を振り返ると、詫びを言って黙り込むのだった。アンナ・パーヴロヴナは苦い顔をした。イッポリート公爵と仲のいいモルトマールが、きっぱりと彼に向き直って言った。

「おいおい、そのプロイセン王とやらがどうかしたのかね？」

イッポリート公爵はまた笑い出したが、いかにも笑うのが恥ずかしいといった様子だった。

「いや何でもない、ただ僕が言いたかったのはね……」（実は彼はウイーンで耳にした駄洒落《だじゃれ》をこの場で披露してやろうというつもりで、一晩中良いタイミングを狙っていたのだ）「ただ僕が言いたかったのはね、われわれはまさにプロイセン王のために無駄な戦いをしているっていうことだけさ[18]」

ボリスは慎重な笑みを浮かべたが、それはこの洒落の受けとめられ方次第で嘲笑にも感嘆にも取れるようにとの配慮であった。一同がどっと笑った。

「質《たち》の悪い御冗談だこと。ウイットに富んでいるけれど、的外れですわ」皺の寄った細い指で脅す真似をしながらアンナ・パーヴロヴナが言った。「わが国が戦うのはプロイセン王のためじゃなくて正義のためですからね。ああ、なんて悪い人でしょう、

18　「プロイセン王のために（ポー・ルロワ・ド・プリュス）～する」という表現が、フランス語で「つまらぬことのために厄介ごとに巻き込まれる（＝不本意な一蓮托生）」といったニュアンスを持つことからきた語呂合わせ。

このイッポリート公爵って方は！」彼女は言った。

談話は一晩中鎮まることなく、主として政治的なニュースの周辺をめぐって展開された。夜会も終わるころになって皇帝の下賜する褒美の話題が出ると、話はひときわ盛り上がった。

「だって去年はあのNNが肖像入りのシガレットケースを拝領したじゃありませんか」例の《とっても聡明な方》が言った。「どうしてSSが同じ褒美をもらえないんでしょう？」

「よろしいですか、皇帝の肖像入りのシガレットケースというのはご褒美であって勲章とは別物です」外交官が言った。「早い話がプレゼントですよ」

「でも先例がいくつもありますよ、あのシュヴァルツェンベルク[19]がそうです」

「そんなはずはありません」別の誰かが反論した。

「賭けてもいいですよ。大綬章はまた別ですがね」

一同が辞去しようと立ち上がった時、一晩中ろくに口をきかなかったエレーヌが改めてボリスに声をかけ、頼むというよりは優しく意味ありげな命令口調で、火曜日に自宅に来てくださいと言った。

「ぜひそうしていただく必要がありますの」笑顔でアンナ・パーヴロヴナを振り向

きながら彼女が言うと、アンナ・パーヴロヴナも大事な皇太后の話題を出すときにいつも浮かべる例の悲しげな笑みと同じ笑みを浮かべて、エレーヌの願いを後押しした。この夜会の席でボリスがプロイセン軍について語った言葉の何かが引き金となって、エレーヌが不意に彼と会う必要に思い至った、といった口ぶりだった。彼が火曜日にやってきたら、その必要が何かを説明する――そんなことを彼女は約束しているかに見えた。

だが火曜日の晩、エレーヌの豪華なサロンを訪れても、ボリスは何で自分が来る必要があったのかというはっきりとした説明を得ることはできなかった。他にも客たちがいたため、伯爵夫人はあまり彼と言葉も交わさず、ただ別れ際に彼が彼女の手にキスをした時、彼女は不思議なことに笑みも浮かべぬまま、唐突にこうささやいたのだった。

「明日食事にいらしてください、晩に。必ずいらしてくださいね……きっとよ」

今回のペテルブルグ訪問の間に、ボリスはベズーホフ伯爵夫人宅の親密なる友と

19　カール・フィリップ・フュルスト・ツー・シュヴァルツェンベルク（一七七一〜一八二〇）。オーストリアの元帥。

なった。

8章

戦争がますます勢いを増し、戦場はロシア国境へと近づきつつあった。いたるところで人類の敵ボナパルトへの呪詛の言葉が聞かれた。村々で民兵や新兵の徴募が行われ、戦場からは相矛盾するいろいろな情報が伝わってくる。例によって偽の情報ばかりだったが、それだけに様々な解釈を生むのだった。

老ボルコンスキー公爵とアンドレイ、マリヤの暮らしは、一八〇五年から大きく変化していた。

一八〇六年、老公爵はこの時期ロシア各地で任命された八名の義勇軍司令官の一人に選ばれた。かつて息子は死んだものと諦めていた時期に、めっきり老衰ぶりが目立つようになった公爵だったが、それでも皇帝陛下から直々に指名されたこの職を辞退する権利は自分にはないと判断した。すると新たに開けたこの活動のおかげで、俄然元気が出て、体も丈夫になってきたのだった。自分の管轄となった三つの県を頻繁に巡回しては、几帳面すぎるほどに職務を果たし、部下には残酷なまでに厳しく、枝葉末節にまで口を出そうとした。娘のマリヤはもはや父親の数学の授業は受けておらず、ただ父が家にいる時には、毎朝乳母と一緒にニコライ小公爵（これが祖父の用いる呼び方だった）を連れて父親の書斎を訪れるのだった。乳飲み子のニコライ小公爵は、乳母とばあやのプラスコーヴィヤとともに、亡くなった公爵夫人リーザのいた一角に暮らしており、マリヤも一日の大半をその子供部屋で過ごして、できる限り幼い甥の母親代わりをつとめようとしていた。マドモワゼル・ブリエンヌもどうやらこの幼子がかわいくてたまらない様子だったので、マリヤもしばしば自分は我慢して、小さな天使（彼女は甥をこう呼んでいた）をあやし、ともに戯れる喜びをこの友に譲ってやるのだった。

　禿山《ルイスィエ・ゴールィ》の教会の祭壇の脇には亡き公爵夫人の墓があって、その上に礼拝堂が設けられていた。その礼拝堂の中には、翼を広げて天国に飛び立とうとしている天使を象《かたど》ったイタリア製の大理石の記念像が安置されていた。その天使はあたかもほほえもうとするかのようにちょっと上唇を持ち上げていたが、ある時アンドレイ公爵とマリヤはこの礼拝堂を出る際に、この天使の顔が不思議と亡きリーザの顔を思い起こさせるということを、互いに打ち明け合ったのだった。だがもっと不思議でアンドレイ公爵が妹にも言わずにおいたことがあった。すなわち彼は、芸術家がたまたま天使の顔に与えた表情の内に、自分がかつて死んだ妻の顔に読み取ったのと同じ、控えめな非難の言葉を読んだのである。『ああ、どうして私をこんな目に遭わせたの？……』とその顔は語り掛けていた。

アンドレイ公爵の帰還からほどなくして、老公爵は息子に禿山から四十キロばかりのところにあるボグチャロヴォという大きな領地を分与した。一つには禿山にまつわる辛い思い出のせいで、また一つには父親の性格がときとしてやりきれなくなるのを自覚していたせいで、また一つには孤独を必要としていたせいで、アンドレイ公爵はこのボグチャロヴォ村を大いに活用し、そこに居を構えて、大半の時間を過ごすようになっていた。

アウステルリッツ遠征以来、アンドレイ公爵は二度と軍務には就かないと固く決意していたので、また戦争が始まって皆が何かの勤務に就かねばならぬ事態になると、実戦の軍務を避けて、父親の指揮下で義勇兵の徴募の任に就いた。老公爵とその息子は、一八〇五年の遠征を境に役割が入れ替わったかのようだった。父親は自分の仕事に胸を躍らせ、今次の戦役に良いことばかりを期待していたが、息子は反対に戦争に関与せず、内心忸怩《じくじ》たるものを覚えつつ、ついつい悪いことばかり予測していたのである。

一八〇七年二月二十六日、老公爵は軍管区の巡察に出かけた。アンドレイ公爵は父親の留守中はたいていそうするように、禿山に残っていた。幼いニコールシカ［ニコライの愛称］は四日前から具合が悪かった。老公爵を町まで送り届けた御者が、アンドレイ公爵宛の書類や手紙を持って戻ってきた。

手紙を託された侍僕は、若公爵が書斎にいなかったので、マリヤの部屋に行ったが、そこにも探す相手はおらず、若公爵は子供部屋に行かれたと聞かされた。

「すみません旦那さま、ペトルーシカがお手紙を届けてまいりました」ばあやの手伝いをしている小間使の一人がアンドレイ公爵に伝えた。この時アンドレイ公爵は小さな子供用の椅子に座って顔を顰めつつ、震える手で半分水の入ったグラスへと、薬瓶から水薬を注ごうとしているところだった。

「何だって？」苛立《いらだ》った声でそう言うと、不覚にも手が震えたため、薬瓶からグラスへ余計な量の薬を注いでしまった。グラスの中身を床に捨てると、もう一度水をよこせと命じる。小間使が水を渡した。

部屋の中にはベビーベッド、長持が二棹《さお》、安楽椅子が二脚、テーブルと子供用の小さな机と椅子のセットがあって、その小さな椅子にアンドレイ公爵が座っているのだった。窓にはカーテンが引かれ、テーブルの上に一本だけのろうそくが点っていたが、それも製本した楽譜帳を衝立《ついたて》がわりに立てて、ベビーベッドに光が差さないようにしてあった。

「兄さん」ベビーベッドの脇に立っていたマリヤが兄に声をかけた。「ちょっと待った方がいいわ……あとでまた……」

「ああ、いい加減にしてくれよ、そんなバカばっかり言って。お前はいつだって待ってばかりで、その結果こんなにこじらせてしまったじゃないか」アンドレイ公爵は妹を傷つけてやろうと言わんばかりに、憎々しげな声で囁いた。

「だって兄さん、やっぱり起こさない方がいいわ。せっかく眠ったんですもの」哀願するような声で妹は言った。

アンドレイ公爵は立ち上がると、グラスを持ったまま忍び足でベビーベッドに近寄ってきた。

「やっぱり本当に、お前の言う通り起こさない方がいいのかな？」彼は決しかねた様子で言った。

「お好きになさって――でもきっと……私の考えでは……でもお好きになさって」マリヤはそんな風に答えた。自分の意見が通りそうになって、かえって心細く、恥ずかしくなったようだった。小声で兄を呼んでいる小間使に気付いて、彼女は兄の注意を促した。

二人が高熱を出した乳飲み子の寝ずの番にかかって、これでもう二晩目だった。この間ずっと兄と妹は、お抱えの医者の見立てを信用できずに、町まで呼びにやった医者の来るのを待ちながら、あれこれといろんな薬を試みていた。睡眠不足で苦しんでいる上に心労が重なった二人は互いに鬱憤を相手のせいにして、互いを責めて喧嘩し合っていた。

「ペトルーシカが大旦那さまからのお手紙を持ってまいりました」小間使が小声で告げた。アンドレイ公爵は出て行った。

「なんだよ、まったく！」腹立たしげに言い放って父親からの言伝を聞き終えると、アンドレイ公爵は受け取った封書の束と父の手紙を持って子供部屋に戻った。

「どうだい？」彼はマリヤに訊ねた。

「相変わらずだわ。お願いだからちょっと待っていてね。カルル・イワーヌィチ先生がいつもおっしゃるように、睡眠が一番大事ですから」ため息をつきながらマリヤが小声で答えた。アンドレイ公爵は子供のそばに行って軽く肌に触れた。燃えるような熱だった。

「お前もお前のカルル・イワーヌィチもあてにならん！」彼は先ほど水薬を注いだ

グラスをつかむと、またベッドのところに戻った。

「兄さん、やめて！」マリヤが言った。

だが彼はいまいましさとやりきれなさに歪んだ顔を妹に向けながら、杯を手に乳飲み子の上に屈み込んだ。

「俺は飲ませたいんだ」彼は言った。「じゃあ、お前に任せるから、飲ませてやってくれ」

マリヤは肩をすくめたが、それでもおとなしくグラスを受け取ると、ばあやを呼び寄せて薬を飲ませ始めた。赤ん坊は大声で泣きわめき、ゼイゼイとあえいだ。アンドレイ公爵は顔を顰め、頭を抱えて部屋を出ると、隣室のソファーに腰を下ろした。

彼はずっと手紙の束を握ったままだった。それを機械的に開いて読み始める。父親の公爵は青色の便箋に持ち前の大きな縦長の書体で、ところどころ略語を交じえながら次のように書いていた。

「たった今、急使から一大朗報を受け取った。これがほら話でなければ、ベニグセン[20]がプロイシシュ・アイラウ近郊でナポレオンに完勝したそうだ[21]。ペテルブルグでは歓呼の声が引きも切らず、軍に送られる褒賞には果てしがない。ドイツ人のこととはいえ、めでたいことだ。コルチェヴォ[22]の長官ハンドリコフとやらは、いったい何をしているのかさっぱり分からん。いまだに補充兵も食糧も送ってきておらんのだ。すぐに先方へ行って、一週間ですべてを届けろ、さもないと首を引っこ抜くぞと伝えてくれ。アイラウの戦いについては参戦したペーチェニカからも手紙で知らせてきたが、やはり既報通りだった。つまりでしゃばって邪魔をする奴さえいなければ、ドイツ人ですらボナパルトに勝てるということだ。噂では敵はすっかり算を乱して敗走中とのこと。よいか、一刻も早くコルチェヴォに馬を飛ばして任務を果たしてくれ！」

アンドレイ公爵は一つため息をつくと、もう一通の封書を開いた。それは二枚の便箋に小さな文字でびっしり書かれた手紙で、発信人は例のビリービンだった。アンドレイ公爵はそれを読まずに畳み、もう一度父親の手紙を、末尾の「コルチェヴォに馬を飛ばして任務を果たしてくれ！」というところまで通読した。

20　レオンチイ・ベニグセン（一七四三～一八二六）。ドイツ、ブランシュヴァイク出身のロシアの将軍。対トルコ、対ペルシア戦でも活躍した。

21　一八〇七年二月七日から八日にかけて東プロイセン（現ロシア連邦カリーニングラード州）のアイラウ村近辺で行われたプロイセン・ロシア軍とフランス軍の戦いで、フランス軍は甚大な被害を受けたが、ロシア軍も兵を引いたため、痛み分けに終わった。

22　ロシア、トゥーラ県の町。

『いや、勘弁してくれ。今は行けないよ、子供が回復しないうちは』そう思った彼はドアに歩み寄り、子供部屋を覗いた。マリヤは相変わらずベッドの脇に立って、そっと赤ん坊の体をゆすっていた。

『そうだ、父上は、他にも何だか不愉快なことを書いていたな？』アンドレイ公爵は父親の手紙の内容を思い起こした。『そうそう、わが軍がボナパルトに勝ったんだった、よりにもよってこの俺が軍務から外れている時にな。いやはや、何もかも俺を虚仮《こけ》にするようにできていやがる……まあいい、勝手にしやがれだ……』そうして彼はビリービンのフランス語の手紙を読み始めた。読んでも半分も頭に入ってこなかったが、それでも読み続けたのは、たとえ一分でも気をそらしたかったからにすぎない。彼はあまりにも長いことただ一つのことだけを考え、苦しんできたのである。

9章

ビリービンは目下外交官として軍の総司令部に配属されていて、手紙にはフランス語でフランス流の冗談や言い回しを織り交ぜながらも、自己批判や自己嘲笑をもいとわないロシア人特有の歯切れの良さで、今次の戦役の全貌を描いていた。自分は外交官的な抑制というものにうんざりしているので、アンドレイ公爵という信頼できる文通相手を得て、軍で行われていることを目の当《ま》たりにして心中にたまった鬱憤をぶちまけることができるのを喜んでいると書かれている。手紙は古いもので、まだプロイシシュ・アイラウの戦い以前に書かれたものだった。

「アウステルリッツでの輝かしい勝利以来」とビリービンは書いていた。「君も知っているように、僕はずっと総司令部に付きっきりだった。すっかり戦争が気に入ってしまって、しかもそれで大満足している。なにしろ、この三か月間に僕が見たことは、およそ信じられないことばかりだったからね。

最初から話そう。ご存知の人類の敵はプロイセンを攻撃中だ。プロイセンといえばわが国の信頼に足る同盟国で、わが国を裏切ったのはこの三年間にわずか三度だけしかない。わが国はこのプロイセンの支援に乗り出した。ところがかの人類の敵は、わが国の甘言には耳を貸さず、持ち前の無礼かつ野蛮なやり口でプロイセン軍に襲い掛かると、開始した閲兵式を終える暇も相手に与えず、コテンパンに打ちのめし、ポツダム宮殿に侵入したのだ。

対するプロイセン王はボナパルトに宛ててこんな書簡を送った――『私は陛下がわ

が宮殿において最高度にご満足いただける歓待を受けられることを切望するものであり、そのために鋭意努力の上、できうる限りの準備をさせていただきました。どうか当方の願いがかなえられますよう！』プロイセンの将軍連中はこぞってフランス軍の前で慇懃さをとりつくろい、要求されればすぐに投降する。

グローガウの守備隊長などは、一万の兵を擁しながら、プロイセン王に、自分はいかに振る舞うべきでしょうかとお伺いを立てている……。これはすべて全く確かな情報だ。

つまり、われわれの狙いは単に兵力で敵を脅かすことだったのだが、結局のところ戦争に巻き込まれてしまった、それもわが国の国境地帯での戦争に。しかもプロイセン王のために、一蓮托生で戦う羽目になったのだ。わが軍には何でも有り余っていて、足りないのはほんのちっぽけなもの一つだけ。何かといえば、それは総司令官さ。仮にアウステルリッツの会戦で総司令官があれほど若年でなかったなら、わが軍の勝利はもっと決定的なものになっていただろうということが分かったので、八十年配の将軍たちの品定めが行われ、プロゾローフスキー[23]とカメーンスキー[24]の決定戦になって、後者が選ばれた。この将軍はスヴォーロフ流に幌馬車で乗り込んできて、歓呼の声と一大セレモニーで迎えられたものだ。

この四日にはペテルブルグから最初の急使が到着し、書簡類の入った行李が、すべてを自分で処理することを好む元帥の執務室に搬入された。僕も書簡の選別の手助けに呼ばれて、自分たち宛てのものを回収するように命じられたわけだ。元帥殿はわれわれに作業を任せながら脇で見張っていて、ご自分宛ての封書が出てくるのを待っていた。われわれはよく探したが、しかし元帥宛ての封書は一通もなかった。元帥殿は次第に落ち着きを失い、ついには自分で手紙の山を調べ始めたが、見つかったのは陛下からT伯爵やらV公爵やら、その他の者に宛てた書簡ばかり。怒り心頭に発した元帥は、われわれを忘れて手当たり次第に書簡を開封し、他人宛ての文面を読みだした。ああ、私はこんな扱いを受けているのか。信頼されていないんだ！　それどころか、私を見張れと命令しているじゃないか。よし、分かった。お前たちは失せろ！　というわけで、その後にベニグセン伯爵にあててあの有名な指令を書き送ったのだ。『小官負傷のため騎馬での移動がかなわず、したがって軍の指揮を執ることも不可

23　アレクサンドル・プロゾローフスキー（一七三二～一八〇九）。七年戦争や対トルコ戦で活躍した元帥。

24　ミハイル・カメーンスキー（一七三八～一八〇九）。第1部第2編2章にも言及されたエカテリーナ女帝時代の将軍。

能だ。貴官は壊滅された自身の軍を当プルトゥスク[25]へと率いてきたが、ここは無防備で、薪《たきぎ》も飼葉《かいば》もないため、支援の策を講ずる必要がある。ついては、昨日貴官自身がブクスホーデン伯爵[26]に提案したとおり、わが国の国境地帯への退却を考慮する必要がある。それも本日中になされるべきだ』

皇帝宛てには、元帥はこんな書状を認《したた》めた。

『小官、度重なる行軍のために鞍傷を負い、それが以前の包帯傷にも増して乗馬の障害となり、かかる大軍を指揮することを妨げております。それゆえ、小官は当該の指揮権を小官に次ぐ古参将軍たるブクスホーデン伯爵に委ね、担当スタッフ全員と付帯備品一式を同伯爵に移管したうえで、もしも糧食が枯渇した場合はプロイセンのより奥地まで退却せよと申し伝えました。と申すのも、オステルマンおよびセドモレッキー師団長の言明する通り、糧食はわずか一日分を残すばかりで、いくつかの連隊ではすでに底をついており、農民たちのところでも食いつくされているからです。小官自身は、傷の癒えるまで、オストロレンカの病院にとどまる所存です。退院の日取りにつきましては、また謹んでご報告申し上げますが、あえて一言上奏させていただくならば、もしも軍が現在の露営を後十五日間続けるならば、春には一人として健康な兵は残っておらぬことでありましょう。

せっかく御抜擢《ばってき》いただいた偉大にして名誉ある職務を果たせず、恥をさらすこととなったこの老生を、なにとぞ罷免して田舎に戻してくださるよう、切にお願い申し上げます。いやしくも軍において指揮官ならぬ書記官の役を演じる羽目にならぬよう、この件に関する陛下の寛大なるご許可を、小官、当地の病院にてお待ち申し上げます。小官を軍から排除したところで、盲《めし》いた者が退役したほどの風評も起こりはしまいと存じます。小官のような人間は、ロシアには何千といるからでございます』

元帥は皇帝に腹を立て、われわれ全員にお灸をすえてやろうとしているわけだが、これは全く理にかなっているじゃないか！

以上が喜劇の第一幕だ。続く第二幕、第三幕は、当然ながらもっともっと面白い、滑稽なものとなる。元帥が出立してしまうと、気がつけばわれわれは敵と向かい合っており、戦を交えねばならない状況だった。ブクスホーデンが序列からいって総司令官なのだが、ベニグセン将軍はこれを全く認めようとしない。ましてや将軍は軍を率

25　ポーランドのワルシャワの北六十キロの町。一八〇六年十二月に後出のロシア・フランス軍の交戦があった。

26　フョードル・ブクスホーデン［ブクスゲヴデン］（一七五〇～一八一一）。リヴォニア（バルト出身の将軍でペテルブルグ軍務知事、リガ総督など歴任。第1部第2編14章でも言及された。

いて敵の面前にいたので、この機に乗じて、ドイツ人の言う『自分の手で《アウス・アイゲナー・ハント》』戦を仕掛けてやろうという気になった。そして実行したわけだ。これがいわゆるプルトゥスクの戦いで、大勝利と見なされているが、僕の意見では全く違う。われわれのように軍人でない者は、君も承知のように、戦闘でどちらが勝ってどちらが負けたかをはっきりさせようとするじつに悪い癖を持っている。すなわち、戦った後で退却した側が負けたと僕たちは言うのだが、その伝で行けば、わが軍はプルトゥスクの戦いで敗北した。つまり戦闘の後でわが軍は退却したわけだが、それでもペテルブルグには勝利のニュースを伝える急使を送った。そしてベニグセン将軍は軍の指揮権をブクスホーデン将軍に譲ろうとせずに、ペテルブルグから勝利の褒賞として総司令官の肩書が与えられるのを待ち望んでいるというわけだ。このいわば『空位』期に、わが軍は奇抜きわまる作戦行動をとるようになった。わが軍の狙いはもはや本来のように敵を避けるか攻撃するかということではなく、ひとえに、序列でいけばわが軍の指揮官たるべきブクスホーデン将軍を避けることにあるのだ。わが軍は極めて精力的にこの目標を追求した。例えば浅瀬のない川を渡った後には敵に追いつかれぬよう橋を焼いたが、その敵というのはいまやボナパルトならぬブクスホーデンなのだ。このような作戦の一つのせいで、ブクスホーデン将軍は危うく強力な敵軍の攻撃を受けて捕まりそうになったが、おかげでわが軍は将軍から救われたのだった。ブクスホーデンがわれわれを追い、われわれは逃げるという構図さ。相手が川のこちら側に渡れば、われわれはすかさずまた向こう側に移るわけだ。そしてついに敵たるブクスホーデンがわれわれを捕捉し、攻撃をしかけてきた。そこで談判となる。どちらの将軍も頭に来ていて、ブクスホーデンは決闘だと言って息巻くし、ベニグセンはてんかんの発作をおこす。だが幸いにも、危機一髪というとき、ペテルブルグへプルトゥスクの戦いの勝利の報を届けた急使が戻ってきて、わが方が総司令官の任命を受けたという知らせをもたらしたので、第一の敵のブクスホーデンは一敗地にまみれたというわけだ。こうしてようやくわれわれは第二の敵であるボナパルトのことを考えることができる。だが思いがけぬことに、まさにこの瞬間、第三の敵が目の前に現れた。それは正教徒の軍団と[27]いう敵で、この敵が大声を上げてパンをよこせ、肉をよこせ、乾パンをよこせ、干草をよこせ、燕麦をよこせ、その他ありとあらゆるものをよこせと迫ってくるのだ！店はみな空っぽで、道路は通行不能。正教徒の軍団は略奪を始めたが、その略奪ぶりといったら、前回の遠征の時からはおよそ想像もできないほどすさまじいものだ。半

27　ロシア軍のこと。

数の連隊が徒党の群れと化し、国中を荒らしまわって、すべてを剣と炎で蹂躙《じゅうりん》している。住民たちはすっかり裸に剝かれ、病院には病人があふれ、いたるところ飢餓が蔓延している。二度ばかり、こうした略奪兵たちが総司令部まで押し寄せたことがあり、総司令官は彼らを撃退するのに余儀なく一個大隊の兵士を出動させた。一度など僕はそんな襲撃の際に、空っぽのトランクと部屋着を奪われたことがあるよ。皇帝は全師団長に略奪兵士を射殺する権利を与えようとしているが、しかしそんなことをしたら全軍の半数が別の半数を撃ち殺す羽目になりはしないかと、僕は大いに心配しているのだ」

はじめのうちアンドレイ公爵はただ文面に目を通しているだけだったが、やがて読んでいる内容に（ビリービンの言葉がどの程度信頼に足るものかは承知していたのだが）われ知らずどんどん心を奪われていった。この箇所まで読み進めると、彼は手紙を丸めて放り出した。手紙の内容に腹を立てたのではなく、かの地の、自分とは無縁な生活に興味を掻き立てられたことに腹が立ったのである。彼は目を閉じると、まるで読んだことに対する関心を根こそぎ追い払おうとするかのように片手で額を軽くこすり、子供部屋の気配に耳を澄ました。すると不意に、ドアの向こうで何か妙な音がするような気がした。彼は恐怖にとらわれた。手紙を読んでいるうちに赤ん坊に何か起こったのではないかと心配になったのだ。忍び足で子供部屋に歩み寄ると、彼はドアを開けた。

部屋に入った途端、彼が気付いたのは、ばあやが慌てて何かを隠したことと、マリヤがすでにベッドのそばを離れていることだった。

「お兄さま」背後から聞こえたマリヤのささやきは、彼の耳には絶望の響きを帯びたものと聞こえた。長時間の不眠と心労の後によく見られるように、彼は理由のない不安感に襲われ、ふと赤ん坊が死んだのではないかと思った。見るもの聞くものすべてが、あたかもその不安を裏書きしているかのように思えたのである。

『万事休すか』——そう思うと額に冷たい汗が浮かんできた。放心したようにベッドに歩み寄る彼は、ベッドはすでに空っぽであり、ばあやが彼の目から隠したのが死んだ赤ん坊だったのだと、すっかり思い込んでいた。ベッドの帳《とばり》を開けても、動転のあまり焦点の定まらない彼の目は、長いこと赤ん坊の姿を見分けられなかった。だがついに彼はそれを見出した。赤い顔をした幼子が手足を投げ出して、ベッドを横切る形で寝ている。頭は枕からずり落ちたままで、眠りながらも唇を動かしてちゅぱちゅぱと乳を吸うような音を立てつつ、規則正しく呼吸しているのだった。

まるで亡くした子供が帰って来たかのように、アンドレイ公爵は赤ん坊を見て大喜びした。屈み込むと、妹に教わった通り、熱があるかどうかと唇で触れてみた。柔らかな額は汗ばんでいて、手で頭に触れると、髪の毛までぐっしょり濡れている。それほど赤ん坊の発汗ぶりがすごかったのだ。赤ん坊は死なかったばかりか、今や明らかに危機は峠を越え、回復していた。この小さな、いたいけな生き物をひっつかんでもみくちゃにし、わが胸にかき抱きたい気がしたが、さすがにそれはためらわれた。

彼は赤ん坊を見下ろしたまま、その頭を、手を、毛布の上からでも形が分かる小さな足を目でたどった。すぐ脇で衣擦れの音がして、帳の下に誰かの影が差すのが見えた。彼は振り向きもせずに赤ん坊の顔を見つめ、ひたすらその安らかな息遣いに耳を傾けていた。黒い影はマリヤのもので、足音を消してベッドに歩み寄り、帳を上げて入ってきて、後ろ手で帳を下ろしたのだった。アンドレイ公爵は振り返らぬまま妹だと知ると、相手に片手を差し伸べた。彼女はその手を握った。

「汗が出たんだね」アンドレイ公爵は言った。

「それを伝えに、兄さんのところへ行くところだったのよ」

赤ん坊は眠りながらかすかに身を動かすと、にこりと微笑んで、枕に額をこすりつけた。

アンドレイ公爵は振り向いて妹の顔を見つめた。マリヤの光を放つ目は、帳のかげの鈍い薄明りの中で、普段よりもキラキラと光っていたが、それは幸せの涙が宿っているせいだった。マリヤは兄の方に身を伸ばすと、ベッドの帳に体をひっかけながらキスをした。二人は互いに脅す真似をしながらも、いつまでも帳のかげの鈍い光の中にたたずんでいた。それはあたかも、この三人を世のすべてから隔離している、この小世界と別れるのを惜しむかのようだった。最初にアンドレイ公爵が、帳に髪を絡めながら、ベッドから離れた。『そうだ、今やこれのみが俺に残されたものだ』彼はため息とともにそうつぶやいた。

10章

フリーメイソンに入会後まもなく、ピエールは領地でなすべきことをびっしりと書きつけた自分用の手引きを携えて、キエフ県へと出発した。そこには彼の所有する農民の大半がいるのだった。

キエフに着くと、ピエールはすべての領地管理人を本部事務所に呼び集め、自分の意図と希望を説明した。彼が一同に表明したのは、農民を農奴身分から完全に解放する措置が即刻とられるべきこと、そしてそれまでの間、農民に過重労働を課してはならぬこと、女と子供は労役を免除されること、農民に支援が提供されるべきこと、処罰は体罰ではなく訓戒をもってなされるべきこと、各領地に病院、養護施設および学校が設置されるべきこと、であった。何人かの領地管理人たちは（そこにはろくに字も読めない家令も含まれていたが）驚いた様子でこれを聞いていた。彼らは若い伯爵さまが自分たちの領地管理ぶりと金銭の着服にご不満なのだと受け止めたのだった。別の者たちは、最初の恐怖が消えると、ピエールが「す」「ず」と言うべきところを「しゅ」「じゅ」と言ったり、聞いたこともない、耳新しい言葉を使ったりするのを面白がっていた。また別の者たちは、ご主人の話が聞けることに、ただひたすら満足していた。そして最後が一番頭の回る者たちで、総管理人もその一人なのだが、彼らはこの演説を聞きながら、自分の目的を遂げるためにはこのご主人とどう付き合うべきかという勘どころを会得したのだった。

総管理人はピエールの意図に満腔《まんこう》の賛意を表明したが、ただしそうした改革のほかにも、そもそもうまくいっていない事業があるので、それらの手当てもする必要があると進言した。

ベズーホフ伯爵の富は莫大なものではあったが、いざそれを受け継いで、世評で年収五十万ルーブリという収入を得る立場になってみると、ピエールは、かつて故伯爵から年に一万の手当てをいただいていたころよりも、はるかに貧乏になったような気がした。彼が漠然と理解している年次経費は概ね以下のようだった――領地全体にかかわる後見会議院[28]への支払いが約八万、モスクワ郊外とモスクワの屋敷の維持費、および例の公爵令嬢たちの経費が約三万、年金分が約一万五千で、慈善施設関連にも同額、妻の生活費の送金が十五万、負債の利息が約七万、建築中の教会の経費がこの二年間は約一万、さらに約十万が、自分でも分からずに何となく消えていく。そんなわけで彼はほとんど毎年借金せざるを得なかった。これ以外にも総管理人は毎年、やれ火事があっただの、やれ不作だっただの、やれ作業場や工場を改築しなければならなかっただのと知らせてよこす。そんなわけで、ピエールがまず手を付けなくてはならないのは、彼が一番苦手で敬遠していること、つまり実務に取り組むことだった。ピエールは総管理人とともに毎日作業をしていた。だが彼は自分がいくら作業をしても、実務は一歩も進展しないのを感じていた。自分の作業は実務とは無関係に行われていて実務とかみ合っておらず、したがって実務を前進させることもない、という

28 未亡人や孤児の救済を目的とした公的組織だが、同時に土地建物を担保とした地主への貸し付けや預金業務も行っていた。ここでは後者の機能が意味されている。

感じなのだ。総支配人の側は実務の状況を極めて深刻なものと見せかけながら、負債を返済し、農奴を使って新しい事業に取り組む必要をピエールに説くのだが、ピエールはそれに賛成しようとはしなかった。一方ピエールの側は農奴解放に手を付けることを要求するのだが、総管理人は、その前に後見会議院に負債を返却する必要があり、それゆえ農奴解放をすぐに実現するのは不可能だと主張するのだった。

総管理人は農奴解放が全く不可能だというのではなく、ただその目的を実現するために、まずコストロマ県の森林と川沿いの低地とクリミアの所有地の売却を提案してきた。ただし総支配人の言い草によれば、こうした売却行為には、禁止の解除申請やら売却許可申請やらといった、きわめて煩雑な手続きがついて回るというので、ピエールは途方に暮れてしまい、ただ相手に向かって「そうか、そうか、じゃあそうしてくれ」と言う他はなかったのである。

ピエールには直《じか》に実務に取り組むことを可能にしてくれるような実践的な粘り強さが欠けていて、それゆえに実務を敬遠し、ただ総管理人の前ではいかにも実務に取り組んでいるふりをすることに努めていた。総管理人の方は主人の伯爵の前でいかにも、こうした作業はご主人さまにはきわめて有益だが、自分にとっては煩わしいばかりだと思っているかのようなポーズをとっていた。

この大きな町には知人も複数いたし、面識のない者たちも、先を争うようにしてこの新来の、県一番の資産家とお近づきになり、歓迎の意を表そうとした。例のフリーメイソン支部への入会の儀式でピエールが告白した「最大の煩悩」の方面の誘惑もすこぶる強く、断ち切るのは不可能だった。そんなわけでまたもやペテルブルグにいる時と同様に、幾日も幾週も幾月もの時が、夜会だの晩餐会だの昼食会だの舞踏会だのの繰り返しのうちに、ただただ目まぐるしくあわただしく過ぎてゆき、一向にわれに返る時間はなかった。期待していた新生活の代わりに、ただ以前とまったく同じ生活を、単に別の環境で過ごしているに過ぎなかったのである。

ピエールが自覚するところでは、彼はフリーメイソンの三つの使命のうち、各自が道徳的生活の模範たるべしという使命を果たしていなかったし、七つの徳目のうち、人倫と死への愛を完全に欠いていた。その代わりもう一つの使命である人類の矯正を果たしつつあり、別の徳目のうち隣人愛と、とりわけ大度は備えている——そう考えて彼は自分を慰めていた。

一八〇七年の春、ピエールはペテルブルグに戻ることに決めた。帰りの道中にすべての自分の領地を回って、予定された事業がどの程度果たされているか、神によって自分の手に委ねられ、自分が庇護してやろうと心がけている農民たちが、目下どういう状況にいるかを、わが目で確かめてやろうというつもりであった。

総管理人は、この若い伯爵の目論むことはすべて、自分にも伯爵自身にも百姓たちにも得にならない、ほとんど狂気の沙汰だとみなしていたのだが、それでもある種の譲歩をした。相変わらず農奴解放は不可能だという建前をとりつつも、彼はあらゆる領地に学校や病院や養護施設の大きな建物が建造されるように計らった。そしていたるところで旦那さまの来訪を祝して歓迎会が開かれるように手配した。それもピエールの旦那のお気に召さないと心得ている豪華で改まった歓迎会ではなく、聖像《イコン》とパンと塩で迎える宗教的で感謝に満ちた歓迎会だった。この旦那を感動させて煙に巻いてやるには、まさにそんなやり方にかぎると心得ていたからである。

南方の春、ウイーン製の馬車での快適で速やかな旅、そして道中の孤独が、ピエールに喜ばしい作用をもたらした。まだ訪れたことのなかった領地はどれも、いずれ劣らず絵のように美しかった。どこへ行っても農民たちは満ち足りた暮らしをしていて、与えられた恩恵に心から感謝しているように見えた。どこへ行っても歓迎会があり、ピエールはいささか気まずくはあったが、内心では喜ばしい感情を刺激されていた。あるところでは百姓たちが彼に歓迎のパンと塩を勧めると同時にペトロとパウロ[29]の聖像を差し出し、ご主人の守護天使であるペトロとパウロのために、そして自分たちの愛と自分たちに与えられた恩恵に対する感謝のしるしとして、教会の中に自前で副祭壇を新設させていただきたいと願い出た。別の場所では乳飲み子を抱えた女性たちが彼を迎え、重労働を免除してもらった礼を述べた。また別の領地では、十字架を持った司祭が子供たちに取り巻かれて彼を迎えたが、その子たちは伯爵のお慈悲のおかげで、当の司祭が読み書きと宗教を教えている生徒たちだということだった。いたるところでピエールは、同じ一つの設計図による石造りの病院や学校や養老院の建物が、建設中の、あるいはすでに建設された姿で立っているのをわが目で見たが、それらは必ずや近いうちに開業するであろうと思われた。彼はまたいたるところで賦役労働が以前よりも軽減されているという管理人たちの報告を目にし、青い百姓外套を着た農民の代表たちがそれに心のこもった感謝の言葉を述べるのを耳にした。

ピエールは知らなかったが、彼に歓迎のパンと塩を差し出し、ペトロとパウロの副祭壇を作ると言っていた者たちがいたのは、商業が盛んでペトロの祭日には市《いち》が立つような村で、副祭壇はすでに彼の前に顔を出したような裕福な農民たちの手でとっくに作られていたのだが、同じ村の住民の十人に九人はひどい窮乏状態にあるのだった。

29　ピエール［ピョートル］は聖ペトロからとった名前。

また彼の命令によって乳飲み子を抱えたいわゆる子持ち女たちが賦役に出されなくなった結果、当の子持ち女たちがその分余計に自分の家で重労働をする羽目になっていたのだが、それもピエールは知らなかった。十字架を持って彼を迎えた司祭は、金品を取りたてて百姓たちを苦しめており、彼のもとに集められた生徒たちというのも、泣きの涙で引き渡された者たちであり、両親が大金を払って身請けすることになるのだが、それも彼は知らなかった。計画通りの石造りの建物も、領地の百姓の労働でできており、農民の賦役を増やすものであって、賦役が減っているのは紙の上だけのことであったが、それも彼は知らなかった。管理人が台帳を示しながら、御意の通り年貢を三分の一減らしましたと説明した場所では、実は賦役が五割増しになっていたのだが、それも彼は知らなかった。それゆえにピエールは自分の領地巡りに大満足で、すっかりペテルブルグを出た時の博愛的な気分に戻って、フリーメイソンの頭領《グランド・マスター》、すなわち彼が指導者たる兄弟と名づけた人物に宛てて、有頂天な手紙を何通も書き送ったものだった。

『何と簡単に、何と小さな努力で、こんなにも大きな善を施すことができるものだろうか』とピエールは思った。『なのにわれわれは、何とわずかしかこのことに心を配らないのだろう』

人々から感謝を表明されるのはうれしかったが、ただし感謝をうける際には気恥ずかしさを覚えた。そうして感謝されることで、自分がこのうえさらにどれほどのことを、これら純朴で善良な庶民に対してなしてしかるべき立場であるかを、思い知らされたからである。

きわめて愚かでありながら抜け目のない総管理人は、賢くても純朴な伯爵殿のことをすっかり見抜いてしまい、おもちゃのように手玉に取ったあげく、手配した一連の歓迎行事がピエールに効果を発揮したのを見て取ると、以前よりもきっぱりとした態度で、農奴解放が無理であるどころか不要であるということを様々な根拠をあげて主張した。農民は解放などされなくても全く幸せだと説いたのである。

農民たちはおよそこれ以上想像もできないほど幸せな状態にあり、自由になどしたらそれこそどんな目に遭わせることになるか分かりません、という総管理人の意見に内心では納得しつつ、ピエールは気が引けながらも、自分が正しいと思うところを主張した。総管理人は伯爵さまのご意志を実現するために全力を尽くしますと約束したが、それというのも彼にははっきりと分かっていたからである——伯爵は森と領地の売却や後見会議院からの抵当請け出しにあらゆる手段が尽くされたかを確かめる力がないばかりか、例の新築の建物が空っぽのままに放置されていることにせよ、農民たちがこの先も、他の地主たちの農民と同じだけのものを、つまり出せる限りのものを、労力と金で提供し続けていることにせよ、おそらく決して訊ねもしなければ察しもしないだろうということが。

11章

南部への旅行からこの上なく幸福な気分で帰ってくる途中、ピエールは、かねての目論見を実行に移した。二年も会っていなかった友人のアンドレイ・ボルコンスキーの家へ立ち寄っていこうというのだ。

最後の馬車駅で、アンドレイ公爵は元の禿山《ルイスィエ・ゴールィ》の領地ではなく新しく分与された自分の領地にいると聞いたので、ピエールはそちらに向かうことにした。

ボグチャロヴォの領地は殺風景な平らな場所にあって、畑地と伐採済みか伐採前のトウヒとシラカバの混成林に囲まれていた。領主の屋敷は街道沿いにまっすぐ延びた村のはずれ、新たに掘られて満々と水をたたえた、まだ岸辺に草も生えていない池を越えたところにあった。周囲は若い森で、ところどころに何本か、大きな松が生えている。

屋敷の構成は穀物小屋、附属建物、馬小舎、風呂小屋、翼屋《よくおく》、および半円形の破風飾り《ペディメント》が付いた大きな石造りの母屋からなっていたが、母屋はまだ建築中だった。母屋の周囲には若木の植え込みが作られていた。塀も門も頑丈で新しい。軒下には消防用の給水管が二本と緑色に塗った樽が置かれている。道はまっすぐ、橋は頑丈で欄干がついていた。いたるところに几帳面さと合理性の刻印が押されているようだ。見かけた使用人たちに公爵はどこにいるかと訊ねると、池の端に立っている小さな新しい翼屋を示した。アンドレイ公爵の老僕アントンがピエールを馬車から助け降ろし、公爵さまはご在宅ですと言って、清潔な小さな玄関の間に彼を案内した。

前回この友人にペテルブルグで会った時には、家も調度も豪華絢爛たるものだったので、この小ぎれいではあるが小さな家の質素なたたずまいに、ピエールは驚いた。まだ漆喰《しっくい》塗りも済んでいない松材のにおいのする小さな広間へと足早に入っていった彼がそのまま奥に進もうとすると、つま先立ちになったアントンが駆け足で先回りしてドアをノックした。

「ああ、何の用だ？」厳しい、無愛想な声が聞こえる。

「お客さまです」アントンが答えた。

「ちょっと待ってもらえ」そう言って椅子を引く音が聞こえた。急ぎ足でドアに近寄ったピエールは、ちょうど部屋から出てきた仏頂面の幾分老《ふ》けたアンドレイ公爵と、ばったり顔を合わせることになった。ピエールは相手を抱き、眼鏡をずり上げてその頰に口づけすると、間近から相手を見つめた。

「いや思いもよらなかったよ、よく来てくれたな」アンドレイ公爵は言った。ピエールは一言も口にせぬまま、驚きの目でひたと友人を見つめていた。アンドレイ公爵の変貌ぶりに胸を打たれたのだ。言葉はいかにも愛想よく、唇にも顔にも笑みが浮かんでいるのだが、そのまなざしはくすんで生気がなく、明らかに本人が望んでいるにもかかわらず、どうしてもそこに喜びや楽しさのきらめきを加えることができないでいるのだった。別に友人がやつれたとか、顔色が悪くなったとか、老成したとかいうわけではないが、くすんだまなざしと、ずっと何か一つのことを思い詰めていたことを示す額の皺とがピエールに衝撃を与え、慣れるまでなかなかしっくりこなかったのである。

久しぶりに出会った者同士が常にそうなるように、会話はなかなか軌道に乗らなかった。ゆっくりと時間をかけて語らなくてはいけないと自覚しているような話題でさえ、ついつい質問も答えも手短《てみじか》になってしまうのだ。だがそうこうするうちに少しずつ落ち着いてくると、彼らは一度断片的にやり取りした話題に戻ってじっくりと語らい始めた。これまでの暮らしぶりのこと、将来の計画のこと、ピエールの旅行のことや仕事のこと、戦争のこと、等々である。ピエールがアンドレイ公爵のまなざしに見出した、何か思い詰めた覇気のない感じが、今ピエールの話を聞くときの彼の笑いの中に、より強く表れていた。とりわけピエールが満腔《まんこう》の喜びを込めて過去のことや未来のことを語るときに、これが目立った。身を入れてピエールの話を聞きたいのはやまやまだが、それができないという風だったのだ。この相手の前では歓喜とか夢とか、幸福や善への期待とかの話をするのは失礼にあたる——ピエールはそんな気がしてきた。自分の新しい、フリーメイソンとしての思想、とりわけこのたびの旅行で新たな形で胸のうちに掻き立てられた思想を包み隠さず打ち明けるのが、恥ずかしくなった。彼は自分を抑え、能天気にふるまうことを警戒したが、しかし一方で、親友に対して、今や自分がかつてのペテルブルグ時代の自分ではなく、まったく別の、より善きピエールになったのだということを、一刻も早く見てもらいたくて仕方がなかったのである。

「この間に僕がどれほど多くのことを経験したか、とてもお話ししきれませんよ。自分でも見違えるほどなんですから」

「そうだね、お互いあのころからずいぶんと、ずいぶんと変わったね」アンドレイ公爵は答えた。

「それで、あなたは？」ピエールは訊ねた。「あなたにはどんな計画が？」

「計画？」アンドレイ公爵は皮肉な口調で繰り返した。「僕の計画？」この言葉の意味に驚いたかのように彼は繰り返した。「まあ見ての通り、住む家を建築中で、来年にはすっかり移ってくるつもりなんだが……」

ピエールは何も言わず、アンドレイの老けた顔にじっと見入っていた。

「いや、僕が訊きたいのは」ピエールが言い返そうとするとアンドレイ公爵が遮った。

「まあ、僕の話なんかしても仕方ない……それよりも話してくれよ、君の旅行のことを。君が自分の領地でしてきたことを、洗いざらいさ」

ピエールは自分が領地でしたことを話し始めたが、自ら敢行した改善策に関しては、できるだけ自分のかかわりを隠そうと努めた。アンドレイ公爵は、まるでピエールがしたことなどとうに承知だと言わんばかりに、何度か彼が話そうとすることを先回りして口に出してみせ、聞いている態度も、ただ無関心なばかりでなく、ピエールの話しているこどが恥ずかしくて仕方がないといった様子だった。

ピエールはこの友人と差し向かいでいるのが気まずくなり、息苦しささえ覚えたので、ついに黙り込んでしまった。

「いや、実はね、君」アンドレイ公爵の方も明らかにこの客に対して気まずさや窮屈さを覚えたようで、こんなふうに切り出した。「ここはまだ軍隊の露営のようなもので、僕はただ様子を見に来ただけなんだ。今日もまた、妹のところへ戻るつもりさ。君のことも家の者たちに紹介しよう。ああ、君はもう面識があったっけね」これは明らかに、もはや自分とは何ひとつ共通点のない客に対する、ただのお愛想の口調だった。「食事がすんだら一緒に出掛けよう。その前に、僕の屋敷をちょっと見てみるかい？」二人は戸外に出ると、あまり親しくない者同士がするように、政治のニュースや共通の知人たちの話をしながら食事時まで歩いて過ごした。アンドレイ公爵の話が幾分でも熱気と感興を帯びるのは、建設中の新しい家屋敷の話題になった時ばかりだったが、それさえも、ちょうど足場の上に立ってピエールに向かって新居の間取りがどうなるかを説明している最中に、パタリと口を閉ざしてしまったのだった。

「しかし、こんなことは別に面白くも何ともないから、食事にして、それから出かけようじゃないか」

食事の席では、ピエールの結婚に話が及んだ。

「いやびっくりしたよ、あの話を聞いた時には」アンドレイ公爵が言った。

ピエールは、この話になるといつもそうなるように顔を赤らめ、急いで断りを入れた。

「あなたにはいつか、一部始終お話ししますよ。ただしいいですか、すべてはもうご破算になったのです、永久にね」

「永久に？」アンドレイ公爵は言った。「永久のものなんて、この世にないよ」

「でもあの顚末はお聞きになったでしょう？　決闘のことは？」

「そうだね、君も大変な目に遭ったものだな」

「ひとつだけ、僕が神に感謝しているのは、僕があの男を殺さなかったことです」

ピエールは言った。

「どうしてだい？」アンドレイ公爵は言った。「猛犬のような輩《やから》を殺すのは、むしろ大いに良いことじゃないか」

「いいえ、人間を殺すのは間違った、正しくないことです……」

「なぜ正しくないと？」アンドレイ公爵が繰り返した。「何が正しくて何が正しくないかなんて、人間には判断できないさ。人間はずっと道に迷ってきたし、これからも迷い続けるだろうが、その迷妄《めいもう》の一番の大もとは、何を正しいとし、何を正しくないとするかという問題だよ」

「正しくないことというのは、他人にとって悪いことです」ピエールは言った。ここへ来てから初めてアンドレイ公爵が生気を取り戻して喋りだし、自分が今のような人間になった理由を洗いざらいぶちまけようとしているのを感じて、彼はうれしかった。

「いったい何が他人にとって悪いことなのか、君は誰に教わったんだ?」アンドレイ公爵が問いかけた。

「悪いこと? 悪いことですか?」ピエールは答える。「何が自分にとって悪いことかぐらい、僕たちはみな知っていますよ」

「そう、僕たちは知っているが、しかし僕が自分にとって悪いとわきまえていることは、僕が他人に対してなすことのできないことなんだ」アンドレイ公爵はますます活気づいて言った。どうやら自分の新しいものの見方をピエールに披露したがっているようであった。彼はフランス語に切り替えて言った。「僕が人生で知っている本物の不幸はただ二つだけ、すなわち後悔と病気だ。そして幸福とは、単にこの二つの悪が存在しないことに他ならない。この二つの悪を避けながら自分のために生きること——それこそが今の僕の知恵のすべてさ」

「では、隣人愛は、自己犠牲は?」ピエールが受けて立つ。「いや、僕はあなたに賛成できません！　ただ悪を避け、後悔しないためだけに生きるなんて、それじゃ不十分です。僕はまさにその通り、自分のために生きてきて、それで人生をふいにしてしまったのですから。それで今ようやく、他人のために生きるようになって、というか少なくともそう努力するようになって（ピエールは謙虚に言い直した）、やっと人生の幸福というものがすっかり飲み込めたのです。いや、僕はあなたに賛成できませんし、あなただって本気でそう思っているわけではないでしょう」

アンドレイ公爵は黙ってピエールを見つめ、にやりとあざけるような笑みを浮かべた。

「妹のマリヤに会わせるからな。あいつとなら君は話が合うだろうさ」彼は言った。「もしかしたら君は君なりに正しいのだろう」ちょっと間をおいて彼は続けた。「でも、人の生き方はそれぞれだ。君の言い分は、自分のために生きていたら危うく人生をふいにしそうになって、他人のために生きるようになってようやく幸せというものが分かったということだね。ところが僕は正反対の経験をしたんだ。僕は名誉のために生きてきた（ところで名誉とは一体何か？　それはまさに君のいう他者への愛であり、他人のために何かしてやりたいという願いであり、そうして彼らの称賛をうけたいという願いじゃないか）。つまり、僕は他人のために生きてきたのだが、そのせいで危うく、というよりも完全に、自分の人生をふいにしてしまったんだ。そして自分一人のために生きるようになってから、心が安らかになったのさ」

「でも自分一人のために生きるなんて、いったいどうしてできるのですか？」ピエールはむきになって訊ねた。「だって息子さんが、妹さんが、お父さんがいるでしょう？」

「いやそれはみんな自分と同じで、他人じゃないさ」アンドレイ公爵は応じた。「ところが他人、すなわち周囲の者たち、君やマリヤの言い方で言えば隣人《ル・プロシャン》というやつ——これこそ迷妄と悪の主な源泉だ。隣人というのはつまり君が善を施そうとしているキエフの百姓たちのことだよ」

そう言って彼はあざけるような挑むような目でピエールを見つめた。明らかにピエールを挑発しているのだった。

「あなたは冗談を言っているんですね」ピエールはますます活気づいて言った。「僕は善いことを行おうと願って（ほんの少し、それも下手にしか実行できていませんが、それでも願って）、たとえわずかにせよ成し遂げたわけですが、それのどこに迷妄や悪があるのでしょう？　不幸な人々、僕の百姓たちは、僕らと同じ人間なのに、それが神と真理について、聖像《イコン》や意味もない祈りという形でしか理解しないまま成長して死んでいくのです。そんな者たちがせめて来世や善悪の報いや慰安といった、慰めになる信仰を学ぶことのどこがいけないというのでしょう？　百姓たちを経済的に支援するのはごく簡単なことなのに、その支援がないものだから百姓たちはあっけなく病気で死んでいくというので、僕は彼らに医者や病院や養老院を与えるのですが、そのどこに悪や迷妄があるというのですか？　昼も夜も安らぎを知らない農夫や子供を抱えた農婦に休息や余暇を与えてやる——これこそ明らかな、疑う余地のない善ではないですか？……」ピエールは急ぐあまり舌足らずな口調になっていた。「だから僕はそれをやった——不手際で、ほんのちょっぴりではあるにせよ、そのために何かしらのことはしたのです。ですから、あなたが何を言おうと、自分がしたことはいいことだという僕の信念は変わらないし、それどころかそれがあなたの本心ではないという信念も変わりません。何より肝心なのは」とピエールは続けた。「僕には分かっている、確かに分かっているということです——こうした善行の喜びこそ、人生で唯一確かな幸福だということが」

「なるほど、そういう問題の立て方をするなら、話は別だ」アンドレイ公爵は言った。「僕は家を建てて庭を造り、君は病院を作る。どちらも時間つぶしにはなる。けれど、何が正しくて何が善かという判断は、全知なる存在に任せるべきで、われわれの役割じゃない。いやまあ、君が議論したいんだったら」彼は言い添えた。「しようじゃないか」二人はテーブルを離れると、バルコニー代わりになっている表階段に出て腰を下ろした。

「では、議論しよう」アンドレイ公爵は言った。「君が言うのは学校」指を一本折りながら彼は続けた。「教育、まあそのたぐいだね。つまり君はあの男を」帽子をとって彼らの傍らを通り過ぎていった百姓を指さして彼は言った。「動物のような状況から引っ張り上げて、精神的な欲求というやつを与えたいわけだ。僕が思うに、唯一可能な幸福とは動物的な幸福なのだが、君はあの男からそれを奪いたいんだね。僕があの男を羨んでいるというのに、君は彼を僕のような人間にしたがっているのだ。ただし僕の頭脳も僕の感情も僕の財産も与えずにね。次に、君が言うのは、あの男の労働を軽減してやろうという話だ。しかし僕が思うに、肉体労働は彼にとって、君や僕にとっての知的労働と同じく必須であり、生存の条件なのだよ。君は考えることなしにはいられないだろう。僕は夜中の二時過ぎに横になるが、いろんな考えが頭にわいてきて寝つけない。それであちこち寝返りを打ちながら朝まで眠れないのだが、それは考えるから、考えずにいられないからだ。ちょうどあの男が土を耕したり草を刈ったりせずにいられないようにね。さもないと彼は酒場に出かけるか病気になるかどちらかだろうよ。僕にはあの男並みの激しい肉体労働はできないし、やれば一週間で死んでしまうだろうが、同じように彼は僕のような肉体的無為には耐えられず、ぶくぶく太って死んでしまうだろう。三つ目に、ええと君は何と言ったっけね？」

アンドレイ公爵は三本目の指を折った。

「ああそうだ、病院だ、薬だったね。あの男が卒中を起こして死にそうになると、君は瀉血《しゃけつ》を施して治療する。すると彼は働けない体になってぶらぶらしながら十年生き延び、皆に負担をかけるというわけだ。彼にとってはぽっくり死ぬ方がよほど気楽で簡単なことだろうに。どうせ別の者たちが生まれてくるし、そうでなくとも彼らの仲間はたくさんいるのだ。僕があの男に対して感じるように、いたずらに働き手を失いたくないという気持ちなら分かるけれど、君は彼への愛ゆえに治療しようというんだろう。ところが彼にしてみれば大きなお世話なんだ。それに、医学がかつて誰かを完治させたなんて、とんだ幻想だよ……。殺すのならお手のものだがね！」苦々しくゆがめた顔をピエールからそむけながら彼は言った。

これほどはっきりと条理を立てて自分の考えを表明したことからして、アンドレイ公爵が一度ならずこのことを考えていたのが明らかだった。しかも興に乗って口早に喋るその態度は、長いこと人と話していなかった人間のものだった。その議論が救いのないものになればなるほど、彼の目つきはますます活気を帯びてきた。

「いやはや、恐ろしい、恐ろしいことを言いますねえ！」ピエールは言った。「だって、そんな考えを抱いてどうして生きていけるのか、僕にはさっぱり分かりません。僕だってつい最近、モスクワでも道中でもそんな気分にとらわれたときがありましたが、でもそのときはひどく落ち込んでしまって、生きた心地もなくなり、何もかも嫌になったものですよ。何より自分自身がね。そのときの僕は食べることも顔を洗うこともできませんでした……なのに、いったいどうしてあなたは……」

「どうして顔を洗わずにいられるんだね、不潔だろう」アンドレイ公爵は言った。「逆に自分の人生をできる限り快適なものにするべきだよ。僕は生きているし、それは僕の罪じゃない。だとすれば死ぬまでの間は何とか少しでも楽しく、誰の邪魔もしないように生きるしかないさ」

「でも何があなたの生きる励みになっているのですか？　そんな考えを抱いていたら、活動することも、何ひとつ企てることもなく、ただじっとしているしかないじゃありませんか」

「人生というのはただでさえ、じっとしてはいられないようになっているんだ。何もせずにいられたらうれしいんだが、一つには、たとえば当地の貴族会がもったいなくも僕を会長職に選ぶという名誉を与えてくれてね、辞退するのは大変だったよ。僕にはそういう役を演じるのに必要な資質が、つまりある種のお人好しで世話好きな俗っぽい資質が欠けているということを、連中は分かろうとしないのさ。それからほら、この家だが、こいつも建てなくちゃならなかったんだ。せめてくつろげる自分の片隅を持つためにね。またいまでは義勇軍の仕事もあるしね」

「どうして軍に勤めないのですか?」

「あのアウステルリッツの後でか!」アンドレイ公爵は陰鬱な口調で言った。「いや、謹んでお断りするよ。僕は現役のロシア軍には勤務しないと誓いを立てた。そしてそれを守るつもりだ。たとえボナパルトがこのスモレンスク近辺に陣を構えて禿山《ルイスィエ・ゴールイ》を脅かそうとも、僕はロシア軍には勤めないだろう。まあ、さっきも言ったとおり」落ち着いた口調に戻ってアンドレイ公爵は続けた。「いまは義勇軍というのができて、父が第三軍管区の総司令官をしている。そして僕が軍役をまぬかれる唯一の方法が、父のもとで働くことなんだ」

「ということは、勤務されてはいるんですね?」

「ああそうだ」彼はちょっと言葉をとぎらせた。

「でも一体どうして勤務されているんですか?」

「理由はこうだ。僕の父はあの世代のもっともすぐれた人物の一人だ。ただしさすがに年をとってきたし、もとから厳格というか、仕事熱心が過ぎる方だからね。無制限の権力に慣れているところが怖いし、今では義勇軍の総司令官として陛下から授けられた権力があるから、なおさら怖いんだ。もしも二週間前、僕が行くのが二時間遅かったら、父はユフノヴォで調書作成係を絞首刑にしていたことだろう」アンドレイ公爵がニヤッと笑って言った。「そういうわけで、僕が勤めているわけは、僕の他に誰も父に影響力を持つ人間がいないからだし、実際、僕なら父を、後で苦しむような振る舞いから救ってやれるからだよ」

「ほらね、やっぱりそうでしょう！」

「いや、君が思っているのとは違うよ」アンドレイ公爵は先を続けた。「僕にはあの調書作成係に功徳を施したいなどという気はなかったし、今でもない。なにせ義勇兵たちのブーツを何足か掠め取ったような悪党だからね。絞首刑になったのを見ればきっと胸がすっとしただろうが、ただ父の名折れになるのを案じたんだ。つまりこれもまた自分の身がかわいいからだよ」

アンドレイ公爵はますます活気づいてきた。隣人に功徳を施そうなどという気持ちで自分が行動したためしは一度もないとピエールに向かって証明しようとする彼の目は、熱病にかかったようにギラギラしていた。

「さて、いま君は農民を解放してやろうと思っている」彼は続けた。「大変結構なことだが、結構といっても君のためにではないし(思うに君は誰一人鞭で打ったこともなければシベリア送りにしたこともないだろう)、ましてや農民のためにでもない。もしも農民が殴られ、鞭打たれ、シベリア送りの目に遭ったとしても、それで彼らの不幸が募ることは一切ないと僕は思うね。シベリアでだって彼らは相変わらず同じような動物的な生活を送り、体の傷は癒え、前と同じく幸せでいられることだろう。農民の解放を必要とするのは、それなしでは精神的に滅びてしまうような人間の方さ。つまり自分が正不正にかかわらず処罰する権限を持っていることへの疚《やま》しさを胸に溜め込み、その疚しさを押し殺そうとして、そのためにすさんでいく人間だよ。僕が憐れむのはそうした人間で、そうした連中のためには農民解放が好ましいと思うよ。君は見たことがないかもしれないが、僕は見てきた。立派な人物が、先祖伝来の無限の権力を受け継いで成長したあげく、年を追うごとにイライラを募らせて、残忍で粗暴な人間になっていき、それを自覚しながら自分でも歯止めが利かず、どんどん不幸になっていくんだ」

アンドレイ公爵の口調があまりにも熱を帯びたものだったので、ピエールはふと、アンドレイがこんな考えを抱くようになったのは父親を見てきたせいかと思ったものだった。彼は何の応答もせずにただ聞いていた。

「以上が僕の同情する相手で、じゃあ何を惜しむのかといえば、それは人間の尊厳であり、良心の安らかさ、純潔さであって、人間の背中だとか額だとかではない。そんなものはいくら鞭打たれようが剃られようが、相変わらず同じ背中、同じ額のままだからね[30]」

「いや、ちがいます、絶対にそんなことはありません！　僕は決してあなたに賛成しませんよ」ピエールは言った。

12章

晩になるとアンドレイ公爵とピエールは幌馬車に乗って禿山《ルイスィエ・ゴールィ》を目指した。アンドレイ公爵はちらちらとピエールの様子を窺《うかが》いながら、時折沈黙を破って言葉をか

30　徴兵される農奴は頭の前半分の髪を剃られたので「額を剃られる」は「兵役に出される」ことを意味した。

けたが、その内容は彼が上機嫌であることを物語っていた。

農地の連なりを指さしながら、彼は自分の領地経営の諸々の改善点を語り聞かせるのだった。

ピエールは暗い顔で黙り込んだまま、ごく簡単に相槌を打つだけで、ひたすら物思いに沈んでいるように見えた。

ピエールは考えていたのだった――アンドレイ公爵は不幸にも道に迷い、真実の光明を知らずにいる。ここは自分が彼の救済に乗り出して、啓蒙し、立ち直らせてやらねばならないと。だがこんなことをこんなふうに語ってやろうと思いつくたびに、ピエールは相手がほんの一言で、ただ一つの論拠だけで自分の教義を論破してしまうのが予感されて、切り出せないでいるのだった。自分が慈《いつく》しんでいる聖域をみすみす嘲笑の危険にさらすのがためらわれたのである。

「ねえ、どうしてあなたはそんな風に考えるのですか」頭を低くして角で突き合う牛のような格好をしながら、ピエールは唐突に口火を切った。「どうしてそんな風に考えるのです？　そんな考え方は間違っていますよ」

「僕の考え方って、何のことだい？」アンドレイ公爵が驚いて訊ねた。

「人生について、人間の使命についての考え方ですよ。そういう考え方は成り立ちません。僕も同じように考えていたのですが、やっと救われたのです。何に救われたと思いますか？　フリーメイソンですよ。いや、笑わないでください。フリーメイソンというのは宗教的な、儀式的なセクトとは違います。前は僕もそう思っていたのですが、実はフリーメイソンとは人類の最良の、永遠なる諸相に、最も優れた唯一の表現を与えたものなのです」こうして彼はアンドレイ公爵に、自分の理解するフリーメイソンを語り始めた。

フリーメイソンとは国家と宗教の束縛を脱したキリストの教えであり、つまりは平等、同胞精神、愛の教えだ、と彼は説明した。

「われわれの神聖なる結社《ブラーットヴォ》のみが、生きていくうえで本当の意味を持つのであって、他のすべては夢にすぎません」ピエールは語るのだった。「あなたが分かっておられる通り、この結社の外の世界は何もかも嘘と不正だらけですから、賢くて善良な人間は、あなたのように他人の邪魔をしないようにしながら一生を生き抜く他にすべがないという御意見に同意します。しかしいったんわれわれの基本的信念を理解されて、われわれの結社に入会し、ご自身をわれわれの手に委ね、われわれの指導に任されるならば、あなたもすぐさま僕がそうだったと同じように、ご自分が一つの巨大な、目に見えぬ鎖の一部であるのを感じ取られることでしょう。その鎖の根本《ねもと》は、遠く天に隠れているのです」ピエールは言った。

アンドレイ公爵は黙って目の前を見つめたまま、ピエールの言葉を聞いていた。馬車の騒音に妨げられて聞き取れなかったところでは、何度か聞き逃した言葉をピエールに問いただしした。ピエールは相手の目に点った独特な光と、その沈黙とから、自分の発言が無駄ではなかったこと、アンドレイ公爵が話の腰を折ったり、彼の言葉を笑いものにしたりしないことを見て取った。

二人は川が氾濫したところに差し掛かった。ここは平底《ひらぞこ》の渡し舟で渡らねばならない。馬車と馬が積み込まれる間に、二人はさっさと舟に乗り込んだ。

アンドレイ公爵は舟の手すりに肘をついて、黙ったまま夕日に染まってキラキラと輝く水面を見つめていた。

「さて、あなたはいまの話をどう思われますか?」ピエールは訊ねた。「なぜ黙っていらっしゃるのです?」

「僕がどう思うかって? 僕は君の話を聞いた。何もかももっともだよ」アンドレイ公爵は言った。「でも、君は言ったね。われわれの結社に入ってください、そうすればわれわれはあなたに人生の目的と人類の使命と世界を支配する法則を教えましょうと。ところで、そのわれわれとは誰だ? 人間だろう。なぜ君たちはすべてを知っているんだ？　君たちに見えているものが、なぜ僕には見えないんだ？　君たちはこの地上に善と真理の王国を見ているが、僕にはそんなものは見えないんだよ」

　ピエールは相手を遮った。

「あなたは来世を信じていますか？」彼は訊ねた。

「来世を？」アンドレイ公爵はオウム返しに言ったが、ピエールは答える暇を与えず、その復唱ぶりを否定と判断した。アンドレイ公爵が以前から無神論的な信念を持っているのを知っていたので、そうとるのも当然だったのである。

「あなたはこの地上に善と真理の王国は見えないというのですね。僕も見たことはありませんよ。われわれの人生が終わればそれですべてはおしまいと見なす限り、それは見えないのです。地上には、まさしくこの地上には（ピエールは野原を指さした）、真理はありません。すべては虚偽と悪です。しかし宇宙には、宇宙全体として見れば、そこには真理の王国がある。そして今でこそわれわれは地上の子にすぎませんが、永遠として見れば、全宇宙の子なのです。はたして僕は胸の内で感じないでしょうか、自分がこの壮大な、調和的な全体の一部をなしていることを？　はたして僕は感じないでしょうか、神性が、あるいは至高の力が（これを何と表現しようとご自由ですが）発現する母体となる無数の存在の集合体の中に自分がいて、自分がその鎖の一つを、下等生物から高等生物へと至る梯子《はしご》の一段をなしているのだということを？　植物から人間へと至るこの梯子が僕に見える、はっきりと見えるとしたら、どうしてその僕が、足元はるか果ても見えず続いているこの梯子が、植物のところで途切れているのだと思うでしょうか？　いったいどうして、この梯子は自分のところで途絶えていて、さらにずっと先の、より高度な存在のところまで続いてはいないと思うでしょうか？　僕は感じるのです、この宇宙の何一つとして消えるものはないように、僕が消え去ることはありえない、いやそればかりか、自分がこれからも常に存在し、これまでも常に存在してきたのだと。僕は感じるのです、自分以外に自分の頭上に霊が生きていることを、そしてこの宇宙に真実があることを」

「なるほど、それはヘルダー[31]の学説だね」アンドレイ公爵は言った。「だがね、君、そんなものでは僕を納得させるわけにはいかないよ。生と死――これこそ僕を納得させるものだ。自分と結びついた大切な存在を目の前にしながら、その相手に罪を感じ、償いたいと願っていた矢先に（アンドレイ公爵は声を震わせて顔を背けた）、突然その相手が苦しみ、悶えたあげく、いなくなってしまう……なぜだ？　答えがないはずはないだろう！　だから僕は答えがあると信じている……。それこそが僕を納得させるものだし、これまでも僕を納得させてきたんだよ」アンドレイ公爵は言った。

「そうでしょうとも、そうでしょうとも」ピエールは言った。「つまりそれは、僕の言うのと同じことじゃないですか！」

「違う。僕の言うのはただ、来世の必然性を納得させてくれるのはあれこれの論拠などではないということだ。それを納得させてくれるのは、誰かと手を取りあって生きているうちに、不意にその相手があちら側のどことも分からぬ場所に消えてしまい、自分はその深淵の縁にたたずんであちら側を覗き込んだという事実だよ……。僕も覗き込んだんだ……」

「でも、それでいいじゃありませんか！　あなたはそのあちら側が存在することも、そこに何者かがいることもご存じなんでしょう？　そのあちら側が来世ですよ。何者かとは神のことです」

アンドレイ公爵は返事をしなかった。馬車と馬はとっくに対岸に運ばれて、馬は馬車に付けられ、太陽は半ばまで沈んで、夕べの冷気が渡し場の脇の水たまりに一面の星形の霜を散らしている。だがピエールとアンドレイはいまだに渡し舟の上で話し込

31　ヨハン・ゴットフリート・ヘルダー（一七四四〜一八〇三）。ドイツの哲学者・評論家・詩人。言語の発生を論じた『言語起源論』や、人間性の概念を核とした『人類歴史哲学考』で有名。

んでおり、従者も御者も渡し守も、あきれ返っているのだった。

「もしも神が存在し、来世が存在するならば、真実も存在するし、善も存在します。人間の最高の幸せはそれらを達成することです。生き、愛し、信じなくてはなりません」ピエールは続けた。「単に今日、この地球の片隅で生きているというだけではなく、過去から未来まで永遠に、あそこの、あの全体の中で（彼は空を指さした）生き続けるのだということを」アンドレイ公爵は渡し舟の手すりに肘を突いて立ったまま、ピエールの話に耳を傾けながら、青みを帯びた水面に赤く照り映える夕日の残光をじっと目を離さずに見つめていた。ピエールは口をつぐんだ。あたりはしんと静まり返っている。渡し舟はとうに岸に着いており、ただ流れる川波が舟底を打つかすかな音がするばかりだった。アンドレイ公爵にはその波音がピエールの言葉に寄せて「正しい、これを信じなさい」と宣告しているように思えた。

アンドレイ公爵は深いため息をつくと、澄んだ、子供のような、優しい目でピエールを振り返った。相手は歓喜のあまり真っ赤に頬を染めながら、それでも目上と敬う親友の前で、臆したような表情を浮かべているのだった。

「うん、そうであってくれたらなあ！」彼は言った。「でも、そろそろ馬車に乗ろうじゃないか」そう付け加えて渡し舟を降りると、彼はピエールが指さして見せた空を見上げた。アウステルリッツの後初めて彼は、戦場に横たわって見たあの高い永遠の空を見上げたのだ。すると自分の内で久しく眠っていた、何かしら最良のものが、急に喜ばしくまた若々しく、心の中で目を覚ました。その感覚はアンドレイ公爵がまた馴染みの生活に戻るとすぐに消えてしまったが、しかし彼は、自分がうまく発展させられなかったその感覚が、自分の中で生きているのに気づいていた。ピエールとの出会いは彼にとって一つの転機となり、そこから外見上変わりはなくとも、内面世界では彼の新しい生活が始まったのである。

13章

アンドレイ公爵とピエールが禿山《ルイスィエ・ゴールィ》の屋敷の正面玄関に乗り付けた時には、もうあたりは薄暗くなっていた。馬車がまだ停まらないうちに、アンドレイ公爵はにやにやしながら裏階段のあたりで起きている騒ぎにピエールの注意を促した。背負い袋を背負った腰の曲がった老婆と、黒い服を着た小柄な髪の長い男が、屋敷に入ってくる幌馬車を見て、一目散に門の中に駆け戻ったのである。さらに二人の女も後を追って駆けだし、四人そろって馬車を振り返りながら、慌てふためいて裏階段に駆け込んでいくところだった。

「あれはマーシャ［マリヤの愛称］の、神の遣いたち《ボージィ・リュージィ》[32]さ」アンドレイ公爵は言った。「僕たちのことを父と勘違いしたんだ。あの連中のことに限っては、妹がどうしても父の言うことを聞かなくってね。父があんな巡礼どもは追い払えと言うのに、妹は受け入れてやるんだよ」

「神の遣いって何のことですか？」ピエールは訊ねた。

アンドレイ公爵が答える暇もなく召使たちが迎えに出てきたので、彼は老公爵がどこに出かけたのか、いつ戻って来るのかと問いただした。

老公爵は町に出かけてまだ戻らず、皆で帰りを待ちかねているところだった。

アンドレイ公爵はピエールを自分の部屋に案内した。父の家のこの部屋は、いつでもきちんと整頓されて彼の帰りを待っているのだった。それからアンドレイ公爵は子供部屋へ行った。

「妹のところへ行こう」戻ってきたアンドレイ公爵はピエールに言った。「僕もまだ会っていないんだ。こっそり部屋に引きこもって、あの神の遣いたちといっしょにいるところだからな。いいざまだ、きっと慌てふためくぞ。君は神の遣いたちが見られるしね。いや、これがなかなか面白いんだ」

「何のことですか、神の遣いって?」ピエールは今度はフランス語で訊ねた。

「見れば分かるさ」

二人が部屋に入って行くと、マリヤは本当に慌てふためき、朱を散らしたように顔を赤らめた。聖像壇の前にいくつもの灯明が点った居心地のよさそうな彼女の部屋のソファーには、サモワールを前にして、修道士の衣をまとった鼻の長い長髪の少年が、マリヤと並んで座っていた。

そのわきの安楽椅子には、しわくちゃのやせた老婆が、子供のような顔におとなしい表情を浮かべて座っている。

「お兄さま、どうして前もって言ってくださらなかったの?」マリヤが雛《ひな》をかばう雌鶏のように巡礼たちの前に立ちはだかりながら、控えめな非難を込めて言った。

「ようこそいらっしゃいました。お目にかかれてとてもうれしいですわ」ピエールが彼女の手に口づけすると、彼女はそう言った。マリヤは彼の子供時代を知っており、今では兄と親しくしていることも、また夫人との不和の話も知っていた。そして何よ

32　直訳では「神の人」。本来は神に愛された謙虚で信心深い人を意味するが、転義では、(神様の名で物乞いするような) 乞食、巡礼、放浪者や後出の瘋癲行者《ユロージヴィ》など、普通人の労働や社会生活を行わない人を広く指す。

りも、ピエールの善良そうな、素朴な表情が、彼女に好印象を与えた。美しい、キラキラと輝く目で彼を見つめる彼女は、あたかもこう言っているかのようだった――「私はあなたが大好きです。でもどうか私のお友達のことを笑わないでくださいね」最初の挨拶をかわすと、皆で腰を下ろした。

「おや、イワーヌシカもいるじゃないか」ニヤッと笑って若い巡礼を指さしながらアンドレイ公爵が言った。

「お兄さま！」マリヤが懇願するような口調で言った。

「分かるかい、あれで女なんだよ」アンドレイ公爵がピエールに言った。

「お兄さま、お願い！」マリヤが繰り返す。

アンドレイ公爵が巡礼たちをからかうような態度をとるのも、マリヤがいたずらに彼らをかばおうとするのも、明らかに両者の間ではお定まりの、習慣と化したやり取りであった。

「でもね、マリヤ」アンドレイ公爵は言った。「お前は僕に感謝するべきなんだよ、ピエール君に、お前とこの若者との親密な関係を説明してやっているんだからね」

「本当なんですか？」興味を覚えたピエールはまじめな目つきで（そのまじめさがマリヤにはとりわけありがたかった）眼鏡越しにイワーヌシカの顔を見つめた。相手は自分のことが話題になっていると察して、ずる賢そうな目つきで皆の顔を窺《うかが》っている。

マリヤがお友達のことであたふたしたのは、全くの取り越し苦労だった。巡礼たちは少しも臆してはいなかったからである。年老いた女巡礼は目を伏せていながら、横目でちらちらと入ってきた二人の様子をうかがっていた。飲み干した茶碗は受け皿に伏せ、かじり残しの砂糖の塊を脇に置いて、じっと静かに安楽椅子に座ったまま、茶のお代わりを勧められるのを待っているのだった。イワーヌシカは茶碗の茶を受け皿に注いでちびちびと飲みながら[33]、女性特有の抜け目ない目つきで、若い男たちを上目遣いに観察していた。

「どこに行ってきたんだ、キエフかい？」アンドレイ公爵が年寄りの女巡礼に訊ねた。

「その通りでございます、旦那さま」相手は話好きらしい口調で答えた。「ちょうど降誕祭《クリスマス》の日に、聖者さまたちのもとで、ありがたい天上の機密を授けていただきました。このたびはカリャージンの町からでして、旦那さま、かの地で大きな霊験《れいげん》が現れ

33　熱い茶をさましながら飲むための習慣。

たのでございます……」

「じゃあ、イワーヌシカも一緒だったのか？」

「私はいつも一人歩きですよ、旦那さま」[34]できるだけ低い声を出そうとしながらイワーヌシカが答えた。「ただユフノフでこのペラゲーユシカと一緒になっただけで」

ペラゲーユシカが仲間を遮って割って入った。どうやら見てきたことを語りたくてたまらない様子だった。

「カリャージンでね、旦那さま、大きな霊験が現れたのでございますよ」

「というと、新しい聖骸《せいがい》でも？」アンドレイ公爵が訊いた。

「もうたくさんよ、お兄さま」マリヤが言う。「黙っていなさい、ペラゲーユシカ」

「何をおっしゃいますか、お嬢さま、どうして話さずにいられましょう？　私はこの旦那さまが大好きなんです。優しくていらっしゃるから。神さまに選ばれた方です。私にとっては恩人で、十ルーブリめぐんでくださいました。今でも覚えております。まだキエフにいる時でしたが、キリューシャという瘋癲行者《ユロージヴィ》[35]が（あれこそ本当の神の遣いで、冬でも夏でも裸足で歩いておりますが）、私にこう言うのでございます――どうして見当はずれの場所を歩き回っているんだ。カリャージンに行きなさい。あそこで奇跡のイコンが、至聖生神女《しょうしんじょ》さまの[36]イコンが見つかったんだぞって。それを聞いて私はキエフの聖者さまたちにお別れして出かけたというわけでして……」

皆はただ黙ったままで、ただ女巡礼一人が、息を深く吸い込んでは坦々とした声で語り続けるのだった。

「彼の地に着くと、旦那さま、人々が私に言いました――大きな霊験が現れた。至聖生神女さまの頬から聖油が滴っていると……」

「さあ、いいからそれくらいにして、後でまたお話しなさい」マリヤが顔を赤らめて言った。

「ひとつこの人に質問させてください」ピエールが口を挟む。「お前は自分で見たのかね？」彼は訊ねた。

「もちろんですよ、旦那さま、この目で見ましたとも。生神女さまのお顔がまるで天上の光を浴びたように輝いて、その頬から滴っているのでございます、ぽたりぽた

34　カリャージンはモスクワの北のトヴェーリ州の町、ユフノフはモスクワの南西のカルーガ州の町。
35　キリストのへりくだりに倣い、受難を追体験するために衣食住から言動まで常軌を逸した生活を営む東方キリスト教の修行者の一類型。聖愚者《せいぐしゃ》などとも訳される。列聖されるような本格的な行者から佯狂者《ようきょうしゃ》や奇人《きじん》の類まで、広くこの呼称が適用された。
36　聖母の東方正教会での呼称。

りと……」

「いや、それはインチキだろう」女巡礼の話を注意深く聞いたあげく、ピエールが何の気兼ねもなく口にした。

「まあ、旦那さま、何ということをおっしゃるのですか！」ペラゲーユシカは怯えた声でそう言うと、助けを求めるようにマリヤの方を向いた。

「そうして民衆を騙しているのさ」ピエールがさらに言った。

「主イエス・キリストよ」年老いた女巡礼は十字を切りながら言った。「ああ、おやめください、旦那さま。前にもちょうどそんな風に信じようとしない将軍《アナラル》さまがいらして、『修道士どもがインチキをしている』とおっしゃったのです。するとそう口にしたとたん、そのまま目が見えなくなってしまいました。それからその方が見た夢の中で、ペチェルスキーの生神女[37]さまが来臨されて、おっしゃったのです、『私を信じなさい、そうすれば治してあげましょう』と。そこで将軍は『私をあの方のもとへ連れて行ってくれ、どうか連れて行ってくれ』と一所懸命に頼みました。これは自分の目で見た、嘘偽りのない話でございますよ。目の見えない将軍はまっすぐに生神女さまのもとに連れて行かれると、歩み寄って身を伏せ、言いました――『治してください！　皇帝から頂戴したものを全部差し上げますから』この目で見ましたが、旦那さま、このとき生神女さまのお顔にすっと星が現れたのですよ。そしてなんと、将軍は目が見えるようになったのです！　ですからあんなことをおっしゃってはいけません。神さまの罰が当たりますよ」女巡礼は教え諭すようにピエールに言うのだった。

「いったいどうしてイコンに星が現れたのだろう？」ピエールが質問した。

「生神女さまが星形勲章を授かって、将軍に昇進されたとか？」アンドレイ公爵がニヤッと笑って言った。

ペラゲーユシカはたちまち真っ青になって、両手をパシリと打ち合わせた。

「旦那さま、旦那さま、罪ですよ、罪。お子さまのいらっしゃる身で！」青ざめた顔を突然真っ赤に染めて女巡礼はまた説教を始めた。

「旦那さま、いったい何ということをおっしゃるのです、どうか神さまがお許しくださいますよう」彼女は十字を切った。「神さま、どうかこの方をお許しください。お嬢さま、これはいったいどうしたことでしょう？……」彼女はマリヤに問いかけた。それから立ち上がると、自分の荷物をまとめ始めた。こんなことを口にする者が恐ろ

37　ニジニノヴゴロドのヴォズネセンスキー修道院にある奇跡の力を持つとされる聖像で、元はキエフのペチェルスキー（ペチェルシク）洞窟修道院にあったため、こう呼ばれる。

しくもまた気の毒にも思え、こんな発言が飛び出すような家で施しを受けてきたことに恥ずかしさを覚えると同時に、もはやこの家の施しを断念せざるを得ないのが惜しまれる——そんな気持ちがうかがえた。

「兄さんたち、いったい何がお望みなの？」マリヤが詰問した。「なぜわざわざ私の部屋にいらしたの？」

「いや、ぼくはただ冗談を言っただけだよ、ペラゲーユシカ」ピエールは言った。「お嬢さん、本当に僕、この人を傷つけるつもりなんかなくて、ただ何の気なしに言っただけなんです。ねえ、悪くとらないでくれよ、ただの冗談なんだから」おずおずとした笑みを浮かべて非を詫びようとしながら、彼は言った。

立ち止まったペラゲーユシカはまだ不信の面持ちだったが、ピエールの顔には心からの後悔の念が浮かんでいたし、アンドレイ公爵が彼女とピエールを交互に見る目つきもおとなしくひたむきだったので、彼女の気持ちもいくらか落ち着きを取り戻したのだった。

すっかり落ち着いた女巡礼は、再び水を向けられると、今度はアムフィローヒーという神父の話を長々と披露した。敬虔きわまる生涯を送ったために、手から香《こう》のかおりを発したという人物である。また彼女は、今回のキエフ巡礼の際に、知り合いの修道士たちが洞窟の扉の鍵を貸してくれたので、乾パンをもって二日二晩、洞窟にこもって聖者さまたちと過ごした[38]という話をした。「一人の聖者さまにお参りしてお祈りを唱えては、次の聖者さまのところに伺います。そして一眠りしてから、また次の聖者さまのところにいって、口づけをさせていただきます。あたりは、それはもうお嬢さま、しんと静かで、ありがたいことこの上なく、外の世界に出て行くのが嫌になるほどでございました」

ピエールは注意深く真剣に耳を傾けていた。アンドレイ公爵が部屋を出て行った。

38　キエフ・ペチェルスキー洞窟修道院の洞窟部分に入り、そこに安置された過去の修道士たちの遺骸（ミイラ）と過ごしたという意味。

すると後を追うようにしてマリヤも席を立ち、神の遣いたちにはゆっくりと茶を飲むように言いおいて、ピエールを客間へと案内した。

「あなたはとても優しい方なのですね」彼女はピエールに言った。

「いや、僕は本当にあの女を傷つけるつもりなんてなかったんですよ。ああした感情はよく分かりますし、貴重なものだと思っていますから」

マリヤはしばし黙って相手を見つめてから、優しく微笑んだ。

「私あなたのことはずっと前から存じ上げておりますし、実の弟のような親しみを感じておりますのよ」彼女は言った。「兄のことをどう思われましたか？」情のこもった自分の言葉に反応する暇を与えまいとして、彼女は急いで質問した。「兄のことが、私とても心配ですの。体の方は、この冬の間は良い方だったんですが、でも去年の春などは傷口が開いてしまって、お医者さまが転地療養を勧められたのですよ。精神面でも、私とても兄のことを心配していますの。やはり私たち女性とは気質が違いますから、辛いことがあったら苦しむだけ苦しみ、泣きに泣いて乗り越えるというわけにはいかないんです。苦しみを内に込めて耐えていこうとするんですね。今日の兄は陽気で生き生きとしていましたが、それはあなたがいらしてくださったおかげですわ。あんなことはめったにありませんから。もしもあなたが兄を説き伏せて、外国旅行にでも行かせてくださったならどんなにいいことでしょう！　兄には活動が必要なのに、こんな坦々とした静かな暮らしをしていたら、だめになってしまいますわ。ほかの方は気づかないことですが、私には分かるのです」

九時を回ったころ、召使たちが老公爵の馬車の鈴音を聞きつけて、玄関階段に飛び出して行った。アンドレイ公爵とピエールも、同じく迎えに出た。

「どなたかな？」馬車から降りてピエールを見た老公爵が訊ねた。

「おや！　これはうれしい！　キスしてくれ」見知らぬ若者の正体が分かると、彼はそう言った。

老公爵は上機嫌で、ピエールにも大変愛想がよかった。

夜食の前にアンドレイ公爵が父親の書斎に戻ってみると、そこでは老公爵がピエールを相手に激論を交わしていた。ピエールは、いつか戦争がなくなる時が来ることを論証しようとしていたのだった。老公爵はからかい半分ではあったが、立腹もせずにこれに反論していた。

「そりゃあ血管から血を抜いて、代わりに水を入れておけば、戦争はなくなるさ。女のたわごと、女のたわごとだよ」きつい言葉とは裏腹にピエールの肩を優しくポンとはたくと、老公爵はデスクに歩み寄った。デスクのそばではアンドレイ公爵が、いかにもそんな話には加わりませんといった風情で、父親が町から持参した書類に目を通していた。老公爵は息子に近寄ると、仕事の話を始めた。

「貴族会長のロストフ伯爵が、半分も定員割れを出してな。そのくせ町に出てきて、一席設けようなどとしおったから、こっちがたっぷりごちそうを食らわせてやったよ……。ちょっとこれを見てみろ……。ところでお前」老公爵はピエールの肩を叩きながら息子に言った。「お前の親友は大したものだ。私は気に入ったよ！　この私を燃え立たせてくれたからな。利口な口をきくやつはいるが、こっちが聞く気にならん。ところがこの男は法螺《ほら》を吹くくせに、こちらを燃え立たせてくれる、この老人をだよ。まあいい、行きなさい、行きなさい」彼は続けた。「もしかしたら私も後から行って、お前さんたちの夜食に付き合うかもしれん。そうしたらまた議論しよう。一つうちのおバカさんを、あのマリヤのやつをかわいがってやっておくれ」ドア口から彼はピエールに声をかけた。

こうして禿山《ルイスィエ・ゴールィ》を訪れてみてはじめて、ピエールはアンドレイ公爵との友情の力とそして魅力を、しみじみと認識した。その魅力はアンドレイ公爵本人との関係そのものよりも、むしろ彼の肉親や家人全員との関係において感じられた。年老いた厳格な父親とも、おとなしくて内気な妹のマリヤとも、ほとんど付き合いがなかったにもかかわらず、ピエールはいっぺんに彼らの旧友になったような気がしたのだった。相手も皆すでに彼のことが好きになっていた。何もマリヤだけが、巡礼女たちへの穏やかな態度に好感をもって、キラキラと輝く目で彼を見つめてくれたばかりではなかった。まだ一歳児のニコライ小公爵（これが祖父の呼び方だった）までが、ピエールを見るとにっこり笑って、抱っこをせがんだのである。建築技師のミハイル・イワーノヴィチも、マドモワゼル・ブリエンヌも、老公爵と会話するピエールをうれしそうな笑顔で見守っていた。

老公爵が夜食の席に顔を出した。明らかにピエールのためである。ピエールが禿山に滞在した二日間とも、老公爵は彼に対して極めて愛想よく、ぜひまた来るようにと促した。

ピエールが立ち去って家族全員が集まった時には、新来の客が去った後にいつもするように、ピエールの人物評が行われたが、実に珍しいことに、誰もが良いことしか口にしなかった。

15章

今回休暇から戻ってみて初めてニコライ・ロストフは、自分がデニーソフと、そして連隊全体とどれほど強く結びついているかということを、実感し、認識した。

馬車が連隊に近づくと、彼はちょうどあのポヴァルスカヤ通りのわが家に乗り付けた時のような感慨を覚えた。連隊の制服の前をはだけた格好の軽騎兵がまず目に飛び込んできて、その先に赤毛のデメンチエフの顔が見分けられ、杭につながれた栗毛馬たちが見えたと思ったら、ラヴルーシカが喜んで主人に向かって「伯爵のご到着！」と叫びだし、寝床に横になっていたデニーソフがぼうぼう髪で土壕《どごう》から飛び出してきて彼を抱きしめ、他の将校たちもわらわらと歓迎に集まってきた――このときニコライは、まさに母や父や妹たちに抱きしめられたときと同じような気持ちを覚え、喉元にこみあげる歓喜の涙のために口もきけなかったのである。連隊もまた一個の家であり、父母の家と同様、いつも変わらず懐かしいとおしい場所であった。

連隊長のところに顔を出し、前と同じ中隊に配属の命を受け、当直勤務と馬糧徴発を果たし、連隊のあらゆる細かい利害に関与する身となり、自分がすっかり自由を奪われて、ひとつのきまった型にきっちりとはめ込まれたのを感じると、ニコライは父母の家の屋根の下にいた時に感じたのと同じ安らぎを、安心感を覚え、まさにここそがわが家であり、自分のいるべき場所なのだという意識を味わったのだった。自由な世界にいる間は、自分の居場所が見つけられなかったり、選択を誤ったりしてばかりだったが、そんなちぐはぐさはここには全くなかった。ソーニャもいなかったから、打ち明け話をしたものかどうかと迷うこともなかった。あそこへ行こうか行くまいかという選択の余地もなければ、一日二十四時間を過ごすのにとんでもなく多様な方法が許されているといったこともなく、特に親しくもなければ疎遠でもない数え切れぬほど多数の人間たちもおらず、父との間の曖昧模糊とした金銭関係もなければ、ドーロホフへの恐るべき負けを思い起こさせるものもなかったのだ！　この連隊ではすべてが簡単明瞭だった。全世界は二つの不均等な部分に分かれていた。すなわち一方はわがパヴログラード連隊であり、もう一方はそれ以外の全部である。そしてこの後の方は、自分にはまったく関係のない世界だった。連隊の中ではすべてがはっきりしていた——誰が中尉で誰が大尉か、誰が良い人間で誰が悪人か、そして肝心なのは、誰が仲間かがはっきりしていたことである。酒保ではツケで飲むことができ、給料は四か月ごとに出る。自分で考案したり選択したりするべきことは何もなく、ただパヴログラード連隊で悪いとされていることはするなというだけである。そしてどこかに派遣されたら、きちんと決まったことを命じられたとおりに行っておけば、それで万事大丈夫というわけだった。

ふたたび決まり通りの連隊生活の環境に身を置いたニコライは、ちょうど疲れた人間が横になって休むときのような喜びと安心感を覚えた。この戦役における連隊生活がとりわけニコライにとってうれしく感じられたのは、ドーロホフに大負けして以来（賭けをして負けた行為そのものについては、家族にいくら慰められようとも、彼は自分を許すことができなかったが）、彼は勤務においても以前のようにではなく、自分の罪が償えるような働きをしよう、しっかりと勤務して十分に優れた同僚かつ将校となろう、すなわち素晴らしい人間になろうと決心していたからである。これは世間では極めて困難に見えることだが、連隊でなら十分に可能と思えるのだった。

あの敗北を喫してからニコライは、この負債を五年間で両親に返そうと決意した。これまで毎年一万ルーブリの仕送りを受けていたのだったが、今や彼はそのうち二千ルーブリだけ受け取って、残りは負債の返済分として親に返上することにしたのだった。

味方の軍は何度となく退却や進軍や、プルトゥスク近辺、プロイシシュ・アイラウ近辺での戦闘を繰り返したのち、バルテンシュタイン[39]のあたりに結集しようとしていた。目下皇帝が軍に到着するのを待って、新たな戦端を開こうと待機しているところだった。

一八〇五年の遠征軍に加わっていたパヴログラード連隊は、ロシアで兵員補充をしているうちに今回の戦役の緒戦には後れを取ってしまった。すなわちプルトゥスクの戦いにもプロイシシュ・アイラウの戦いにも参加せず、戦役の後半になって実戦中の軍に合流し、プラートフ将軍[40]の部隊に編入されたのだった。

プラートフ部隊は軍本体から独立した行動をとっていた。パヴログラード連隊は何度か敵との射撃戦に加わり、捕虜をとらえ、一度などはウディノ元帥[41]の馬車まで分《ぶん》捕《ど》った。だが四月になると連隊は、略奪し尽くされたドイツの一寒村の近辺に宿営したきり、動かなくなってしまった。

39　東プロイセン（現ロシア連邦カリーニングラード州）ケーニヒスベルク（現カリーニングラード）に近い町。
40　マトヴェイ・プラートフ（一七五一～一八一八）。ドン・コサックの領袖でロシア軍の将軍。
41　シャルル＝ニコラス・ウディノ。（一七六七～一八四七）。フランス軍元帥。

雪解けの時期で泥まみれで寒く、川の氷は割れ、道路は通行不能だった。何日間か馬にも人間にも食糧が届かなかった。輸送が遮断されたため、人々は打ち捨てられて空っぽになった村々に散ってジャガイモ探しにかかったが、もはやイモさえもろくに見つからなかった。

何もかも食い尽くされ、住民もあらかた逃げ去っていた。残った村人は乞食よりもひどいありさまで、徴発できるようなものは何一つなく、血も涙もない兵士たちでさえ、しばしば何かをふんだくる代わりになけなしのものを恵んでやる始末だった。

パヴログラード連隊が実戦で受けた被害は負傷者二名のみだったが、その代わり飢えと病気でほとんど半数の兵士を失っていた。病院に入ればほぼ確実に死ぬ羽目になることから、栄養不足で熱病にかかっている者も腫れものができている者も、病院へ行くよりは必死に足を引きずってでも戦線に残り、勤務を続行するほうを選んだ。春になると地中からアスパラガスに似た植物が芽を出しているのが兵士たちの目に留まるようになった。兵士たちはこれをどうしてか「マーシカの甘根」と名付け、牧草地や野原に散ってそのマーシカの甘根（とはいえ実はひどく苦いのだったが）を見つけてはサーベルで掘り起こし、有毒植物のゆえに食すべからずという命令も顧みず、食べるのだった。春には兵士たちの間に、手、足、顔に腫れものができる新しい病気が発生したが、医者はその原因を例の植物の根の摂取にあると判断した。しかし禁止されてもパヴログラード連隊のデニーソフ中隊の兵士たちは、このマーシカの甘根を主食にしていた。なぜならもはや乾パンは底をつきかけていて、もう一週間以上一日に一人当たり二百グラムばかりしか支給されず、最後に送られてきたジャガイモは、凍ったうえに芽が出ていたからである。

馬たちもまた、一週間以上も藁ぶき屋根の藁を食べて過ごしたせいで惨めにも痩せこけ、毛もまだ冬毛のままであり、それがぱさぱさに縺《もつ》れて房になっていた。

そんな悲惨な状態にもかかわらず、将兵は平素とまったく変わらぬ生活をしていた。すなわち今でも、青ざめてむくんだ顔に破れ軍服という姿でありながら、軽騎兵たちは点呼を受け、徴発に出かけ、馬と装具の手入れをし、飼葉代わりの藁を屋根から引っ剝がし、食事時には大鍋のまわりに集まり、空きっ腹のまま席を立っては、ひどい食い物と自らの飢えっぷりを冗談で笑い飛ばしているのだった。平素と同じく、勤務明けの時間には焚火を熾《おこ》し、火のそばで裸になってひと汗かき、煙草を吸ったり芽が出た腐ったジャガイモを選り出して火にくべたりしながら、お互いの話を聞き合っていた。ポチョムキンやスヴォーロフといったかつての元帥たちの遠征の話もあれば、狡《ずる》のアリョーシャや司祭の作男ミコールカにまつわる昔話もあった。

将校たちは平素と同じく二人三人と組になって、開けっ放しの半ば崩れた家に居住していた。上級将校たちは藁やジャガイモの入手法に悩み、総じて兵たちの食糧問題に頭を痛めていたが、下級将校たちはいつもの通りカード博打をする者もいれば（食料は枯渇していても金はふんだんにあったのである）、釘投げ《スヴァイカ》とか棒倒し《ゴロトキー》とかいった罪のない遊びに興じる者もいた。戦争の概況についての会話は少なかったが、それは一つには、確かな情報が何一つ入ってこなかったからであり、また一つには、全体に戦況が思わしくないのを皆漠然と感じていたからであった。

ニコライは以前同様デニーソフと同居しており、もともと親密だった両者の関係は、今度の休暇の後でさらに接近した。デニーソフはロストフ家の人々の話題に一切触れなかったが、中隊長としての彼が一将校の自分に接する時の優しい配慮から、ニコライは、この年のいった軽騎兵のナターシャへの悲恋が、自分たちの関係を深める作用をしているのを感じ取っていた。デニーソフは明らかにニコライをなるべく危険な目に遭わせないように塩梅してその身を護っているようで、戦闘の後などには彼が無事に戻ってくるのをとりわけ喜んで迎えてくれた。ある時用務で派遣されたニコライは、食糧徴発に赴いた先の打ち捨てられた廃墟のような村で、ポーランド人の老人と乳飲み子を抱えたその娘の三人家族を見つけた。皆裸同然で飢え切っており、歩いて逃げることもできなければ乗って逃げる馬車もないのだった。ニコライはその家族を自分の宿舎に連れ帰り、部屋に住まわせて、老人が元気になるまで何週間か面倒を見てやった。同僚は女のことを話題にして、ニコライに向かってにやにや笑いながら、お前も人一倍手が早いなあ、それにしても助けてやったポーランド娘を同僚に紹介してくれてもいいだろうに、などと話しかけた。そんな冗談を侮辱と受け止めたニコライが、いきり立って相手の将校をくそみそに罵ったので、デニーソフはやっとのことで二人が決闘するのを引き留めたほどだった。将校が立ち去った後、自分もニコライとポーランド娘の関係を知らなかったデニーソフがニコライの激しやすさを戒めると、ニコライは彼に向かって言った。

「あんたがどう取ろうと構わない……。彼女は僕には妹みたいなものなんだ。だからさっきのことが僕にとってどれほどの屈辱だったか、とても口じゃ説明できない……なぜなら……なぜなら……」

デニーソフは彼の肩をポンとたたくと、ニコライから目を背けたまま、速足で部屋の中を歩き回り始めた。これは興奮した時の彼の癖だった。

「まったくお前さんたちオストフ一族ときたあ、何とばかげた血筋だおう」そう言ったデニーソフの目に涙が浮かんでいるのをニコライは認めた。

16章

四月になると軍は、皇帝陛下到着の報に沸き立った。ニコライはバルテンシュタインで行われた皇帝の閲兵式には参列できなかった。パヴログラード連隊はバルテンシュタインよりはるか前方で前哨をつとめていたからである。

彼らは露営していた。デニーソフとニコライの住居となっていたのは兵士たちが二人のために掘ってくれた土壕《どごう》で、木の枝や芝草が屋根代わりになっていた。土壕は当時流行していた次のような方法で作られていた。まず幅一メートル強、深さ一・五メートル弱、長さ二・五メートル弱の溝を掘る。溝の片端に段状の切れ目を入れて、これが入り口階段となる。溝そのものが部屋にあたり、中隊長のような恵まれた地位の者の場合には、階段の反対側の端に四本の杭に板を載せたものが置かれ、これがテーブルとなる。二つの長辺部分はそれぞれ七十センチばかり土が削られて、これが二人分の寝床兼長椅子となっていた。屋根は、中央部分では人が立っていられるほど、寝床のあたりは、テーブルに身を寄せれば十分座っていられるほどの高さにしつらえてある。デニーソフは中隊の兵に慕われているせいで土壕も贅沢なつくりになっていて、屋根の破風《はふ》に当たる部分に飾り板まで張られ、そこに、割れているとはいえ貼り付けて修繕したガラス板がはめ込まれていた。寒さが厳しい時には入り口階段部分（デニーソフはそこを応接間と称していたが）に、兵士たちが曲げた鉄板に焚火の燠《おき》をのせて運んできてくれるので、大変に暖かく、デニーソフとニコライのもとにいつも大勢詰めかけてくる将校たちは、シャツ一枚でいられるほどだった。

四月は、ニコライは当直に当たっていた。寝ずの番を終えて朝の七時すぎに土壕に帰ってくると、彼は焚火の燠を持ってくるように命じて、雨でびしょ濡れになった下着を替え、神にお祈りを捧げ、茶をたっぷり飲んで体を温めてから、自分のコーナーとテーブルの上にある物をかたづけると、カサカサで真っ赤な顔をしたまま、シャツ一枚の姿で手枕をしてあおむけに寝床に横たわった。彼は最近行った偵察勤務によって近いうちに一階級昇進になるはずで、そのことを思っていい気分を味わいながら、どこかに出かけたデニーソフの帰りを待っていた。彼と話したかったのだ。

戸外からデニーソフの雷鳴のような大声が聞こえてきた。明らかに怒り狂っている。相手は誰かと思って窓辺によると、トプチェエンコ曹長の顔が見えた。

「貴様に言っておいただろう、連中《えん》にあのマーシカのなんちゃあという根っこを食わせるなと！」デニーソフが怒鳴っている。「俺《おえ》はこの目で見たぞ、ラザウチュークのやつが原《はあ》っぱから持って帰うのを」

「命令しておいたんですが、中隊長、いうことを聞かんのです」曹長は答えた。

ニコライは再び寝床に横になるとうれしい気持ちで思った。『中隊長さんには中隊長さんの仕事をさせておこう。俺はもう自分の仕事を終えたから、こうして寝ていられる。やれやれ！』外から曹長の声に加えてラヴルーシカの声まで聞こえてきた。例の威勢が良くてちょっとインチキくさい、デニーソフの従僕だ。食糧徴発に行ったときに、どこかの荷馬車隊が乾パンや牛を運んでいるのを見かけた——そんなことをラヴルーシカは話していた。

戸外で再び引き返していくデニーソフの声がした。「鞍《くあ》を付けお！……第二小隊だ！」と命令している。

『いったいどこへ出かけるつもりなんだろう？』ニコライは思った。

五分ほどしてデニーソフが土壕に入ってくると、泥足のまま寝床に上がり、ぷりぷりした様子でパイプを一服吸い終えると、自分の持ち物を全部あたりに投げ散らかし、革鞭とサーベルを身に着けて土壕から出て行こうとした。ニコライがどこへ行くのかと訊ねても、ただ怒ったような声であいまいに、「用事だ！」と答えるだけだった。

「神に裁かえようと皇帝陛下に裁かえようと、構うもんか！」デニーソフはそう言い放って出て行った。すると土壕の後ろで何頭かの馬がぬかるみをぴちゃぴちゃ歩き出す足音が聞こえた。ニコライはデニーソフの行き先を確かめようともしなかった。自分の寝床で温まったままぐっすりと寝込んだ彼は、夕方近くになってようやく土壕の外に出た。デニーソフはまだ戻っていなかった。夕空はすっかり晴れ上がり、隣の土壕のあたりでは将校が二人と士官候補生が一人、釘投げ《スヴァイカ》ゲームの最中で、ぬかるんだ柔らかい地面に笑いながら大釘を食い込ませている。ニコライもそれに加わった。ゲームもたけなわのころ、将校たちはこちらに向かってやって来る荷馬車の列に気付いた。十五名ほどの軽騎兵が痩せた馬に乗って後からついてくる。軽騎兵たちに護送された荷馬車が馬止めのところまで来て停止すると、軽騎兵の群れがこれを取り囲んだ。

「なるほど、デニーソフがいつも嘆いていたが」ニコライは言った。「やっと食糧が到着したわけだ」

「まったくだ！」将校たちが言った。「これで兵士たちも大喜びだぞ！」軽騎兵たちに少し遅れてデニーソフが馬でやって来たが、歩兵隊将校が二人同行しており、彼はその者たちと何やら話をかわしていた。ニコライはその方に向かって歩いて行った。

「中隊長、あなたに警告しているんですよ」痩せて背の低い一人の将校が、見るからに憤懣《ふんまん》やるかたないといった調子で言った。

「言っただろう、返す気はない」デニーソフは答えた。

「中隊長、責任をとっていただきますよ。これはゆゆしき乱暴狼藉です——味方の輸送隊から横取りするなんて！　うちの兵隊は二日間何も食べていないのですよ」

「私の兵は二週間食っていない」デニーソフは言い返した。

「これは強奪ですから、責任をとってもらいますよ、中隊長！」声を荒らげて歩兵隊将校が繰り返した。

「何をそうしつこく付きまとうんだ？　ええ？」デニーソフは突然カッとなって叫んだ。「責任をとうのは私であって諸君じゃない。そうしてハエみたいにブンブンいっていないで、けがをしないうちに帰いたまえ。さあ出発！」彼は将校たちに号令をかけた。

「いいでしょう！」小柄な将校は臆しもしなければその場を動くこともせず、そう叫んだ。「強奪を働いたとなれば、私はあなたを……」

「さっさと消えお、速歩前進、けがをしないうちにな」そう言うとデニーソフは馬を向きなおらせて将校たちを見送る姿勢をとった。

「いいでしょう、いいでしょう！」将校は凄みを利かせてそう言うと、くるりと馬の向きを変えて、鞍の上で身を揺らしながら速歩で走り去った。

「まうで犬が塀に乗ってうようじゃないか、いやまったく塀に乗った犬だぜ」デニーソフが後ろから声をかける。こうして馬に乗った歩兵隊将校に対する軽騎兵流の最大級の侮辱を浴びせると、ニコライのそばまで乗り付けてゲラゲラと笑うのだった。

「歩兵隊かあ分捕ってやった、力《ちかあ》ずくで荷馬車を分捕ってやったぞ！」デニーソフは言った。「しょうがない、兵たちを餓死させうわけにはいかんかあな！」

軽騎兵隊に運び込まれた荷馬車は、本来歩兵連隊に届くはずのものだったが、ラヴルーシカから輸送隊が警護なしでいると聞きつけたデニーソフと軽騎兵たちが、これを力ずくで奪い取ったのだった。兵たちには乾パンがたっぷりと支給され、他の中隊にまでおすそ分けがなされたのである。

　翌日、連隊長がデニーソフを呼びつけて、指をひろげたままの掌で目を隠すしぐさをしながら、こう申し渡した。「これがこの件に対する俺の立場だ――俺は何も見てはおらんし、何の措置も取らない。ただし忠告しておくが、司令部の糧秣《りょうまつ》課へ出頭してこの件を丸く収め、できることならこれこれの食糧を受領しましたと、受け取りを書いてこい。そうでもしないと、なにせ請求書は歩兵連隊名義となっているのだから、問題にされてまずい結果になるかもしれんぞ」

デニーソフは、この忠告を本気で実行するつもりで、連隊長のもとからまっすぐに司令部へと向かった。彼が土壕に帰って来たのは晩になってからだったが、このときの彼は親しいニコライがこれまで一度も見たことのないほど落ち込んでいた。口をきく力もなく、ただため息ばかりついている。どうしたのかとニコライが訊ねても、しわがれた弱々しい声で意味不明の罵り言葉や脅し文句を吐き出すのみだった。

そんなデニーソフを見て愕然としたニコライは、着替えて水でも飲むように勧めると、医者を呼びにやった。

「俺《おえ》は強奪行為で裁かれう――ああ！　水をもっとくえ――裁きたきゃ裁くがいい。だが俺《おえ》は、卑劣《ひえつ》なやつは必ず殴ってやうし、陛下にも訴えてやう。氷《こおい》をくえたまえ」

彼はそう付け足した。

連隊の医者がやってくると、瀉血の必要があるとの診断が下った。デニーソフの毛むくじゃらの腕から深皿に一杯の黒っぽい血が放たれ、そうしてようやく彼は経験したことを話せる状態になった。

「向こうに着いて」とデニーソフは語り始めた。「『課長はどこか？』と訊くと、教えてくえたが『少しお待ち願えませんか』と言うかあ、『勤務があう身で延々と三十キオも飛ばしてきたんだ。待っていう暇はないから取い次いでくえ』と言ってやった。

では、ということでいよいよ盗人の親玉がご登場になったが、こいつも俺《おえ》にお説教しようとしやがった。『こえは強奪行為だ！』と言いやがうから、『強奪犯というのは、自分の兵隊に食わせうために食糧《しょくよう》を奪う人間じゃなくて、自分の懐《ふところ》を肥やすために食糧《しょくよう》を奪う人間のことであいます！』と言ってやった。『そういうことなあ』と相手は言った。『出納官《すいとう》のところおで受け取い書を書きたまえ。貴職の件は命令《めいえい》によって他所に移されう』出納官のところおに行って、部屋に入うと、デスクの向こうに座っていたのは……はたして誰《だえ》だったと思う⁉　いやぁ、考えてみろ！……俺《おえ》たちを飢え死にさせようとしていうのはいったい誰《だえ》だったか」デニーソフはそう喚きざまに痛む片手をげんこつにしてテーブルを思い切り殴りつけたので、テーブルが危うく倒れそうになり、上に載っていたコップが転がった。「あのテリャーニンのやつだよ‼[42]　『じゃあ貴様が俺《おえ》たちを飢え死にさせようとしていたのか⁉』そう言って奴の面に一発二発と食あわしてやうと、こえがうまく命中したもんだ……『ええい！……こうしてやう、こえでも食あえ……』という調子で散々ぶちのめしちまったわけだ！　まあとにかく、胸はすっきいしたよ」喜びと憎しみがまじりあった表情で、黒い口髭の奥から真っ白

42　第1部第2編4章でデニーソフの財布を盗んだ中尉。

な歯をむき出しながらデニーソフは声を張り上げた。「ぶっ殺《こお》してやう、とこだったぜ、もしも引き離さえなきゃな」

「何でそう大声をあげるんだ、落ち着いてくれ」ニコライは言った。「ほら、また血が出てきた。ちょっと待って、包帯を巻き直さなくちゃ」

デニーソフは包帯を巻き直され、寝かしつけられた。翌朝目覚めた時には、朗らかで落ち着いていた。

しかし昼になると連隊の副官が深刻で悲痛な面持ちでデニーソフとニコライの共用の土壕を訪れ、遺憾ながらといった手つきで連隊長からデニーソフ少佐に宛てた公式書類を提示した。それは昨日の事件に関する尋問書であった。副官の伝えるところでは、事態がきわめて好ましからざる展開をみることは避け難い。すでに軍法会議が設置されており、昨今、軍における略奪行為や命令違反行為に対する処分が厳しくなっていることから、軽くても降格はまぬかれまいとのことだった。

被害者の側から見た事件の様相は以下の通りだった。すなわち、輸送食糧を強奪した後、デニーソフ少佐は何の召喚も受けぬまま酩酊状態で糧秣課長のもとに姿を現し、課長を泥棒呼ばわりして殴るぞと威嚇したあげく追い出されると、今度は事務室に突入して二名の事務官を打擲《ちょうちゃく》し、一名の腕を脱臼させたのだった。

ニコライが新たにいくつかの点を問いただすと、デニーソフはにやっと笑って、どうやら確かにあの時もう一人誰かが居合わせたようだったと言った。しかし彼に言わせればそんなことはみんなつまらない枝葉末節であり、自分はどんな裁判だろうが恐れるつもりはないし、もしもあの卑劣漢どもが自分に手を出そうというのなら、こちらも立ち向かって、忘れられない目に遭わせてやる、と息巻いてみせるのだった。

デニーソフはこの件を一切歯牙にもかけぬような口ぶりだったが、長い付き合いのニコライにしてみれば、相手が内心では（他人には隠して）裁判を恐れ、この件で悩み苦しんでいるのに気づかぬわけにはいかなかった。実際ひどい結果になることは明らかだったからである。尋問書類や裁判への出頭命令が毎日届くようになり、さらに五月一日をもってデニーソフは次席の者に中隊の指揮権をゆだねたうえで師団司令部に出頭し、糧秣課における狼藉行為の件で釈明すべしという指令が下された。その日の前夜、プラートフ将軍がコサックの二個連隊と軽騎兵二個中隊で敵情偵察を行った。デニーソフはいつも通り勇敢さをひけらかす如く、散兵線の前に進み出て行った。フランス軍の狙撃兵が放った銃弾の一発が彼の太ももに命中した。おそらく別の時ならばデニーソフはこれしきの軽傷で連隊を離れたりはしなかっただろうが、このときはこれ幸いとばかり師団司令部への出頭を断り、入院してしまったのだった。

17章

六月にはフリートラントの戦い[43]が起こり、続いて休戦が布告された。パヴログラード連隊はこの戦闘には参加していなかったが、ニコライは友と慕うデニーソフが去ったきり何の音さたもないのを寂しく思い、また彼の事件の進展ぶりや弾傷の経過も気になったので、休戦になったのを幸いとばかり、許可をもらって野戦病院へデニーソフの見舞いに出かけた。

病院があるのはプロイセンの寒村で、ロシア軍とフランス軍の手で二度にわたって荒らしつくされた場所だった。折しも夏の季節で、野原にいる限り実に快適だっただけに、屋根も塀もボロボロに壊れたこの村の家々や、掃きだめと化したような通りや、あたりをふらつくぼろ着の住民たちや、酔っぱらった兵士や傷病兵たちの姿が、ことさらにおぞましい光景として目に映った。

病院は石造りの建物の中にあったが、周りを囲うのは壊れた塀の残骸にすぎず、窓枠もガラスもあちこち外れたり割れたりしていた。包帯姿の青ざめてむくんだ顔をした兵士たちが、何人か庭で散歩や日向ぼっこをしている。

ドアを開けて建物の中に入った途端、ニコライは朽ち行く肉体と病院の臭気に包まれた。階段を上っていくと葉巻を咥《くわ》えたロシア人の軍医が降りてくるところだった。後ろから同じロシア人の看護兵が付いてくる。

「私の身は一つしかないんだからね」医者はそんなことを喋っていた。「晩にマカール・アレクセーヴィチのところに来たまえ。私はあのお宅にいるから」看護兵はさらに何か医者に質問した。

「ああ！　好きなようにしたまえ！　どうせ同じことじゃないかね？」医者はここで階段を上がって来るニコライに気付いた。

「何のご用かな、将校さん？」医者は言った。「どうしてこんなところに？　弾に当たらなかったので、チフスにでもかかろうという魂胆かな？　ここはね、君、今や伝染病の隔離病棟だよ」

「というと？」ニコライは訊ねた。

「チフスだよ、君。ここを上がっていく者は、みんな死ぬ。私とこのマケーエフの

43　一八〇七年六月十四日、東プロイセン（現ロシア連邦カリーニングラード州プラヴディンスク）近辺で、ナポレオン軍がベニグセンの率いるロシア軍を破った戦い。

二人だけは（そう言って彼は看護兵を手で示した）まだ歩き回っておるがね。もうここで仲間の医者が五人も死んでいるんだよ。新人の医者が赴任してきても、一週間でお陀仏さ」いかにもうれしそうに医者は言い放った。「プロイセンの医者を呼ぼうとしてみたんだが、どうも同盟国の諸君に嫌われていてね」

ニコライは医者に向かって、ここに入院している軽騎兵隊のデニーソフ少佐に面会したい旨を告げた。

「いや知らん、分からんなあ。なにせ、いいかい、私一人で三つの病院を担当して、四百人余りの患者を診ているんだよ！　これでまだ、プロイセンの慈善家のご婦人方が、我々にコーヒーと綿撒糸《めんざんし》[44]を毎月八百グラムほども送ってくれるからもっているようなものの、もしそれがなければおしまいだよ」医者は笑った。「四百人だよ、君。しかも、次々と新しい患者を送ってくるんだから。おい、四百人だったよな？　ええ？」医者は看護兵に声をかけた。

看護兵はくたびれ果てた顔をしていた。どうやらこのお喋りな医者が早く消えてくれないかと、いらいらしながら待っているようだった。

「デニーソフ少佐といいます」ニコライは繰り返した。「モリテン近辺で負傷しました」

「死んだんじゃなかったかな。どうだい、マケーエフ？」医者は興味もなさそうに訊ねた。

だが看護兵は、医者の言葉に頷きはしなかった。

「もしかしてのっぽの、赤っぽい髪の男？」医者は訊いた。

ニコライはデニーソフの風貌を説明した。

「ああ、いたなそんな男が」医者はうれしがっているように言った。「そいつならきっと死んでいる。だが確認してみよう。私のところに名簿があったからな。お前も持っているか、マケーエフ？」

「名簿はマカール・アレクセーヴィチのところにあります」看護兵はそう答えた。

「でも、将校病棟にいらっしゃれば、ご自分で確かめられますよ」彼はニコライのほうを見て言い足した。

「いや、よした方がいいよ、将校さん」医者は言った。「ミイラ取りがミイラってことになりかねんからな！」しかしニコライは医者に暇乞いをして、看護兵に案内を頼んで先へ進んだ。

44　木綿をほぐしたもので、薬液を吸収させて傷口の手当てに用いた。

「くれぐれも、私を恨まんでくれよ」医者が階段の下から声をかけた。

ニコライと看護兵は廊下に出た。暗い廊下はあまりにも病院臭がきつかったので、ニコライはたまらずに鼻をつまんで立ち止まり、先に進むのに一大決心をしなければならなかった。右手のドアが開くと、中から痩せて黄色い顔の男が松葉杖を突いて出てきた。裸足で下着姿である。男はドア枠に寄りかかる格好で、ぎらぎらした羨ましそうな目つきで通りがかった二人をじろじろと見た。ドアの中を覗き込むと、病人や負傷者たちが床の上に麦わらや外套を敷いてごろ寝しているのが見えた。

「ここは？」ニコライは訊いた。

「兵士用の病棟です」看護兵は答えた。「仕方がないのです」まるで詫びるように彼は言い添えた。

「中に入って、見てもいいかな？」ニコライは訊ねた。

「何をご覧になろうというのです？」看護兵は訊き返す。だが相手が明らかに入らせたくない様子だったからこそ、ニコライはずんずんと兵士病棟に入って行った。廊下ではすでに鼻が慣れていた悪臭が、中ではまた一段ときつくなった。臭《にお》い自体も幾分違っていて、前よりも刺激が強く、まさにここそが臭気の発生源だということが感じられた。細長い部屋の中は大きな窓から差し込む日光で明々と照らされていたが、そこに病気の兵と負傷兵が、両側の壁に頭を寄せて足元に通路を空ける形で、ずらりと二列になって横たわっていた。兵の大半は朦朧《もうろう》としていて、闖入者たちにも注意を向けなかった。だが意識のある者たちはみな半身を起こすか、あるいは痩せた黄色の顔を起こして、一様に助けを期待するような、あるいは健康な他人を咎め羨むような表情で、じっと目を離さずにニコライを観察している。ニコライは部屋の真ん中に進み出ると、仕切り扉が開け放たれている両脇の二つの部屋を覗いてみたが、いずれの部屋もここと全く同じ状態だった。その場にたたずんだまま、彼は黙って周囲を見回した。それはまったく予想もしていなかった光景だった。すぐ目の前に、ほとんど中央通路を横切る形で病人が一人、むき出しの床《ゆか》に横たわっていた。髪をおかっぱに刈っているところからして、おそらくコサック兵だろう。あおむけになって、大きな手足をひろげて寝ている。顔は赤黒い色に染まり、目玉は完全に上転して白目しか見えず、まだ赤みの残った裸足の脚と腕の血管が、縄のように膨れていた。コサック兵は後頭部をトンと床に打ち付けてかすれた声で何かつぶやき、それから同じ言葉を何度も繰り返した。ニコライはじっと聞き耳を立てたあげく、その繰り返される言葉の意味を理解した。飲ませてくれ――飲みたい――飲ませてくれ！　と言っているのだ。ニコライはこの病人をもとの場所に戻して水を与えてやれそうな者がいないかと、あたりを見回した。

「いったい誰がここの病人の世話をしているんだ？」彼は看護兵に訊ねた。すると

その時、隣の部屋から病院の雑用係の輸送兵が歩み出てきて、ニコライの前で歩調を整え、直立の姿勢をとった。

「閣下、ご機嫌うるわしく存じます！」輸送兵は目を見張ってニコライに挨拶した。明らかに彼を病院の上司と勘違いしたのである。

「この者を定位置に戻して水をやれ！」ニコライはコサックを示して命じた。

「承りました、閣下」輸送兵はさらにしっかりと目を見張り、背筋を伸ばして、うれしげに応じたが、しかしその場を動こうとはしなかった。

『いやはや、ここでは何かしようとしても無駄なのだ』やれやれという思いで目を伏せたまま、もう出て行こうとした時、ニコライは右手の方から意味ありげな視線が自分に注がれているのを感じて、そちらを振り向いた。ほとんど部屋の隅っこに近いところに、骸骨のように痩せて黄ばんだ厳しい顔に伸ばしっぱなしの灰色の髭を蓄えた一人の老兵が、外套を敷いた上に座り込んで、じっとこちらを見つめているのだった。隣にいる兵士が、ニコライを指さしながら老人に何か耳打ちしている。ニコライは老人が自分に何か請願したいのだと理解した。近くへ行って見てみると、老人は片

脚だけ膝を折って座っており、もう一方の脚は膝から先がすっぽりとないのだった。老人の向こう隣のかなり離れたところに頭をのけぞらせたままじっと横たわっているのは若い兵士で、獅子鼻でまだそばかすだらけの顔は蠟のように青ざめ、眼球は上転して瞼の奥に隠れている。その獅子鼻の兵士をちらりと見ただけで、ニコライは背筋に悪寒が走った。

「おい、ひょっとしてこの男はもう……」彼は看護兵に声をかけた。

「もうさんざんお願いしているのでございます、将校殿」例の老兵が下顎を震わせて言った。「死んだのはまだ朝がたでした。何といっても同じ人間で、犬っころじゃありませんから……」

「すぐに人を呼んで片付けさせるよ、すぐにな」看護兵は慌てて返答した。「では、将校殿」

「よし行こう、行こう！」ニコライも早口でそう答えると、目を伏せて身を縮め、自分に向けられた非難と羨望のこもった視線の列の中をなるべく目立たぬように通り抜け、部屋を出たのだった。

18章

廊下の突き当たりまで行くと、看護兵はニコライを将校病棟に招き入れたが、それは隣り合った三室の仕切りの扉を開け放ってつなげた形をしていた。こちらの部屋はみなベッドが備え付けられていて、負傷者も病人もベッドの上で寝たり起きたりしていた。中には病院の寝間着姿で部屋を渡り歩いている者もいた。将校病棟で最初にニコライが出会ったのは、痩せて小柄な片腕の男で、丸帽に寝間着姿、嚙み跡だらけのパイプをくわえて一番手前の部屋を歩いているところだった。ニコライはその顔に見入りながら、どこで出会った相手だったかと、記憶を掘り起こそうとした。

「おやまあ、こんなところでお目にかかるとは」小柄な男は言った。「トゥーシンだよトゥーシン。覚えているかい、シェングラーベンのあたりであんたを運んでやったじゃないか？　俺の方はちょっと体をちょん切られてしまってね、ほら……」そう言うと相手はニヤッと笑って、だらりとした寝巻の片袖を示した。「デニーソフ少佐を探しているのかい？　相部屋の仲間だよ」ニコライが訪ねてきた相手の名を確認すると、彼は言った。「こっちだよ、こっち」そう言いながらトゥーシン砲兵大尉は次の部屋にニコライを連れて行ったが、そこからは何人かの笑い声が聞こえてきた。

『どうしてこの人たちはこんなところで笑っていられるのか、いやそもそもどうしてこんなところで暮らせるのだろうか？』とニコライは思った。彼の鼻にはまだ兵士病棟で嗅いだ死体の臭いが残り、目にはまだ両側から身に突き刺さってくるような羨望のまなざしが見え、そしてあのでんぐり返った目をした若い兵士の顔がちらついているのだった。

昼の十二時だというのにデニーソフは頭から毛布をかぶってベッドに寝ていた。

「おや！　オストフじゃないか！　よく来た、よく来たな！」連隊にいた時と同じ声でデニーソフは彼を迎えたが、ニコライはそのお馴染みの気取りのない快活な調子の背後から、何かしら新しい、よからぬ、秘められた感情が顔をのぞかせているのを、表情にも抑揚にも言葉そのものにも感じ取り、悲しい気持ちになった。

デニーソフの傷はごく軽症だったが、負傷してからもう六週間になるというのに、いまだ治りきらなかった。その顔には、入院患者全員に共通の青白いむくみが生じていた。だがニコライがショックを受けたのはそのことではなかった。彼がショックを受けたのは、デニーソフがなんだか彼の訪問を喜んではいないかのようで、浮かべる笑顔もぎこちないことだった。連隊のことも戦況全般のことも、デニーソフは訊ねようとはしなかった。ニコライがそちらに話を向けても、デニーソフは聞こうとしなかったのだ。

ニコライが気付いたところでは、デニーソフは連隊のことばかりか、総じて病院の外の世界の自由な生活についてほのめかされるのが気に食わないようだった。どうやら以前の生活はつとめて忘れようとしているらしく、関心を示すのは例の糧秣課の連中との一件のみであった。ニコライが事態の進展状況を訊ねると、相手はすぐに枕の下から軍法会議から届いた書類と、それに対する自分の回答の下書きを取り出した。彼は喜々としてその下書きを読み始め、とりわけその中で自分が敵たちに向かって叩きつけた辛辣な表現の数々にニコライの注意を促すのだった。自由な世界からひょっこりと現れたニコライをひとまずとり囲んだデニーソフの病院仲間たちも、デニーソフが下書きを読み始めるとすぐに、少しずつ散り始めた。彼らの顔からニコライは、みんなすでにこの話を何度も聞かされて、とっくにうんざりしているのだと悟った。ただ隣のベッドの太った槍騎兵は、浮かないしかめつらをしてパイプをくゆらせながらベッドに座りこんだままだったし、片腕を失った小柄なトゥーシンも、感心しないといったふうに首を振りながら、耳を傾け続けていた。朗読の最中に槍騎兵がデニーソフを遮った。

「俺に言わせれば」と彼はニコライに向かって言った。「こいつは皇帝陛下に特赦をお願いする一手だな。そのうち大きな褒賞があるっていう話だし、きっと許してもらえるさ……」

「陛下にお願いしおだと！」デニーソフは昔のような勢いと熱気を込めて言い放ったつもりだったが、その声はいたずらに苛立ちを響かせるばかりだった。「何をだ？　仮《かい》に俺《おえ》が盗人だったあ、お慈悲を願いもすうだおうが、どっこい俺《おえ》は盗人どもを明うみに出したといって裁かえていうんじゃないか。勝手に裁くがいいんだ、こっちは誰《だえ》が相手だおうと怖くはない。正直に皇帝とお国に尽くしてきた身で、盗みなんかしちゃいないんだ！　その俺《おえ》を降格させて、そして……いいか、俺《おえ》はやつあにズバイと書いてやう。こんなふうにな——『仮《かい》に小官が官品横領《よう》者であうとすうなあば……』」

「書き方はうまいですよ、申し分ありません」トゥーシンが言った。「でもね、そこが問題じゃないんだよ、デニーソフさん」トゥーシンもまたニコライに向き直って語りかける。「恭順の意を見せる必要があるのに、デニーソフさんはそれを嫌がっているから。だって法務官から直接、事態は思わしくないと言われたのに」

「なに、思わしくなくて結構だ」デニーソフは言った。

「せっかく法務官があなたのために嘆願書を書いてくれたんじゃないですか」トゥー

シンが言った。「それに署名をして、この青年に託せばいいんですよ。きっとこちらは（と言って彼はニコライを示した）司令部に伝手《つて》があるでしょうから。これ以上のチャンスはないですよ」

「だかあ言っただおう、俺《おえ》は卑屈な真似はしないって」デニーソフは相手を遮って、再び下書きの朗読を始めた。

トゥーシンや他の将校たちが勧める方法が一番確実だと本能的に感じとり、デニーソフの力になれるならば本望だと思っていたにもかかわらず、ニコライはあえてデニーソフを説得しようとはしなかった。相手の頑固さと一本気の激しい気性をわきまえていたからである。

一時間以上も続いた辛辣きわまる草稿の朗読が終わると、ニコライは何の感想も述べず、ひどくやるせない気分のまま、またもや集まって来たデニーソフの病院仲間に囲まれて、知っていることを話したり人の話に耳を傾けたりしながら、その日の残りの時間を過ごした。晩の間ずっとデニーソフは暗い顔で黙り込んでいた。

夜も更けていよいよ帰り支度をしながら、ニコライはデニーソフに何か頼み事はないかと訊ねた。

「ああ、ちょっと待ってくえ」デニーソフはそう答えて将校たちの顔をひとわたり見まわすと、枕の下から書類を取り出し、インク瓶の置いてある窓辺に歩み寄って、座って書き始めた。

「どうやあ、長いものには巻かえおってことのようだな」窓辺から離れてニコライに大きな封筒を渡しながらデニーソフは言った。それは法務官がデニーソフの名で書いた皇帝あての嘆願書で、糧秣課の者たちの罪については何も言及せず、もっぱら恩赦だけを請願する内容になっていた。

「届けてくえ、どうやあ……」彼はそう言いさしたまま、ニヤッと病的な作り笑いを浮かべたのだった。

19章

連隊に戻ってデニーソフの事件の状況を連隊長に報告すると、ニコライは皇帝への嘆願書を携えてティルジット[45]を目指して出発した。

45　東プロイセン、ネマン河畔の港湾都市（現ロシア連邦カリーニングラード州ソヴェツク）。一八〇七年仏露講和条約締結の場となった。

六月十三日には仏露の両皇帝がティルジットで会見することになっていた。ボリス・ドルベツコイはこの時仕えていた将軍に、ティルジットで編成される皇帝の随員に加えてくれるよう頼み込んだ。

「あの偉人をひと目見てみたいのです」これまでは皆と同じく常にブオナパルテと呼び捨てにしてきたナポレオンを目して、彼はそんな風に言ったのだった。

「君の言うのはあのブオナパルテのことかね?」将軍はにやりと笑って聞き返した。怪訝《けげん》な目つきで将軍の顔を窺ったボリスは、すぐにこれが自分を試すための冗談だと察した。

「公爵、私が申しているのはナポレオン皇帝のことであります」そう切り返すと、将軍は笑顔で彼の肩を叩いてみせた。

「君は出世するぞ」そう言って将軍は彼を随行に加えたのだった。

両皇帝の会見の日、ボリスは少数の随員の一人としてネマン河畔にいた。彼は両皇帝の名の頭文字をあしらった筏《いかだ》を目撃し、ナポレオンが対岸のフランス近衛軍の脇を進んで行く姿を目撃した。またアレクサンドル皇帝が河畔の宿屋に黙然と座り込んでナポレオンの到着を待っているときの、物思いに沈んだ顔も目撃した。また両皇帝がそれぞれの小舟に乗り込む様子も、筏に先着したナポレオンが速足で前へと進み、アレクサンドルを迎えて握手の手を差し伸べるところも、二人があずまやに姿を隠すところも目撃したのだった。要人たちの世界に出入りするようになって以来、ボリスは周囲で起こっている事柄を注意深く観察し、記録するのを習慣にしていた。ティルジットの会見が行われている時には、彼はナポレオンに随行して到着した要人たちの名前や、彼らが着用している軍服のことをあれこれと質問し、重要人物たちが語る言葉に注意深く耳を傾けていた。両皇帝があずまやに入って行った時にはしっかり時計を見て時間を記憶し、アレクサンドル皇帝があずまやから出てきた時には、忘れずに再度時計を見て時間をチェックした。会見時間は一時間五十三分であった。彼はこの事実を、他の歴史的に重要だと思われる事実群とともに、この日の晩しっかりと書き留めたのだった。皇帝の随行員はごく少数だったので、職務上の栄達に重きを置いている人間にとっては、両皇帝の会見の時にティルジットにいることは実に大きな意味を持つことであり、その僥倖《ぎょうこう》にあずかることのできたボリスは、この時を境に自分の地位がすっかり確立したのを感じていた。彼は単に周囲に知られるばかりでなく、顔なじみの仲間扱いされるようになっていた。すでに二度、陛下御自身のもとへ伺う任務を果たしていたので、陛下も彼の顔をご存じで、側近の者たちはみな以前のように新参者として敬遠したりしないどころか、彼が姿を見せなければ不審に思うほどになっていた。

ボリスは同じ副官のポーランド人ジリンスキー［ジリンスキ］伯爵と同宿していた。パリで教育を受けたジリンスキーは金持ちで、大のフランス人贔屓《びいき》だったので、ティルジットに滞在中ジリンスキーとボリスの宿所には、昼食時や朝食時に近衛隊やフランス軍総司令部の将校たちが集まってきた。

六月二十四日の晩、ボリスの同宿者であるこのジリンスキー伯爵が、馴染みのフランス人たちのために夜食会を催した。この夜食会には貴賓としてナポレオンの副官が参列したほか、何名かのフランス近衛軍将校と、フランスの古い名門貴族の子息でナポレオンの年少近習《パージュ》を務める少年が加わっていた。折しもこの日にニコライ・ロストフが、人目に立たぬよう夜陰に紛れて、平服姿でティルジットに到着し、ジリンスキーとボリスの宿所を訪れたのであった。

総司令部でもボリスの内でも、これまで敵だったナポレオンとフランス軍がにわかに味方となるという大転換が生じていたのだったが、ニコライの内ではいまださっぱりそんな転換は生じていなかったし、彼が後にしてきたロシアの全軍もまた同様であった。軍では相変わらずボナパルトとフランス軍に対して憎しみと軽蔑と恐怖の混じり合った感情をいだき続けていたのである。つい先日もニコライは、プラートフの配下のコサック将校との雑談で、仮にナポレオンを捕虜として捕えた場合には、国家元首としてではなく犯罪者として扱うべきだという議論を展開したところだった。同じくつい先日、旅の途中で負傷したフランス軍の大佐を見かけた際にも、ニコライは熱くなって、正統である皇帝陛下と犯罪者ナポレオンとの間に和平など成り立つはずがないということを論証しようとした。それだけにニコライは、これまで側衛《そくえい》散兵線から全く別の形で見ることに慣れていたのと同じ軍服をまとったフランス人将校たちがボリスの宿所にいるのを見て、大いなる違和感を覚えたのだった。ドアから顔を出したフランス人将校の姿を見た途端、いつも敵を見るたびに覚える闘争心や敵意がむらむらと湧き起こった。彼は敷居の上で足を止めると、ロシア語でドルベツコイの住居はここかと訊ねた。玄関先で他所の人間の声がするのを聞きつけたボリスは、応対に出て行った。客がニコライだと分かったとたん、ボリスの顔に浮かんだのは厄介そうな表情だった。

「おや、君か、ようこそ、会えてうれしいよ」それでも彼は笑顔を浮かべて相手に歩み寄り、そんな挨拶をした。だがニコライは、ボリスの最初の反応を見逃さなかった。

「間の悪い時に来てしまったようだね、どうも」ニコライは言った。「本当は来たくなかったんだが、一つ用事があってね」彼は素っ気ない口調で言った。

「いや、僕はただ君がよく連隊を抜けて来られたなと思ってびっくりしただけさ。今行きますよ」中で自分を呼んでいる声に、彼はフランス語でそう答えた。

「明らかに間の悪い時に来たようだね」ニコライは繰り返した。

ボリスの顔の厄介そうな表情はすでに消えていた。どうすべきかとあれこれ検討したあげくどうやら結論を下したらしく、ことさらに落ち着き払ったしぐさで客の両手を取ると、次の間に連れて行った。その目は落ち着いてしっかりとニコライに向けられていたが、まるで何かの膜《まく》が張ったようで、集団生活の色眼鏡とでも呼ぶべきフィルター越しに見ているみたいだ——ニコライはそんな印象を覚えた。

「おいおい、よしてくれよ、君が来るのが間の悪いはずはないだろう」ボリスが言った。彼はニコライを夜食の用意のできた部屋に案内して、客たちに名前を告げて紹介し、ついでに彼が文官ではなくて軽騎兵隊将校であり、自分の旧友であることを説明した。「こちらはジリンスキー伯爵、こちらはNN子爵、こちらはSS大尉」といった風に彼は客たちの名前を告げて紹介した。ニコライは仏頂面でフランス人たちを見やり、しぶしぶとお辞儀をしたまま口をつぐんでいた。

ジリンスキーは、見るからにこの新しいロシア人を仲間に入れるのに乗り気でない様子で、ニコライに一切話しかけようとしなかった。ボリスの方は新顔が現れたことで生じた気づまりに気付いてもいないようで、ニコライを迎えた時と同じように感じよく落ち着いた、目に膜が張ったような顔で、会話を盛り上げようと努めていた。客の一人がフランス人にありがちな慇懃さで、じっと黙り込んだままのニコライに向かって、きっとあなたは皇帝を見るためにティルジットまでいらしたんでしょうね、と話しかけた。

「いいえ、用事で来ました」ニコライはにべもなく答えた。

先ほどボリスの顔に不満の色を見とった瞬間から、ニコライは不機嫌になった。そして不機嫌な人間が必ずそうなるように、皆が自分を目の敵にしている、自分が皆の邪魔ものになっている、といった感覚にとらわれていた。事実、彼は皆の邪魔者であり、一同の談話が再開されると、一人蚊帳の外に取り残されたのである。『どうしてこの男はここにいるんだ？』客たちが投げかけてくる視線はそう語っていた。彼は立ち上がってボリスに歩み寄った。

「やっぱりこの場は遠慮するよ」彼は小声で話しかけた。「ちょっと外で話をしないか、そうしたら僕は帰るから」

「なに、遠慮なんか全然いらないさ」ボリスは言った。「でも、君が疲れているというなら、僕の部屋に行こう。横になって休むといい」

「そうだな……」

二人はボリスの寝室になっている小部屋に移った。ニコライは腰を下ろそうともせず、だしぬけに、まるで相手に非があるとでも言いたいかのようなイライラ口調でデニーソフの一件を説明し、上官の将軍を通じてデニーソフの件を皇帝に嘆願し、同じく将軍経由で例の嘆願書を届けるのに力を貸す気はあるか、それは可能かとボリスに問いただした。こうして二人きりになってみてようやく、ニコライは自分がボリスの目をまともに見るのを気まずく感じているのを実感した。ボリスは足を組んだ格好で、細い右手の指を左手で撫でながら、まるで将軍が部下の報告を聞くときのように、脇を向いたかと思えばまた例の膜が張ったような目をまっすぐニコライに向けて、この話を聞いていた。ニコライは相手に見つめられるたびに気まずさを覚え、うつむいてしまうのだった。

「その種の事件は僕も耳にしたことがあるが、僕の知る限り陛下はそういった事柄に関して極めて厳格でいらっしゃる。思うに、その件は陛下に上申しない方がいいんじゃないか。たぶん軍団長に直接嘆願するのが正解だろう……。でも、そもそも僕の意見では……」

「つまり君は何も手を貸すつもりはないんだね。ではまっきりそう言いたまえ！」

ボリスの目を避けながらニコライはほとんど怒鳴るような声で言った。

ボリスはにっこり笑った。

「とんでもない、できることはやるよ、ただ思ったのは……」

この瞬間ボリスを呼ぶジリンスキーの声がドアの向こうから聞こえてきた。

「いいから行きたまえ、行きたまえ」そう言うとニコライは夜食の勧めも断って、一人で小さな部屋に残った。そうして長いことその小部屋の中を行きつ戻りつしながら、隣の部屋から聞こえてくる楽しげなフランス語の会話に耳を澄ましていた。

20章

ニコライがティルジットに来た日は、デニーソフの一件で陳情をするには最悪のタイミングだった。ニコライ自身は制服ならぬ燕尾服で、しかも上司の許可もなくティルジットに来ている身だったので、当直の将軍を訪ねていくわけにはいかず、ボリスも、仮にその気があったところで、ニコライの着いた翌日にそんなことをするのは無理だった。その日、つまり六月二十七日は講和の最初の条項の調印が行われる日だったからだ。両皇帝は勲章を交換し、アレクサンドル帝はレジオン・ドヌール勲章を、ナポレオンは聖アンドレイ第一等勲章を贈られた。さらに同じ日にフランス軍の近衛大隊がロシア軍のプレオブラジェンスキー大隊のために催す晩餐会が予定されていて、両皇帝もこれに臨席することになっていた。

ニコライはボリスと顔を合わせるのが気詰まりで不快だったので、夜食の後でボリスが彼のいる小部屋を覗いた時には眠ったふりをしてやり過ごし、翌日はボリスと出くわさぬように、早朝から宿舎を抜け出した。燕尾服に丸いソフト帽をかぶった姿で町をぶらつきながら、ニコライはフランス兵たちと彼らの軍服を観察したり、露仏の両皇帝がそれぞれ滞在している通りや建物を眺めたりしていた。広場ではずらりとテーブルを並べて晩餐会の準備がなされているところが見られたし、通りのあちこちに、露仏両国の国旗を並べて大きなAとNの飾り文字[46]をあしらった垂れ幕がかかっているのが見られた。家々の窓にも同じく国旗と飾り文字の垂れ幕が飾られていた。

『ボリスには俺を手助けする気はないし、俺もあいつに頼みたくはない。話は決まりだ』ニコライはそんな風に考えていた。『俺たちの関係は終わったんだ。だが俺はデニーソフのためにやれるだけのことをやるまでは、この地を離れないぞ。何よりもこの嘆願書を陛下に届けるまではな。陛下に⁉　陛下ならあそこにいるじゃないか！』無意識のうちにまたもやアレクサンドル皇帝が滞在中の建物に向かって歩を進めながらニコライは思った。

その建物の前には何頭か騎乗用の馬がつながれていて、随員たちが集合しつつあった。明らかに皇帝のご出発に備えているのだった。

『いまにも陛下のお顔が拝めるかもしれない』ニコライは思った。『陛下にじかにこの嘆願書をお渡しして、すべてをご説明することさえできたらなあ……まさか、燕尾服だからといって逮捕される？　いやありえない！　陛下はどちらが正しいか分かってくださることだろう。陛下は何でもお分かりで、何でもご存じなんだから。そもそも陛下ほど公平でかつ寛大な方がいったいどこにいるというのだ？　それに仮に俺がこんなところにいるからということで逮捕されたとしても、それがどうしたというんだ？』皇帝の滞在する建物の表階段を上っていった将校の姿を目で追いながら彼は思った。『ほら、みんなああしてどんどん上っていくじゃないか。ふん！　大したことじゃないんだ！　俺も入って行って自分で陛下に嘆願書をお渡ししよう。ボリスにとっては具合が悪いことになるだろうが、あいつが俺をここまで追い込んだんだから

46　アレクサンドルとナポレオンの頭文字を示す。

な』こうしてわれながら驚くほどきっぱりと決心した彼は、内ポケットの嘆願書を指で確かめてから、皇帝の滞在している建物めがけてまっしぐらに歩き出した。『いや、今度こそもう、あのアウステルリッツ会戦の後のようにチャンスを逃したりしないぞ』今にも皇帝に出会うのではないかという予感に駆られ、そのたびに胸の鼓動が高まるのを覚えながら、彼は考えた。『陛下の足下にひれ伏して、お願いするのだ。陛下は俺を抱き起こし、話を聞いて、そのうえ礼まで言ってくださるだろう』――『余は善をなすことに喜びを覚えるが、不正をただすことは何にもまさる喜びである』――そんな風にニコライは皇帝がおっしゃるであろう言葉を想像してみた。そして彼は興味深そうにこちらを見ている人々の傍らを通って、皇帝が滞在する建物の表階段を上って行った。

表階段を上りきると、そのまま広い階段がまっすぐ上階へと続いており、右手には閉じた扉が見えた。階段の下にも扉があって、下の階に続いている。

「どなたにご用事ですか？」誰かが訊ねた。

「書状を届けに参りました、陛下への嘆願です」ニコライの声は震えていた。

「嘆願書でしたら当直にお渡しください。こちらです」そう言って声の主は階下へ続く扉を示した。「ただし受理されませんよ」

その冷淡な声を聴くと、ニコライは自分がしようとしていることに愕然とした。今にも皇帝にお目にかかるかもしれないという考えはあまりに魅力的で、またそれゆえあまりに恐ろしく、すぐにでも逃げ出したい気持ちだったが、応対してくれた宮廷官が当直室への扉を開けてくれたので、ニコライはそのまま入って行った。

部屋の中には三十歳ばかりの背の低い太った人物が、白いズボンに深いブーツ、見るからに今着たばかりの純白のバチスト麻のシャツ姿で立っていた。背後には侍僕がいて、絹の刺繍入りのまっさらな美しいサスペンダーのボタンをはめてやっていた。ニコライはなぜかそのサスペンダーに目が行った。男は隣室にいる誰かと話をしているところだった。

「スタイルはいいし、おまけに鬼も十八番茶も出花というお年頃だからね」そんな風に言ったところでニコライに気付くと、男は口をつぐんで渋い顔をした。

「何の用ですか？　嘆願？……」

「どうしたんだ？」別室の誰かが訊ねた。

「また嘆願者ですよ」サスペンダーの男が答える。

「後で来いと言いたまえ。もうお出ましだから、出かけなくては」

「後にしてください、後に、明日にでも。もう遅いですから……」

ニコライは回れ右をして出て行こうとしたが、サスペンダーの男が彼を呼び止めた。

「誰の遣いですか？　あなたは誰？」

「デニーソフ少佐の遣いです」ニコライは答えた。

「あなたは？　将校ですか？」

「中尉で、ロストフ伯爵と申します」

「何と思い切ったまねを！　上官を通して提出しなさい。さあ、帰った、帰った……」そう言うと男は侍僕が差し出す軍服を着始めた。

再び玄関口に戻ってみると、表階段にはすでにたくさんの将校や将軍が完全礼装で並んでおり、ニコライはその脇を通って行かねばならないのだった。

自分の無謀を呪い、今にも皇帝に遭遇して皇帝の面前で恥をかかされ、逮捕拘留されるのではないかとひやひやし、自分の行動の身勝手さをつくづく納得して後悔しながら、ニコライはひたすら目を伏せて錚々《そうそう》たる随員たちに囲まれた建物の外へ出ようとしていた。するとその時、誰かの聞き覚えのある声が彼を呼び、何者かの手が彼を押しとどめた。

「おい君、こんなところで平服で何をしているのかね？」低音の声が問いかけた。

見るとそれは今次の戦役で皇帝の特別の恩寵をこうむった騎兵隊の将軍で、ニコライが所属する師団のかつての師団長であった。

ニコライは慌てて言い訳をし始めたが、将軍がいかにも人のよさそうな、からかうような表情をしているのに気づくと、脇に身を寄せて興奮に震える声で相手に一切の事情を説明し、将軍もご存知のデニーソフのために一肌脱いでいただけないかと懇願した。ニコライの話を聞き終えると、将軍はしみじみとした顔で首を振った。

「不憫《ふびん》だ、不憫だよ、あの好漢が。嘆願書を見せなさい」

ニコライが嘆願書を渡してようやくデニーソフの一件をしめくくろうというところで、階段の上から拍車の音を響かせた速足の足音が聞こえてきたので、将軍はニコライから離れて表階段に戻っていった。皇帝の随員たちが階段を駆け下りて馬のいる方へ向かって行った。アウステルリッツにいたのと同じ調教師のエネーが皇帝の馬を引いてくると、階段上で軽やかな足音の軋みが聞こえ、ニコライは瞬時にその足音の主を悟った。見とがめられる危険があるのも忘れて、ニコライは何人かの地元のやじ馬に混じって表階段のすぐそばまで移動した。そして二年ぶりに彼はまた見たのだった——あこがれてやまぬ顔立ちのあのお顔を、あのまなざしを、あの足取りを、偉大さと謙虚さがひとつになったあのお姿を……。すると歓喜と皇帝への愛とが前と同じ強さで胸のうちによみがえってきた。皇帝はプレオブラジェンスキー大隊の軍服に純白のなめし革のズボンと深いブーツを身にまとい、ニコライの見知らぬ星形勲章を付けて(これがレジオン・ドヌール勲章だった)、帽子を脇に挟んで片手の手袋をはめながら表階段に出てきた。そこで立ち止まると、ぐるりと周囲を見回し、その視線によって周囲の者たちを輝かせた。将軍たちの誰彼には、一言二言声をかけている。ニコライの元師団長にも目を止めると、にっこりと笑って近くに呼び寄せた。

随員たちは皆脇に退き、ニコライの見ている前で将軍は何かしらかなり長いこと皇帝に語りかけていた。

皇帝は短い言葉でこれに応じると、馬の方へと歩み出した。随員の集団とニコライを含めた街のやじ馬たちが、またもや皇帝のそばへと詰め寄せる。皇帝は馬の傍らで立ち止まると、片手を鞍に掛けた格好で、例の騎兵隊の将軍に向かって大声で次のように言い放ったが、そこには明らかに皆に聞かせようという意図があった。

「それはできないぞ、将軍、なぜならば法は余よりも強いからな」言い終わると皇帝は鐙《あぶみ》に足をかけた。将軍は恭しく一礼し、皇帝は鞍上の人となって、ギャロップで通りを駆けて行く。ニコライは無我夢中で群衆とともに後を追って駆けだした。

21章

皇帝が向かった広場では、プレオブラジェンスキー大隊が右側に、熊の毛皮の帽子をかぶったフランス近衛軍の一個大隊が左側に、両者対面する形で整列していた。捧げ銃をした両大隊の一翼に皇帝が馬で乗りつけようとしたちょうどその時、反対の翼に一群の騎馬集団が駆け寄ってきて、ニコライはその先頭にナポレオンの姿を認めた。それはナポレオン以外の何者でもなかった。ナポレオンは小さな帽子をかぶって聖アンドレイ勲章の綬を肩がけにし、前をはだけた青い軍服の下に白いチョッキを覗かせた格好で、金糸の縫い取りの付いた深紅の鞍敷きを敷いた、まれにみる純血種のアラブ産の芦毛《あしげ》馬にまたがって、ギャロップで駆けてくる。アレクサンドル皇帝の近くまで来るとナポレオンは帽子をちょっと上げて挨拶したが、その動きからニコライは騎兵としての眼力で、ナポレオンの乗馬術がお粗末で腰が据わっていないのを見て取らずにはいなかった。両大隊が「万歳《ウラァー》！」「皇帝陛下万歳《ヴィヴ・ランプルール》！」と歓呼し、ナポレオンがアレクサンドルに何かを言った。両皇帝が馬を下り、握手を交わす。ナポレオンはいやらしい作り笑いを顔に浮かべている。アレクサンドルがにこやかな表情で何か話しかけた。

群衆を下がらせようとするフランス憲兵隊の馬に踏みつけられそうになるのも構わず、ニコライはじっと目を凝らしてアレクサンドル皇帝とボナパルトの一挙手一投足を見つめていた。あまりの思いがけなさにニコライが唖然としたのは、アレクサンドル皇帝がボナパルトを自分と対等の相手として扱い、相手のボナパルトも、まるでロシア皇帝と親しく交わるのが自然な当たり前のことであるかのように、のびのびと対等に振る舞っていることだった。

アレクサンドルとナポレオンは随員の長い列を尻尾のように引きずったまま、プレオブラジェンスキー大隊の右翼を目がけて、集まっていた群衆の方へまっしぐらに歩を進めてきた。おかげで群衆は、思いがけず両皇帝に間近に接することになったが、前列にいたニコライは、誰かに見とがめられはしないかとひやひやさせられた。

「陛下、貴軍の兵の中で最も勇敢な者にレジオン・ドヌール勲章を与えることをお許しください」強くてはっきりとした声が、一語一語をきちんと発音する口調で言った。

背の低いボナパルトが、アレクサンドルの目をまともに見あげて言ったのだった。アレクサンドルは相手の言葉を注意深く聞き取ると、頷いて満足そうにほほえんだ。

「この度の戦いで最も勇ましい振る舞いをした者に与えたいのです」目の前にずらりと直立して捧げ銃をしたままじっと自らの皇帝の顔を見つめているロシア兵の列を、ニコライが腹立たしく思うほど落ち着き払った、自信に満ちた目付きでじろりと見まわしながら、ナポレオンははっきりと一音節ずつ区切るようにして付け加えた。

「陛下、隊長の意見を聞くことをお許しください」そう応じるとアレクサンドル皇帝は、大隊長のコズロフスキー公爵に向かってつかつかと歩み寄った。一方のボナパルトは、白い小さな片手にはめた手袋を脱ぎはじめ、ついには引き裂いて捨てた。背後にいた副官が慌てて飛び出し、それを拾い上げる。

「誰に与えるべきかな?」声を抑え、ロシア語で、アレクサンドルがコズロフスキーに訊ねた。

「陛下、誰なりとご指名の者に」

皇帝は不満そうに顔を顰め、後ろを振り返ってから言った。

「即答せざるを得ないのだ」

コズロフスキーは決然とした態度で隊列を一瞥したが、その視角にはニコライも入っていた。

『ひょっとして俺が選ばれるんじゃないだろうか?』ニコライはちらっと思った。

「ラザレフ！」大隊長が険しい表情になって名を呼ぶと、身長順で先頭に並んでいた兵士ラザレフが威勢よく前に進み出た。

「おい、どこへ行く？　そこで止まれ！」どこへ行ったらいいか分からずにいるラザレフに、背後からいくつもの声がささやきかけた。ラザレフは怯えた目で大隊長を脇から窺って立ち止まった。するとその顔には、隊列の前に呼び出された兵士によくあるように、ぶるっと震えが走った。

ナポレオンはちょっと後ろを振り向く格好で、小さなふっくらとした片手を後ろに回し、何かをつかもうとしているかのような様子を見せた。随員の面々が即座にその意味を悟って慌てふためき、ささやき交わしながら何かを手から手へと受け渡していく。すると昨日ニコライがボリスのところで見かけた例の年少近習《バージュ》が飛び出してきて、伸ばされた片手に最敬礼し、一秒も待たせずその手のひらに赤い綬の付いた勲章を置いた。ナポレオンが見もせずに二本の指を合わせる。その指の間に勲章が挟まれていた。驚いて目を見張ったままじっと自分の皇帝だけを見つめているラザレフに歩み寄ると、ナポレオンは一瞬振り返ってアレクサンドル皇帝を見た。自分がこれからすることは同盟者のために行うのだということを知らしめたのだ。勲章を持った小さな白い手が伸びてラザレフのボタンの一つに触れる。この兵士が武勲を報いられ、世界中の者たちから区別されて終生の幸福を手に入れるためには、ただ自分の、このナポレオンの手がこの兵士の胸に触れさえすればよい——そんな自覚が窺《うかが》われた。ナポレオンは十字章をラザレフの胸に押し当てると、それだけで手を離し、くるりとアレクサンドルの方に向き直った。まるで十字章がそのまま相手の胸にくっつくものと決めつけているかのような態度だった。事実、十字章はくっついた。露仏両軍の兵士たちのかいがいしい手が瞬時にして十字章を受け止め、軍服に留めてやったからである。ラザレフは、自分の身に何事かを施した白い手の小男を暗い顔で一瞥すると、相変わらず捧げ銃の姿勢をしたまま、再びアレクサンドル皇帝の目をまっすぐに見つめ始めた。それはまるで、自分はこのまま立っておればいいのでしょうか、それとも下がれの命令がいただけるのでしょうか、それとももしかして、まだ何かすべきことがあるのでしょうかと、皇帝に訊ねているかのようであった。しかし彼に何も命令は下らず、そのためかなり長いあいだその不動の姿勢のままでいることになったのだった。

両皇帝が馬に乗って去っていくと、プレオブラジェンスキー大隊の兵士たちは列を乱してフランス軍の騎兵たちとまじりあい、彼らのために用意されていた食卓に着いた。

ラザレフは貴賓席に座らされ、ロシアとフランスの将校たちから抱擁や祝いの言葉や握手でもてなされた。将校も一般人も、一目ラザレフを見ようと群れを成して近寄って来た。宴席の周囲の広場には、ロシア語やフランス語の話し声や笑い声が渦巻いていた。真っ赤な顔をした将校の二人連れが、上機嫌で楽しそうに傍らを通りかかった。

「それにしても、大盤振る舞いじゃないか。皿も全部銀だぜ」一人が言う。「あのラザレフを見たか?」

「見たよ」

「明日はプレオブラジェンスキー大隊が彼らをもてなす番だそうだ」

「それはそうと、ラザレフは運のいい奴だな! 終身年金が千二百フランだとさ」

「おい諸君、こいつはどうだ!」プレオブラジェンスキー大隊の一員が、毛のふさふさしたフランス兵の帽子をかぶってみせて叫んだ。

「いやよくできているよ、これぞ逸品というやつだな!」

「お前、合言葉を聞いたか?」近衛隊の将校がもう一人の将校に訊ねている。「一昨日は『Napoléon, France, bravoure(ナポレオン、フランス、勇敢)』で、昨日は『Alexandre, Russie, grandeur(アレクサンドル、ロシア、偉大)』さ。今日はうちの皇帝が合言葉を考えたら、次の日はナポレオンが考えるというわけだ。明日はわが皇帝がフランス軍の一番勇敢な近衛兵にゲオルギー勲章を授与するわけだ。そうせざるを得んだろう！　同等のお返しをしなくちゃな」

ボリスも同僚のジリンスキーとともにプレオブラジェンスキー大隊の会食を見物しに来た。帰り際に彼は建物の角にたたずんでいるニコライに気付いた。

「ロストフじゃないか！　あれから会わなかったな」声をかけた彼は、思わず相手の身に何があったのか訊ねずにはいられなかった。ニコライがやけに元気がなく、落ち込んだ顔をしていたからだ。

「いいや、何でもない」ニコライは答えた。

「後でうちに寄るだろう？」

「ああ、寄るよ」

ニコライは長いこと街角にたたずんだまま宴席の者たちを眺めていた。頭の中では苦役のような作業が進行中で、どうしてもそれにけりを付けることができない。胸のうちには恐ろしい疑念が湧き上がってくる。人相が様変わりしてめっきりおとなしくなったデニーソフが、彼のいる病院が、手足をもがれた患者たちや例の汚物と悪疾だらけの姿のまま、記憶によみがえってきた。あの病院の死体の臭いが今まさに生々しく漂ってくるような気がして、思わずどこが発生源かとあたりを見回したほどだった。

そうかと思えばあの白い小さな手をした自信満々のボナパルトが思い起こされた。あの男が今や皇帝であり、アレクサンドル皇帝の愛と尊敬を享受しているのだ。あのもがれた手足は、戦死した者たちは、いったい何の役に立ったのか？　さらにはあの褒章を受けたラザレフと、罰せられたまま許しを得られぬデニーソフが思い起こされた。自分があまりにも奇怪な思念に駆られているのにふと気づいて、思わず愕然とするのだった。

プレオブラジェンスキー大隊の連中の食べ物の匂いと自分の空きっ腹のせいで、ニコライはそんな状態からわれに返った。ここを去る前に何か食べておかねばならなかった。彼は朝方見かけた旅館を目指した。旅館は一般客と彼同様に平服でやって来た将校たちでごった返していて、彼はやっとのことで食事にありついた。彼と同じ師団の将校が二人同席になった。話は自然に講和のことに及んだ。ニコライの同僚の将校たちは軍の大半の者たちと同様、フリートラントの後で結ばれたこの講和には不満だった。こちらがもう少し頑張っていたら、ナポレオンは屈していただろう、彼の軍には乾パンも弾薬もすでになかったのだから——という理屈である。ニコライは黙々と食べながら、主に酒を飲んでいた。すでに一人でワインを二瓶も空けていた。胸のうちの葛藤は一向に解決されぬまま、相変わらず彼を苦しめていた。自分の考えに浸るのが恐ろしいくせに、それを振り払うこともできないのだった。ふと一人の将校が、フランス人の姿を見るのは腹立たしいと口にすると、ニコライはやにわに、たいへんな剣幕で怒鳴り出し、将校たちはわけが分からずに啞然とした。

「ああなればよかったこうなればよかったなどと、どうして諸君に判断できるのだ！」突然顔を真っ赤に染めて彼は喚いた。「陛下のなさることを諸君がどうして判断できるのか、われわれごときにとやかく批判するどんな権利があるだろうか⁉　陛下の目的も振る舞いも、われわれの理解を超えているのだ！」

「いや、僕は陛下のことなんてひとことも言っていないよ」将校はとりあえず弁明した。酔っぱらいの振る舞いという以外にニコライの逆上ぶりは説明がつかなかったからだ。

だがニコライは相手の言葉に耳を貸さなかった。

「われわれは外交官じゃない、兵士だ。それっきりだ」彼は続けた。「だから死ねと命じられればすっぱりと死ぬ。もしも罰を食らったら、それはつまり自分が悪いということだ。判断を下すのはわれわれではない。ボナパルトを皇帝と認めて彼と同盟を結ぶのが陛下のご意向なら、すなわちそうすべきなのだ。それを何でもかんでもわれわれが嘴《くちばし》を突っ込んで詮議立てし始めたら、何ひとつ神聖なものはなくなってしまうだろう。そんな調子でいったら、それこそ今に、神さまもいなけりゃ何もかもないと言い始めるだろうが」ニコライはテーブルを叩いて叫んだ。聞き手から見ればまことに理不尽な話だったが、彼の理屈ではきわめて筋の通った主張だったのだ。

「われわれの仕事は自分の本分を果たし、ひたすら敵と刃を交えて何も考えないことだ——それに尽きる」彼はきっぱりと言い放った。

「そして呑むことだ」論争を好まない将校の一人が言った。

「そう、そして呑むことだ」ニコライがこれを受けた。「おい、おまえ！　もう一本持ってこい！」彼は叫んだ。

（第2部第2編終わり）

（つづく）

読書ガイド

望月哲男

一　試練の中のロシア

第1巻の物語は、一八〇五年十一月四日（露暦）のシェングラーベンの戦いで終わっていました。第三次対仏大同盟の枠組みでヨーロッパの秩序をめぐる戦いに加わったロシアが、はじめてフランス軍と本格的に交戦した場面で、バグラチオン将軍の率いる少数の前衛部隊が、ウイーンを占領して勢いに乗るナポレオンの大軍を相手に善戦した結果、クトゥーゾフ総司令官の率いる軍本体がロシアから来る援軍と合流する余裕を得たというエピソードです。読者が最後に目にしたのは、はじめての戦闘で片腕を負傷した見習士官のニコライ・ロストフが、どうして自分は、愛する人たちのいるロシアからこんなところまで来てしまったのかと自問する姿でした。

第2巻は、これに続くアウステルリッツの三帝会戦の直前から、一八〇七年六月二十七日（露暦）、東プロイセンのティルジットで露仏の講和条約が結ばれる時点までを枠組みとしています。

露仏の戦争物語としての最大の山場は、もちろん三帝会戦そのもので、トルストイはロシア・オーストリア両皇帝による閲兵式の模様から、戦闘の後のナポレオンによる戦場巡廻の様子まで、この一大決戦の顚末を、第1部第3編の7章から19章までにわたって、様々な視点と距離から詳述しています。

七万五千のフランス軍が八万五千のロシア・オーストリア連合軍を破ったこの戦いは、古来軍事の天才ナポレオンの成功例の一つに挙げられています。事前に和平交渉の気配を見せて敵の慢心と攻撃欲を誘い、あえて右翼の布陣のもろさを印象づけて敵の本体をプラッツェン高地の好陣地からおびき出し、その後は霧に紛れて中央から速攻を仕掛け、首尾よく高地を奪還するなど、知将ナポレオンの戦略と実行力の冴えは、ロシア側から見た本編の叙述からも十分感じられます。

トルストイの筆はさらに、この戦いが不首尾に終わった連合軍側の要因をも、多面的にとらえています。自国の国土で戦うオーストリア軍と外地に遠征しているロシア軍との間の温度差、皇帝たちの大本営と総司令官の司令部との間の関係の難しさ、積極論を唱えるロシア皇帝やその周辺人物と、慎重派のクトゥーゾフらとの間の根本的な意見対立、ロシア、オーストリアばかりか、ポーランド、フランス、ドイツなど様々な国籍・人種の将軍たちを擁する混成軍自体の統率の難しさ……。オーストリアの将軍ワイローターと総司令官クトゥーゾフという立場と考えを異にする両指揮官が顔を合わせる決戦前夜の作戦会議の模様（第1部第3編12章）は、実りある作戦を組み立てるどころか、立場や考えや使用言語を異にする者たちが同じ方向を見て意識を揃えること自体が、絶望的に難しいことを物語っています。

この敗戦によって明らかになった連合軍およびロシア軍自体の中の不和や亀裂はそのまま世の噂のタネとなり、戦後のモスクワでロストフ伯爵が世話役を務めたバグラチオン公爵歓迎ディナーパーティーのシーン（第2部第1編2章）にも、その反響が聞こえます。そこでは「ロシア軍が負けたという、信じがたい前代未聞のあり得ない出来事の原因」として「オーストリア軍の裏切り、軍の劣悪な食糧事情、ポーランド人プルジェブィシェフスキー［プシブィシェフスキ］とフランス人ランジェロンの裏切り、クトゥーゾフの無能さ、および（……）劣等な人間や小物を信じ込んだ皇帝の若さと経験不足」が取りざたされるのです。

作者の筆はこの後長いこと戦場から遠ざかり、折に触れて間接情報を伝えるばかりですが、そこでも中心テーマは戦況そのものよりも、むしろロシア軍の足取りの乱れの方です。例えば第2部第2編9章に紹介される外交官ビリービンのアンドレイ・ボルコンスキー宛の手紙には、ベニグセンとブクスホーデンというロシアの両将軍が、軍の指揮権をめぐって、敵との戦争そっちのけで奇妙な鬼ごっこを展開する様子が描かれます。

こうしたナンセンス劇さながらの展開を含んだ対仏戦争は結局実を結ばず、やがてロシアとフランスの両皇帝が東プロイセンのティルジットで盛大な会見式を開き、ロシアの大陸封鎖への参加をうたった講和条約を結ぶことになります。この第2巻の最後を締めくくるのも、奇しくも前巻と同じニコライ・ロストフの観察で、上官デニーソフの嘆願書を皇帝に届けようとこの地に来ていた彼は、あこがれのアレクサンドル皇帝が敵のナポレオンと親密に接していることに軍の立場を代表したような違和感と憤懣を覚えながら、しかし自分たちは判断する立場ではなく、神聖なる皇帝に仕える立場だという形で、不条理を呑み込むのです。

総じて本巻でトルストイが描くロシアは、戦争の帰趨《きすう》以前に、国家や軍の意識統一や指導者間の相互信頼というレベルで、深い問題を抱えているように見えます。

二　試みられる人々

ロシア国家ばかりでなく個々の登場人物にとっても、本巻は試練の場で、それぞれが思いがけぬ危機を経験するシーンが続出します。

アンドレイ・ボルコンスキーは立て続けに二つの大きな不運に見舞われ、人生観の変化を強いられます。一つは、総司令官クトゥーゾフの副官としてプライドと野心をかけて臨んだアウステルリッツ会戦で、奮闘しつつも戦いの序盤にあっけなく敵弾に倒れてしまうことです。戦場に横たわり、生まれて初めて高い空を見上げる彼の胸中では、この世のことがすべて空しい営みと感じられ、英雄視していたナポレオンまでもが、無窮の空に比べてごく卑小な存在に思えてきます（第1部第3編16、19章）。しばしの行方不明の後、奇跡的に祖国に帰還した彼を、続けてもう一つの試練が見舞います。折しも吹雪の中を禿山《ルィスィエ・ゴールィ》の領地に戻って来た当日、父のもとに残した妻リーザが、思いがけなくも出産の床で死んでしまうのです（第2部第1編9章）。『ああ、私に何ということをしてくれたの？』夫から全く気持ちを寄せてもらえなかった妻の絶望と非難の眼差しは、アンドレイの心に深い傷として残り、せっかくのアウステルリッツの空からの啓示も、かき消されてしまうようです。彼はこの後、父に分与された領地に居を移して、隠遁者のごとき生活を送りはじめます。

第1巻で巨万の富を得て美しい妻を娶ったピエール・ベズーホフも、この巻では数奇な運命にもてあそばれます。この心優しき巨漢が妻エレーヌの不倫スキャンダルに巻き込まれ、ふとしたはずみから妻の不倫相手である昔の遊び仲間ドーロホフと決闘し、相手に重傷を負わせてしまうのです（第2部第1編5章）。説明不能な自らの行動の結果に慄然とする彼の前にロシア・フリーメイソンの幹部が現れ、彼をこの友愛結社《ブラーツトヴォ》へといざないます。そしてピエールはこの後しばらく、フリーメイソンの神秘的な世界観と同胞愛のモラルに沿って自らを律し、社会との関係を築くべく奮闘することになるのです。

シェングラーベンでの傷が無事癒えて、たくましい将校となったニコライ・ロストフのゆく手にも、思いがけぬ陥穽が待ち受けていました。仕掛け人はピエールとの決闘で負った傷が癒えたドーロホフ。にわかに恋の季節を迎えたかのようなロストフ家でソーニャにプロポーズをして断られたドーロホフは、彼女の心を独占するニコライへの腹いせのように彼をカードゲームに誘い、巨額の負債を負わせます（第2部第1編13、14章）。ただでさえ経済的に苦しい父親にこれを肩代わりしてもらったニコライには、この経験が大きな負い目となり、また人格形成のステップともなりました。見失った自律と自尊心の指標を外部に求めるかのように、彼は軍人としての役割に没頭し、皇帝への憧憬にも似た崇拝を強めていきます。

試練の対象となるのは中心人物だけではありません。強面《こわもて》のドーロホフも決闘や恋愛では敗者の屈辱を味わいますし、ニコライの良き上司デニーソフも、モスクワでロストフ家のナターシャにプロポーズして断られ、軍では食糧不足からの物資横取りに端を発した狼藉事件で軍法会議の訴追を受けるなど、散々な目にあっています。クトゥーゾフはじめ軍の最上層の者たちさえ、常に周囲から、同盟軍から、宮廷筋からの、不信と疑惑の視線にさらされています。

この種の不幸や心の痛手と無縁に過ごすのは、精神的価値にとらわれず、ひたすら欲望と実利の追求に邁進しているかに見える、エレーヌを含めたクラーギン公爵家のメンバー、ボリス・ドルベツコイ、ベルグといった人物だけのようです。

三　時代の文化とその描き方

個人的なストーリーの起伏とは別に、作者が一九世紀初頭のこの時代の社会と文化を積極的に作品に描き込もうとしていることも注目されます。

一八世紀からロシア貴族社会に浸透したフランス語やフランス風の作法、サロンや舞踏会の文化などは第1巻から作品世界の基調をなしていますが、第2巻のプロット展開の契機となっているカードゲーム、決闘、フリーメイソンといったアイテムも、この時代の貴族文化に特徴的な要素でした。

カードゲーム　いわゆるトランプを使って行うカードゲームは、駆け引きの妙味ゆえに貴族の客間で流行しましたが、高額の賭けゲームは別物で、倫理的な面から批判・禁忌の対象とされました。ただし一世代前の国民的詩人・作家プーシキン（一七九九〜一八三七）が『スペードのクイーン』（一八三三）に書いたように、個人の屋敷やある種の社交場を舞台に危険な賭けゲームに熱中する文化は存在したわけで、本巻のドーロホフは、ホテルの一室でキャッシュで行う仲間内のゲームに賭け金信用張りという罠を用意してニコライを誘い込み、後に引けない状況に追い込んで、ついに莫大な金を巻き上げます。ニコライが失った四万三千ルーブリは、プーシキンの主人公ゲルマンが最後に賭けて失った九万四千ルーブリには及びませんが、プーシキン自身が一八二九年に一回で失ったという二万四千八百ルーブリよりは高額で、いずれにせよ、当時の勤務貴族の年俸の何十倍にも当たる、冗談ごとでない金額です。*注 ちなみに青年期の多感なトルストイも、種々のギャンブルに熱中して深刻な痛手を負ったことがあるとみられ、本作以外にも『ゲーム取りの手記』（一八五五）等の作品に、その経験の痕跡がみられます。

決闘　ピエールが経験する決闘も、一定のルールのもとに互いの命をかけて名誉の問題に決着をつけるという、法治国家の規範を超えた個人的な儀式です。この小説のように、最終的には十歩の距離から相手を狙い撃つ殺人ゲームともなり得るので、当然社会秩序の面からは禁止・処罰の対象になっていました。本作でも皇帝筋がピエールの決闘に遺憾の意を示すというくだりが出てきます。ただし社会の法よりも貴族としての名誉を重んずる者たちの間では、決闘は勇気を示す高貴なゲームとして尊重されていました。同じくプーシキンの『ベールキン物語』中の一編「射弾」（一八三〇）

には、かつて自分の銃の前に平然と身をさらしてみせた命知らずのダンディを追跡し、相手が結婚したところを見計らって名誉回復のゲームを再開しようとする「決闘に憑かれた男」までが登場します。プーシキン自身、決闘によって三十七歳の若さで命を落としたのは、あまりにも有名です。一方トルストイの描く決闘では、皮肉なことに、射撃の技術もなければ名誉へのこだわりも薄いピエールがたまさか撃った弾が命中して、情婦の夫を殺す気満々だった決闘マニアのドーロホフの方が、倒れ伏してしまうのです。

フリーメイソン 迷えるピエールが入会するフリーメイソンは、397頁の注の通り、イギリス発の秘密結社ですが、近代ロシアにも西欧化の波とともに流入し、両首都を中心に広がりました。一七八〇年代には作家・思想家ニコライ・ノヴィコーフ（一七四四～一八一八）らのリードで強力な啓蒙・慈善活動を展開したため、一七九二年に

注　次の論文では当時の県知事の平均年俸の十四倍、歩兵大佐の年俸の四十一倍と見積もられている。Alexander M. Martin, "Moscow in 1812: Myths and Realities," in Rick McPeak and Donna T. Orwin (eds) *Tolstoy on War: Narrative Art and Historical Truth in "War and Peace."* Ithaca & London: Cornell University Press, 2012.

はフランス革命思想との呼応を恐れる女帝エカテリーナ二世によって、反国家・反教会的結社として弾圧されました。本作の背景となるアレクサンドル一世時代は、ひとたび沈静化したロシアのフリーメイソン運動が第二の隆盛を迎えた時期で、作中にも、直接描写される首都の支部《ロッジ》の他に、帝国南部のキエフやオデッサの支部についての言及がみられます。個人単位でも、ピエールの入会にじかに関わるオーシプ・バズデーエフ［ポズデーエフ］やポーランド貴族ヴィラールルスキー［モデルはミハイル・ヴィエリゴルスキー］などの他に、何人かフリーメイソンとして知られた実在の人物が、特にそれと言及されぬまま登場します。対ナポレオン戦争の総指揮官ミハイル・クトゥーゾフ、外務大臣アダム・チャルトリシスキー［チャルトリスキ］、後の巻に登場する改革派の能吏ミハイル・スペランスキーなどもその仲間です。

とはいえ、あちこちに顔を出すこれら多彩な人物群が、単一の目的を持った一枚岩の思想・政治集団であったと考えるのは間違いです。本巻の世界におけるフリーメイソンとは、ピエール自身が体験したとおり、国家・民族・宗教の垣根を超えてある種の教養と倫理的規範を共有し、自己完成・社会貢献の理想を追求する、友愛的交流組織のネットワークだったと考えるべきでしょう。ただしこの後のロシアには、デカブリストの乱（一八二五）をリードしたパーヴェル・ペステリや詩人コンドラーチー・ルィレーエフのような、強い政治的牽引力を備えたフリーメイソンも登場します。本稿に何度も登場したプーシキンも、南方追放の時代（一八二一）にキシニョフ（現モルドヴァのキシナウ）でフリーメイソンの会に加わっていて、彼の『ベールキン物語』や『スペードのクイーン』にフリーメイソン的（＝デカブリスト的）なメッセージの痕跡を読み取ろうとする研究も存在します。

以上はこの作品の三つのキーワードに沿った時代概観にすぎませんが、こんな形でトルストイは、祖父たちの世代が活躍した一九世紀初期の貴族文化の様態を、戦争物語の背後に描き込んでいるわけです。ある意味でそれは、プーシキンの諸作品に盛られた一連の時代的なテーマを、タイプを異にする主人公たちの物語として変奏したような結果にもなっています。

ただしトルストイの描き方の特徴は、その独特な焦点のずらし方にあります。賭けや決闘の現場も秘密結社への入会儀式も、さらには求婚や出産の場面も、トルストイの筆にかかると、腰の引けた半可通の人物がうろたえながら経験する訳の分からぬ出来事の様相がまず表面に突出し、読者はその心象情報を自分流に咀嚼・調整しながら、何が起きているのかを識別していくことになります。自動化・定型化されがちな言語認知活動にあえてブレーキをかけることで、読書行為をプロセスを持った発見的な営みとして活性化させる――ロシア・フォルマリストが「異化」という概念で呼ぶものに通じるこの叙述スタイルは、トルストイの戦争シーンに顕著なものですが、主人公たちの日常体験の記述にも、同じ手法が用いられています。結果的に作者は、伝承や文学作品を通じて慣れ親しんだ祖父たちの時代の文化からも、ロマンチックな光彩を剝奪して、生理的・心理的な違和感や抵抗感、さらには滑稽感まで加味しながら、再現しているようにみえます。

なお、ここで触れたカードゲームや決闘の他に、ダンディズムや結婚・離婚の諸相などを含む一九世紀初頭のロシア貴族文化について大変興味深い解説を加えたユーリー・ロートマンの書物と、同じく本書に出てくるフリーメイソン、コサック、瘋癲行者《ユローージヴィ》（聖痴愚《せいちぐ》）、勲章、ロシア人の名前の構造等々、ロシア文化の諸相を分かりやすく解説した事典を参考文献にあげます。興味のある読者はご参照ください。

翻訳原典

Л. Н. Толстой. Война и мир. Собрание сочинений в двадцати двух томах. Т. 4, 5. Москва: Художественная литература, 1979, 1980.

参考文献

ユーリー・ミハイロヴィチ・ロートマン『ロシア貴族』(桑野隆・望月哲男・渡辺雅司訳、筑摩書房一九九七年)

沼野充義・望月哲男・池田嘉郎(編集代表)『ロシア文化事典』(丸善出版二〇一九年)

＊作品中の暦はすべて露暦(ユリウス暦)で、十二日を足すと現行のグレゴリオ暦になります。

＊ポーランド人名の表記はロシア語式を基本とし、初出の際だけ、ロシア語式表記の後に［ ］つきでポーランド式の読みを補足しました。

kobunsha classics
光文社古典新訳文庫

戦争《せんそう》と平和《へいわ》2

著者　トルストイ
訳者　望月哲男《もちづきてつお》

2020年5月20日　初版第1刷発行

発行者　田邉浩司
印刷　新藤慶昌堂
製本　ナショナル製本

発行所　株式会社光文社
〒112-8011東京都文京区音羽1-16-6
電話　03（5395）8162（編集部）
03（5395）8116（書籍販売部）
03（5395）8125（業務部）
www.kobunsha.com

落丁本・乱丁本は業務部へご連絡くだされば、お取り替えいたします。
ISBN978-4-334-75425-9 Printed in Japan

いま、息をしている言葉で、もういちど古典を

長い年月をかけて世界中で読み継がれてきたのが古典です。奥の深い味わいある作品ばかりがそろっており、この「古典の森」に分け入ることは人生のもっとも大きな喜びであることに異論のある人はいないはずです。しかしながら、こんなに豊饒で魅力に満ちた古典を、なぜわたしたちはこれほどまで疎んじてきたのでしょうか。

ひとつには古典を、古臭い教養主義からの逃走だったのかもしれません。真面目に文学や思想を論じることは、ある種の権威化であるという思いから、その呪縛から逃れるために、教養そのものを否定しすぎてしまったのではないでしょうか。

いま、時代は大きな転換期を迎えています。まれに見るスピードで歴史が動いていくのを多くの人々が実感していると思います。

こんな時わたしたちを支え、導いてくれるものが古典なのです。「いま、息をしている言葉で」——光文社の古典新訳文庫は、さまよえる現代人の心の奥底まで届くような言葉で、古典を現代に蘇らせることを意図して創刊されました。気取らず、自由に、心の赴くままに、気軽に手に取って楽しめる古典作品を、新訳という光のもとに読者に届けていくこと。それがこの文庫の使命だとわたしたちは考えています。

このシリーズについてのご意見、ご感想、ご要望をハガキ、手紙、メール等で翻訳編集部までお寄せください。今後の企画の参考にさせていただきます。
メール　info@kotensinyaku.jp

光文社古典新訳文庫　好評既刊

戦争と平和1
トルストイ
望月 哲男 訳

ナポレオンとの戦争（祖国戦争）の時代を舞台に、貴族をはじめ農民にいたるまで国難に立ち向かうロシアの人々の生きざまを描いた一大叙事詩。トルストイの代表作。（全6巻）

アンナ・カレーニナ（全4巻）
トルストイ
望月 哲男 訳

アンナは青年将校ヴロンスキーと恋に落ちたことを夫に打ち明けてしまう。一方、公爵令嬢キティはヴロンスキーの裏切りを知って―。十九世紀後半の貴族社会を舞台にした壮大な恋愛物語。

イワン・イリイチの死／クロイツェル・ソナタ
トルストイ
望月 哲男 訳

裁判官が死と向かい合う過程で味わう心理的葛藤を描く「イワン・イリイチの死」。地主貴族の主人公が嫉妬がもとで妻を殺す「クロイツェル・ソナタ」。著者後期の中編二作。

コサック　1852年のコーカサス物語
トルストイ
乗松 亨平 訳

コーカサスの大地で美貌のコサックの娘とモスクワの青年貴族の恋が展開する。大自然、恋愛、暴力……。トルストイ青春期の生き生きとした描写が、みずみずしい新訳で甦る！

スペードのクイーン／ベールキン物語
プーシキン
望月 哲男 訳

ゲルマンは必ず勝つというカードの秘密を手にするが……現実と幻想が錯綜するプーシキンの傑作『スペードのクイーン』。独立した5作の短篇からなる『ベールキン物語』を収録。

★続刊

ほら吹き男爵の冒険　ビュルガー／酒寄進一・訳

東西南北、海や地底、そして月世界にまでも……。かのミュンヒハウゼン男爵はいかにして、世界各地を旅し、八面六臂、英雄的な活躍をするに至ったのか。その奇妙奇天烈な体験が、彼自身の口から語られる！　有名なドレの挿画もすべて収録。

消えた心臓／マグヌス伯爵　好古家の怪談集　M・R・ジェイムズ／南條竹則・訳

中世の大聖堂や僧院などゴシック趣味満点の舞台を背景に、不気味なものの怪しさがクライマックスの恐怖へと達する作品を数々発表し、「英国が生んだ最高の怪談作家」と呼ばれるジェイムズの怪談集。「消えた心臓」「マグヌス伯爵」など九編収録。

ミドルマーチ3　ジョージ・エリオット／廣野由美子・訳

カソーボン夫妻とウィルの三角関係が思わぬ形で終局を迎える一方、リドゲイトとロザモンドの夫婦間にも経済問題から亀裂が入る。また、バルストロードの暗い過去が明らかになり……。人間模様にさらなる陰影が刻まれる第3巻。（全4巻）